KB120623

공존을 위한 시적 행동

시작비평선 0025 김경복 평론집 **공존을 위한 시적 행동**

1판 1쇄 펴낸날 2024년 5월 30일
지은이 김경복
펴낸이 이재무
기획위원 김춘식, 유성호, 이형권, 임지연, 차성환, 홍용희
책임편집 박예솔
편집디자인 민성돈
펴낸곳 (주)천년의시작
등록번호 제301-2012-033호
등록일자 2006년 1월 10일
주소 03132 서울시 종로구 삼일대로32길 36 운현신화타워 502호
전화 02-723-8668
팩스 02-723-8630
블로그 blog.naver.com/poemsijak
이메일 poemsijak@hanmail.net

ⓒ김경복, 2024, printed in Seoul, Korea

ISBN 978-89-6021-766-9 04810
        978-89-6021-122-3 04810(세트)

값 26,000원

공존을 위한 시적 행동

머리말

문학은 상처의 형상을 아름다운 무늬와 의미로 만드는 작업이다

　이순耳順을 넘긴 지 벌써 몇 해가 지나고 있다. 나에게도 환갑을 넘는 나이가 온다는 것이 실감 나지 않을 때가 많다. 누구나 나이를 먹게 되지만 자신의 육체에 내리는 이 나이 듦의 현상에 대해 막막하고, 조금은 두려운 감정이 드는 것은 어쩔 수 없는 일일 것이다. 나도 이제 여생을 산다는 말이 가능할 나이가 되었단 말인가!

　나이가 이슥해짐에 따라 내게 중요한 일이 무엇일까 하는 생각을 해 본다. 그럴 때 이번 생에 나의 가장 중요한 대상은 문학이 아닌가 하는 생각이 떠오른다. 그렇다면 문학은 내게 무엇이며, 내게 어떻게 왔나? 문학을 하게 된 계기를 돌이켜 보면 성장 과정에서 가졌던 소심함, 특히 육체적으로는 어렸을 적에 생긴 머리의 흉터 때문이 아닐까 하는 감상이 퍼뜩 스친다. 초등학교 때는 머리를 길러 다행히 흉터를 가렸지만, 중학교, 고등학교, 그리고 그 끔찍한 군대 시절엔 머리털을 짧게 잘라야 해서 여지없이 왼쪽 머리 위에 나 있는 흉터를 보여야만 했다. 그것이 늘 신경 쓰였다. 크면서 전생에 내가 이 머리 쪽에 무슨 큰 사고를 당해 이번 생에 여기에 그 흔적이 따라붙었나 하고 생각할 정도로 가슴에 큰 번민으로 남았다. 그 흉터로 인해 소년기에 나는 매우 내성적이면서 소심한 아이가 되었고, 이로 인해 만화와 무협, 더 나아가 이야기책과 시를 좋아하게 되었다. 문학이 가슴에 들어오게 된 사연이 운명 속에 들어 있었던 것이다. 그때 문학은 내게 꿈이었고 위로였다.

성인이 된 지금은 청년기에 가졌던 만큼의 감성과 소심함이 줄어들면서 넉살과 쾌활함이 늘어나 분위기 메이커라는 말도 종종 듣곤 한다. 그래도 홀로 되어 내면에 침잠할 때면 시는 나의 등불, 나의 항로가 되어 여전히 내 생활을 지탱하는 바탕이 되고 있다. 한 생애를 문학에 뜻을 두고, 문학을 통해 생계를 꾸려 나가고, 문학을 통해 입지를 굳혔다면 그 아니 즐거운 일이라 할 수 있을까? 복 받았다는 생각도 든다. 어렸을 적 흉터가, 그 결핍이 지금의 나를 있게 추동했고, 지금도 밀어 올리고 있다는 느낌을 받는다. 상처가 빛이자 활로였던 셈이다.

나에게 문학은 그런 흉터의 의미인 것 같다. 가장 밑바닥에 감추고 싶은 것이지만 그로 인해 마음을 다잡고, 발판의 탄력을 받아 이 무의미하고 무정형인 세계에 의미를 갖추게끔 떠오르게 하는 것! 상처도 살펴보면 어떤 아름다운 무늬일 수 있다는 생각은 지금에서야 가질 수 있는 여유일지 모르겠다. 나에게 문학은 상처가 만든 무늬고, 그 무늬를 조금씩 더 형상적 아름다움과 의미로 만들어 나가는 작업이다.

최근 들어 생각해도 시는 혼을 부르고, 신에 접신하여 같은 울림을 공유하는 의식이라 여겨진다. 시는 천지의 생명들과 그 비원悲願을 같이 공감하며 보다 영적인 세계로 나아가길 염원하는 갈망의 형식이라 생각되는 것이다. 그런 관점에서 나의 평론은 여전히 영혼주의이자 생태주의에 집중하고 있다. 특히 당대의 가장 큰 모순인 생태계 위기, 기후 위기로 고통받는 존재들을 다루는 시들을 대상으로 그것들의 가치와 아름다움을 말하는 데 의의를 느끼고 있다. 시와 평론이 이 세상에 나타난 모든 존재들의 안녕과 위엄을 지켜 주는 역할을 해야 한다고 생각한다. 시의 본질적 가치가 천지의 생명을 대신하여 울어 주는 데 있다는 말이 바로 그것을 말해 주는 것이 아니겠는가? 이번 평론집은 그 점에 집중하고 있다. 그래서 약간은 사회 역사적 맥락을 띠고 있다는 점에서 운동적 성격을 지니고 있고, 다른 한편으로는 생명의 본질적 측면을 주목하고 있다는 점에서 존재론적 성찰의 성격을 지니고 있다.

이번 일곱 번째 평론집은 7년 만에 나온다. 특별히 게으름을 피웠다고 생각되지 않는데 시간이 꽤 흘러, 나 스스로 놀랍고도 이상한 느낌이 든다. 그동안 나는 무슨 생각으로 살고 있었나? 반성도 자주 하면 일상이 된다. 특별히 잘못한 점을 못 찾겠다. 그러면 된 것이다. 아직 내게 문학에 대한 열정이 남아 있고, 문학을 함께 하는 지인들과 공간들이 존재하고 있

공존을 위한 시적 행동

고, 내 건강이 허락하고 있어 문학은 여전히 내 생활의 지표로 작동하고 있다. 나는 그것이 다행이자 운명이라 생각하며 나아가고자 한다. 이순을 넘겨서인지는 몰라도 문득 모든 일에 정해진 운명이 있다는 생각이 든다. 운명을 알게 되었다면 나도 이제 철이 든 것일까?

내가 문학을 아직 열정적으로 할 수 있게끔 해 주는 토대로 존재하는 계간 시 전문지 『신생』의 편집진 모두와 경남대 국어교육과 교수님들에게 살아 있어 행복한 이 고마운 마음을 전한다. 그리고 삶의 무상함을 붙잡아 주는 아내 김영희, 딸 김주연, 아들 김준현에게 의식 있는 존재로 아직 생의 기쁨을 누리고 있는 이 마음을 나누고자 한다. 특히 이번 평론집을 흔쾌히 발간해 주고자 한 천년의시작 출판사에도 고마움을 표한다. 나를 아는 모든 분에게 따뜻하고 행복한 영혼의 안식이 깃들기를 빈다.

2024년 봄
무학산 자락 연구실
김경복 씀

차 례

공존을 위한 시적 행동

제2부 노년의 존재론과 최후의 양식

차례

제3부 칼의 정신과 절정의 노래

제4부 죽음의 내부로 파고드는 삶

지구 생태계 재앙에 대한 시적 응전

　세계는 지금 코로나 19로 지독한 몸살을 앓고 있다. 코로나 19 바이러스는 2021년 7월 말 현재 전 세계에 퍼져 그야말로 '팬데믹'이라는 이름이 갖는 의미가 무엇인지를 인간에게 깨우쳐 주기라도 하려는 양 연일 기록적인 수치의 갱신을 보여 주고 있다. 델타 바이러스를 비롯한 온갖 변이 바이러스가 만들어지면서 인간이 만든 백신을 무효화라도 할 듯 그 기세가 꺾이지 않고 있는 것이다. 7월 말 통계에 따르면 코로나 19로 인한 전 세계 사망자 수는 420만 명을 넘어서고 있다. 인류 역사상 2년이라는 짧은 시간 안에 이토록 많은 사람이 죽어 가고 많은 지역이 일순간 공포로 물든 사건은 없었다. 인류 종말의 풍경을 보는 듯하다고 말하면 조금 지나친 얘기라고 할지 몰라도, 전혀 엉뚱한 소리라곤 말할 수 없는 처지가 된 것이다. 정말 심각한 위기 국면이라 하지 않을 수 없다.

　문제는 이것이 인간에만 한정되는 것이 아니란 점이다. 인수人獸 동시 감염 바이러스가 점차 생겨나고 퍼지면서 인간과 동물이, 혹은 자연 생태계가 동시적으로 연동되어 파괴되어 가고 있다. 조류인플루엔자를 비롯한 지구 생태계의 변동과 악화는 지구 생태계의 존속을 위협하고 있다. 이미 일찍부터 이런 것을 대비하기 위해 지식인을 중심으로 노력하여 정치적 차원에서 세계적인 기후 협약, 탄소 협약 등을 이끌어 내는 성과를 보여 주었으나 그것은 아직 피상적인 단계에 머물러 실질적인 지구 생태계 위기에 대응하지 못하고 있는 것이 사실이다. 환경 단체 위주의 사회적 활동이 그나마 일반 대중들에게 위기의식을 심어 주고 사회적 각성을 통한 정책 차원의 제도 마련을 추구하나 지구 생태계가 파괴되어 가는 속도에 비하면 거북이걸음일 뿐이다. 생태 지식인들이 경고하는 지구 자정을 통한 지구 생태계 보존의 시간이 얼마 남지 않았다는 것이 바로 현재에 우리가 당면한 진정한 위기 상황이다.

그런 점에서 이제 지구 생태계 문제는 인간의 차원을 넘어 '지구'라는 행성의 문제로 확산되었다고 볼 수 있다. 그것은 지구라는 행성이 태양계에 생성된 이래 인간의 물질문명에 의해 기후 변동을 비롯한 온갖 변화를 맞게 됨으로써 지금까지와는 전혀 새로운 모습의 행성으로 바뀔지도 모른다는 예견을 불러오게 한다. 그 새로운 행성의 모습이 인간에게 우호적일 거라고는 누구도 생각할 수 없을 것이다. 곧 문명 종말 이후 행성의 모습을 상상해 보는 것이라 할 수 있지 않을까? 그 점에서 당대의 현실에 대응하는 생태시의 모습도 좀 더 암울하고 끔찍한 모습을 띨 수밖에 없다. 다음 시가 바로 그런 경우일 것이다.

곧 가라앉을 것이다 숨 쉴 구멍이 없어질 것이다 잡아먹힐 것이다 곧 흐느적거릴 것이다 쨍그랑 난도질당해 갈가리 피가 시뻘걸 것이다 바다도 강도 다 말라빠져 죽어라 어디론가 내빼고 있을 것이다 배가 고파 뒹굴 것이다 배가 아파 날뛸 것이다 쨍그랑 눈이 뒤집힐 것이다 곧 찌꺼기로 가득 찰 것이다 식은땀을 자꾸 흘릴 것이다 쉴 새 없이 입을 빠끔거릴 것이다 곧 가라앉을 것이다 곧 천지가 뒤집힐 것이다 하늘에 거꾸로 처박혀 있을 것이다 땅이 지천으로 날아다닐 것이다 곧 깜깜해질 것이다 원귀가 된 이름들을 불러 보다가 쨍그랑 다 부르지 못하고 목이 터질 것이다 곧 조용해질 것이다 곧 아무 기척이 없을 것이다 쨍

그랑 숨죽인 평화가 이어질 것이다

—최영철, 「지구 수족관」(『그냥 놔두라:

쓰라린 백년 소원이 이것이다』, 2008) 전문

매우 암담하고 침울한 미래적 전망을 보여 주는 시라 할 수 있다. 이 시
는 이명박 정권이 들어서면서 추진하였던 4대 강 운하 사업에 반대하기 위
해 2008년 시인들이 생태운동적 차원에서 쓴 작품 중의 하나다. 강의 파괴
를 통해 최영철 시인은 "곧 가라앉을 것이다 숨 쉴 구멍이 없어질 것이다"
라는 인류 문명에 대한 종말의 냄새를 맡고 있다. 시인의 예민함이 너무 지
나친 것은 아닌가 하는 의문이 당시 들었을지 몰라도 2021년 지금의 현실에
서 보자면 어쩌면 너무나 예리하게 생태계의 위기 상황에 대한 본질을 꿰뚫
어 본 시라 하지 않을 수 없다. 정말 코로나 19 사태로 경제나 문명이 붕괴
되어 가는 지금 인류의 모습에서 보자면, "배가 고파 뒹굴 것이다 배가 아
파 날뛸 것이다", "곧 찌꺼기로 가득 찰 것이다 식은 땀을 자꾸 흘릴 것이
다"란 예언은 너무 당대 모순의 정곡을 정확하게 찌르고 있다는 점에서 몸
서리쳐지는 바가 있다. 일엽지추一葉知秋라, 하나의 현상을 통해 사물과 세
계의 본질을 꿰뚫어 보는 이 시인의 예리함이 대단하다는 생각도 들지만,
그러한 칭찬에 앞서, 암울한 예단을 할 수밖에 없는 당시로부터 제법 시간
이 흐른 지금의 현실에 이르기까지 이러한 문제에 여전히 대처하지 못하고
있는 우리들의 우둔함에 대해 더한 경각심을 가져야 하지 않을까 하는 생각
이 든다. 최영철 시인이 당시 파괴되어 가는 4대 강의 모습을 두고 이를 발
산적 상상력의 발동을 통해 '지구 수족관'의 멸망을 그려 냈다는 점은 지구
재앙의 시기에 문학이 어떻게 대응하고 어떠한 형상성을 지녀야 할지를 보
여 준 한 사례라 할 수 있다.

추상적인 차원에서 물질문명의 부정성을 말하거나 단순히 생태계 파괴를
막는다는 취지의 자연 친화적인 감성을 고취하는 시들, 곧 위기의 징조만을
다루는 문학들은 이제 시효가 지났다고 말할 수 있다. 실제 파괴되어 가는

자연 생태계의 내용을 직시하고 그것의 문제점을 바로 제시하는 것이 필요하지 않을까? 최승호의 다음 시편이 바로 그런 역할을 하는 것처럼 보인다.

지금 서해안에서는 새만금이라는
세계 최대의 관을 짜고 있습니다
그 캄캄한 관 속으로 들어갈 갯지렁이와
아무르불가사리,
갯가재, 가시닻해삼, 달랑게,
범게, 밤게, 서해비단고동, 동죽,
큰구슬우렁이, 쏙붙이 들이
죽음의 날을 기다리며
아무 말도 못 하고 있습니다

시화 갯벌에서 죽은
흰조개의 입으로 나는 말하겠습니다
새만금은 죽음의 이름입니다
우리 모두가 텅 빈 입을 벌린 채
메마른 뻘 위에서 목마른 주검으로
영원히 울부짖을 것입니다

시화 갯벌에서 죽은
민챙이의 입으로 나는 말하겠습니다
새만금은 부패의 이름입니다
오래도록 썩은 자들이 썩은 호수를 만들고
왕눈물떼새, 흑꼬리도요뿐만 아니라
어민들을 내쫓아
내륙의 보트피플로 만들 것입니다

낙조가 마음 바닥을 물들이는 서해에서

부서진 바위의 입으로 나는 말하겠습니다

새만금은 저주스런 이름입니다

나는 파괴되고 있습니다

그러고는 노을 아래

완강한 어리석음이 반짝거릴 뿐입니다

노랑부리저어새의 긴 입으로

나는 말하겠습니다

시화 갯벌에서는 우리 모두가 무력하게 죽었지만

새만금에서는 우리의 숨결이

거대한 관을 깨뜨릴 것입니다

장엄한 부활처럼

그치지 않는 썰물과 밀물처럼 말입니다

　　　　　　　　　　—최승호, 「말 못 하는 것들의 이름으로」

　　　　　　　　　　　　(『방부제가 썩는 나라』, 2018) 전문

　최승호의 이 시는 파괴되어 가는 자연의 입장에서, 곧 시의 내용으로 보자면 '새만금'과 '시화호'에 있던 자연 생명체 내지 생태계가 자신의 존재성을 파괴하는 대상에게 정당한 저항을 천명하는 선언문이다. 잘 알다시피 자연은 공생과 공존의 터전이다. 어느 한 종이 그 터전을 휩쓸면 다른 종들의 멸망을 통해 그 종마저 멸망하게 되는 것이 진리다. 그런데 그런 암적 존재가 있다. 바로 이 지구 생태계를 망치고 있는 인간이란 존재가 그것이다. 또는 개발과 발전이라는 미망에 사로잡혀 스스로 목줄을 달아매고 있는 산업자본주의 체제다. 자연은 그것들에 강한 경고의 메시지를 날릴 필요가 있다.

　일찍부터 환경 파괴의 실상을 고발해 오고 있던 최승호의 이번 「말 못 하는 것들의 이름으로」는 인간의 책임과 실천적 윤리를 강조하고 있다. 말 못 하는 자연의 사물을 대신하여, 곧 "시화 갯벌에서 죽은/ 흰조개의 입으로 나는 말하겠습니다"라고 말함으로써 자연 생태계의 파괴가 우주 생명의 차 원에서 부당하다는 것, 그것이 더 나아가 인간 스스로에게도 '관', 곧 무덤 이 된다는 것을 알려 주고 있다. 그런 점에서 아무리 '개발'이라는, 인간중 심주의적 측면에서 긍정적인 가치를 지닌 이름을 붙이더라도, 곧 '새만금' 은 "죽음의 이름"이라는 사실을 우리는 직시할 필요가 있다. 인간적 가치를 부여한 대상이나 현실이 결코 당대의 현실에서 그것이 진정한 가치, 생명 의 가치로 살아날 수 없음을 인식할 필요가 있는 것이다.

그런 점에서 인간 생활의 편리와 문명의 찬란함을 자랑하는 듯한 인간의 구축물에 대한 반성적 인식을 유도하는 다음과 같은 시편도 당대의 생태 윤 리를 강하게 자극하고 있다고 볼 수 있다.

> 아파트 20층 유리창은 새의 반환점,
> 인증 샷을 찍듯 여기저기 새의 낙관이 찍혀 있다
> 새의 시력은 사력을 다해도 원시안이어서
> 한 마리의 새가,
> 창문을 창공으로 오독한 것일까
> 새들이 머리로 유리창을 읽다 아예 산문散文이 돼 버린다
> 저렇게 혼신을 다해 심독하는 몰입도 있다니,
> 마침표 하나를 찍기 위해
> 얼마나 꾹꾹 눌러 썼으면 부리가 다 구부러졌을까
> 창문에 부딪혀 길바닥에 부사副詞처럼 떨어져 있는 새들
> 공중의 사후를 본다
> 창가에 앉아 책갈피에 꽂아 둔 압화를 화분에 옮겨 심는다
> 이렇게 높은 데서 뿌리내리기도 힘든데 꽃이라고 피겠어?
> 라고 누군가 하는 말을 귓등으로 흘려보내는 사이

또 한 마리의 새가,

금이 간 공중의 틈으로 햇빛이 쏟아지고

화분에 물 대신에 햇빛이 듬뿍 뿌려진다

새의 날개에 긁힌 자국이 햇빛에 선명하게 나 있다

새의 후생이 햇빛에 착상되는 거라고 생각하는데

또 한 마리의 새가,

유리창의 실핏줄을 이렇게 가까이서 보긴 처음이다

새의 붉은 울음을 필사하느라 구름이 잠깐 뒤뚱거린다

유리창에 새가 노크될 때마다 조의를 표하듯 펄럭이는 커튼

베란다 화초에 슬어 있는 햇빛을

새의 눈물을 닦아 주듯 수건으로 닦아 내는 동안에도

또 한 마리의 새가,

창문을 열고 압화押花를 담담하게 날려 보낸다

창밖엔 압조押鳥가 땅의 갈피에 차곡차곡 쌓인다

—김미향, 「윈도우 스트라이크」(『제9회 평택생태시문학상』, 2021) 전문

인간 문명의 한 자랑으로 서 있는 고층 건물의 투명 유리창, 그것은 인간
에게 생활의 편리함을 제공하고 마음의 여유를 되찾게 하는 아름다움의 장
소일지 몰라도 허공을 나는 새들에겐 아무 이유도 모른 채 죽음에 이르게
하는 공포의 장소가 된다. 김미향 시인이 다루고 있는 '윈도우 스트라이크'
는 새가 투명한 창문 등에 부딪혀 죽는 현상을 이르는 말로 인간 문명이 어
떻게 자연 생태계와 불화에 빠질 수밖에 없는지를 구체적 형상으로 잘 보
여 주고 있다. 김 시인은 새가 죽어 가는 현상을 '낙관'이나 '노크' 등 담담하
고 반어적인 어조를 통해 중립적으로 표현하거나 새의 죽음 자체를 '압화'나
'압조'라는 다소 아름다울 수 있는 시어로 다루고 있으나, 그 내면에 흐르고
있는 주제 의식은 생명적 가치를 철저히 무시하는 인간 문명의 비정함에 대
한 끔찍함의 표현이다. 인간의 문명은 처음부터 끝까지 자연의 생명체를,

자연의 생태계 그 자체를 '찍어 누르는(押)' 거대한 손, 악마적 손에 지나지 않음을 보여 주고자 하는 것이다. 그 점에서 이 시는 당대 생태운동의 측면에서 의미 있는 시적 표현이라 할 수 있다.

무엇보다 생태운동적 측면에서 당대의 현실에 대한 발언을 하자면 생태계 파괴의 원인이 어디에서 오는지에 대한 구체적 탐색이 있어야 할 것이다. 잘 알다시피 지구 생태계에 재앙을 초래하는 가장 큰 원인은 산업화 과정에서 배출된 이산화탄소의 폭증이다. 소위 말하는 화석연료로 인한 온실효과로 지구 기후는 유사 이래 말할 수 없는 변동을 보이면서 지구 생태계에 재앙을 초래하고 있다. 이런 기후변화에 대한 문학적 응전은 그동안 많았다. 그런데 화석연료 말고도 인류의 문명 중 재앙을 부르는 형태가 하나 더 있다. 곧 육식 문화의 확산이 그것이다. 육식 문화는 상대적으로 생태계 파괴의 원인에서 잘 인지되지 못한 상태로 상당 기간 유지되어 왔다. 그러나 육식 문화가 전 세계적인 문화로 확산되면서 많은 생태적 문제점을 낳고 있는 것이 사실이다. 때문에 육식 문화에 대한 경고 역시 요즈음의 시기에 볼 수 있는 꽤 절실한 생태적 선언이라 할 수 있다. 다음과 같은 시가 그런 한 예다.

그들이 지나갔다

당신은 말없이 씹고 있다 태양이 빛나는 날에도 검은 맨홀 속으로 쑥 빨려 들어가는 날에도
어두운 입 속을 하염없이 굴러다니는 그것, 투명한 소금처럼 무한히 사라지는 그것

잠시 멈추고
그것은 어떤 심장을 둥둥 울리는 노래인가, 당신의 단단한 이빨이 씹고 있는 것은 어느 즐거운 날의 시체인가

오후의 흰 태양을 손가락질하며 뚱뚱한 여자들이 지나갔다
젓가락처럼 마른 사내들이 울면서 지나갔다
입을 틀어막은 채 동물들의 얼굴들이 차례로 지나갔다
　　　─이기성, 「육식의 종말」(『채식주의자의 식탁』, 2015) 전문

　　이 시는 구체적 현실을 반영하면서 육식 문화의 폐해를 고발하고 있지는
않다. 그렇지만 육식을 즐기는 자들은 '시체'를 즐기고 있음을 밝히고, 그로
인해 "입을 틀어막은 채 동물들의 얼굴들이 차례로 지나"가고 있음을 밝히
고 있다. 그런 가운데 인간이나 동물들이 '지나갔다'라고 말함에 따라 다시
돌아올 수 없음이 가지는 '종료', '종말'의 분위기를 상징적으로 제시하고 있
다. 곧 육식의 즐거움이 어느 한때의 즐거움에 불과한 것이란 암울한 진단
을 내림으로 더 이상 육식의 즐거움이 존재할 수 없는 상황을 암시하고 있
는 것이다. 이는 이기성 시인이 쓴 다른 시, 예를 들어 "그리고 오늘의 만
찬이 시작될 것이다/ 먼 곳에서 막 도착한 손님처럼 번쩍이는 강철 나이프
와 포크를 들고, 광활한 모국어의 식탁 위에서 덜덜덜 떨면서// 커다란 접
시 위에/ 당신의 잘린 목이/ 다정한 가족처럼 앉아 있을 것이다"(「채식주의
자」, 『채식주의자의 식탁』)나, "그러니 시를 쓰는 여자여, 영원한 손님이여. 당
신의 검은 심장은 곧 찢어지겠군요. 물고기와 정향을 좋아하는 당신, 새하
얀 육체와 충만한 영혼을 가진 당신, 언제까지나 다정하고 따뜻하고 겸손
한 당신, 어쩌면 아름다운 당신 그러나 곧 나에게 먹힐 당신"(「채식주의자의
식탁」, 『채식주의자의 식탁』)에 보이는 역전 현상에 잘 나타나고 있다. 곧 육식
의 문화를 지속할 경우 '커다란 접시 위에 당신의 잘린 목이 다정한 가족처
럼 앉아 있을 것'이란 묵시록적 전망을 내리거나, '곧 나에게 먹힐 당신'이 육
식 문화를 즐기는 욕망밖에 없는 당신, 즉 어리석은 인간임을 밝히고 있다.
　　육식 문화의 폐해는 이제 잘 알려져 있다. 기후 문제와 관련하여 환경
전문 연구 기관에서 내놓은 공장식 축산업에 대한 보고서에 따르면 축산업
이 인류가 발생시키는 이산화질소의 65%, 메탄가스의 37%, 이산화탄소의

9%를 배출하고 있다고 한다. 쇠고기 1kg이 식탁에 오르기까지 약 56.9kg의 온실가스가 배출된다는 것이다. 이는 초식이 중심이 되던 시대의 상황과 비교하면 엄청난 기후 재앙을 초래할 수밖에 없는 원인으로 작용하게 됨을 보여 주는 지표다. 그런 점에서 무분별하게 서양식의 육식 문화에 젖어 들고 있는 우리의 음식 문화에 대한 자성과 함께 생명 자체를 잘게 쪼개어 포장해 놓음으로써 생명에 대한 공감이나 연민 의식을 감소시키는 자본의 논리에 대해 심리적으로 저항함으로써 생태계 보존을 위한 실천에 나서야 하는 것이다.

이 점과 관련하여 생활의 편리를 위해 무지막지하게 사용하고 있는 플라스틱에 대한 반성적 인식도 필요해 보인다. 지금의 현실에서 생태계 파괴의 현실을 자심하게 보여 주는 것은 비닐과 플라스틱에 의한 환경오염이 아닐 수 없다. 그중 특히 해양생태계에 침투한 플라스틱, 미세플라스틱의 폐해는 모든 언론 매체에 연일 보도되고 있어 그 심각성의 정도를 우리는 익히 알고 있다. 다음 시편이 바로 그런 경우를 보여 주고 있다.

해초인 줄 알고 어미 새가 삼킨
찢어진 그물을 아기 새가 받아먹고

토해 내지 못하고

물고기인 줄 알고 어미 새가 삼킨
라이터와 병따개를 아기 새가 받아먹고

소화하지 못하고

오징어인 줄 알고 어미 새가 삼킨
하얀 비닐봉지를 아기 새가 받아먹고

일용할 양식으로 일용한 죽음의 배식

빙하 조각처럼 유유히 해안에 도착한
거대한 스티로폼 더미에 갇혀

깃털 하나 펴지 못하고

쓰레기로 꽉 찬 폐기물이 되었다
쩍쩍 스티로폼 소리를 내며

죽어서도 썩지 못하고
　　　　　　　　　　　　　―정끝별,「조나단 리빙스턴 시걸의 후예」
　　　　　　　　　　　　　　　(『시와 정신』, 2021년 여름호) 전문

　정끝별 시인의「조나단 리빙스턴 시걸의 후예」는 갈매기를 대상으로 해양 플라스틱 오염의 심각성을 보여 주고 있다. 그것이 얼마나 막대하고 심각한 것인지를 "해초인 줄 알고 어미 새가 삼킨/ 찢어진 그물을 아기 새가 받아먹"는 일상적 행위와 끝내 "거대한 스티로폼 더미에 갇혀// 깃털 하나 펴지 못하고// 쓰레기로 꽉 찬 폐기물이 되"고 마는 끔찍한 생명의 멸절 상태를 통해 인간의 무분별한 산업 문명을 고발하고 있다. 그런 차원에서 "일용할 양식으로 일용한 죽음의 배식"은 끔찍한 우리 시대의 경구다. 반생명적 물질을 인간의 편리를 위해 무자비하게 사용한 뒤 이것을 아무런 죄의식 없이 무책임하게 뿌려 대는, 참으로 후안무치한 인간의 삶과 자연 생태계에 끼친 피해에 대해 깊은 반성을 하게 만든다.

　생활의 편리를 위한다는 명목에 따라 플라스틱을 산업화의 전면에 내세운 문화에 대해 정연홍은 "플라스틱을 먹는다// 플라스틸 나물/ 플라시탁 밥 플라식탁 국 플라숯틱 고기 플라소틱 김치 플라수틱 물고기// …(중략)…//플라스틱 인간/ 플라ㅅㅌ이 지구를 지배한다/ 플라스틱 우주"(「발칙한 플라스틱」, 『코르크 왕국』, 2020)로 표현하면서 인간 존재의 플라스틱 사용을 반어적으로 풍자한다. '플라스틱'이란 어휘를 다양하게 풀어 씀으로써 유희화하고, "플라ㅅㅌ이 지구를 지배한다"는 단언적 표현을 통해 플라스틱의 전면화가 얼마나 끔찍하고 절대적인지를 폭로하고 있는 것이다. 그 점에서 이 시도 지구 생태계의 종말 의식을 환기하는 지금 이 시기 생태시의 한 유형으로 보게 한다.

그렇지만 역시 문제는 기후 변동에 따른 지구 생태계 속의 인간 존재에 대한 규정이다. 지금의 시대 현실은 마치 '끝'에 도달한 느낌을 준다. 끝에 서서 새로운 인류의 시대를 바라봐야 하는 것은 아닌지 하는 생각을 들게 하는 것이다. 2000년 이후 일부 지질학자들은 지구적 생물권의 급격한 변화와 관련하여 지질학적 명칭을 '충적세(the Holocene)'가 아니라 '인류세(the Anthropocene)'로 변경해야 한다고 주장하고 있다. 인류의 문화에 의해 기후, 토양과 대기질 등이 변경되고 결정된다는 뜻을 담고 있을 터인데, 이는 지구에 인류 문화에 의한 재앙의 시기가 도래했다는 말과 다름 없다. 그 점에서 코로나 19 사태를 겪으면서 새로운 세기에 출현하는 인류의 모습을 예감하는 다음과 같은 시는 의미심장해 보인다.

> 집 안만이 물 밖이다
> 집 밖으로 나선다는 건 물속으로 들어간다는 것
> 마스크 없으면 물속으로 갈 수가 없다
> 가서는 안 된다 마주 오는 마스크와 마주치면
> 내외를 하거나 따가운 눈총을 견뎌야 한다
> 대중교통을 이용할 수도 차 한 잔 마실 수도 없다
> 남녀는 물론이고 노소도 예외가 없다
> 마스크가 마스크에게 말을 걸고
> 마스크와 마스크가 마스크 때문에 언성을 높인다

여분의 마스크가 구원이고 신의 은총이다
집 밖은 언제나 깊은 물속이다

마스크가 바람에 펄럭인다
잎 떨어진 가지에 마스크가 나부낀다
빨간 마스크 파란 마스크 노란 마스크 검은 마스크
공항의 감시견을 제외하고는 모든 것이 마스크다
승객은 물론이고 비행기도 마스크를 쓴다
공항의 돌하르방도 예외일 수 없다
마스크가 바람을 이끌고 낙엽처럼 나뒹군다
공원의 비둘기는 마스크에 발 묶여 허우적거리고
늙은 어부의 그물에는 해파리 대신 마스크가 올라온다

한 해에 6백억 마리의 닭뼈가 지층을 이루는 지금이다
집 안에 들어서야 마스크 벗고 숨비질 하는 오늘이다
　　　　　　　　―김수열, 「호모 마스크스」(『호모 마스크스』, 2020) 전문

　김수열 시인이 언급하고 있는 '호모 마스크스'는 기후 변동에 따른 신인류의 명칭일 것이다. 생태 과학자들이 말하고 있듯 코로나 바이러스 역시 인간 문명이 자연을 파괴하고 침투해 들어가는 과정에서 노출된 새로운 변종 바이러스일 것이다. 곧 인간의 생태계 파괴에 그 근본적 원인이 있다는 것이다. 그런 점에서 김수열 시인이 언급하고 있는 '호모 마스크스'는 자연을 파괴한 인간이 자연이 되돌려 주는 부메랑에 맞아 비틀대는 위기의 인간 존재를 지칭한다.

　김수열이 바라보고 있는 코로나 19 바이러스는 그 전의 인간의 삶을 전복시킨 상징으로 작용한다. "집 안만이 물 밖이다/ 집 밖으로 나선다는 건 물속으로 들어간다는 것/ 마스크 없으면 물속으로 갈 수가 없다"는 표현은

마스크를 끼고 사회적 생활을 할 수밖에 없는 당대적 상황을 집 안과 집 밖의 대립적 구조로 나누면서 집 밖을 '물속'으로 비유하여 새로운 생태적 질서로 파악한다. 물속에서는 산소마스크를 끼고 살아야 하듯 바이러스의 침투를 막기 위해 방역 마스크를 쓰고 살아야 하는 바뀐 삶의 방식을 이에 빗댄 것이다. 문제는 삶의 상황, 즉 인간의 생태적 환경이 전면적으로 바뀌었다는 인식과 함께 그에 맞는 종의 특성을 갖추어야 한다는 상상력의 발동이다. 이는 자연스러운 현실 인식과 거기에 걸맞는 자기의식이라 할 수 있다. 그런데 이 새로운 종으로 출현하는 '호모 마스크스'는 "모든 것이 마스크다/ 승객은 물론이고 비행기도 마스크를 쓴다/ 공항의 돌하르방도 예외일 수 없다"에서 보듯 개인적 존재의 차별성이나 고유성이 사라지고 획일적, 기계적 특성만 남게 된다. 대화도 "마스크가 마스크에게 말을 걸" 뿐 진정한 내면에서 우러나는 소통이 불가한 것으로 나타난다. 김수열 시인은 새로운 인류종을 단순한 인간의 질적 전화가 아니라 매우 극단적인 종적 변화를 거친 것으로 인식함으로써 매우 부정적 속성을 지닌 존재로 형상화한다. 또한 당금의 현실은 "한 해에 6백억 마리의 닭뼈가 지층을 이루는 지금"으로서 물욕적 욕망이 과포화된 상태에서 다른 생명체의 죽음을 짓밟고 서서 살아가야 하며, 소통과 안식은 "집 안에 들어서야 마스크 벗고 숨비질 하는 오늘"이라는 표현을 두고 볼 때 매우 폐쇄적이고 개인적인 차원에서만 이루어질 것이라 전망한다. 극단적 폐쇄주의/개인주의 사회를 의미하거나 개인적 쾌락만이 존재하는 사회의 인간을 그리고 있는 셈이다. 이것도 앞에서 언급한 인류세의 인간 존재의 종적 특질을 규명하는 것이라면 이 역시 미래 사회에 대한 암울한 진단이다. 그 점에서 이 시는 당대의 부정적 현상에 대한 비판적 인식을 통해 생태운동의 필요성을 제기하는 생태시의 새로운 유형이라 할 수 있다.

이상으로 볼 때 지구 재앙의 시기에 대응하는 문학적 응전은 보다 구체적 현실 속에서 출발하여 거시적 생태계를 인식하면서 실천적 행위의 필요성을 주지시키는 담론으로 나아가야 할 필요가 있다. 생태계 파괴의 현실을 반영하는 상징의 깊고 옅음은 각자의 시법에 맞게 적절한 형상성을 갖추어야 하겠지만, 당대적 현실의 모순의 심부를 정확하게 질러가야 함은 불문가지다. 그 점에서 이제부터 지구 재앙의 시기의 문학적 행위와 존재 근거는 생태학적 지구 보존을 위한 인류의 기획에 입안해 있어야 할 것이다. 그것이 무슨 교조적 명령이나 강령에 따라 주어진 것이 아니라 현재적 삶의 가장 큰 문제성과 절실성에서 도출된 성찰에서 출발해야 하는 것은 두말할 필요가 없다.

기후 위기와 시적 행동

—부산작가회의 사화집 『지구는 난간에 매달려』를 중심으로

문학의 본질은 표현이다. 그럼 표현이란 무엇인가? 발언이다. '발언한다는 것'은 이 세계에 자신의 의견을 개진하는 것이자 이를 실현하겠다는 의지를 표명하는 것이다. 그것은 사유와 실천을 아우르는 개념이다. 그런 점에서 다시 문학의 본질을 정의해 본다면 '문학은 행동이다'. 자신의 이념을 이 세계 속에 발화하고 이를 실현시키겠다는 각오의 측면에서 문학은 하나의 의지적 행동이다.

따라서 문학은 인간의 삶과 사회적 현실에서 그 내용을 표현하게 될 때, 정치적 색채를 지닐 수밖에 없다. 문학은 행동으로서 하나의 정치적 이념을 표방하고 하나의 노선을 지지한다. 그 정치적 이념과 노선이 문학인들 자신의 양심과 심미적 인식에서 우러난 내용이 될 것은 두말할 것도 없다. 이와 관련하여 문학과 정치의 관계를 논한 박종성의 말은 음미해 볼 만하다. 그는 『문학과 정치』란 책의 머리말에서 "문학은 기록과 은유, 비유와 진술체계를 통해 권력이 감당 못 할 감동과 흥분의 역사적 복원을 시도한다. 그리하여 끝내 그 도도한 글 줄기 속으로 독자를 유인, 계몽, 의식화하여 인간이 거듭날 토양을 끝없이 재생산하는 특유의 정치력을 담지한다. 모든 문학이 그렇다고 할 수는 없어도 '문제의 문학'은 권력보다 힘차고 칼보다 무

서운 교육 효과를 책갈피에 품는다. 그것은 때로 권력의 허구를 분쇄하는 무기이며 역사의 이면을 들춰 내일의 행동 노선을 각인시켜 주는 시대의 나침반으로 세상에 존재한다"고 말하면서 결론적으로 "문학은 이 세상 어떤 정치적 도구보다 강한 의미를 풍기며 우리의 의식을 가차 없이 벼리고 이내 곧추세운다"라고 말하고 있다. 문학의 기능과 사명을 이보다 강렬하게 말할 수는 없어 보인다.

문학이 행동을 본질적 특성으로 정치적 지향을 추구한다면 하나의 무기로 그 기능을 해야 하는 것은 당연하다. 인간은 원시시대부터 자신의 삶을 영위하기 위해 세계에 맞서고 적응하기 위한 무기를 지니고 살았다. 문인들에게 무기는 자신의 경험과 사유를 표현하는 문학이다. 여기서 문제는 오늘날 문인들이 무기를 겨눌 대상이 무엇인가 하는 점이다. 문학이 자신의 이념을 표현하는 것이라지만 실상 자신을 둘러싼 사회적 문제에 대해 하나의 대변자가 되어 그것을 표방하고 있다고 볼 수 있다. 그런 점에서 언제나 문학은 사회적 성격을 띤 채로 사회적 기능을 수행하고 있다. 사회적 모순을 인식하고, 이의 대안을 모색하며, 사회적 갈등의 통합과 함께 그 사회의 전망을 제시하는 문학이야말로 가장 전형적인 사회적 기능을 실천하고 있는 모습이라 할 것이다.

그렇게 본다면 지금 우리 시대의 가장 큰 문제가 무엇인가 하는 점을 생각해 볼 필요가 있다. 다양한 요소들로 떠올려 볼 수 있지만, 우리의 생명을 위협하고, 우리의 정신과 정서에 서서히 침투해 들어와 삭막하게 만드는 생태계 위기, 그중에서도 '기후 위기'가 가장 큰 문제가 아닐까 싶다. 기후 위기는 하나의 지역이나 국가의 문제가 아니라 전 지구적 문제로 확산되어 인간의 삶뿐만 아니라 동물과 식물의 삶, 더 나아가 토양이나 물 등 지구상의 모든 존재들을 파괴하고 있다. 기후 위기에 따른 지구 대재앙이 멀지 않다는 말은 이제 빈말이 아니다.

그런 점에서 이제 지구 생태계의 위기를 말하는 것은 인간만의 문제를 말하는 것이 아니다. 지구 생태계 문제는 인간의 차원을 넘어 '지구'라는 행성의 문제로 확대되었다고 볼 수 있다. 그것은 지구라는 행성이 인간의 물질 문명에 의해 기후 변동을 비롯한 온갖 변화를 맞게 됨으로써 태양계에 생성된 이래 새로운 모습의 지구 행성으로 바뀔지도 모른다는 예견을 불러오게 한다. 그 새로운 지구 행성의 모습이 인간에게 우호적일 거라고는 누구도 생각할 수 없을 것이다. 이와 관련한 용어로 '인류세'를 들 수 있다.

'인류세'는 크뤼천이 처음 제안한 개념으로 지구의 새로운 지질시대 개념이다. 이것은 이전의 지구 지질의 명칭인 '홀로세'에 비해 인류의 산업 문명으로 지구의 지질이 새롭게 변형되고 있다는 것과 관련된 명칭이다. 지질학계에 따르면 20세기 초 이후로 지구의 지질은 인류세로 접어든다. 인간은 지구 환경을 대폭 변화시키는 기후 변화를 일으킨 주동자로 지목되고, 종전과는 다른 지구 환경이 형성되면서 기후 위기 사태를 불러오게 되었다. 기후 위기의 양상은 지구온난화에 따라 남극과 북극의 빙하가 녹는 것을 비롯하여 엘니뇨, 라니냐 등의 해류의 이상, 전 세계에 걸쳐 일어나는 폭염, 폭우, 폭풍 등의 이상 징조 등 대재앙의 도래가 임박했다는 것으로 집약된다. 환경 보존론자들에 따르면 이 상태가 그대로 유지된다면 인류세는 생물들의 대량 전멸을 의미하는 것이라고 한다. 그것은 생각할수록 끔찍한 일이고 암담한 미래다.

그렇게 볼 때 지구 재앙의 시기에 대응하는 문학적 응전은 보다 구체적 현실 속에서 출발하여 거시적 생태계를 인식하면서 실천적 행위의 필요성을 주지시키는 담론으로 나아가야 할 필요가 있다. 기후 위기의 현실을 반영하는 상징의 깊고 얕음은 각자의 수사법에 맞게 적절한 형상성을 갖추어야 하겠지만 당대적 현실의 모순의 심부를 정확하게 찔러야 함은 불문가지다. 그 점에서 이제부터 지구 재앙의 시기의 문학적 행위와 존재 근거는 생태학적 지구 보존을 위한 인류의 기획에 입안해 있어야 할 것이다. 그것이 무슨 교조적 명령이나 강령에 따라 주어진 것이 아니라 현재적 삶의 가장 큰 문제성과 절실성에서 도출된 성찰에서 출발해야 하는 것은 당연한 사항이다.

이런 의미 있고 중차대한 사명의 문학적 행위를 '부산작가회의'는 '기후 위기'에 대응한 사화집을 내는 것으로 실천하고 있다. 시인들의 성실하고 열정적인 사유를 바탕으로 하여 지금 여기의 문제들과 그것을 해소하기 위한 인간들의 지혜가 어디에 있어야 하며, 문인들을 비롯한 현재의 인간들이 어떤 행동을 해야 할지를 시적 표현으로 제시하고 있다. 그것은 하나의 행동으로서 이 시대에 가장 긴급하고 필수적인 정치적 노선의 표방이자 천지의 절대적 명령을 수행하고 있는 것이라 할 것이다. 세계가 멸망해 가고 있는데 가장 의식이 명민하고 영적 능력이 활발한 시인들이 가만히 앉아 있을 수만은 없는 것이다. 천지의 아픈 기운을 몸에 받아들여 이를 대신해 울어 주는 존재, 그것이 시인이기 때문이다.

사화집 『지구는 난간에 매달려』(2023)의 내용을 찬찬히 들여다보면 모두 간절한 마음으로 시를 쓰고 있음을 알 수 있다. 작품마다 이 시대의 가장 큰 모순이 무엇이며, 그것이 인간의 문제만이 아니라 전지구적 재앙이 된다는 점을 인식하고 있다. 작품의 내용을 분류해보면 크게 세 가지로 나누어 볼 수 있을 듯하다. 인간과 산업 문명의 폐해에 대한 비판, 기후 변동의 실태 고발과 대재앙의 경고, 지구 종말의 상상력과 잠언적 묵시록 등이 그것이다. 이 주제들은 인간이 불러온 오늘의 생태계 위기를 정확히 직시하면서, 그것의 극복을 위해서 우리는 어떤 정서적 상태에 있어야 하며, 어떤 지성체로 살아가야 하는지를 탐색하는 것이라 할 것이다. 그런 점에서 무크지 『시움』 사화집은 이 시대의 본질적 문제를 짚고 있는 요체를 담고 있으며, 당대의 정신을 드러내는 핵심적 지표다. 이를 자세히 알기 위해 분류된 주제별로 작품을 살펴본다. 선정된 시들은 설명의 편의에 따라 선택되었을 뿐 작품의 수준이나 성취와 관계없다.

인간과 산업 문명의 폐해에 대한 비판

모든 문제의 원인은 인간이다. 이렇게 말하면 혹자는 지나친 발언이라고 말할 수 있다. 그 말속에는 인간에 대한 폄하와 혐오가 깃들어 있기 때문이다. 다른 어떤 문제에 대해 그렇게 말하면 인간이 문제의 원인이 아닐 수도 있고 또 문제의 해결자가 된다는 점에서 지나친 발언이라고도 볼 수 있다. 그러나 지금 벌어지는 기후 위기의 문제에 한해서라면 인간이 문제인 것은 분명하다. 인간이 지구에 불어닥치고 있는 생태계 파괴 현상을 만든 원흉임을 아무도 부정하지 못한다. 그동안 인간 문명이 쌓아 올린 업적과 형태가 우리 스스로 인간임을 부끄럽게 생각하게끔 만들고 있다. 과학을 신봉하는 사람이라면 이러한 발언에 대해 인간 스스로 이 위기 사태를 극복하도록 고무한다는 측면에서 인간을 너무 박하게 평가절하하거나 부정해서는 안 된다고 말할지 모른다.

문제는 지금 여기의 현실로 볼 때 과학의 발전을 통해 우리의 문제가 해결될 것이라는 믿음이 무너져 가고 있다는 사실이다. 이것을 말하고 있는 필자도 인간이라는 점에서 인간이라는 존재와 그 역사적 형태를 혐오하고 부정하고자 하는 것은 아니다. 아무리 보아도 이제 세계는 지구의 자정작용을 넘어, 즉 지구 환경의 보존이라는 임계점을 넘어 붕괴해 가고 있다는 느낌을 준다. 이 위기감과 함께 드는 비관적 감각으로 인해 현재 자신의 처지와 미래를 대비해야 하는 구체적 사명을 방치하거나 망각하자는 것은 절대 아니다. 지금의 현실에서 말하자면 우리는 최선의 대안을 놓쳐 버린 것은 분명하니 최선이 아니라면 차선, 아니 바른말로 바로 하자면 최악이 아닌 차악의 상태를 만들어 가자는 것이다. 그러한 인식과 선택이야말로 뼈아픈 자성을 유도해 내고 이 시기에 실천 가능한 방안을 도출해 낼 수 있는 토대가 될 것이다.

그런 점에서 인간은 자신의 역사와 특성에 대해 반성해야 한다. 인간뿐만 아니라 지구 모든 존재들의 멸망을 불러들인 장본인이지 않은가! 이러한 차원에서 정진경 시인이 그의 작품 서두에 조지 마셜의 "우리는 전부 가지려 하면서도 생명은 내놓으려고 하는가"(「침묵의 메신저」)라는 구절을 인용하고 있는 것이 눈에 도드라진다. 『기후 변화의 심리학』의 저자인 마셜은 기후 위기가 왔음에도 이 문제의 진상을 외면하고 이권과 허구에 사로잡혀 살아가고 있는 인간의 어리석음을 지적한다. 정진경 시인 역시 제 작품에서 인간 존재의 이기적 특성과 함께 이를 외면하는 인간의 어리석음을 풍자하고 있다. 이런 문제의식을 보여 주는 시인들의 시가 이번 사화집에서도 주류를 이루고 있다. 대표적인 시가 다음과 같은 것들이지 않을까?

다시 혁명이 필요하다
혁명은 모두가 한목소리로 행동해야 성공한다
지구에서 가장 염려되는 쓰레기는 인간
인간의 욕망만 잘 분류하여 버리면 우선 쓰레기는 반으로 줄겠다

나는 지구의 쓰레기다

옷이 있는데도 옷을 사고
매번 고기를 먹어야 하고
밝은데도 더 밝게 불을 밝히고
더 따뜻하게 더 시원하게
지구가 문제라고 늘 불안해하지만, 사실은 내가 문제다

…(중략)…

불편하게 살자는 말은 이제 혁명이 되었다
—김종미, 「불편하게 살자」 부분

도무지 썩지 않는 놈들이 있다 쓸모가 다하면 썩어 없어져야 하는데
저 혼자 썩지 않는다 썩을 놈들

자본주의가 낳은 불후의 명작 셋, 플라스틱 비닐 스티로폼 이 썩을

놈들이 안 썩는다는 말씀

…(중략)…

불후로 가득한 창백한 푸른 섬, 썩어 사라지는 일은 없을 것이다

불후의 명작이 될 것이다 읽을 이 하나 없이 고요한

— 김형로, 「썩을 놈」 부분

이 두 편의 시가 말하는 내용은 인간과 인간의 문명이 오늘의 불행한 사태를 불러일으킨 원흉이라는 인식이다. 김종미의 「불편하게 살자」는 "지구에서 가장 염려되는 쓰레기는 인간"이라고 적시하면서 "지구가 문제라고 늘 불안해하지만, 사실은 내가 문제다"라고 인간의 한 사람으로서 현 상황의 문제에 적극적으로 대처하지 못하는 자기 자신을 혹독하게 반성하고 있다. 이런 자의식적 반성과 비판은 내적 변화로 이어져 사회적 관계망을 통해 확산하게 될 것은 분명하다. 그가 말하고 있는 '혁명'은 이런 내적 변화의 끝에서 발생하는 커다란 동조화 현상을 말할 터인데, 시인은 이를 인간의 이기적인 욕망대로 사는 것이 아니라 생태계를 고려한 삶으로서 "불편하게 살자"는 문장으로 압축하여 제시하고 있다. 기후 위기 사태를 불러온 원인에 대한 혹독한 비판과 반성을 통해 새로운 삶의 방식을 제시하고 있다는 점에서 일정한 문학적 운동의 방향성을 잘 보여 준 작품이라 생각된다.

여기서 좀 더 생각해 볼 점은 '혁명'이 갖는 함의 부분이다. "다시 혁명이 필요하다"는 단언은 매우 강렬한 강령 같아서 우리 시대의 슬로건으로 삼을 만하다. 그러나 '불편하게 살자'는 문장으로 그 내용을 제시할 때, 조금 모호함과 나약함으로 후퇴하는 감이 있어 이를 구체화하는 다른 용어가 필요해 보인다. 마침 이에 대한 대안으로 이은주 시인의 시 속에 다음과 같은 표현이 있어 주목된다. 즉 "초록이 땅속 작은 뭇 생명을 살리도록/ 자

연스럽게 자연이 순환할 수 있도록" 하는 "초록의 혁명"(「초록, 눈부신 소란」) 이 그것인데, '초록의 혁명'이란 말이 김종미 시와 연동되어 작동될 때 우리 는 미래적 삶의 상태가 바로 이와 같은 혁명의 형태로 나타나야 함을 수긍 할 수 있을 것이다.

이에 비해 김형로의 「썩을 놈」은 인간 문명의 자랑이라 할 수 있는 산업 문명의 산물, "불후의 명작 셋, 플라스틱 비닐 스티로폼"이 "쓸모가 다하 면 썩어 없어져야 하는데 저 혼자 썩지 않는" 괴물이 됨으로써 참으로 편리 가 불편이 되는, 발전이 퇴보보다 못한 절망의 구렁텅이가 되는 참담한 산 업 문명의 실상을 풍자해 보여 주고 있다. '불후不朽'의 용어가 가지는 썩지 않음의 의미를 이중적으로 사용하면서 인간이 쌓아 올린 문명의 바벨탑이 그야말로 어리석은 자승자박의 쇠사슬로 자신을 옥죄는 현상을 역설로 담 아내고 있다. 이 역시 오늘의 생태계 위기를 불러온 인간 문명에 대한 혹독 한 비판과 반성을 수행하고 있다는 측면에서 오늘의 현실에 대한 실천적 발 언이라 할 수 있다.

이러한 시적 인식을 보이는 시구절들을 눈에 잡히는 대로 뽑아 보면 강문 출 시인은 "어릴 적 소똥구리들은 벌써 떠났고/ 이젠 벌들이 떠나고 있다/ 우리 때문에 얼마나 많은 이웃이 짐을 싸고 있을까// …(중략)…// 먼저 떠난 이웃이 그분께 울며 고할 것이다/ 인간만 떠난다면/ 지구에는 아무 일도 일 어나지 않을 것이라고"(「이웃」)라고 인간중심주의적 현실을 비판하고 있고, 권정일 시인도 "온실효과, 온실효과 귓등으로 듣다가 너무 뜨거워서 우리 는 종종 발을 구릅니다. 효과를 톡톡히 봅니다. 물 불 흙 공기 나비가 극단 으로 치닫고 있습니다. 냉혹한 사실입니다. 이 모든 게 우리가 뿜어낸 온실 가스의 복수입니다. 유일하게 지구를 병들고 지치게 하는 단 한 종種, 바로 인간입니다"(「그 많던 나비는 다 어디로 갔을까」)라고 지적하여 지상의 한 생물종 으로 인간의 문제점을 명확히 제시하고 있다.

신정민 시인도 "사람은 스스로를 멸망시키기로 다짐했다 사람이 보니 사 람은 이미 타락해 있었고 점점 더 타락해지기로 했다 룰루랄라"(「부메랑」)라고 표현함으로써 무지몽매로 타락해 가는 인간의 행동을 풍자하고 있고, 원양희 시인 또한 "강은 마르고 숲은 사라지고 빙산이 무너지고 영구동토층이 녹아내리고 섬이 사라지고 허리케인 토네이도 폭염 산불 화염 쓰나미 가뭄 기근 전쟁 전염병 도망치거나 탈출하거나 끔찍함을 목도하거나 천벌 같은 고통을 견디는 것이 일상이 될 일상의 종말 일상으로 쌓아 올린 탑 일상으로 무너뜨릴 수밖에 없을 텐데 돌이킬 시간이 없는데 지금도 너무 늦은데 아직 먼 곳의 일인 듯 내 일이 아닌 듯 슬픔도 눈물도 경악도 없는 이토록 조용한 오후"(「조용한 오후」)라고 발언함으로써 기후 위기가 눈앞에 닥쳐왔음에도 무감각하게 지내고 있는 인간의 어리석음을 경고하고 있다.

이러한 시들은 기후 위기가 어디에서 유래하게 되었고, 그 위기를 근원적으로 해결해야 할 당사자로서 인간이 그 문제를 심각하게 받아들이지 않고 현실을 외면하거나, 근시안적 이익에만 골몰해 가는 어리석음을 고발하고 경계하고 있는 작품들이다. 오늘의 시대적 모순에 꽤 강한 어조로 문제의 실상을 짚어 내고 도전하는 모습을 보인다는 점에서 매우 의의 있는 실천적 행동이라 할 수 있겠다.

기후 변동의 실태 고발과 대재앙의 경고

기후 위기를 실감으로 보여 주는 시들은 역시 현실에 나타난 기후 변동의 실상을 제시하고 있는 작품들일 것이다. 지구온난화로 인한 기후 변화는 지구 지질에도 영향을 미쳐 '인류세'라는 새로운 명칭을 붙이게끔 하고 있다. 그만큼 지구에 심대한 영향을 미쳐 종전의 삶의 형태로는 짐작도 할 수 없는 기후 현상이 나타나고 있는 것이다. 그러면서 인간의 삶과 지구 생태계의 파괴로 인한 대재앙의 상태가 올지도 모른 암담한 전망을 보여 준다. 다음 시편들이 바로 그런 현실을 잘 담아 보여 주는 예일 것이다.

수박만 한 우박이

야구공만 한 우박이

아기 주먹만 한 우박이

고양이 눈알만 한 우박이

지구의 머리통들이 깨져도

세계의 유리창들이 박살 나도

중동의 오일 쇠 파이프가 뚫려도

미래의 사과나무가 찢겨 나가도

…(중략)…

2023. 7. 3. 지구 역사상 가장 뜨거운 날로 기록됐다 하는데

대여섯 살 아이가 뙤약볕 아래 땀을 비 오듯 쏟아 내는데

손바닥에 콩벌레 한 마리 올려놓고 잔지러진다

엄마도 그 누구도 울음을 달래지 못하네

죽은 벌레를 위한 가장 슬픈 장송곡이었네

—고명자, 「지나치게 이기적인 유전자들」 부분

털레털레 앞서가는 털 뭉치가 녹는다 탈레탈레 뒤따라가는 털 뭉치가 녹는다 언제 흰색이었나 누런 짐작이 녹는다 때 묻은 큰 등이 녹는다 비루먹은 작은 엉덩이가 녹는다 납작한 배가 녹는다 바닥을 끌며 가는 검은 주둥이가 녹는다 사소한 엄폐물이 녹는다 해빙을 떠도는 전설이 녹는다 광활한 사냥터가 녹는다 잠잠한 잠행이 녹는다 먹잇감이 녹는다 신중한 사냥꾼이 녹는다 눈 위를 뒹구는 새끼 곰 놀이가 녹는다 태어나지 않은 새끼 곰이 녹는다 침묵의 N극이 녹는다 길고 풍성한 거울이 녹는다 거대한 백색 거울이 녹는다 능숙한 곰 인형이 녹는

다 곰 인형을 눕힌 노란 침대가 녹는다 침대 위에서 읽어 줄 차가운 동
화가 녹는다 만화 속, 꿀 먹은 아이스크림이 녹는다 그림 속 털북숭
이 그림자가 녹는다

—최정란,「북극곰」전문

이 두 편의 작품은 지구온난화로 인해 발생하는 기후 변동을 이야기하면
서 그 과정에서 발생하는 인간적 삶의 고통과 지구 재앙의 문제를 환기하고
있다. 먼저 고명자의「지나치게 이기적인 유전자들」은 이상기후 현상으로
"수박만 한 우박이" 쏟아져 내리는 상황을 통해 "지구의 머리통들이 깨"지
고, "미래의 사과나무가 찢겨 나가"는 무섭고 끔찍한 인류의 현실, 아니 지
구의 현실을 고발하고 있다. 특히 작품 속에 "2023. 7. 3. 지구 역사상 가장
뜨거운 날로 기록됐다"는 사실적 기록을 들어 지구의 온도가 종전에 비해
얼마나 오르고 있는지를 명시해 보여 줌으로써 보는 사람들로 하여금 경각
심을 갖지 않을 수 없게 한다. 이러한 시적 표현들은 산업 문명에 의해 발생
한 지구온난화 현상의 여파가 얼마나 지구상의 생명체를 죽이고 있는지를
'장송곡'이라는 언어로 압축해 보여 주고 있다고 할 수 있다.

이에 비해 최정란의「북극곰」은 지구온난화가 북극곰이 사는 북극의 만년
빙을 녹이고 있는 것에 착상해 모든 생명체와 문화가 소멸해 가는 것을 '녹
는다'란 말 속에 수렴시켜 공포감을 조성하고 있다. 이 시야말로 모든 죽어
가는 것들을 위한 레퀴엠이라 부를 만하지만, 그 실상을 들여다보면 장엄
하기보다 매우 끔찍하고 두려운 동화에 가깝다. 잔혹 동화로 칭할 만한 이
시는 '차가운 동화(마저) 녹는' 지경에 이른 상태를 그려 냄으로써 기후 위기
의 현실이 단순한 물리적 환경의 측면에서만 발생하는 것이 아니라 우리의
정신적, 정서적 측면에서도 심대한 부정적 영향을 끼치는 상황을 통해 대
재앙이 되고 있음을 적시해 내고 있는 것이라 할 수 있다.

이러한 기후 위기의 실상과 그 파장의 의미를 담는 시들도 중요한 하나의
경향성으로 이번 사화집에서 발견된다. 계절이 뒤바뀐 현상을 말하고 있는

서화성의 「올해의 날씨」도 그런 내용의 시에 해당하고, 안민의 "당장 절멸한대도 이상할 게 없는 행성 그리고 호모사피엔스, 이번 달에도 폭염과 폭우가 번갈아 다녀가지 않았던가"(「기상이변과 블랙 먼데이」)의 폭염과 폭우에 대한 예시도 그런 유형에 속한다고 볼 수 있다. 권애숙 시인이 극시 형태로 창작한 「기어이 막이 오르다」는 "앵두, 자두――(자신들의 옷매무새를 고치며) 참말로 힘들다. 나를 점점 잃어 가고 있어. 꽃도 열매도 어찌 지대로 피고 익겠노. 살고 싶다. 맛나게 살고 싶다카이// 벌――(무대 중앙에서 객석을 향해) 지구가 더워진다네. 계절이 사라진다네. 내 이름도 곧 지워지겠네. 함부로 쓰고버린 인간들이시여! 다음은 그대들"(「기어이 막이 오르다」)과 같이 기후 위기가다른 생명체에 어떻게 작용하는지를 상상하여 표현함으로써 우리의 무디어진 윤리의식을 일깨우고 진정한 차원에서 책임감의 필요성을 확산시켜 주고 있다. 멸종되어 가는 생물종들의 입장에서 말한다는 것이 이 시기에 시인이 가져야 할 미덕임을 잘 보여 주는 사례다.

　기후 위기가 생태계 오염을 발생시켜 종전의 평상적 사유로는 도저히 이해하지 못할 일이 생겨남을 고발하는 시의 유형도 볼 수 있다. 김사리의 "하지만 정작, 고래 뱃속에는/ 10킬로그램도 넘는 플라스틱, 플라스틱"(「플라스틱 고래 관찰기」)과 같은 시적 표현과 배옥주의 "아귀의 위장과 생수병이서로를 껴안고 있다// 대체/ 누가 누굴 더 사랑하는 걸까// …(중략)…// 상반신을 내주고서야/ 아귀 위의 아랫도리가 된 페트병/ 하반신을 내주고서야/ 페트병의 상반신이 된 아귀의 위"(「포옹」)와 같은 표현은 생태계 오염의현실을 풍자하고 고발하는 것이지만 그 시 속에 보이는 기형적 형태와 그로테스크 미학은 이 시대의 현실에 엄중한 경고를 가하는 하나의 시적 전략이됨을 보여 준다 할 것이다.

　그런 차원에서 이환의 시, 즉 "오천 년도 사신다는 그가/ 천이백 년을 사시고 쓰러지셨다// …(중략)…// 최근 백 년 사이/ 지구촌을 휩쓴 무서운 열병이/ 청정 지역 아프리카까지 급습해/ 천 년 거목의 심장을 강타했다는것,// …(중략)…// 걷잡을 수 없이 쏟아지는 폭우와 천둥과 벼락/ 푹푹 찌는 더위와 난데없는 한파/ 계절을 모르는 꽃들의 반란/ 녹고 있는 빙하와 상승하는 해수면/ 원인 불명의 질병과/ 예측할 수 없는 미래/ 그러니까 // 제 수명을 다 살지 못한 바오밥나무는/ 추락의 신호로 지구촌에 엄중한 경고를 내리신 것"(「바오밥나무의 말씀」)과 같은 시적 표현도 바오밥나무의 비정상적인 죽음을 통해 기후 위기의 현실을 진단하고, 그 죽음을 '추락의 신호로 지구촌에 엄중한 경고를 내리신 것'으로 이해함으로써 당대의 위기적 현실에 경각심을 던진 것이라고 볼 수 있다. 이번 사화집에서 대부분의 시인들이 이런 점을 자신들의 시구절에 부분 부분 의식하고 표현함으로써 기후 위기에 대응한 시적 행동이 무엇인지를 잘 보여 주고 있다.

지구 종말의 상상력과 지옥의 묵시록

기후 위기에 응전하는 시들 중 가장 섬찟한 울림을 주는 것은 종말을 맞이하는 감각들의 실체를 제시하는 작품들이다. 여기서 종말은 단절이자 모든 의미의 소멸이다. 종교적 차원의 죽음과는 그 의미가 다르다. 종교적 차원의 종말을 의미하는 죽음은 윤회나 구원의 의미를 담고 있지만, 기후 위기로 찾아오는 종말은 이런 신비와 구원의 의미는 전혀 찾아볼 수 없는, 말 그대로 추락이자 멸망을 가리킨다. 그런 점에서 지구가 종말을 맞을지도 모른다는 시적 상상력은 위기감에 가득 차 공포스러운 분위기를 자아내면서 극도의 압박감을 보는 사람에게 부여한다. 다음 시편들이 그것을 잘 보여 준다.

누구도 예외 없이 둘렀다

젖혀 버릴 수도
찢어 버릴 수도 없는 담요를 덮어쓰고 다녔다

포근하고 따뜻한 이미지를 버리고 모래 폭풍과 잦은 번개와 폭설 같은 담요는 1℃ 오른 열熱만으로도 폭력이 되었다 폭력이 곧 재앙임을 알지 못한 우리는 편리하고 스마트한 현대인이므로 동네 마트를 갈 때도 마땅히 자동차를 타고 다녔다 플라스틱 컵에 플라스틱 빨대를 꽂고 아이스 아메리카노를 마셨다 등 뒤로 떠밀려 온 북극곰과 콜라를 나눠 마시며 빙하를 타고 도착할 둘리를 기다렸다 닭 벼슬처럼 자존심을 한껏 올려 줄 스프레이를 고르는 동안 손바닥은 쩍쩍 갈라지고 두통이 시작됐다 때 없는 우박이 저녁을 몰고 왔고 담요는 더 은밀하고 다정하게 우리를 덮어 갔다

대기를 덮고 있는 온실가스 농도는 군용 담요처럼 짙어지며 두꺼워지고
담요 속 우리는 곧 질식해 간다

—채수옥, 「담요」 전문

가끔 영상으로 올라가는 날이 있어 이 추운 별에도 따스한 시절이 있었음을 떠오르게 하지만, 봄은 오지 않고, 겨울이 계속됩니다. 우리는 빙점 아래서 숨 들이마시고 내뱉습니다.

공중에서 눈이 떨어집니다. 바깥에서 들어온 냉기에 은화식물 잎들 축 처져 있습니다. 도로엔 버려진 자동차들이 가득합니다. 저 녹슨 차들은 언제부터, 빙판 위에 멈춰 있던 걸까요.

흰 달 뜬 저녁. 빈 화분 뒹구는 숲 입구와 고사목 가득한 눈밭에 발자국 몇 개 남아 있습니다. 개와 고양이와 인간의 흔적들. 아직도 살아 있는 게 있다는 걸 증명이라도 하려는 걸까요.

비 온 뒤 나뭇잎 사이로 비치던 햇살과 보도블록 뚫고 올라온 잡초
와 담장을 휘감은 덩굴들. 맑고 투명한 빗방울이 초록 잎을 적시던 시
절. 이 추운 별에도 그런 시절이 있었습니다.

—김참, 「빙점 아래서」 전문

이 두 편의 시는 기후 위기로 맞게 될 종말의 상황이나 감정을 현재적 상
태와 가상적 미래의 상태에서 상상력을 발동해 보여 주는 작품들이다. 먼
저 채수옥의 「담요」는 이번 사화집에서 독자의 심리 상태를 가장 무겁게 압
박함으로써 기후 위기가 갖는 불안감을 잘 표현하고 있다. 지구온난화를 가
속하는 대기층을 '담요'에 빗댐으로써 "누구도 예외 없이 둘렀다"는 정합성
있는 표현으로 심리적 압박감을 극대화하고 있고, 온실가스의 증대에 따른
"담요 속 우리는 곧 질식해 간다"는 무서운 진단과 전망은 지구 종말의 고통
을 생생하게 느끼게끔 만들고 있다. 이 부분은 국민들이 과거 '세월호 사건'
에서 어린 학생들이 물속에서 질식해 숨져 가는 현상에 치를 떨었던 만큼의
공감력을 확보해 보여 준다고 할 수 있다. 공포의 실상과 그 감각의 전이를
잘 표현하고 있는 이 시는 기후 위기의 문제점 파악과 대안 탐색의 필요성
이 무엇보다 먼저 당대의 현실에서 해결해야 할 과제임을 환기시켜 준다.

이에 비해 김참의 「빙점 아래서」는 지구 종말을 맞고 난 이후의 상태를
상상적으로 그려 본 것이다. 작품 속의 인간은 현재 "봄은 오지 않고, 겨울
이 계속됩니다. 우리는 빙점 아래서 숨 들이마시고 내뱉"는 상태에 처해 있
다. 겨울로 상징화된 지옥의 상태에 놓여 있다는 의미일 것이다. 그런 그들
이 고작 한다는 일은 "맑고 투명한 빗방울이 초록 잎을 적시던 시절. 이 추
운 별에도 그런 시절이 있었습니다"라고 추억에 잠기는 일이다. 이는 그들
이 그런 좋았던 한때를 추억하는 것 이상의 의미 있는 삶을 살지 못하고 있
음을 암시하는 것으로 볼 수 있다. 시적 표현은 상당히 서정적인 느낌을 주
지만 그 내용적 진실은 폐허와 고립 속에 죽어 가는 인류의 암담한 묵시록
적 선망이다. 지옥의 상태에 떨어질 인류의 행보에 대해 김참 시인은 현재

의 시선과 감각으로 예언 아닌 예언, 아니 정작 그렇게 될지 모르는 전망을 경계의 심정을 담아 표현해 내었다고 할 수 있다. 그런 점에서 이런 시는 삶의 지혜를 깨우치게 하고 타락을 경계하는 잠언적 기능을 수행한다.

이런 종말의 감각과 위기감을 표현하는 시들도 중요한 하나의 경향성을 보여 준다. 가령, 김수우 시인은 "누가 저 아이를 받아 낼 수 있을까 지구라는 저 오래된 눈물을// 인간이 태어나기 전부터 꽃가루를 받던 벌들이 사라지고 있다// 수억 년 전부터 심해를 누비던 고래들 비명이 깊어지고 있다// 북극곰이 난처한 얼굴로 돌아보며 울먹인다 아득한 눈동자// 어디로 갈까요 당신들은 어디로 가나요 지구가 펄펄 끓네요"(「17층에서 아이가 떨어지고 있다」)와 같이 종말로 굴러가는 지구라는 행성과 그에 얹혀 살고 있는 생명체들에 대한 연민과 구원 의식을 피력하고 있고, 이효림 시인은 "지구는 북극의 난간에 매달려/ 액션이 아닌데 외마디 잔해를 끌며// 바다가 줄지어 떠난다/ 아픈 풀이 서쪽으로 눕고/ 반 익은 혼들이 절뚝이며 어디로 간다"(「아이는 낙원을 꿈꾸었지」)와 같이 전형적인 묵시록의 형상을 통해 현실적 위기감의 심화를 꾀하고 있다. 특히 '지구는 북극의 난간에 매달려' 있다는 표현 자체가 가지는 위기감은 지구 종말을 상징하면서, '반 익은 혼들이 절뚝이며 어디로 간다'에 보이는 고통과 불구를 통해 종말의 세계가 지옥임을 암시하여 매우 강력한 환기력과 공감력을 확보하고 있다.

이와 같은 지옥의 묵시록을 암시하는 구절들은 정선우의 "돌이킬 수 없는 일들로/ 돌이킬 수 없는 지구가 되는 건 초읽기"(「날아라 날아 태권 브이」)란 구절과 석민재의 "책에서 점점 지도가 사라지고 있다"(「이 집 왜 이래」)라는 표현에서, 그리고 이현곤 시인의 "막을 수 없는 일들이 오고 있다"(「에어컨을 켜라」)란 시적 표현에서 잘 나타나고 있다. 이러한 시적 표현과 의식들은 기후 위기를 통한 지구 종말이 하나의 망상이나 환상이 아니라 현실 속의 구체적 감각으로 나타나고 있음을 제시하고, 이에 대한 세상 사람들의 각성과 실천의 필요성을 환기하는 것으로 볼 수 있다. 문학의 운동적 측면의 기능을 통해 지구 종말의 현실을 되도록 맞지 말기를 바라는 간절한 기원을 드러내고 있는 것이라 할 수 있는 것이다.

　그 점에서 기후 위기에 대한 시적 행동은 당대의 모순적 현실을 진단하고, 이를 개혁할 현실적 · 상징적 힘을 마련하는 것이자 보다 나은 미래를 후손들에게 물려주기 위한 책임 있는 지식인의 자세다. 이러한 운동을 통해 문학의 사회적 기능을 수행함은 물론 문학을 통한 인간 구원, 세계 구원이 이루어지기를 바라는 것은 지구적 소명에 부응하는 일이기도 하다. 하여 이 사화집이 그 역사적 사명의 출발점이자 이정표로 작용하기를 바란다.

우주적 책임과 행동주의 시

왜 생태문학인가? 그 물음에 대한 답으로서 생태문학을 논하는 까닭은 갈수록 생태계의 위기가 전면화되고 심각해지면서 인간을 비롯한 이 지구상의 모든 존재들의 생존이 위태로워지고 있기 때문이다. 현재 지구 생태계 위기의 징후는 지구 도처에 다양한 형태로 드러나고 있다. 지구온난화로 인한 이상기후는 말할 것도 없고, 갈수록 사막화되어 가는 땅, 바닷물의 온도와 수위 상승, 오존층의 파괴, 그 가운데 오염되어 가는 땅과 물과 대기, 이러한 결과로 나타나는 수많은 동식물의 멸종 등 전방위적으로 지구 생태계가 들썩이며 병들어 가고 있는 실정이다.

이 요동치는 지구 생태계에 대해 말할 때, 무엇보다 전제되어야 할 사항은 우리가 살고 있는 이 지구의 자정작용이 무한하지 않다는 사실이다. 지구의 평형운동은 한계가 있다. 지구의 자정 움직임이 임계점에 도달하였을 때, 현재의 생태계가 어떻게 변화되고 붕괴될지 예측할 수 없다. 절멸은 아닐지라도 절멸에 준하는 지구 생태계가 될 것이라는 관측이 우세하다. 지구 자체가 황폐한 행성으로 떠돌게 될지도 모른다는 말이다.

지구가 망가질 수도 있다고 위기의식을 느끼는 사람은 자신의 삶과 문명에 불안함을 가질 수밖에 없다. 생태계 위기는 물리적 세계뿐만 아니라 정신적 세계에도 영향을 미치기 때문이다. 그에 따라 삶이 피폐해지고 있다는 강박관념에다 자연으로부터 공격받고 있다는 정서적 불안과 결핍 의식 등이 인간의 일상적 삶을 채우게 된다. 극단적 우울과 테러 등은 생태계 위기가 사회적 위기로 전화되어 나타난 현상이라고 볼 수 있다. 근대 산업자본주의로 표상되는 물질주의가 지구 생태계를 위기로 몰아간 만큼 지구 생태계 위기가 부메랑으로 돌아와 인간의 삶과 문화에 충격을 주고 있는 것이다.

　우리는 이 위기의 상황이 멈춰지길 바라면서 자연으로부터 소외와 결핍이 없는, 그러면서 풍요와 평화가 공존했던 때를 꿈꾸게 된다. 생태문학은 바로 이 지점에서부터 출발한다. 인간과 인간, 인간과 자연이 호혜와 평화로서 공존하는 상태의 충일감 내지 전일감全一感을 간절히 바라게 되는 것이다. 자연과의 행복한 합일의 상상은 현재적 삶의 모순과 결핍을 우회적으로 드러내는 방법이 된다. 최근에 발표된 시 중 이를 유감없이 보여 준 시한 편을 들자면 다음과 같은 작품이 아닐까.

> 큰아버지는 논에서 고개를 숙이는 나락을 보며
> 성북리 연못에 가서 민물 새우를 잡아
> 손수 만든 미끼통에 담고 집에 와서는 우물을 퍼 손발을 씻고
> 저녁 드셨다 새우가
> 미끼통에서 튀는지
> 밥 드시는 내내 톡톡 소리가 났다
> 달과 별들은 그때쯤 나와 부스스 기지개를 켜고
> 대통에 구운 콩을 담는 걸 구경하였다
> 늘 닦고 매만지는 장대를 메고 사립문을 나가면
> 달과 별이 따라 나갔다
> 왜 나는 안 데리고 가느냐고 일곱 살 나는 고래고래 울고
> 그날은 누룽엉 포인트로 길을 잡으셨다

그때는 여전히 돌아서는 모퉁이마다 전설이 있고

달로 묏등을 지나면 해치이불이 등잔덩이만 했다

새바지를 지나면 파도가 들치고

누룽영에 닿으면 마파람이 불어

바다는 그때부터 팔뚝만 한 감씨이가 덥석 물고 늘어지는

예감으로 빛났다

감씨이가 안 오는 날에는 도깨비가 찾아와

구운 콩 갈라 먹자고 보채고

한 줌 쥐어 주면 오도독 오도독 맛있게 먹었다

먹은 값 하는 것인지 곧 초릿대가 바다로 빨려들고

은비늘 찬란한 밤은 그때부터 시작이다

그 즈음 나는 큰아버지 기다리며 마루 끝에 앉아

오도독 오도독 구운 콩을 먹는다 콩 다 먹고 꾸벅꾸벅 졸면

어흠,

대문으로 들어서는 얼룩감씨이!

모를 거야 당신은, 못 봤을 거야 당신은

남극 크릴새우를 밑밥으로 쓰는 당신은 들은 적 없을 거야

등짝에 얼룩무늬가 그려진 붙박이 감씨이를

가야겠네 바람 부는 밤에

내 유년이 졸고 있는 해초海草 속으로

—박형권, 「얼룩감씨이를 그리워함」

(『가덕도 탕수구미 시거리 상향』, 2017) 전문

이 시를 보면 자연과 인간, 그리고 신이 한데 어우러져 둥글게 이어져 있음을 찾아볼 수 있다. 이것은 루카치가 그렇게 감탄해 마지않던 그리스 문화의 완결된 세계, 곧 원환적圓環的 전체성을 생각나게 한다. 이곳에서는 세계와 자아, 천공의 불빛과 내면의 불꽃은 서로 구분되지만 서로에 대해 결

코 낯설어지는 법이 없다. 우주적 관계가 가족과 같은 공동체가 됨으로써 세계와 자아가 하나로 통일되는 동일성의 세계를 드러낸다. 이 세계의 가치는 모든 것이 수평적이고 연속적인 상태로 놓임으로써 분리나 소외가 존재하지 않는다는 점이다.

이런 상태를 블로흐는 동일성의 고향이라 불렀다. 분리와 소외, 결핍과 경쟁으로 좌절감을 맛보는 현대인에게 이 동일성의 고향은 구원의 표상이다. 시인 박형권은 제 유년의 고향 풍경이 본능적으로 현재의 결핍을 채워 줄 구원의 표상이 됨을 감지하고 있다. 이 시에 등장하는 '사람, 땅, 바다, 물고기, 달, 별, 도깨비' 등은 모두 동질적 정조 속에 하나의 공동체로 구성된다. 이것은 신화와 같은 몽환적인 세계지만 우주 전체가 하나의 가족공동체로 구성되어 시적 화자에게 심리적 충일감을 갖게끔 한다. 의인관적 세계관에 의해 이 우주가 원환적 전체성으로 묶여 있음을 보여 주는 것이다.

그런 점에서 이 시는 자아와 세계의 통합에 대한 원형적 심상을 제시함으로써 인간 정체성에 대한 심원한 정서적 효과를 얻고 있다. 물고기와 관련된 개인적 차원의 원체험이 우주 공동체에 대한 믿음과 유대로 확대됨으로써 그것이 분리와 경쟁으로 지친 현대적 삶에 얼마나 소중한 것인지를 알 수 있게 한다. 그것은 결국 이 시가 현재적 결핍이 갖는 부정성을 넘어 진정한 삶의 가치가 어디에 있는지를 암시해 주고, 그것을 통해 당대적 삶의 문제인 생태계 위기를 어떻게 풀어 나가야 할지를 알려 준다.

때문에 어떤 시인들은 생태계 위기에 대한 문제의식을 몽상과 회상으로 나타내지 않고 시대적 모순에 대한 직시를 통해 드러내기도 한다. 근대 문명에 대한 반성과 함께 자연 생태계 파괴의 현장을 생생하게 폭로하고, 그것의 부당함을 고발하는 시는 당대적 삶의 문제의식을 직파하고 있다는 점에서 매우 일반적이면서 주목되는 생태문학이다. 다음 시가 이 경우 대표적인 작품이지 않을까.

자본의 노예들이 흰 소를 타고 거나하게

난개발을 노래하는 슬픈 짐승의 시간이 온다

산을 팔아 강을 팔아 들판을 팔아 폐허를 세워

더러운 매춘의 역사를 쓰려는 무리들에게 묻노니

천부적으로 타락을 모르는 걸레, 자본의 폭주족이여

요람에서 꿈을 꾸는 그분들에게 물어나 보았는가

초록의 힘으로 강물의 힘으로 일월성신의 지극함으로

백 년 후 천 년 후 이 땅의 주인들 오고 계시는데

먼 제국의 옛 말발굽으로 치달리고 싶은 무리여

우리의 모태였던 미륵의 땅 저 산하가

콘크리트 감옥에 갇히는 일은 없어야 하지 않겠는가

—이중기, 「강은 사람의 노래, 푸른 경전이다」

(고은 외, 『그냥 놔두라』, 2008) 부분

이 시는 실제 이명박 정부에 의해서 국책 사업으로 진행된 대운하 건설에 대해 비판하고 있는 작품이다. 시인은 우선 "자본의 노예들", 혹은 "자본의 폭주족"들이 자신의 이익을 위해 '난개발'로 지칭되는, "산을 팔아 강을 팔아 들판을 팔아" 이윤을 추구하는 자연 파괴의 현실, 곧 생태계 파괴의 현실을 "더러운 매춘의 역사"로 매도한다. 그러면서 "백 년 후 천 년 후 이 땅의 주인들", 즉 후손들에게 부끄럽지 않은 오늘의 삶을 살기 위해 "우리의 모태였던 미륵의 땅 저 산하가/ 콘크리트 감옥에 갇히는 일은 없어야 하지 않겠는가" 하고 적대적 세력을 비판하면서 동시에 의식 있는 사람에게 이와 같은 일이 발생하지 않도록 행동할 것을 격앙된 목소리로 고취하고 있다. "콘크리트 감옥에 갇히는 일은 없어야 하지 않겠는가"는 내용상 '콘크리트 감옥에 갇히는 일은 발생하지 않도록 해야 하지 않겠는가'라는 의미로 볼 수 있다는 점에서 이 시를 보는 독자를 비롯해 당대의 의식 있는 사람에게 이러한 자연 파괴의 개발 정책에 대해 반대하는 행동을 할 것을 촉구하는 구절이라 할 수 있다. 그 점에서 이 시는 비판과 함께 행동의 실천을 강조하는 운동적 성격을 담고 있다.

생태시가 운동적 성격을 띠는 것은 어쩌면 너무나 당연한 일이다. 배한봉이 그의 『김소월과 정지용 시의 생태학적 연구』(경희대 박사논문, 2016)에서 안 네스의 행적을 통해 이를 언급하고 있는 것처럼 실제 생태주의 사상의 출발이라 할 수 있는 안 네스의 글을 보면 이를 잘 알 수 있다. 1973년 심층생태주의를 표방하던 안 네스는 「피상적 생태운동과 근본적이고 장기적인 생태운동」이란 논문을 펴내었는데, 이때 그는 실천성을 강조하는 운동이란 개념을 논문 제목에 부여하고 있다. 네스가 철학이라는 용어 대신 운동이라는 용어를 사용한 까닭은 그의 생태론이 기존의 철학이나 이념과 다르다고 보았기 때문이다. 네스는 이 사상이 행동주의로 나아가기를 바라는 차원에서 철학자가 아니라 창작 활동을 자유로이 하는 예술가들이 참여하길 원했는데, 이는 예술이 철학보다 훨씬 대중에게 그 영향력이 강력할 것으로 보았기 때문이다. 이를 보면 생태주의 문학 역시 이러한 차원에서 운동으로서 출발하는 셈이다. 위의 이중기의 시 역시 그런 관점에 서 있다고 볼 수 있다.

때문에 여기서 볼 수 있는 중요한 점은 물질주의로 대변되는 인간의 오만에 대한 경고보다 이를 바로잡아야 한다는 또 다른 관점으로서의 인간의 태도다. 즉 의식 있고 정의로운 인간은 자연의 대행자로 나서 지금 우리의 물질문명에 대해 반성하고 저질러진 잘못을 바로잡아야 한다는 인식이다. 이는 인간중심주의에 대한 부정으로 인간의 지위마저 의심스럽게 보던 심층생태주의의 태도에 비해 인간의 위상과 가치에 대해 새로운 해석을 내리는 사회생태론적 입장을 떠올리게 한다. 이는 실제 반성해야 할 대상은 인간과 자연을 도구화하고 착취함으로써 공생의 생명 사슬로 긴밀하게 연결된 생태 평형 체제를 위협하는 체제, 즉 자본주의로 대변되는 물질주의라는 점에서 합리적 이성을 통해 잘못된 제도를 바로잡을 인간에 대한 신뢰를 포기해서는 안 된다는 것을 말해 주는 셈이다.

이 점에서 생태주의 문학적 운동에서는 의식 있는 인간의 활동이 요청된다. 생태주의 사상에 입각한 시인은 이러한 태도를 견지해야 한다. 한스 요나스는 그의 책『책임의 원칙』에서 인류의 자멸이라는 위협에 직면하여 평화가 절대적으로 요청된다면, '책임'은 이를 실현할 수 있는 행위의 명법이라고 말한 바 있다. 이 말은 책임의 영역을 인간으로부터 자연으로 확장할 때 인간은 비로소 존재의 정당성을 확보할 수 있다는 것이다. 세계의 파괴를 통해 자신마저 파괴해 들어가는 물질주의를 극복할 우리 시대의 윤리학이 '책임'이라는 키워드에 담겨 있음을 요나스는 밝히고 있는 것이다.

자연에 대한 이 책임의 여러 제도적, 윤리적, 미학적 행위가 오늘의 생태주의 운동의 핵심이 될 것은 분명하다. 그때 문학이 속해 있는 영역에서 볼 때 미학적 행위의 하나로 벌어지는 생태시의 지향은, 즉 생태계 위기의 현실에 대한 비판과 그에 따른 대안 의식은 자연이란 이름으로 타자화된 사물들에게 그 생명과 영성을 되돌려주는 일이라 할 수 있다. 가치의 복권은 자연을 인간의 욕망을 무한히 충족시켜 주는 도구나 매개물로 보지 않겠다는 것을 의미한다. 그에 따라 자연은 지구 생태계라는 생명의 그물 속에 놓인 호혜적 존재가 된다. 여기서 자연은 인간과 대등한 정령적 존재로 승화된다. 지구 공동체, 생명 공동체의 평등한 존재로 서게 된다.

이때 생태시는 그들의 영적 갈망과 존재 가치를 표현하는 장르가 된다. 그들의 열망과 고통을 대행하는 영적 매개자가 되는 것이다. 이는 바로 자연의 일부로서 인간이 사물을 대신해서 이야기할 수 있다는 대리 의식의 표출이기도 하다. 그러나 이 대리 의식은 근대 자본주의적 우월 의식에 기반을 두고 있는 의식은 아니다. 이러한 의식의 밑바탕에는 근대 과학기술 문명이 가져온 인간중심주의에서 벗어나 인간의 자연적, 우주적 존재로서 책임을 다하려는 태도에서 출발하는 것이다. 다음과 같은 시가 바로 그와 같은 의식을 담고 있지 않을까.

강이 말했다
하루라도 흐르지 않으면

반드시 닿아야 할 필생의 바다를 잃는 것이라고.

그 바다에 이르지 못하면

저승의 어두운 강줄기가 시작되는 물머리의 어디쯤에

또 다른 내가 서성이며 기다리고 있을 거라고.

그렇게 강이 흘러왔다.

해마다 새로운 꽃이 피는 것처럼

숱한 밤으로 항상 새로운 별이 빛나는 것처럼

강은 매일 나에게 흘러왔으나

나는 스스로 강이라는 생각을 하지 못했다.

나는 한순간도 멈추지 않고

이승의 세월을 흘러야 하는 물줄기라는 것을.

나는 이미 강이었고

강은 어느 누가 훔칠 수 없는 내 목숨이라는 것을.

기필코 바다에 닿아야 한다는 것을.

　　　　—박두규, 「강이 말했다」(고은 외, 『그냥 놔두라』, 2008) 전문

허리가 아프다

며칠 전부터 발끝이 저려 오더니만

오늘은 기어코 쇠 말뚝을 박는다

허연 속살이 드러나고 핏물이 솟는다

온몸이 아프다

뒤틀리는 고통은 아랑곳하지 않고

포클레인 한 대 삽을 들어

어깻죽지를 있는 힘껏 내리친다

—김승동, 「절개지」(한국시인협회 편, 『지구는 아름답다』, 2007) 부분

이 두 편의 시는 공감과 동조화를 통한 생명 의식으로 가득 차 있다. 이 명원은 이런 시의 특성을 「행동시학과 생태평화주의」(고은 외, 『그냥 놔두라』, 화남, 2008)에서 "시 쓰기란 결국 그런 불가능의 편에서, 가청주파수 너머에서 들리는 자연의 거대한 신음 소리를 민감하게 대변하고, 그것을 저 개념적 추상화에 갇혀 있는 세속 세계를 향해 의연하게 번역하고 증폭시키는 행위가 아닐까"라고 말한 바 있다. 시인의 의미 있는 시 쓰기가 자연의 소리를 대변하는 것, 생명의 고통에 공감하고 생명의 본질을 일깨우려는 것에 있다고 말하고 있는 것이다. 이는 바로 자연의 고통에 대한 인식을 넘어, 내면화를 통한 동조의 상태에 이른 것을 의미한다. 이는 인간과 인간, 인간과 자연의 바람직한 관계상, 바람직한 생명적 관계에 대안 인식으로서 존재와 생명에 대한 올바른 인식에 이르고자 하는 생태시의 본령에 육박하는 것으로 일정 부분 자연에 대한 인간의 책임 의식의 발현으로 볼 수 있다.

위 두 시는 책임이 어디에서 오는가를 보여 준다. 강의 말로써 "하루라도 흐르지 않으면/ 반드시 닿아야 할 필생의 바다를 잃는 것"을 들을 수 있고 이를 대변해 줄 수 있는 것은 "나는 이미 강이었고/ 강은 어느 누가 훔칠수 없는 내 목숨이라는 것"을 깨달았기 때문이다. 그리고 절개지로서 파헤쳐지는 현상을 두고 "허리가 아프다", "온몸이 아프다"라고 접신된 사람처럼 말할 수 있는 것도 자연 파괴가 실상 우리의 생명을 파괴하는 것임을 알았기 때문이다. 이는 물질주의가 약속한 미래와 희망이 얼마나 환상이고 저주인가를 겪어 본 당대 지식인으로서 당연히 가질 수 있는 반응이다. 때문에 시적 화자들은 자연의 입장에서 듣고, 자연의 입장에서 말함으로써 생명 공동체의 일원으로서 그 역할을 다하고 있는 것이다. 이는 생태시가 자신과 자신을 둘러싼 세계의 본질에 대해 다시 생각하고 재발견하여 생명의 지속적 발전이 과연 무엇인가를 찾아가는 인식의 문제이자 실천의 문제임을 보여 주는 것이라 할 수 있다. 그 점에서 위 시들은 인간의 재발견을 통해 생명 공동체의 세계를 재건해야 함을, 그 재건의 중심에 인간의 책임이 막중함을 암시하고 있다.

생태계 현실에 대한 책임 의식은 무엇보다 우리들이 저지른 잘못에 대한 통렬한 반성에서부터 시작될 것이다. 즉, 인간의 행위에 대한 값싼 반성이 아니라 말 그대로 몸서리치는 후회에 가까운 두려움이 그에 해당하지 않을까? 책임은 자신의 행위가 잘못되었을 때 끔찍한 대가를 치르게 될 것이라는 의식 속에서 시작되니 말이다. 다음 시가 이 경우에 부합되는 작품이다.

> 곧 가라앉을 것이다 숨 쉴 구멍이 없어질 것이다 잡아먹힐 것이다 곧 흐느적거릴 것이다 쨍그랑 난도질당해 갈가리 피가 시뻘걸 것이다 바다도 강도 다 말라빠져 죽어라 어디론가 내빼고 있을 것이다 배가 고파 뒹굴 것이다 배가 아파 날뛸 것이다 쨍그랑 눈이 뒤집힐 것이다 곧 찌꺼기로 가득 찰 것이다 식은땀을 자꾸 흘릴 것이다 쉴 새 없이 입을 빠끔거릴 것이다 곧 가라앉을 것이다 곧 천지가 뒤집힐 것이다 하늘에 거꾸로 처박혀 있을 것이다 땅이 지천으로 날아다닐 것이다 곧 깜깜해질 것이다 원귀가 된 이름들을 불러 보다가 쨍그랑 다 부르지 못하고 목이 터질 것이다 곧 조용해질 것이다 곧 아무 기척이 없을 것이다 쨍그랑 숨죽인 평화가 이어질 것이다
>
> ─최영철, 「지구 수족관」(고은 외, 『그냥 놔두라』, 2008) 전문

이 시는 말 그대로 지구 절멸의 상태를 예언하는 묵시록 같은 것이다. "바다도 강도 다 말라빠져 죽어라 어디론가 내빼고 있을 것이다"로 대표되는 지구 최악의 상태는 생태계 위기의 극점을 보여 주는 것이라 할 수 있다. 쓰는 시인이나 보는 독자 모두에게 매우 끔찍한 공포를 불러일으키고 있다. 이러한 공포에 감염된 존재라면 이와 같은 상황이 발생하지 않게끔 해야 했고, 앞으로 해야 할 것이 아닌가 하는 생각을 당연히 가질 것이다.

그 점에서 이 시가 갖는 가장 중요한 의의는 이 시가 환기하는 공포가 바로 생태 의식을 부추기는 부정의 긍정이라는 사실이다. 요나스는 앞의 책에서 이어 "못 하게 하는 공포가 아니라 행위를 하도록 북돋우는 공포가 바

로 책임의 본질적 속성"이라고 말하면서 "공포를 탐지하는 발견술은 새로운 대상물을 찾아내어 공포에게 서술할 뿐 아니라, 그것에 의해 일깨워진 특별한 도덕적 관심을 알게 해 준다"고 말하고 있다. 그의 말은 우리 시대에 필요한 윤리의 출발이 바로 두려움, 즉 공포에 있음을 말해 주고 있다. 그는 "두려워함 자체가 역사적 책임의 윤리학의 1차적이고 예비적인 의무가 된다"고 언급함으로써 두려움이 어떻게 책임 의식으로 연결되며, 생태계 위기의 문제를 해결하기 위해서 의식 있는 인간에게 어떻게 작용해야 할지를 잘 말해 주고 있는 것이다. 그 점에서 위의 최영철이 그리고 있는 지구 멸절의 심상은 오늘날 우리 인간이 무슨 감정으로 현재의 역사적 상황을 지켜보아야 할지를 명확히 보여 주고 있는 셈이다.

공포를 통한 책임 의식이 자연스럽게 표출된 생태 의식은 자연계의 형상을 가장 아름답고 가치 있는 대상으로 여겨 그대로 존속되기를 바란다. 소위 '신의 형상'으로 불리는 자연의 현실을 있는 그대로 유지하고 거기에 미학적 가치를 넘어 실존적 가치가 깃들어 있음을 주지시키는 것이다. 다음 시편은 바로 그런 의식을 보여 주고 있다.

부수고 깨트리고 쪼개지 마라
그저 한낱 돌덩이 바위로만 보이느냐
하늘이 지으신바 이대로가 부처니라

창조의 손바닥 그 체온에는
바람도 머뭇대고 구름도 묵묵히 읽고 가느니
햇빛이 달궈 놓고 눈서리가 식히는 불과 얼음의 길이
인생과 무엇이 다른가
밤마다 달빛에 별빛에 씻어 말리는 몸이니라

풀과 꽃이 향기 뿜어 재롱떨고

나방과 풀벌레 산새가 알 까고 새끼 치는 무릎 정갱이를

바위로 이불 덮고 나무들 잘도 자라

다들 함께 어울려 사는 이 자리

이냥 이대로가 완벽完璧이니라

창조創造의 모습이자 신神의 말씀이니라

—유안진, 「손대지 마라」

(한국시인협회 편, 『지구는 아름답다』, 2007) 부분

이 시의 주된 어조가 되는 "부수고 깨트리고 쪼개지 마라"의 명령법은 요나스가 그의 책에서 "인류는 존재해야 한다는 사실의 명법은 오로지 인간에게만 관계되는 첫째 명법이다"라고 말한 인간의 제1의 명법에 해당한다. 제1의 명법은 인간이 이 지구상에 존재해야 할 당위성을 드러내는 이념으로서 참된 존재자로 나아가기 위해 필요한 지상명령과 같은 것이다. 시인 유안진이 생각할 때 이 시대의 참된 인간 존재로서 갖춰야 할 이념이 있다면 그것은 바로 "부수고 깨트리고 쪼개지 마라"에 포함된 생태적 사유에 입각한 이념이다. 이 이념이 지켜질 필요가 있는 것은 자연이란 이름의 형상물들이 다름 아닌 '신의 형상'으로 불리는 신성불가침의 것들로 여겨지기 때문이다. 시인이 "하늘이 지으신바 이대로가 부처니라", 또는 "이냥 이대로가 완벽完璧이니라/ 창조創造의 모습이자 신神의 말씀이니라"라고 말하고 있는 것이 여기에 해당하는 것인데, 자연의 이런 신성하고 거룩한 형상에 의해 인간은 두려움을 갖고 파괴 행위를 중지해야만 한다는 점에서 강렬한 명령법은 인간 존재의 제1의 명법이 된다.

시인은 신에 대해 두려움을 갖듯이 자연의 형상을 신의 형상으로 여기고 파괴해서는 안 된다는 존재론적 이념을 강렬한 명령법을 통해 실현하고 있다. 이런 시적 경향은 충분히 사회생태론의 입장에 서서 생태주의 문학이 전개되어야 함을 말해 준다. 이것은 앞에서 보았듯 멸망으로 가는 지구 생태계를 구원하기 위해 의식 있는 지식인들이 폭주하는 자본주의의 제도에

제동을 걸고, 모든 생명체의 영성 회복을 통해 인간과 자연 사이의 새로운 윤리, 즉 생태 윤리를 구축해야 함을 암시한다고 볼 수 있다. 제도적 차원의 물질주의 문명을 바로잡음으로써 생태적 사회를 재구성하게 되고, 그럼으로써 인간과 자연은 영성을 통해 다시 공생과 공영의 생태적 평형 상태에 이를 수 있기 때문이다.

그런 점에서 두려움의 감정은 곧 자연에 대한 공경의 마음으로 전이될 필요가 있다. 흔히 말하는 '외경畏敬'은 이 경우에 합당한 언어라 할 수 있다. 인간 자신의 오만함을 떨쳐 버리고 우주의 가족공동체라는 인식을 하게 된다면 자연을 대할 때 자연스레 외경심을 품게 될 것이다. 책임의 궁극적 감정이 바로 외경심에 가까울 테니 말이다. 다음 시가 바로 그와 같은 전형적인 작품이다.

봄날 나무 아래 벗어 둔 신발 속에 꽃잎이 쌓였다.

쌓인 꽃잎 속에서 꽃 먹은 어린 여자아이가 걸어 나오고, 머리에 하얀 명주 수건 두른 젊은 어머니가 걸어 나오고, 허리 꼬부장한 할머니가 지팡이도 없이 걸어 나왔다.

봄날 꽃나무에 기댄 파란 하늘이 소금쟁이 지나간 자리처럼 파문지고 있었다. 채울수록 가득 비는 꽃 지는 나무 아래의 허공. 손가락으로 울컥거리는 목을 누르며, 나는 한 우주가 가만가만 숨 쉬는 것을 바라보았다.

가장 아름다이 자기를 버려 시간과 공간을 얻는 꽃들의 길.

차마 벗어 둔 신발 신을 수 없었다.

천 년을 걸어가는 꽃잎도 있었다. 나도 가만가만 천 년을 걸어가는

사랑이 되고 싶었다. 한 우주가 되고 싶었다.

　　　　—배한봉,「복사꽃 아래 천 년」(『주남지의 새들』, 2017) 전문

　생태주의 관점에서 볼 때 참으로 아름다운 한 편의 시다. 이 시의 가장 큰 아름다움은 애틋하게 떨어진 꽃잎이나, 그 떨어진 꽃잎에서 여자아이, 젊은 어머니, 허리 꼬부랑한 할머니가 나온다는 미적 형상성에 있기보다 이를 쳐다보는 시적 화자의 심리적 결에서 발생한다. 즉 이런 자연의 아름다움을 본 인간으로서 "차마 벗어 둔 신발 신을 수 없었다"라고 반응하는 여리고 섬세한 마음의 발동이다. 이 마음은 자연의 아름다움과 신비로움에 대한 '외경'의 마음이라 할 수 있는데, 시적 화자는 이 마음을 드러내면서 나 역시 그 자연의 아름다움과 신비로움에 동참하고 싶음을, 즉 "나도 가만가만 천 년을 걸어가는 사랑이 되고 싶었다"란 말로 동일화를 추구하여 앞에 박형권의 시에서 보았던 자연과 인간의 원환적 전체성을 느끼게끔 한다. 박형권과 다른 지점은 자연에 대한 인간의 외경심을 발휘함으로써 자연의 아름다운 현존을 추구하는 생태 의식의 발로다.

　여기서 주목되는 부분은 바로 이 자연에 대한 경외의 자세다. 인간의 책임 의식을 강조한 요나스는 이와 관련하여 "우리는 권력의 미로로부터 우리를 보호할 수 있는 경외심과 경악을 다시 배워야만 한다. …(중략)… 경외심은 우리에게 '신성한 것', 즉 어떤 경우에도 결코 손상돼서는 안 될 것을 드러내 보여 주므로, 경외심만이 유일하게 미래를 위해서 현재를 능욕하고, 현재를 희생하여 미래를 사지 못하게 막아 줄 수 있다"고 말하고 있다. 바로 현재에 가장 문제가 되는 생태계 위기를 해결하는 강력한 윤리적, 미학적 실천 대응으로 경외심의 정서를 강조하고 있는 것이다. 자연에 대한 경외심이야말로 진정한 차원에서 지구의 존재론적 이념을 담지한 인간으로 하여금 책임 의식을 갖고 현재의 모순과 결핍을 해결하도록 나아가게 할 터이기 때문이다.

이 점에 대해 홍용희가 「생태시의 과거와 미래」(이재복 · 박현수 · 홍용희 대담, 한국시인협회 편, 『지구는 아름답다』, 2007)에서 "우주 진화의 극점에 있는 인간이 인간과 세계에 대한 재발견을 통해서 생명 중심적 사회를 구축하는 주역으로서 책임감과 소명 의식을 갖도록 해야 한다"고 말하는 것도 이와 같다고 할 수 있다. 인간이 우주 진화의 극점에 선 존재라면 인간의 생태적 책임 의식은 이 지구적 차원에서 멈출 것이 아니라 우주적 차원으로 확대되어야 할 것은 분명하다. 다소 과장된 부분이 없지는 않지만 이제 생태운동과 그 실천자로서 생태문학은 단순히 근대문명에 대한 반성의 차원에서 벗어나 후천개벽에 준하는 새로운 사회의 출현을 유도해야 할 것이므로, 이에 걸맞은 책임으로 우주적 책임이란 용어를 붙여도 지나치지 않으리라 여겨진다. 물질주의 사회 개혁을 통한 정서적 충일감이 생태문학의 지향이라면 이는 틀림없이 행동을 통한 실천이 전제되고, 그 실천 속에는 책임이 따른다는 점에서 이제 생태주의 문학은 새로운 시대적 요청에 부응하는 문학운동이라 할 수 있겠다.

현대시에 나타난 공존의 의미

1. 왜 공존인가?

　근대에 접어들면서 인간은 자유의 확대와 물질적 생산의 증가로 더 나은 삶을 살게 될 것이라고 믿었다. 그러나 자본주의의 모순에 의해 발생한 계층 간 불평등은 갈수록 심화되었고, 이에 따라 경제적 궁핍은 말할 것도 없이 상대적 박탈감으로 인한 삶의 행복 지수는 급감하게 되었다. 실제 근대사회에서 발생한 정치, 경제, 사회 문화 등 여러 부문에 나타난 제국주의적 논리는 인간 삶의 자유와 평등의 가치를 매우 암울하게 만들어 인간 역사의 질적 진보에 역행의 그림자를 드리우게 하였다. 현대사회에 들어와 이 문제는 개선되는 것이 아니라, 신자유주의 등의 방식에 따라 더욱 음험해지고 교활해진 상태로 진행되고 있어 우리들 삶의 가치를 왜곡시키고, 문제의 실상을 외면하게 함으로써 환멸과 염증의 세태를 만연하게 하고 있다. 양극화의 심화 등 여러 문제의 본질을 알면서도 그 원인과 해결이 너무도 강고하고 초현실적인 상황에 놓여 있다는 것을 느끼게 됨으로써 현대인은 무기력과 좌절의 심리 상태에 처해 있다고 말할 수 있는 것이다.
　이러한 상태에서 인간은 보다 나은 삶을 위해 무엇을 해야 할 것인가? 이 물음은 당대의 모순을 극복하기 위한 문제 제기이기도 하지만, 실은 우리의 미래인 후손들을 위해 반드시 이 시점에서 물어야 할 질문이기도 하다. 근대 이후 우리 인간 사회를 분열시키고, 혐오와 부정의 감정에 빠뜨리게 하는 제도, 혹은 그러한 이념에 대한 원인 분석과 근원적 문제 해결을 위한 대책을 마련해 두지 않으면, 현재 진행되고 있는 사회적, 국제적 갈등은 물론 지구 생태계의 위기를 통해 지구라는 행성 자체가 멸망하게 될지도 모를 일인 것이다. 실제 근대 이후 이러한 이념과 제도가 현재 자연 생태계마저 초유의 대위기를 맞게 함을 두고 볼 때 인간 사회의 문제가 단순히 인간의 문제에 그치는 것이 아니라 자연 생태계와 우주의 문제와도 연동됨을 분명히 알고 있어야 할 것으로 보이는 것이다. 그런 점에서 부정적 근대성에 대한 반성이 이 시점에서 절실히 필요하다.

이에 '왜 공존인가?' 하는 화두를 우리는 제기해야 한다. 이 물음은 부정적 근대성이 가져온 현대적 삶의 모순적 형태에 대한 진지한 진단과 처방의 의미를 함축하고 있기 때문이다. 알다시피 근대사회의 속성이라 불리는 자본주의, 민주주의, 이성주의, 민족국가주의 등에 의해 근대 이후의 삶은 자유민주주의에 기반한 정치체제와 자본주의 방식에 기반한 시장경제 체제로 긍정적인 측면에서 자유의 확대와 물질적 생산의 증가에 따른 번영을 누린 것으로 비쳐 보인 것도 사실이다. 그러나 이러한 근대적 속성이 부정적 면모로 바뀌면서 과도한 경쟁을 통한 기술만능주의, 결과중심주의, 자민족중심주의로 그 가치가 변하고 인간들은 대립과 차별이 일상적 모습이 되어 우울과 불안이 지배하는 매우 불행한 삶을 살아가는 상태에 빠지게 되었다. 더구나 이것이 인간 사회만의 문제로 그치는 것이 아니라 동물과 식물 종의 멸망을 불러오게 함으로써 자연 생태계의 위기마저 초래하게 되었는데, 이는 우리 후손들이 살아야 할 미래의 시간과 공간마저 불행에 빠뜨리게 하고, 지구 행성마저 우주적 질서에 따라 움직이지 못하게 하는 결과를 불러오고 말았다.

따라서 이제 인간은 부정적 근대성을 극복하는 차원에서 경쟁과 갈등이 아니라 협력과 공존의 자세를 견지할 필요가 있다. 당대의 현실로 두고 볼 때, 더 이상 이기적인 인간은 살아남을 수 없는 환경이 조성되고 있는 것이다. 인간의 생존 전략으로 '공존'의 사상이 절실히 요청되는 시기가 도래한 셈이다. 그렇다면 이 시대에 필요한 공존의 의미는 무엇인가? 그것은 중세적 공동체 사회가 보여 주는 방식은 아닐 것이다. 신이나 왕도 정치라는 하나의 이념으로 통일된 상태에서 계급적 분화에 의존한 협력과 공존은 지금의 시대에는 맞지 않다. 지금의 시대에서 보여야 할 공존의 양상은 타자를 나와 대등한 주체로 인정한 상태에서 균형과 조화를 취하는 것이어야 한다. 공존은 획일로 모든 것을 같은 상태로 만드는 것이 아니라, 다원화와 상대성을 인정한 상태에서, 황금의 생명 사슬이 지구상의 생태계를 조정하고 있는 것처럼 수평적·수직적 관계 속에서 발생하는 각자의 권능과 역할을 존중하는 '공생'의 모습이어야 하는 것이다.

그런 점에서 공존의 사상이 지금의 시점에서 절대적으로 요청해야 할 가치라는 것을 인정한다면, 그것의 실천 방식으로 우리는 타자로 존재했던 대상들을 주체의 위치에 서게 하는 방식과 세계관을 받아들일 필요가 있다는 점을 인식해야 할 것이다. 그 출발이 바로 '공감' 능력의 확장이 아닐까 싶다. 공감 철학자 흄의 말처럼, 우리가 우리 자신의 이해와 관련이 없는 인류의 선과 복리에 관심을 갖게 되는 것은 공감 능력 때문이다. 루소도 공감이 없다면 관대함, 온화함, 인간성이 존재할 수 없으며, 자비와 우정조차도 상대에 대한 공감의 결과들이기에 공감은 종 전체의 상호 보존에 공헌하게 되는 것이 확실하다고 강조하였다. 타자를 배제하지 않고 타자와의 진정한 공존과 소통을 이루기 위해서는 공동체의 일원으로서 서로에 대한 공감이 전제되어야 한다.

이러한 공감 능력의 하나로서 문학에서 행해지는 것이 바로 '공감적 상상력(sympathy imagination)'의 발동이다. 타자와의 소통과 공동체 의식을 함양시키는 매개로서 '공감적 상상력'은 공존의 사회가 더욱 바람직한 사회이고 이것을 추구하는 것이 신정한 윤리석 가치임을 깨닫게 해 준다. 쇼펜하우어가

『도덕의 기초』에서 공감을 비이기적 행동의 유일한 근원이자 세상의 고통을 가장 잘 위로하는 치유제로 제시하는 것도 바로 이런 효과에 기인할 것이다. 가령 다음과 같은 시는 어떻게 우리에게 공감적 상상력을 통해 공존의 모습이 보다 더 나은 삶의 방식이 되는지 정서의 측면에서 알려 주고 있다.

> 바위처럼 엎드린
> 누런 소 곁에
>
> 흰 깃발로 꽂혀 있는
> 눈부신 백로 한 쌍
>
> 잦아드는 햇살 아래
> 무심한 눈길 나누는
> 저 평화로운 공존
>
> ―고증식, 「저물녘」(『단절』, 2005) 전문

실제 자연 세계에서 소와 백로는 공존, 즉 공생 관계에 놓여 있다고 말할 수는 없다. 그러나 시인이 주목하는 것은 두 자연적 대상이 '평화롭게' 서로를 해치지 않는 관계에서 공존하고 있다는 사실의 발견이다. 그것은 자신이 살고 있는 인간의 사회에서 이러한 아름다운 공존의 모습을 찾을 수 없다는 반성적 인식과 함께, 이러한 평화로운 공존이야말로 우리가 심미적 차원에서나 윤리적 차원에서 추구해야 할 가치임을 암시해 준다. 저물녘의 평화로운 풍경 속에서 소와 백로가 서로 무심한 눈길을 나누는 것에서 공감을 느끼고, 거기서 평화로운 공존의 가치를 발견하는 시인의 상상력은 현대 우리 사회의 결핍이 무엇인지를 환기해 주고 우리 인간이 어떤 모습으로 살아가야 할지를 생각하게 한다. 그 점에서 이 시는 단순한 서정시가 아니라 우리 사회가 가진 모순의 심부를 예리하게 짚어 내는 음화陰畵라 할 만하다.

한국 현대시에서 이러한 공존의 문제의식을 드러내는 시는 일정 부분 현대사회의 모순을 짚어 내는 차원에서 전개되고 있다. 공존의 아름다움을 그대로 표현하는 작품이 없지는 않지만, 공존하지 못하고 있는 당대의 역사 현실을 직시함으로써 우리가 어떤 고통에 처해 있는지, 그러한 현실을 계속 방치할 경우 끝내 어떤 역사적 위기에 처하게 될 수밖에 없는지를 예언자적 차원에서 노래하고 있다고 해야 할 것이다. 당대의 시인들은 공존 그 자체가 주는 아름다움과 평화의 모습이 아니라, 그것이 이루어지지 못함으로 인해 일어나는 불협화음과 생생한 고통의 직핍에 초점을 맞추고 있으며 이에 더 작가적 사명감을 불태우고 있다고 말해야 할 것이다. 그러한 공존의 문제는 인간과 인간 사이에서, 그리고 인간과 세계 사이에서 발생하고 있어 이를 다각도로 살펴볼 필요성이 제기된다고 할 수 있다.

2. 사회적 약자와의 공존의 의미

근대성에서 강조되는 것이 '주체'다. 주체성의 확립은 근대성의 달성과 밀접한 상관성을 갖는데 왜냐하면 근대성이 추구하는 자유와 평등의 정신은 주체의 개별적 위상 확립이 전제되지 않고는 불가능하기 때문이다. 그런 점에서 대다수 학자들은 근대성이 합리화와 동시에 주체화를 의미한다고 본다. 이때 주체화는 근대성의 근본적인 목적이고 합리화는 주체화를 실현하기 위한 수단이라고 보는 것이다. 이 주체, 즉 자아의 강조가 가져온 긍정적 측면에 대해서는 우리가 익히 알고 있다. 긍정적 근대성이라 할 수 있는 해방의 인식과 개성이라 부를 수 있는 내면성의 확장이 그것이다.

그러나 오늘날 근대성의 결과가 파탄의 징후를 드러내고 있는 이 시점에서 이러한 점을 추켜세우는 것으로 그치는 발상은 너무 낭만적이라는 지적을 떠나 맹목적이라 할 수 있다. 그 까닭은 부정적 근대성으로 남겨지는 주체중심주의, 이성중심주의, 인간중심주의가 바로 다른 대상들을 타자로 만들어 소외시키고 있다는 점에서 오늘의 우리 현실에선 극복되어야 할 대상들이 되고 있기 때문이다. 이 근대적 주체는 자신을 절대화하면서 타자를 복속하고 왜곡하며 은폐시키는 경향으로 나아간다. 곧 제국주의적 시선과 행동으로 표출되는 것이다.

이것이 일상의 모습으로 내재화되었을 때에는 계층적 차원에서 동일자가 타자를, 즉 가진 자가 갖지 못한 자를 자신의 욕망대로 좌우하려는 매우 비인간적인 현상으로 발현된다. 곧 경제적 측면에서 고용주가 노동자의 권리를 대등한 주체의 권리로 보지 않고 자신의 욕망을 실현하는 하나의 도구적 존재로 보게 되는 현상이 발생하는 것이다. 그 결과 공존의 모습보다 분열과 갈등의 현상이 심화된 형태로 나타나게 되는 것은 필연이다. 산업 현장에서 지속적으로 제기되는 노동문제는 이러한 공존의 가치가 깨진 역사적 현실과 이념을 반영하는 것으로 볼 수 있다. 다음 시가 이를 대변한다.

못난 놈들 부끄러운 놈들만 나왔구나
부석부석 술 덜 깬 얼굴 무겁게 수그리고
괜시리 서먹서먹 바쁜 듯이 눈길 피하며
애꿎은 담배들만 뻑뻑 피는구나
아직 덜 지워진 스프레이 구호가 부끄럽구나

하 그래도 다들 안 죽고 출근했구나
이까짓 공장빼이 때려친다며
이참에 출세한 놈 잘나간 놈 하나 없이
작업복 차림 그대로 다들 기어 나왔구나
감옥 가고 입원하고 수배 붙은 놈들만 빼놓고선,
미칠 일이지

…(중략)…

그래 좋다 우리들 조업재개―

쓰라린 패배의 노동을 한다

억장 터지는 배신의 노동을 한다

그러나 우리들, 임금 노예 아니면 투사,

착착 조여드는 이 부끄러움

이 굴욕과 수치의 노동이 있는 한

우리는 결국 또다시 투쟁 재개다

―박노해, 「조업 재개」(『참된 시작』, 1993) 부분

이 시는 노동자들이 투쟁의 결과를 얻어 내지 못한 채 조업 재개를 하는 모습을 그린 작품이다. 시적 화자는 "우리들, 임금 노예 아니면 투사"라는 표현과 전체적 어조를 두고 볼 때, 노동자의 정당한 권리가 자본가에 의해 착취당하고 그에 따라 노동자는 고통스러운 삶을 살고 있다고 인식하는 노동자의 한 사람임을 알 수 있다. 곧 근대적 주체로서 지녀야 할 정당한 권리와 품위를 지니지 못하고 자본가 계급으로부터 이윤 획득의 수단, 다시 말해 '노예'로 전락한 자신의 현실태에 매우 고통스러워하고 분노하고 있음을 보여 준다. 이는 긍정적 근대성이 부정된 상태에서 공존의 가치가 깨진 현상을 보여 주는 것이라 할 수 있다.

다만 이 시는 공존의 여지를 암시하는 '조업 재개'라는 시어를 쓰고 있지만, 그 조업 재개가 사실은 "쓰라린 패배의 노동", "억장 터지는 배신의 노동" 위에 기초해 있음을 폭로·고발한다. "이 굴욕과 수치의 노동이 있는 한/ 우리는 결국 또다시 투쟁 재개"에서 제시되는 '투쟁 재개'가 표현상 분열과 대립의 언어이기는 하지만 진정한 공존의 길로 가기 위해 필요한 조정, 혹은 조율의 과정이라는 점에서 역설적 표현의 묘미를 보여 주고 있다. 그런 점에서 이 시는 공존이 깨어진 상태의, 다시 말해 정당하게 지녀야 할 주체성을 인정받지 못하고 타자로서 살아가는 노동자의 삶을 보여 주고, 그 삶이 얼마나 비인간적이고 산업 생산성에 오히려 마이너스가 되는지를 보

여 준다. 즉 아도르노가 말하는 반성적 차원의 부정성을 가리키는 의미로서, 부정적 현상에서 발생하는 긍정적 가치를 발견하게 만든다.

결국 이 시는 사회적 약자로 전락한 타자에 대해 오늘날의 관점에서 어떤 공존이 와야 할지를 제기하였다 할 수 있고, 더 나아가 그러한 시대적 공존의 가치는 어디에 기반을 두고 있어야 할지를 묻고 있는 작품이라 하겠다. 그 점에서 정치적 신분제 사회는 극복되었다고 흔히 말하지만 경제적 신분 체제가 잔존하고 있는 한 진정한 자유의 확보는 불가능함을 이 시는 보여 준다고 할 수 있다. 문제는 이러한 부정적 현상이 산업 현장에서만 이루어지는 것이 아니라 자본주의적 제도가 심화된 사회의 여러 부분에 걸쳐 나타나고 있으며, 노동자의 인간적 가치를 훼손하고 노동자를 하나의 물적 도구로 간주하는 제도에서 더 크게 부각되고 있다는 점이다. 그러한 점은 다음과 같은 시에서 잘 볼 수 있다.

사후 조치는 끝났다
그는 아직 살아 있으나
이 병원 문턱을 넘기도 전에
영안실 비용과 화장장 비용과
보상금이 이미 다 결정되었다
이 병실에서 살아 돌아간 사람은 없다

언제 살긴 살았던가
벽을 바르고 서까래나 이었지
언제 살았던가 벽돌을 나르고
문틀이나 달았지 어디 살았던가
삶을 부지하는 목숨의 집으로
가는 길이 그리도 멀고 힘들었던가
마침내 몸이 무너져 버린 끝에
한번 설핏 뒤돌아보았을 뿐

전에 못 본 환한 햇살 한 줌을
눈부시게 돌아보았을 뿐

사후 조치는 이미 끝났다
아직 살아 있으나 그를 지웠다
우리들 뼈와 살로 지은 세상이 우릴 버렸다
살아서 공구와 기계와 함께 실려 와
감가상각비로 계산되었다
폐기될 기계와 함께 실려 와
산재병원에서 전표 처리 되었다
　　　　　—백무산, 「산재병원」(『길은 광야의 것이다』, 1999) 부분

이 시는 하층 노동자가 불의의 사고를 당해 겪을 수 있는 산재 사고 처리 과정에서 발생하는 비인간적인 상황을 고발하고 있는 작품이다. '그'로 표현된 노동자는 산업 현장에서 심각한 사고를 당해 산재병원에 오게 되었지만, 한 인간으로서 정당한 대접을 받지 못하고 "살아서 공구와 기계와 함께 실려 와/ 감가상각비로 계산되었다/ 폐기될 기계와 함께 실려 와/ 산재병원에서 전표 처리 되었다"에서 볼 수 있듯이 '공구'나 '기계'와 같은 존재로 취급받고, 죽음을 당해도 폐품 처리할 때 '감가상각비' 계산하듯이 '전표 처리'되는 물적 존재로 대접받는다. 공존적 가치가 사라진 현대사회에서 노동자가 존엄한 인간적 주체로서 정당한 대우를 받지 못하고 얼마나 왜곡되고, 폄하될 수 있는지를 여실히 보여 주고 있는 작품인 셈이다.

이스라엘의 철학자 아비샤이 마갈릿은 『품위 있는 사회』에서 '품위 있는 사회'란 인간의 존엄성에 가치를 두고 제도가 사람들을 모욕하지 않는 사회라고 이야기했다. 여기서 말하는 '모욕'이란 인간을 인간으로 받아들이기를 거부하는 것, 사람들을 인간이 아니라 단순한 물건이나 도구, 동물, 인간 이하의 그 어떤 것에 불과한 것처럼 대우하는 것이다. 그러기에 품위 있는

사회란 제도가 사람들을 모욕하지 않고 제도를 통해 그 권한 아래 있는 사람들을 존중하는 사회라고 할 수 있다. 위 작품의 시적 진술에 따르면, 공존의 가치가 사라진 자본주의적 사회는 바로 인간으로서 지켜야 할 품위 자체가 사라진 사회라고 할 수 있는 것이다.

이러한 계층적, 계급적 대립이 격화되면 투쟁도 과격해져 공존과 공생의 분위기가 사라질 수도 있다. 공존하지 않는 개체와 종들이 지구상에서 빨리 멸종된 전례를 보아 이러한 현상은 심각하다 하지 않을 수 없는 것이다. 그런 관점에서 필자는 『빵의 쟁취』를 쓴 아나키스트 크로포트킨의 말을 경청하게 된다. 그는 "멸망을 피하기 위해 인류 사회는, 생산수단이야말로 인류의 집합적 제작물이기 때문에 그 생산물은 백성의 공동재산이 되어야 한다는 근본 원칙으로 되돌아가지 않을 수 없게 된다. 개인적 점유占有는 공정하지도 유용하지도 않다. 모든 것은 모든 사람에 속한다. 모든 물건은 모든 사람을 위한 것이다. 왜냐하면 모든 사람은 그것을 필요로 하며, 모든 사람이 그것을 생산하기 위해 그들의 힘의 정도에 따라 일했고 그리고 세계 부의 생산에 있어서 각 개인의 역할을 평가하는 것은 불가능하기 때문이다"라고 말했다. 공존의 출발은 공감적 능력의 확산에 있듯이 재화도 공유하는 것이 필요하지 않을까 하는 것이다. 여전히 우리는 자본주의적 모순을 극복함으로써 진정한 공존과 공생이 가능한 미래적 삶을 기획하지 않을 수 없다. 공감적 상상력은 재화의 공유를 통한 공동체 사회를 지향하는 데로 나아간다고 말할 수 있을 것이다.

3. 다문화적 인종과의 공존의 의미

공존의 문제는 한 국가 안의 문제에 그치는 것은 아니다. 국제적 갈등과 대립은 전쟁을 불러와 그들 나라의 곤경을 넘어 세계적인 고통이 되기도 한다. 러시아와 우크라이나 사이에 일어난 분쟁은 어언 100일 넘게 지속되면서 세계가 유가 상승과 곡물 가격 급등으로 고통스러워하고 있다. 우리나라도 이 재앙을 피해 갈 수 없어 먼 지역 남의 나라 일이 우리에게 당면한 실질적 고통이 되고 있다. 공존과 화해가 깨어지면 누구나 고통을 겪기 마련이고, 그 고통이 감당할 수 없을 만한 무게로 닥치면 공멸을 면하기 어렵다. 그런 점에서 국제간의 공존과 호혜도 시급한 화두로 해결해야 할 과제인 셈이다.

이런 국제 문제가 국내로 들어와 우리 내부의 문제가 되는 경우가 있다. 다문화가정과 해외 이주민 문제가 바로 그것이다. 여러 다문화가정이 우리 사회에 이미 깊숙이 스며들어 있고, 인구 감소에 따라 해외 노동자들이 재계 일부를 떠받치고 있은 지 오래다. 그러나 아직 이러한 현상에 대한 국민의 인식 부족과 제도 미비로 많은 갈등을 겪고 있다. 같은 생활공간에 편입되어 있는 상태에서 이러한 문제의 방치 내지 외면은 사회적 삶의 건강성을 해치는 길이 될 것이다. 공존은 이제 내부의 문제만이 아니라 외부의 측면에서도 고려되어야 원만히 작동될 수 있는 것임을 알게 한다. 다음 시는 그러한 상태에 이르지 못한 상황을 보여 줌으로써 우리 사회가 아직 비정상적인 구조를 가지고 있음을 포착한 작품이다.

목련이 활짝 핀 봄날이었다. 인도네시아 출신의 불법체류 노동자 누르 푸아드(30세)는 인천의 한 업체 기숙사 3층에서 모처럼 아내 리나와 함께 단란한 시간을 보내고 있었다. 목련이 활짝 핀 아침이었다. 우당탕거리는 구둣발 소리와 함께 갑자기 들이닥친 출입국관리사무소 직원들이 다짜고짜 그와 아내의 손목에 수갑을 채우기 시작했다. 겉옷을 갈아입겠다며 잠시 수갑을 풀어 달라고 했다. 그리고 그 짧은 순간 푸아드는 창문을 통해 옆 건물 옥상으로 뛰어내리다 그만 발을 헛디뎌 바닥으로 떨어져 숨지고 말았다. 목련이 활짝 핀 눈부신 봄날 아침이었다.

—이시영, 「봄날」(『우리의 죽은 자들을 위해』, 2007) 전문

이 작품이야말로 우리 사회가 얼마나 품위 없는 구조로 형성되어 있는지를 잘 보여 주고 있다. 이 작품은 법을 집행하려는 의지가 강할수록 그 법이 인간을 구원하는 것이 아니라 능욕함을 매우 아이러니하게 보여 준다. 이 시가 고발하고자 하는 것은 단순히 출입국관리사무소 직원들의 성급한 행동에 있지 않다. '출입국관리법'으로 칭해지는 그 법률이 사실은 얼마나 비인간적이고 비호혜적인지를 폭로·고발하고자 하는 데에 있을 것이다. 어떠한 법률이라도 생명의 존엄성을 해치는 방향으로 나타나서는 안 된다는 것이 이 시의 함축적 내용일 터인데, 이는 우리 사회에서 중심적 주체로 살고 있는 우리에게 고통과 불행을 겪고 있는 소수자·약자들, 그 타자들과의 공존의 삶과 길이 어디에 있는지를 묻고 있는 것이다.

시는 봄날의 따뜻함과 명랑함, 밝음과 대비되는 불법 이주 노동자 내외의 비참한 아침을 카메라―아이와 같은 기법으로 담아내고 있다. 시적 화자는 일체의 감정이나 논평을 드러내지 않고, 독자로 하여금 이러한 현상이 법과 질서에 의해 잘 살고 있다고 믿는 자신의 주변에 발생하고 있음을 일깨워 주고 있다. 타자로서 살고 있던 사람들도 어느 순간에 더 나약한 소수자, 약자에 대해서는 동일자로서 위계적 주체의 횡포를 부리지 않는지 반성해야 하지 않겠느냐 하는 문제 제기인 것이다. 이에 비해 다음 시는 해외 이주민들과의 따뜻한 연대와 공존을 통해 사회적 삶이 얼마나 아름다워질 수 있는지를 보여 준다.

> 동남아에서 한국에 취업 온
> 청년 넷이 밴드를 만들어 연습하다가
> 저녁 무렵 도심 지하보도에서
> 처음 한국인들에게 들려주기 위해
> 공연 준비를 마치자
> 노인네들이 몰려와 둘러섰다

기타는 스리랑칸 베이스는 비에트나미즈
드럼은 캄보디안 신시사이저는 필리피노
허름한 옷차림을 한 연주자들은
낡은 악기로 로큰롤을 연주했다

노인 한 분 나와서 몸 흔들어 대자
다른 노인 한 분 나와서 몸 흔들어 대고
노파 한 분 나와서 몸 흔들어 대자
다른 노파 한 분 나와서 몸 흔들어 댔다

막춤을 신나게 추던 노인네들은
연주자들이 부루스를 연주하기 시작하자
잠시 얼떨떨해하다가
노인 한 분과 노파 한 분
다른 노인 한 분과 다른 노파 한 분
양손으로 살포시 껴안고
양발로는 엇박자가 나도 돌았다

미소 짓던 동남아 청년 넷은
저마다 고국에 계신 노부모님에게
이런 자리를 마련해 준 적 없었다 싶으니
더 정성껏 연주하고
노인네들은 저마다 자식들이
이런 자리를 마련해 준 적 없었다 싶으니
더 흥겹게 춤을 추었다

　　　　　　　―하종오, 「밴드와 막춤」(『입국자들』, 2009) 전문

이 시는 해외 이주 노동자와 국내 노인들이 함께 어울려 흥겨운 한때를 보내는 모습을 보여 준다. 훈훈한 정과 차별 없는 공감을 바탕으로 한 교감의 한 마당에서 삶의 활력소가 유감없이 발휘된다. '고국에 계신 노부모님'에게 하듯이 이곳 노인네들에게 베푸는 선의와 협력의 감정은 삶의 여유를 넘어 평화로운 삶의 모습이 어디에 기초해 있는지를 알게 해 준다. 제도와 자본으로 인한 왜곡이 발생하지 않는, 음악이라는 이름의 예술이 낳은 호혜와 동일시의 감정은 공존의 가치가 어떻게 일상 속에서 실현될 수 있고, 이것이 어떻게 한 사회를 통합해 나갈 수 있게 하는지를 터득하게 해 주는 것이다. 이러한 점이 이 시의 미덕으로 작용하고 있다.

공감과 공존의 정서와 가치가 단순한 갈등의 해소에 그치는 것이 아니라 보다 더 깊은 차원에서 인간이 이 지상에서 실존적 삶의 의미를 획득하며 살 수 있는 방법을 제시한다. 그 점에서 『상호부조론』을 쓴 크로포트킨의 말은 매우 인상적이다. 그는 분명하게 "삶은 투쟁이다. 그리고 그 투쟁에 가장 적합한 종이 살아남는다"고 선언한다. 그러나 그는 "살아남기에 가장 적합한 종은 어떤 종인가?"를 묻고, 헉슬리와 다른 사람들이 주장하는, 진화 과정에서의 경쟁과 갈등만을 한결같이 강조하는 이론, 즉 '사회진화론'을 받아들이지 않는다. 그는 자연선택 과정에서 동물들 사이의 자발적인 협력이 잔인한 경쟁보다 더 중요하다는 점, "상호부조하는 습성을 습득한 동물들이 확실히 살아남기에 가장 적합한 종"이라는 점을 뚜렷이 발견하고 이를 주장하였던 것이다. 민족을 초월하여 인간종으로 공존과 협력을 다하는 모습을 보여 준다면 이 지상의 인간 사회 역시 한층 더 지속적이고 이상적 삶의 모습으로 살아가게 될 것은 분명하다.

4. 생물종과의 공존의 의미

공존의 문제는 이제 인간만의 사안으로 그치지 않는다. 인간도 이 지구상의 한 동물로 살면서 생태계의 한 축으로 존재한다. 그런데 인간이 추구하였던 근대 이후 과학기술 문명은 자연을 인간의 욕망을 충족시켜 주는 재료로 대상화하였다. 그것은 자연적 대상물을 인간의 생명권과 대등하게 볼 수 없는 도구적 존재로 여기는 것에 해당한다. 그리하여 자연물에 대해 인간중심주의적 사고를 발휘하여 마음대로 재단하고 분할하는 이기적 행위를 수행했다. 이것은 자연과의 공존을 깨뜨리는 행위로서 인간 자신만의 욕망을 충족시키는 동일자 중심의 사유의 발현이다. 그 결과 급속하게 자연 생태계가 붕괴되는 위기 상황을 초래하게 되었다고 볼 수 있다. 이러한 위기 상황에서 인간 문명을 반성하고 인간중심주의의 폐해를 지적할 수밖에 없게 되었는데, 이 일을 수행하는 사상이 모두가 알고 있는 생태주의 사상인 것이다.

생태주의 사상은 근대 이후 과학기술 문명의 발달과 폐해에 따라 자연스럽게 발생한 사상으로서, 우리나라의 경우에는 산업 개발이 본격적으로 시작된 60년대 이후 시기부터 나왔다고 볼 수 있다. 아래 시는 이미 우리 사회가 경제 개발 5개년 계획이 시작되어 산업 개발이 한층 본격화된 후 나타나던 60년대 말의 상황을 반영하고 있는 작품인데, 벌써 그때부터 시인은 예리하게 이러한 생태계 파괴의 현상을 고발하고 있다.

성북동 산에 번지가 새로 생기면서
본래 살던 성북동 비둘기만이 번지가 없어졌다.
새벽부터 돌 깨는 산울림에 떨다가
가슴에 금이 갔다.
그래도 성북동 비둘기는
하느님의 광장 같은 새파란 아침 하늘에
성북동 주민에게 축복의 메시지나 전하듯
성북동 하늘을 한 바퀴 휘돈다.

성북동 메마른 골짜기에는

조용히 앉아 콩알 하나 찍어 먹을

널찍한 마당은커녕 가는 데마다

채석장 포성이 메아리쳐서

피난하듯 지붕에 올라앉아

아침 구공탄 굴뚝 연기에서 향수를 느끼다가

산 1번지 채석장에 도로 가서

금방 따 낸 돌 온기에 입을 닦는다.

예전에는 사람을 성자처럼 보고

사람 가까이서

사람과 같이 사랑하고

사람과 같이 평화를 즐기던

사랑과 평화의 새 비둘기는

이제 산도 잃고 사람도 잃고

사랑과 평화의 사상까지

낳지 못하는 쫓기는 새가 되었다.

—김광섭, 「성북동 비둘기」(『성북동 비둘기』, 1969) 전문

   이 시의 핵심은 성북동 비둘기가 "사람 가까이서/ 사람과 같이 사랑하고/ 사람과 같이 평화를 즐기던" 존재에서 '돌 깨는 산울림'이나 '채석장 포성', 즉 기술주의 인간 문명에 의해 "사랑과 평화의 사상까지/ 낳지 못하는 쫓기는 새가 되었다"는 사실의 발견에 있다. 이는 인간의 욕망을 위해 자연적 대상들을 인간 편의에 따라 재편하고 수단화하고 있음을 말해 주는 것이다. 즉 생태계 파괴의 한 단면을 세기 변화의 징후로 보여 주면서 그것이 비둘기의 생존권 박탈에 그치는 것이 아니라 인간의 생명적 가치마저 상실해 가는 일이 되었음을 성찰하고 있는 것이다. 그 점에서 이 시는 일찍이 산업화

가 진전되는 시기에 인간과 자연의 뒤틀림과 그로 인한 인간성 상실의 문제를 예언자적 시각으로 포착해 내고 있다고 볼 수 있다.

이에 따라 이 시도 자연적 대상을 도구적 존재로 보고자 하는 근대적 주체의 부정성을 보여 주는 것으로 볼 수 있다. 근대적 주체란 이성의 자명성 아래 자연을 비롯한 이 세계를 끝없이 쪼갤 수 있고 그 안에 잠재해 있는 원리를 발견해 '인간'을 위해 사용할 수 있다는 인식론적 자아를 가리킨다. 그 자아는 세계 위에 '우뚝' 솟아 과학과 합리성의 힘으로 이 세상을 좌우할 수 있다고 믿는다. 흔히 인간중심주의로 말해지는 이 근대 주체의 사상은 긍정적으로는 진보와 휴머니즘으로 나타났지만 그 사상의 내부적 모순에 의해 종국에는 자연 파괴와 이기주의의 양상으로 전면화되고 있다.

이러한 근대 주체의 위계가 갖는 문제점은 바로 자연에 대한 인간의 독선적 인식을 부추긴다는 점이다. 인간은 자연적 대상보다 우월한 존재라는 인식 아래 끝없이 자연을 욕망의 수단으로 개발하고 착취하여 그 결과 자연의 황폐화는 물론 인간 자신의 생명마저 위태롭게 하는 생태계 위기까지 초래하였다. 근대 주체가 이루어 낸 이러한 역사적 근대성은 물질적 풍요를 낳아 그 이득의 상당 부분을 우리가 누리고 있다. 하지만 생명과 정신의 부분에 대해서는 자연으로부터의 소외와 비인간화의 길을 면치 못하게 된 셈이다. 때문에 이러한 근대적 주체에 대한 심각한 반성적 인식이 요청된다. 이는 세계와 진정한 의미에서 공존하고, 호혜적 삶의 방식을 교류함으로써 행복한 삶의 길을 찾아나서는 길이기 때문이다. 이런 인간적 주체의 반성과 관련된 사항은 다음 시가 잘 보여 준다.

푸른 숲으로 가면 숨어 있는 것 많다.
졸참나무 가랑이나 망개 넝쿨 허리께쯤
허리 한 풀 꺾어 겸허히
조심조심 발 디디면 보인다.

보이지 않는 곳에도 사랑이 있구나.
꼬물꼬물 그들의 움직임, 노랫소리
부드러운 살결 부비며
무리 지어 가는 내 영혼의 가려움
날아다니고 기어다니기도 하며
수풀 발톱 끝에서도 행복한 그들처럼
내 갈 길도 보인다

나도 낮게 가라앉는다.
너도밤나무 뿌리 밑에서
알을 슬고 내 방을 들여앉혔다.
내 정직한 자식들은
겨울을 지나 봄으로 가며 그들처럼
희디흰 배추흰나비로 날아갈 것이다.
숲의 무릎께를 날으며
내 영혼의 가려움 사이로 훨훨—

푸른 숲으로 가면 안다.
허리 한풀쯤 꺾어 보이지 않는 곳에도
배추흰나비나 18점 무당벌레 같은
사랑이 있다는 것
낮지만 깊은 사랑.

　　　　　　　—최원준, 「영혼의 가려움」(『금빛 미르나무숲』, 1999) 전문

　이 시의 가장 중요한 특징은 주체의 겸허함이다. 거기에는 자아를 둘러
싼 세계와의 공감적 자세가 바탕이 되고 있다. 그는 일방적으로 세계를 자
아화하지 않고 소통과 이해를 통한 상생의 길을 추구한다. 이는 당대에 요
청되는 생태학적 인식이자 공감적 상상력의 모습이다. 시의 내용으로 들어

가 보면 이 시의 서정적 주체는 우리가 하찮다고 여기는 모든 생명적 존재, 특히 산업자본주의 사회에 들면서 도구적 대상으로만 여겼던 자연적 생명들에게 "허리 한 풀 꺾어 겸허히/ 조심조심 발 디디"어 다가가고 있다. 그럴 때 그들에게도 "보이지 않는 곳에도 사랑이 있"음을 알게 되고 그럼으로써 내 영혼의 깨어남, 즉 "무리 지어 가는 내 영혼의 가려움"을 알게 된다. 그것은 오만하고 물화된 근대적 주체에서 공감적 주체, 더 나아가 공존적 주체로 되살아나는 삶의 변이 양상을 기록하는 것이다. 즉 "나도 낮게 가라앉는다"라는 자발적 겸허의 자세를 통해 남과 하나 되고 그것을 통해 세계와 하나가 되고자 하는 우주적이고 생명적인 원리를 실천하는 것이 된다.

따라서 이러한 인식을 가졌을 때 비로소 "낮지만 깊은 사랑"의 소중함과 아름다움을 체득할 수 있는 것이다. 그것은 놀라운 인식의 전환이다. 그것은 대승적 삶과 같은 공감 내지 공존의 능력이다. 생태학이 전일성, 관계성, 공생성, 순환성을 의미한다 할 때 이러한 낮은 사랑의 발견은 바로 생태학적 삶의 자그마한 깨달음이자 실천이다. 그런 점에서 이 경우처럼 세계가 고통받고 있고, 그들 또한 우리와 똑같은 생명적 존재라는 사실을 느끼게 해 주는 공감적 상상력은 지금의 시점에서 우리에게 아주 절실한 삶의 태도이자 심미적 가치로 다가온다. 그런 감성적 인식이 전면화될수록 우리 인간의 삶도 보다 나은 미래로 나아가게 될 것은 분명하다.

5. 지구 생태계와의 공존의 의미

파괴되어 가는 것은 생물종만의 현상이 아니다. 지구 생태계 위기는 생물종의 멸종뿐만 아니라 그 생물종을 둘러싼 대기, 물, 토양 등의 무기물적 환경의 파괴에서도 발생한다. 지구온난화로 인해 지구상의 여러 곳에서 많은 문제가 발생하고 있음을 우리는 알고 있다. 가령 북극과 남극의 빙하가 녹음으로써 발생하는 기상이변 등 지구 생태계의 파괴 현상을 우리는 자주 접하고 있다. 그것은 지구 재앙이라고 부를 수 있는 변화로서 지구 생태계만의 문제가 아니라 지구라는 행성 자체의 변화마저 초래하게 되는 현상이 되고 있다. 그런데 현재 지구의 파괴를 주도하는 인간들은 이 위기의 심각성에 대해 깊이 공감하지 못함으로써 지구 공멸의 상황에 신중하게 대처하지 못하고 있다.

이에 따라 공존과 공생의 인식은 현재의 지구 생태계에도 절실히 요청되는 태도다. 아픔을 호소하고 있는 지구 생태계의 목소리를 들을 수 있는 공감적 상상력의 발동이 절실히 필요해 보이는 것이다. 이는 아담 스미스가 『도덕 감정론』에서 말하고 있는 '상상에 의한 입장의 전환(imaginary change of situation)'의 태도가 필요한 때임을 의미한다. 이 '상상에 의한 입장의 전환'이야말로 생태계가 붕괴되어 가고 있는 당대의 암울한 현실에서 모순적 현실을 극복할 수 있는 사상이자 태도가 되기 때문이다. 그것은 공감 시학이 시대적 요청이자 당위적 요청에서 나오는 것임을 입증하는 명제인 셈이다. 다음 시가 이를 잘 보여 준다.

> 허리가 아프다
> 며칠 전부터 발끝이 저려 오더니만
> 오늘은 기어코 쇠 말뚝을 박는다
> 허연 속살이 드러나고 핏물이 솟는다
>
> 온몸이 아프다
> 뒤틀리는 고통은 아랑곳하지 않고
> 포클레인 한 대 삽을 들어
> 어깻죽지를 있는 힘껏 내리친다
> ─김승동, 「절개지」(한국시인협회 편, 『지구는 아름답다』, 2007) 부분

절개지로서 파헤쳐지는 현상을 두고 "허리가 아프다" "온몸이 아프다"라

고 접신된 사람처럼 말할 수 있는 것도 자연 파괴가 실상 우리의 생명을 파괴하는 것임을 알았기 때문이다. 이는 물질주의가 약속한 미래와 희망이 얼마나 환상이고 저주인가를 겪어 본 당대 지식인으로서 당연히 가질 수 있는 반응이다. 때문에 시적 화자는 자연의 입장에서 듣고, 자연의 입장에서 말함으로써 생명 공동체의 일원으로 그 역할을 다하고 있는 것이다. 즉 이 시는 무엇보다 지구라는 생태계를 생명적 존재로 설정하고 공감적 상상력을 발동함으로써 얻어지는 정서적 효과, 즉 자신과 자신을 둘러싼 세계의 본질에 대해 다시 생각하고 재발견하여 생명의 지속적 발전이 과연 무엇인가를 찾아가는 인식과 실천의 문제를 제기하는 데에 초점이 놓여 있다. 그 점에서 이 시는 세계의 재발견을 통해 인간을 비롯한 생명 공동체의 필요성을 환기하고 그 세계가 지속 가능하기 위해서는 우리 인간이 어떠한 책임을 다해야 할지를 생각하게 하고 있다.

이명원은 이런 시의 특성을 「행동시학과 생태평화주의」(고은 외, 『그냥 놔두라』, 2008)에서 "시 쓰기란 결국 그런 불가능의 편에서, 가청주파수 너머에서 들리는 자연의 거대한 신음 소리를 민감하게 대변하고, 그것을 저 개념적 추상화에 갇혀 있는 세속 세계를 향해 의연하게 번역하고 증폭시키는 행위가 아닐까"라고 말한 바 있다. 시인의 의미 있는 시 쓰기가 자연의 소리를 대변하는 것, 생명의 고통에 공감하고 생명의 본질을 일깨우려는 것에 있다고 말하고 있는 것이다. 이는 바로 자연의 고통에 대한 인식을 넘어, 내면화를 통한 동조의 상태에 이른 것을 의미한다. 이는 인간과 인간, 인간과 자연의 바람직한 관계상, 바람직한 생명적 관계에 대안 인식으로서 존재와 생명에 대한 올바른 인식에 이르고자 하는 생태시의 본령에 육박하는 것이며 일정 부분 자연에 대한 인간의 공존 의식의 발현으로 볼 수 있다.

따라서 지금의 시점에서 자연과의 공존을 추구하기 위해서는 파괴되어가는 자연을 되살리려는 인간의 책임의 문제가 제기되어야 한다. 그것은 실천적 시학의 문제이기도 하다. 이와 관련하여 다음과 같은 시가 주목된다.

지금 서해안에서는 새만금이라는
세계 최대의 관을 짜고 있습니다
그 캄캄한 관 속으로 들어갈 갯지렁이와
아무르불가사리,
갯가재, 가시닻해삼, 달랑게,
범게, 밤게, 서해비단고동, 동죽,
큰구슬우렁이, 쏙붙이 들이
죽음의 날을 기다리며
아무 말도 못 하고 있습니다

시화 갯벌에서 죽은
흰조개의 입으로 나는 말하겠습니다
새만금은 죽음의 이름입니다
우리 모두가 텅 빈 입을 벌린 채
메마른 뻘 위에서 목마른 주검으로
영원히 울부짖을 것입니다

시화 갯벌에서 죽은
민챙이의 입으로 나는 말하겠습니다
새만금은 부패의 이름입니다
오래도록 썩은 자들이 썩은 호수를 만들고
왕눈물떼새, 흑꼬리도요뿐만 아니라
어민들을 내쫓아
내륙의 보트피플로 만들 것입니다

낙조가 마음 바닥을 물들이는 서해에서
부서진 바위의 입으로 나는 말하겠습니다
새만금은 저주스런 이름입니다

나는 파괴되고 있습니다

그러고는 노을 아래

완강한 어리석음이 반짝거릴 뿐입니다

노랑부리저어새의 긴 입으로

나는 말하겠습니다

시화 갯벌에서는 우리 모두가 무력하게 죽었지만

새만금에서는 우리의 숨결이

거대한 관을 깨뜨릴 것입니다

장엄한 부활처럼

그치지 않는 썰물과 밀물처럼 말입니다

　　　　　　　—최승호, 「말 못 하는 것들의 이름으로」

　　　　　　　　　　(『방부제가 썩는 나라』, 2018) 전문

　　최승호의 이 시는 파괴되어 가는 자연의 입장에서, 곧 시의 내용으로 보자면 '새만금'과 '시화호'에 있던 자연 생명체 내지 생태계가 자신의 존재성을 파괴하는 대상에게 정당한 저항을 천명하는 선언문이다. 잘 알다시피 자연은 공생과 공존의 터전이다. 어느 한 종이 그 터전을 생명의 사슬 측면에서 휩쓸면 다른 종들의 멸망을 통해 자신의 종마저 멸망을 가져오게 하는 것이 진리다. 그런데 그런 암적 존재가 있다. 바로 이 지구 생태계를 망치고 있는 인간이란 존재가 그것이다. 또는 개발과 발전이라는 미망에 사로잡혀 스스로 목줄을 달아매고 있는 산업자본주의 체제다. 자연은 그것들에 강한 경고의 메시지를 날릴 필요가 있다.

　　일찍부터 환경 파괴의 실상을 고발해 오고 있던 최승호의 「말 못 하는 것들의 이름으로」는 인간의 책임과 실천적 윤리를 강조하고 있다. 말 못 하는 자연의 사물을 대신하여, 곧 "시화 갯벌에서 죽은/ 흰조개의 입으로 나는 말하겠습니다"라고 말함으로써 자연 생태계의 파괴가 우주 생명의 차원에서 부당하다는 것, 그것이 더 나아가 인간 스스로에게도 '관', 곧 무덤이 된다는 것을 알려 주고 있다. 그런 점에서 개발이라고 긍정적인 가치를 붙이는 인간중심주의의 언어, 곧 '새만금'은 "죽음의 이름"이라는 사실을 우리는 직시할 필요가 있다. 인간적 가치를 부여한 대상이나 현실이 결코 당대의 현실에서 그것이 진정한 가치, 생명의 가치로 살아날 수 없음을 인식할 필요가 있는 것이다. 이는 공감을 통한 공존 의식의 발현이라 볼 수 있다.

이런 시들이 추구하는 시학은 자기 존재의 특성에 머물지 않고 제 존재성을 넘어 세계를 이해하고 공감하여, 자기 중심에서 세계 중심으로 나아가는 타자성의 시학을 표방한다. 그 타자성의 시학을 구체적으로 달성하는 한 방법이 바로 공감의 시학, 공감적 상상력일 것이다. 그리고 그 결과 나타난 것이 시에 나타난 공존 의식일 터인데, 이 공존 의식은 앞의 여러 시들에서 보듯 타자의 아픔에 공감하고 이해하여 구원의 의식을 갖는 것을 말한다. 자기 구원뿐 아니라 세계 구원을 추구하는 것이다.

따라서 "경쟁하지 말라! 경쟁은 항상 그 종에 치명적이고 경쟁을 피할 수 있는 방법은 매우 많다! 이 말이야말로 완전하게 실현되지는 않지만 자연에 항상 존재하는 경향이다. 이 말은 관목이나 숲, 강, 바다에서 우리에게 전해 오는 슬로건이다. 그러므로 결합해서 상호부조를 실천하라! 이것이야말로 각자 그리고 모두가 최대한의 안전을 확보하고 육체적으로, 지적으로 그리고 도덕적으로 살아가고 진보하는 데 제일 든든하게 받쳐 주는 가장 확실한 수단이다. 이것이 자연이 우리에게 가르쳐주는 바이다"(『상호부조론』)라고 말하는 크로포트킨의 이 말은 근대 19세기를 넘어 21세기 현재에도 여전히 기억해야 할 말로 볼 수 있다. 왜냐하면 공존을 위한 공감 능력과 공존 의식은 보다 더 나은 세상을 향한 인간의 본능적 의식이자 합리적 이성이라 할 수 있기 때문이다. 올바른 공동체 사회를 통한 유토피아 사회를 추구하는 인간의 참된 정서적, 의식적 노력이라고 할 수 있는 것이기에 그러한 의식적, 정서적 효과를 북돋우는 공존의 시와 공존의 예술은 참으로 귀중하다 하지 않을 수 없다.

생태시와 연민의 시학

1. 왜 연민인가

생태계 파괴의 현상이 점점 자심해지는 오늘의 현실에서 문득 시는 무엇을 할 수 있을 것인가를 생각한다. 인문학의 위기가 깊어지고 있다는 작금의 현실에서 시의 위의威儀를 어디에서 찾을 수 있을 것인가 하는 문제는 단순한 문제가 아닐 것이다. 소비자본주의로 치닫는 당대의 현실에서 정말 시는 필요하기는 할까? 종전과 같이 자신의 심중에 어린 말들만 내뱉는 시들은 이제 효용가치가 덜할 것이다. 그런 시가 전혀 필요하지 않다는 것이 아니라 오늘의 현실을 돌파하는 데에 한계가 있으리라는 것이다. 그렇다면 어떤 시가 지금 여기의 현실에 필요할까? 이 물음은 시의 본질과 기능 등 시대의 변천에 따른 시학의 근원적인 문제를 탐구하는 것에 해당한다. 이 문제에 대한 해답의 실마리를 제공하는 시를 최근 시인의 시와 오래전 시인의 시에서 발견한다. 그 시들은 이렇다.

지금쯤
노을 아래 있겠다.

그 버려졌던 아이들

절뚝거리는 은행나무

포클레인에 하반신 찍힌 느티나무

왼팔 잘린 버즘나무

길바닥에서 주워다 기른

신갈나무, 팥배나무, 홍단풍

지금쯤

찬 눈 맞으며

들어 올린 팔뚝 내리지도 못하고

검단산 바라보고 있겠다.

—최문자, 「나무 고아원 1」 부분

모르는 사이에 가을 이미 저물고	靡靡秋已夕
처량하게 바람과 이슬 번갈아 닥쳐온다	凄凄風露交
덩굴풀 더 뻗어 나지 않고	蔓草不復榮
전원의 나무 부질없이 조락한다	園木空自凋
맑은 공기에 남은 찌꺼기 말끔히 가라앉고	淸氣澄餘滓
까마득히 하늘 끝 높다	杳然天界高
슬픈 매미 남겨 둔 소리 없고	哀蟬無留響
떼 기러기는 구름 뜬 하늘에서 운다	叢雁鳴雲霄
온갖 변화는 뒤이어 나타나니	萬化相尋繹
인생이 어찌 지치지 않겠는가	人生豈不勞
예부터 모두 죽어야 했는지라	從古皆有沒
그 일 생각하니 마음속 타오른다	念之中心焦
무엇으로 내 마음 달랠 것인가	何以稱我情
탁주로 잠시 혼자서 즐거워지자	濁酒且自陶
천 년 앞일 알 바 아니니	千載非所知

그런 대로 오늘 아침을 느긋이 지내는 거라　　　聊以永今朝

　　　　　　　　　—도연명, 「기유년 9월 9일(己酉歲九月九日)」 전문

　　먼저 최문자의 시 「나무 고아원 1」은 인간중심주의 관점에서 저질러진 개발의 논리에 의해 자신의 터전에서 뽑혀 와 공원이나 거리에 모여 있는 불구의 나무들에 대한 연민 어린 시다. 인간의 생활환경을 위한다는 명목, 즉 조경 사업이라는 이름하에 나무들은 손발이 잘리고, 자신의 태반을 등진 채로 버려져 원하지 않는 장소에 옮겨 심어진다. 시인은 이를 마치 부모를 잃고 고아원에 내몰린 아이들의 모습으로 형상화한다. 여기에 깃들어 있는 것은 나무들의 입장에서 갖는 슬픔과 고통에 대한 공감과 연민이다. 시인 최문자는 인간의 관점이 아니라 나무 자체의 자연적 관점에서 고통받고 있는 생명의 고통에 대해 말함으로써 존재에 대한 근원적인 문제를 제기하고 있다. 유성호도 이것을 두고 대상을 향한 연민의 정서는 존재의 가장 밑바닥까지 내려가는 고유한 힘을 내포한다는 점에서 일층 근원적인 것이 아닐 수 없다[1]고 말하고 있는 것도 바로 이 점을 지적하는 것이다. 연민은 존재의 근원에 대한 성찰을 전제로 한다.

　　도연명의 시 「기유년 9월 9일(己酉歲九月九日)」은 도연명이 속세의 영달에 대한 물욕을 다 버린 뒤 전원으로 돌아와 은둔하던 40대 후반에 쓴 시다. 이 시는 세월의 무상함을 노래하면서 자연과 하나 되어 지내는 물아일체物我一體의 경지를 보여 주는 작품으로 해석된다. 그런데 이 시에서 주목되는 구절은 죽음과 관련돼 도연명이 느끼는 '마음 속 타오름(中心焦)'이다. 대체로 도연명은 노장적 '사생여일死生如一'의 생사관에 따라 죽음에 대해 달관적 태도를 보인다.[2] 하지만 어느 경우에는 초조해하고 슬퍼하는 모습을 보이기도

　1 유성호, 「현대시에 나타난 연민과 배려의 시학」, 『인간연구』 24(가톨릭대학교 인간학연구소, 2013), p. 8.
　2 김창환, 『도연명의 사상과 문학』(을유문화사, 2009), p. 55.

하는데, 이 시가 바로 그런 경우다. 죽음과 마주하여 제 존재성이 사라질지 모른다는 고통이 이 시의 전면을 물들이고 있다. 시적 화자는 계절의 무상함 앞에서 절절히 제 슬픔을 뇌며 위로하고 있다. 이 절절함이 우리에게 깊은 공감을 주는 것인데, 문제는 거듭 읽을수록 그 마음의 슬픔이 자신이란 존재를 벗어나 이 지상의 모든 존재자들의 고통과 아픔을 대신 울어 주는 것으로 확산되고 있다는 점에 있다. 제 존재의 소멸에 대한 아픔이 '메마른 덩굴풀', '조락한 나무', '떼 기러기의 울음', '슬픈 매미' 등으로 확산되고 공감되어 천지의 슬픔을 대신 울어 주고 있는 것은 아닌지 하는 느낌이 들어 놀라운 것이다. 시가, 시인이 모든 존재들의 아픔과 슬픔을 대신 울어 그들의 존재성을 드러내고 그것에 참된 의미를 부여하고 붙잡는다면, 그것이야말로 존재의 구원으로서 연민이자 시의 위의가 아니겠는가.

때문에 이 시들에서 나는 공감과 함께 그것에 존재의 의미를 부여하는 '연민'의 정서를 주목하고자 한다. 대저 연민이란 무엇인가? 살아 있는 모든 것들의 고통과 불행을 어루만지고 치유하는 마음이라고 정의해 본다면 그것은 존재의 의미를 살려 구원의 길로 나아가고자 하는 염원이 아닐까. 이 연민은 모든 시대 현실에서도 필요했겠지만 오늘의 현실에서 더욱 필요한 정서인 것만은 분명하다. 오늘의 시대는 근대 산업자본주의의 심화로 모든 존재가 소외화, 사물화, 상품화 등의 비생명화의 길로 떨어지고 있는 것은 물론, 과학기술 문명의 발달이 인간중심주의의 공룡적 욕망과 결합하여 자연 생태계를 극도로 파괴하고 있다.

때문에 다시 물을 수밖에 없다. 왜 연민인가? 왜 이 시대의 시에서 연민이 문제되는가? 결론을 먼저 말한다면, 그것은 공감과 연민의 감정이 도덕 감정을 발생시키는 힘이 되기 때문이다. 흄은『인간 본성에 대한 논고』에서 "모든 도덕성은 우리의 감정에 달려 있다"고 말하면서 공감과 연민이 상상력의 도움을 받아 도덕의 기초 감정이 될 수 있다고 한다.[3] 이 말은 생태계 위기의 시대에 인간이 가져야 할 교육의 방향성에 대한 암시가 된다. 즉 감정교육의 필요성과 그 감정교육 속에서 공감과 연민이 당대적 삶의 모순인 생태계 파괴의 현실을 극복할 수 있는 한 가능성이 됨을 의미한다는 것이다. 특히 이는 H. 요나스의 기술 시대의 생태학적 윤리라 할 수 있는 '책임의 원칙'으로 이어진다고 할 수 있다.[4] 그런 점에서 사회적, 문화적 관점에서 연민은 우리 시대의 화두로 언급될 만한 태도로 볼 수 있다.

이와 더불어 생태학적 위기의 시대를 구원할 수 있는 예술적 장치에 대해서도 생각해 볼 필요가 있다. 인문학적 지성의 대표자로서 김종철은 이 시대의 인간을 구원할 정신으로 시정신을 든다. 서정의 미학과 이데올로기가 우리 시대의 상처와 모순을 질러갈 수 있는 정신적 방법이 된다고 믿고 있는 것이다.[5] 그러나 서정시가 갖고 있는 이데올로기가 과연 앞의 최문자와 도연명의 시처럼 천지자연과 조응하고 그들을 구원으로 이끄는 형식으로 작동하는가 하는 문제는 검토할 필요가 있다. 동일성을 추구한다는 종전의 서정 시학이라는 말 속에 세계 구원의 의식보다 '자기화' 내지 부정적 근대성이 가져온 '동일화'의 폐해가 깃들어 있는 것은 아닌지 검토해 볼 필요가 있다. 검토의 결과로서 연민 시학이라는 새로운 대안 시학을 제기해 볼 수

3 김용환, 「공감과 연민의 감정의 도덕적 함의」, 『철학』 76(한국철학회, 2003. 8), pp. 159-160.

4 H. 요나스(이진우 역), 『책임의 원칙』(서광사, 1994), 참조.

5 "시라는 것은 우리 시대에 아까 본 것과 같은 인디언식의 사고방식이나 감수성을 그 편린이나마 간직하고 있지 않으면 불가능한 세계이거든요. 어떤 점에서 산업 문화의 압도적인 지배 밑에서 우리가 시라는 형식을 유지하고 그것을 통해서 우리 자신의 인간으로서의 근원적인 감수성을 습관적으로 확인하고 있다는 것은 하나의 구원인지도 모릅니다. 오늘날 전대미문의 엄청난 위기를 헤쳐 나감에 있어서, 정말 필요한 나침반은 은유적 사고를 본질적인 생명으로 하는 시적 사고, 시적 감수성이라고 해도 되겠지요." 김종철, 「시의 마음과 생명 공동체」, 『시적 인간과 생태적 인간』(삼인, 1999), pp. 59-65.

있지 않을까 한다. 연민 시학의 정립을 위해 우선 종전 시학의 문제점을 검토해 볼 필요성이 있는 것이다.

2. 시를 자기표현으로만 보는 전통 시학의 한계

시 학자 중에는 극단적으로 시적 장르의 특징을 '표현'에 두고 있는 학자들이 있다. 일찍이 헤겔은 그의 시학에서 서정시의 장르적 특징을 '자기표현'이라고 말하였다.

> 서정시의 내용은 주관적이고 내적인 세계이며 관조하고 감동하는 마음이어서, 이것은 행위로 나타나 전개되는 것이 아니라 내면성에 머무른다. 따라서 주체의 **자기표현을 유일한 형식이자 목표로 삼을 수** 있다. 그러므로 여기에서는 하나의 실체적인 총체가 외부 사건으로서 펼쳐지는 것이 아니라, 자기 안으로 향하는 각 개인의 직관, 감정, 성찰이 가장 실체적이고 물질적인 것을 내포하는 것으로서, 그 자체의 열정이나 기분, 반성으로서, 그리고 이것들에게서 직접 생긴 결과로서 전달된다.[6](강조 필자)

헤겔의 이 정의는 독일 낭만주의 서정시 이론으로 정립되면서 '시' 하면 '자기표현'이라는 등식을 확립했다. 근대 주체의 형성과 맞물린 낭만주의적 세계인식을 바탕으로 시를 규정하고 있는 것이다. 예를 들어 낭만주의 시인인 위즈워스는 "시란 강력한 감정의 자발적 흘러넘침이다"라고 정의하여 이러한 자기표현적 시관을 단적으로 보여 주고 있다.

6 G.W.F. 헤겔(최동호 역), 『헤겔시학』(열음사, 1987), p. 87.

국내 시학자들도 이러한 견해와 크게 다를 것은 없다. 홍문표는 "예술 작품이란 근본적으로 내면세계의 구현이다. 그리고 이러한 창조 과정은 시인의 지각이나 사상, 감정 등이 결합하여 구체화된다"[7]고 하여 표현론의 시관을 '근본'에서부터 인정하고 있다. 그는 더 나아가 "표현론의 관점에서 볼 때 시는 거울이 아니라 스스로 빛을 발하는 등불이 된다. 여기서 내면세계란 시인의 고유한 정신적 행동이며 시인의 감정과 욕망을 내포하는 충동의 세계다"[8]라고 하여 시에서 표현의 의미를 분명하게 하고 있다. 홍문표는 시는 근본적으로 내면세계의 구현, 즉 표현이라는 점을 인정하고 이때의 내면세계란 시인의 감정과 욕망을 내포하는 충동의 세계라고 부연하고 있는 것이다.

그렇다면 과연 시를 이렇게만 봐야 하는가? 오늘날 우리가 인식하고 있는 시라는 장르와 관련지어 볼 때 유독 표현론적 관점이 강세를 띠며 표현론적 입장이 시의 중요한 내용적 자질을 결정하기 때문이다.[9] 그 점에서 시를 표현론적 입장에서 주로 바라보아야 할 것인가 하는 문제가 대두된다. 그럴 때, 즉 시를 이렇게 자기표현으로만 보게 된다면 근대성 극복의 과제가 대두되고 있는 오늘의 현실, 즉 공감과 연민의 자세가 필요한 현실에서 심각한 문제가 발생할 수도 있다는 점이 이제 논의의 초점이 될 수 있다.

낭만주의 시대에 표현을 강조하게 된 배경은 중세와 고전주의로부터 내려온 보편과 일반화의 원리에 대한 반동의 필요성으로 주체의 강조와 그에 따른 표현의 중요성을 인식했기 때문이다. 낭만주의는 근대적 주체들이 개인의 자유와 평등을 추구하기 위한 차원에서 특별히 자아의 절대성을 강조

---

7 홍문표, 『현대시학』(양문각, 1987), p. 41.

8 같은 책, 같은 면.

9 현재 시중에 나와 있는 여러 시론책을 읽어 본 바, 표현론적 입장에서 도출될 수 있는 시의 특성을 시 일반적 특성으로 확대 해석하여 언급하고 있기에 그렇게 생각할 수 있다.

하고 있다. 김주연이 이를 잘 지적하고 있는데 그는 낭만주의를 설명하는 글에서 "낭만주의에 대한 개념 규정을 할 때 나타나는 또 다른 개념이 이른바 '창조적 자아'라는 문제다. …(중략)… 자아의 중요성이 절대성으로, 절대성이 창조성으로 발전된 것인데, '창조'란 기독교 안에서 오직 신의 속성과 능력일 뿐이다. 그러므로 창조적 자아란 인간이 신의 자리에 앉겠다는 것을 의미하며 신에 대한 도전을 의미한다"[10]고 하여 자아의 의미를 밝히고 있다. 그렇게 본다면 자아의 강조와 이와 관련한 표현의 문제가 낭만주의 시대에는 문제 될 것이 하나도 없다. 오히려 그것은 근대라는 역사적 현실로 볼 때 요청되어야 할 성질의 것이다. 문예사조적 입장에서 보자면 예술이 일정하게 대상에 속박되고 그에 규정되고 있는 것도 사실이지만 예술가의 자발성에 의해 창조적으로 구성되는 것으로 인식하는 것이 낭만주의 작가들의 사상이기 때문이다.[11]

그 점에서 근대성에서 강조되는 것이 주체라는 점을 상기할 필요가 있다. 주체성의 확립은 근대성의 달성과 밀접한 상관성을 갖는데, 왜냐하면 근대성이 추구하는 자유와 평등의 정신은 주체의 개별적 위상 확립이 전제되지 않고는 불가능하기 때문이다. 그런 점에서 대다수 학자들은 "근대성은 합리화와 동시에 주체화를 의미한다. 주체화는 근대성의 근본적인 목적이고 합리화는 주체화를 실현하기 위한 수단이다"[12]라는 점에 동의하고 있다. 주체철학으로 불려지는 근대철학은 바로 데카르트의 "나는 생각한다. 고로 존재한다"는 코기토 이후 대상에 비해 선험적으로 주어져 있는 주체의 중요성을 강조해 왔다. 이 주체, 즉 자아의 강조가 가져온 긍정적 측면에 대해서는 우리가 익히 알고 있다. 긍정적 근대성이라 할 수 있는 해방의 인식과 개

10 김주연, 「독일 낭만주의의 본질」, 오생근 · 이성원 · 홍정선 엮음, 『문예사조의 새로운 이해』(문학과지성사, 1996), pp. 46~47.

11 최유찬, 『문예사조의 이해』(실천문학사, 1995), pp. 115~116.

12 기세춘 편저, 『주체철학 노트』(세훈, 1997), p. 44.

성이라 부를 수 있는 내면성의 확장을 가져온 것이다.

그러나 오늘날 근대성의 결과가 파탄의 징후를 드러내고 있는 이 시점에서 낭만주의적 시적 인식을 유지한다는 것은 문제가 된다. 즉 부정적 근대성으로 우리에게 남겨진 주체중심주의, 이성중심주의, 인간중심주의는 바로 다른 대상들을 타자로 만들어 소외시키고 있다는 점에서 오늘의 우리 현실에선 극복되어야 할 대상들이 되고 있다. 다시 말해 "근대의 출발점에서 오직 이성만이 세상을 이해할 수 있고 통제할 수 있으며 인간의 행동의 방향을 제시할 수 있다고 믿었다. 이에 따라 사회를 발전시키는 힘이라고 믿었던 역사법칙도 이성의 법칙이었다. 이러한 이성과 결부된 주체는 오랫동안 오만했다"[13]는 점을 알아야 하는 것이다. 이 근대적 주체는 자신의 절대성으로 인해 타자를 복속하고 왜곡하며 은폐시켰던 것이다. 세계의 경시를 통해 타자의 소외를 불러온 셈이다.

그런 점에서 주체와 자아를 강조하고 이것을 표현한다는 낭만주의적 시적 인식은 일정 부분 지양되어야 한다. 특히 표현을 두고 말한다면 예술에서 자기표현적 요소가 없다는 것을 말하고자 하는 것이 아니라 이 시대적 측면에서 볼 때 자기 내부의 감정과 욕망을 충동적으로 표출하는 것은 오늘의 분열과 파편, 대립의 현실을 치유하는 미학적 태도로 작용할 수 없다는 것을 말하고자 하는 것이다. 따라서 오늘의 시적 표현은 자기표현이 아니라 세계와 감응하고 조화하는 것으로 바뀌어야 한다. 표현 속에 대상의 가치를 인정하는, 즉 우주적 질서를 본받으려 하는 모방적이고도 재현적인 요소, 그리고 거기에 대상과 상호 수평적으로 교감하는 요소가 결합되어야 한다. 이것은 표현이 곧 세계와의 대화라는 형식으로 전화해 가야 함을 의미한다. 이때 표현 주체는 자신의 감정과 충동에만 얽매인 존재가 아니라 세계, 곧 타자의 현상과 가치에 밀접히 관련되고 거기에 민감히 자극

---

13 같은 책, p. 30.

받는 수평적이고도 대화적인 존재가 되지 않으면 안 된다. 다음과 같은 형태의 시처럼 말이다.

푸른 숲으로 가면 숨어 있는 것 많다.
졸참나무 가랑이나 망개 넝쿨 허리께쯤
허리 한 풀 꺾어 겸허히
조심조심 발 디디면 보인다.

보이지 않는 곳에도 사랑이 있구나.
꼬물꼬물 그들의 움직임, 노랫소리
부드러운 살결 부비며
무리 지어 가는 내 영혼의 가려움
날아다니고 기어다니기도 하며
수풀 발톱 끝에서도 행복한 그들처럼
내 갈 길도 보인다

나도 낮게 가라앉는다.
너도밤나무 뿌리 밑에서
알을 슬고 내 방을 들여앉혔다.
내 정직한 자식들은
겨울을 지나 봄으로 가며 그들처럼
희디흰 배추흰나비로 날아갈 것이다.
숲의 무릎께를 날으며
내 영혼의 가려움 사이로 훨훨—

푸른 숲으로 가면 안다.
허리 한풀쯤 꺾어 보이지 않는 곳에도

배추흰나비나 18점 무당벌레 같은

사랑이 있다는 것

낮지만 깊은 사랑.

—최원준, 「영혼의 가려움」 전문

이 시의 가장 중요한 특징은 주체의 겸허함이다. 거기에는 자아를 둘러싼 세계와의 공감적 자세가 바탕이 되고 있다. 일방적으로 세계를 자아화하지 않고 소통과 이해를 통한 상생의 길을 추구한다. 이는 최근 대두되고 있는 생태학적 인식이자 탈근대적 상상력이다. 시의 내용으로 들어가 보면 이 시의 서정적 주체는 우리가 하찮다고 여기는 모든 생명적 존재, 특히 산업자본주의 사회에 들면서 도구적 대상으로만 여겼던 자연적 생명들에게 "허리 한 풀 꺾어 겸허히 / 조심조심 발 디디"어 다가가고 있다. 그럴 때 그들에게도 "보이지 않는 곳에도 사랑이 있"음을 알게 되고 그럼으로써 내 영혼의 깨어남, 즉 "무리 지어 가는 내 영혼의 가려움"을 알게 된다. 그것은 오만하고 물화된 근대적 주체에서 공감적 주체, 더 나아가 연민적 주체로 되살아나는 삶의 변이 양상을 기록하는 것이다. 즉 "나도 낮게 가라앉는다"라는 자발적 겸허의 자세를 통해 남과 하나 되고 그것을 통해 세계와 하나가 되고자 하는 우주적이고 생명적인 원리를 실천하는 것이 된다.

따라서 이러한 인식을 가졌을 때 비로소 "낮지만 깊은 사랑"의 소중함과 아름다움을 체득할 수 있는 것이다. 그것은 놀라운 인식의 전환이다. 그것은 대승적 삶과 같은 공감 내지 연민의 능력이다. 생태학이 전일성, 관계성, 공생성, 순환성을 의미한다 할 때 이러한 낮은 사랑의 발견은 바로 생태학적 삶의 자그마한 깨달음이자 실천이다. 이 경우 세계가 고통받고 있다는 사실을 확인하게 된다면 연민의 상상력은 더욱 활성화될 것이 분명하다.

이러한 공감과 연민의 인식은 근대적 삶의 모순을 일거에 뛰어넘는다. 그것도 특히 식물적 이미지를 통해 제시되고 있는 것이 음미해볼 사항이다. 식물의 삶은 자발과 자족의 형태로 대상을 도구화, 수단화하지는 않는다.

근대가 가져온 욕망의 작동 방식은 타자의 희생을 전제로 자신의 욕망을 충족시킨다. 그것은 동물적 삶의 방식이 극단화된 양상이다. 그러므로 이제 자본과 기술, 기계와 합리로 우리 인간의 삶을 도구화하고 물질화한 근대적 삶의 방식, 특히 동물적 욕망만 무성히 방목시켜 왔던 주체 중심적 삶의 방식에서 조용히 스스로 생명적 열기를 길러 가며 타자와 조화롭게 사는 방식으로서 식물적 삶의 형태를 미래적 삶의 방식으로 정초할 필요가 있는 것이다. 시에서 그것은 곧 공감의 시학, 다시 말해 연민의 시학이 됨은 두말할 필요가 없을 것이다.

3. 시를 동일성의 표현으로만 보는 전통 시학의 문제점

시가 자기표현이라는 점과 관련해 우리가 또 하나 검토해야 할 것이 동일성 개념이다. 동일성은 그 의미가 복잡하기 때문에 한마디로 재단할 성질의 것은 아니지만 앞서 낭만주의적 관점에 선 개념으로서의 동일성 개념은 자기표현의 경우와 마찬가지로 이제 수정되고 비판받아야 할 것이다.

김준오는 그의 시론에서 "시정신은 단적으로 말해서 자아와 세계의 동일성에 있다. 여기서의 동일성이란 자아와 세계의 일체감이다"[14]라고 밝히고 있다. 홍문표도 "시정신이란 객관적인 세계를 자아의 욕망과 의식의 지향에 따라 가정하고 창조하는 그리하여 세계를 자아화한 동일성의 세계로 만들어 주체와 객체가 하나로 통일되는 세계다"[15]라고 하여 동일성의 확인 혹은 획득이 시정신이라 밝히고 있다. 김준오는 동일성을 자아와 세계의 일체감이라 했지만 홍문표는 조동일의 개념, '세계의 자아화'[16]를 가져와

---

14 김준오, 『시론』(문장, 1982), p. 22.

15 홍문표, 앞의 책, p. 77.

16 조동일, 「자아와 세계의 소설적 대결에 관한 시론」, 『한국소설의 이론』(지식산업사, 1977), p. 103.

동일성을 설명하고 있다.

　이 두 사람의 동일성 설명은 표면적으로는 차이가 있지만 그 바탕에서는 같다. 우선 홍문표는 세계의 자아화를 동일성 개념의 중요 속성으로 보고 있다. 이는 앞 장에서 분석, 비판했던 낭만주의의 자아 중심, 주체중심주의의 폐단을 암시하고 있다는 점에서 올바른 의미의 동일성 획득이 아니다. 홍문표 스스로 정의하고 있듯이 이는 "객관적인 세계를 자아의 욕망과 의식의 지향에 따라 가정하고 창조하는", 즉 자아에 의한 세계의 폭력적 재편이다. 달리 말하면 '나' 중심으로 세계를 전체주의화하는 의식이다. 서구 문화의 큰 문젯거리인 주체중심주의, 동일자중심주의 이데올로기가 이 동일성의 개념 속에도 내포되어 있다고 할 수 있다. 이 점에서 독일 문예학자 슈타이거의 서정 양식의 특징적 개념, 즉 "시인의 영혼이 유동적 정조를 타고 내면으로 향하는 회감의 작용에 의해 과거, 현재, 미래를 그 시혼의 고유한 본성으로 동화시킨다"[17]는 것이나 볼프강 카이저의 "심령적인 것이 대상성에 깊이 파고들어서 그 대상성은 내면화되는 것이다. 정조의 순간적인 고조를 띤 대상성의 내면화는 서정성의 본질인 것이다"[18]라는 정의도 대상의 내면화 혹은 주체로의 동화 등의 용어로 볼 때 자아중심주의인 낭만주의적 이데올로기의 혐의를 떨칠 수 없다.

　이들에 비해 김준오는 자아와 세계의 관계를 대등한 것으로 처리함으로써 위 동일성의 표현이 갖는 이데올로기적 혐의를 상당 부분 피해 가고 있다.[19] 그 점이 김준오의 고심과 독창성을 보장해 주는 부분일 것이다. 그러나 그의 동일성도 엄밀하게 보면 낭만주의적 시 인식에 바탕을 두고 있음을 볼 수 있다. 우선 자아와 세계의 이원론적 구분은 낭만주의적 발상이다.

17 E.슈타이거(이유영·오현일 공역), 『시학의 근본개념』(삼중당, 1978), pp. 17-127.
18 볼프강 카이저(김윤섭 역), 『언어예술작품론』(시인사, 1988), p. 521.
19 이는 서정 시학에 관심 있는 최승호(필명 서림)가 김준오의 이런 이념적 고심의 흔적을 발견하면서 동일성의 시학을 그의 독창적인 것으로 인정하고 있는 데서 잘 지적되고 있다. 서림, 『말의 혀』(새미, 2000), p. 11 참조.

그의 책『시론』에서 '체험의 이원성—자아와 세계'[20]를 서정시의 가장 중요한 특징으로 내세운 점은 서구적 인식의 발로다. 그리고 더 나아가 동일성을 획득하는 방식으로 내세우고 있는 '동화'와 '투사'에서 결정적으로 자아 중심적인 낭만주의적 인식을 드러낸다. 그는 "시인이 의식적으로 자아와 세계의 동일성을 추구하는 데는 두 가지 방법이 있다. 동화assimilation와 투사 projection가 그것이다. 동화란 시인이 세계를 자신의 내부로 끌어들여서 그것을 내적 인격화하는, 소위 세계의 자아화다. 다시 말하면 실제로는 자아와 갈등 관계에 있는 세계를 자아의 욕망, 가치관, 감정에 적합한 것으로 만들어 동일성을 이룩하는 작용이다. …(중략)… 투사에 의한 동일성의 획득은 자신을 상상적으로 세계에 투사하는 것, 곧 감정이입에 의해서 자아와 세계가 일체감을 이루도록 하는 것이다"[21]라고 말하고 있다. 즉 동화와 투사로 동일성을 달성할 때 이는 낭만주의적 발상에서 보이는 자아 중심으로 세계를 재편하는 사실과 별 다름이 없다는 것이다. 김준오도 동일성을 기존의 논자들과 다르게 표현함으로써 근대성이 갖는 문제를 피해 보려 했으나 결국 그가 동일성 이론을 획득하게 되는 배경이 서구 이론이라는 점에서 이러한 한계를 벗어나지 못했던 것으로 보인다.

기존 시학에 스며들어 있는 동일성 개념에 그런 오류가 있다면 동일자 중심주의의 제국주의적 폐해를 겪은 우리들로서 이제 이 시점에서 그러한 동일성 개념은 비판·지양해야 할 것이다. 따라서 서구 낭만주의적 시적 인식에서 비롯된 동일성 개념이 바로 주체중심주의, 동일자 중심주의와 표현론을 그 요소로 하여 형성된 개념임을 전제로 하고 보다 큰 개념으로의 시학의 확장이 필요하다. 이러한 관점에서 볼 때 안도현의「스며드는 것」은 인간중심주의, 주체중심주의에서 벗어나 사물과 대상을 새롭게 바라보고 그것에도 생명이 있다는 것을 인식하고 공감과 연민의 시학으로 발전하고 있

20 김준오, 앞의 책, p. 19.
21 같은 책, p. 28.

음을 보여 준다.

꽃게가 간장 속에
반쯤 몸을 담그고 엎드려 있다
등판에 간장이 울컥울컥 쏟아질 때
꽃게는 뱃속의 알을 껴안으려고
꿈틀거리다가 더 낮게
더 바닥 쪽으로 웅크렸으리라
버둥거렸으리라 버둥거리다가
어찌할 수 없어서
살 속으로 스며드는 것을
한때의 어스름을
꽃게는 천천히 받아들였으리라
껍질이 딱딱해지기 전에
가만히 알들에게 말했으리라

저녁이야
불 끄고 잘 시간이야

—안도현, 「스며드는 것」 전문

　이 시가 보여 주는 감동은 여러 측면에서 발생하지만 대다수 독자들은 어미 꽃게가 어린 아기라 할 수 있는 알들을 품고 죽음을 맞이하는 모성의 발휘에서 그것을 찾을 것으로 보인다. 그렇지만 이 시의 감동의 원천은 꽃게의 죽음을 인간의 죽음과 다를 바 없이 바라보는 연민의 시각에 있다. 죽음이 가져오는 고통을 꽃게는 자신뿐만 아니라 자신의 새로운 생명체라 할 수 있는 알들을 보듬고 강제로 당해야만 하는 그 끔찍함에 대한 공감과 연민에서 깊은 감동이 오게 되는 것이다. 그 점에서 이 시는 아담 스미스가

『도덕 감정론』에서 말하고 있는 '상상에 의한 입장의 전환(imaginary change of situation)'[22]이 바로 연민의 출발임을 잘 보여 주는 사례라 하겠다. 이 '상상에 의한 입장의 전환'이야말로 생태계가 붕괴되어 가고 있는 당대의 암울한 모순적 현실을 극복할 수 있는 시학의 태도일 것이다. 그것은 연민 시학이 시대적 요청이자 당위적 요청에서 나오는 것임을 입증하는 명제인 셈이다.

4. 죽음을 통한 고통의 인식과 연대로서의 연민 시학

그렇다면 자기표현과 동일성의 서정 시학을 넘어 오늘의 우리들이 취할 시학은 무엇인가? 이미 앞에서 언급했듯이 새로운 시학은 자신의 감정과 충동에만 얽매인 존재가 아니라 세계, 곧 타자의 현상과 가치에 밀접히 관련되고 거기에 민감히 자극받는 수평적이고도 대화적인 존재의 생성으로 나아가지 않으면 안 된다. 그것은 바로 자기 존재의 특성에 머물지 않고 제 존재성을 넘어 세계를 이해하고 공감하여, 자기중심에서 세계 중심으로 나아가는 타자성의 시학이다. 그 타자성의 시학을 구체적으로 달성하는 한 방법이 바로 공감의 시학, 다시 말해 연민의 시학일 것이다.

연민은 앞의 시들에서 보듯 제 아픔을 통해 타자의 아픔을 공감하고 이해하여 구원의 의식을 갖는 것을 말한다. 이 연민을 발생시키는 가장 근원적 고통이 죽음이라고 할 수 있다. 죽음은 근대적 주체가 갖는 자기중심적 특성을 온전히 배제할 수 있다. 이를 구체적으로 언급한 사람이 레비나스다. 레비나스의 "죽음이 고통을 통해, 모든 빛의 영역 밖에서, 자신을 예고하는 방식은 주체의 수동성의 경험이다. 지식에서는 모든 수동성이 빛의 매개를 통해서 능동성이 된다. 그런데 죽음은 주체가 그 주인이 될 수 없는 사건,

그것과 관련해서 더 이상 주체가 아닌 그런 사건을 알려 준다"[23]는 서술과 같이 수동성의 경험이 바로 죽음이고, 그리하여 죽음의 고통은 주체가 어찌할 수 없는 고통의 깊이로 다가와 세계에 내던져진 존재의 존재성과 주체성을 진정으로 이해하게 한다. 그에 따라서 고통 속에서 주체는 가능한 것의 한계에 이르러, 세계와 진정으로 만나게 된다. 그 진정한 이해와 만남의 장이 연민이 아닐까 하는 것이다. 왜냐하면 주체는 고통을 통해 자신의 고독을 더욱 팽팽하게 지탱하고 죽음에 직면해서 설 수 있는 존재만이 타자와의 관계가 가능한 영역에 자신을 세울 수 있[24]기 때문이다.

따라서 죽음과 관련된 고통의 체험과 이해는 연민의 발생을 위해 무엇보다 필요하다. 특히 고통을 회피하고 극도의 자기화 내지 물질화로 치닫는 무통문명無痛文明[25]의 시대에 고통을 통한 연민은 고립과 단절을 넘어 생명의 교류와 소통을 위해 절실히 요청되는 감성이다. 이 점과 관련하여 이종영의 언급은 새겨 둘 만하다.

> 고통의 경험은 타자의 고통 속에서 자기 자신의 과거의 고통을 보게 하고 그리하여 자신을 타자 속에 묶어 두는 것이다. 그렇지만 이때 타자의 고통 속에서 자기 자신의 고통을 보는 것은 결코 타자의 자기화에 그치는 것이 아니다. 그것은 오히려 타자의 고통의 이유를 인식하려는 열망으로 이어진다. 타자 속에서 자기 자신의 과거를 발견한다는 것은 그 타자에 대해 애정을 갖게 된다는 것을 말한다.[26]

고통은 자기 폐쇄가 아니라 세계로의 확산을 유발한다. 따라서 고통을 통

---

23 엠마누엘 레비나스(강영안 역), 『시간과 타자』(문예출판사, 1996), p. 77.
24 같은 책, p. 85.
25 모리오카 마사히로(이창익, 조성윤 역), 『무통문명(無痛文明)』(모멘토, 2005), 참조.
26 이종영, 『성적 지배와 그 양식들』(새물결, 2001), p. 266.

한 자기 인식은 위선을 거부하고 시적 허위를 탈각하려는 시인에게 필연적인 과정이다. 이러한 감수성은 타자의 고통에 감응하고 그와 연대하는 시발이 된다.[27] 다시 말하면 고통은 존재자가 자신의 고독을 완전히 실현하는 사건이다. 자기 자신과의 관계가 어느 정도로 강한지, 자신이 누구임을 결정해 주는 요소가 무엇인지 하는 것을 존재자는 고통을 통해 체험한다. 그러나 자신이 수용할 수 없는 사건, 그것에 대해서 단지 수동적일 수밖에 없는, 전적으로 다른, 더 이상 아무것도 할 수 없는, 그러한 사건과 관계하고 있다는 사실을 존재자는 또한 고통을 통해 인식한다.[28] 그 인식 속에서 자아는 세계와 수평적 관계로 교류한다. 따라서 레비나스에 따르면 진정한 주체성은 고통을 통해 타인의 존재를 자기 안으로 받아들이고 타인과 윤리적 관계를 형성할 때 비로소 가능하다. 이것은 연민을 통해 이루어지는 상호 주체성의 형성을 의미하는 말이다. 레비나스는 타인은 인간에게 새로운 존재 의미를 열어 주고 지배 관계를 벗어나 서로 섬기는 관계에서 다른 사람과의 의사소통을 가능케 하는 조건으로 본다.[29] 타인과의 관계를 맺게 하는 연민의 섬김과 구원의 형식은 존재로 하여금 진정한 존재자로 이 세계에 설 수 있게 하는 요소가 된다.

그렇게 볼 때 연민은 자기중심적, 또는 인간중심적인 사유를 넘어서는 데에 그 본질이 있다. 그 본질로 인해 오늘의 생태계 파괴의 현실에서 진정한 생명시학으로 그 기능을 발휘할 수가 있는 것이다. 왜 연민인가 하는 물음에 대한 대답이 여기에 있는 셈이다.

27 구모룡, 「고통의 시학」, 『감성과 윤리』(산지니, 2009), p. 45.
28 레비나스, 앞의 책, p. 95.
29 강영안, 「해설: 레비나스의 철학」, 레비나스, 『시간과 타자』, p. 142.

제2부

노년의 존재론과 최후의 양식

범신론적 사유를 통한 자본주의 문명 비판

—송수권 시의 생태성 특징

송수권 시의 아름다움은 대체로 치렁치렁한 말의 가락과 전통적 삶에서 유래한 한의 표출에 있다고 한다. 그의 시를 읽어 보면 남도의 민요조가 늘 작품의 배면을 감싸고 돌고 있어 한편으로는 신명이 나고, 또 한편으로는 생의 본연에서 솟아나는 듯한 어찌할 수 없는 슬픔이 잔잔하게 펼쳐져 있어 보는 사람으로 하여금 애잔한 감상에 빠져들게 한다. 한 편의 민요를 들려주는 듯, 아니 송수권 시인 자신이 제 정체성으로 말하고 있는 한 마당의 판소리를 펼쳐 놓은 듯하여 독자는 거기에 심취해 유장하고 애틋한 심사를 떨치지 못하게 된다. 자연적이고 토속적인 정서와 언어가 시의 전면에 깔려 있어, 읽는 사람으로 하여금 흥興과 한恨, 자연과 고향에 대한 근원적 감상을 내내 갖도록 하는 것이다. 때문에 어찌 송수권의 시를 읽는 동안 제 자신 속에 잠들어 있는 신명과 한, 더 나아가 근원적 고향으로서의 뿌리에 대해 느끼지 못한 사람이 있을까 하고 생각할 수 있다.

송수권은 전남 고흥에서 태어나 대부분 남도에서 생활하며 일생을 마쳤다. 남도 정신과 가락의 상징인 김영랑의 시적 계보를 잇는 직계로서 남도 정신과 남도 가락을 대표한다고 볼 수 있다. 그의 시가 주로 자연과 전통, 토속과 민중에 대한 관심을 표방하고 있는 만큼 전통적 풍류 정신과 함께 지역성을 필연적으로 내비치고 있다. 그에 따라 송수권 시 연구는 대체로 한의 정서와 전통 의식에 관한 것이 주류를 이루고 있다. 그러나 그의 시가 90년대 이후 들어 자연과 생명에 대한 관심을 집중적으로 드러내었던 만큼 생태적 특성을 연구하는 글도 꽤 나오고 있는 실정이다. 그에 따라 이 글도 송수권 시의 한 본질적 특성이 되는 생태성 측면을 그의 '지역 의식과 토속적 문화' '범신론적 사유와 우주 공동체' '자연 친화와 곡선의 상법' '환경 파괴 고발과 자본주의 문명 비판' 등으로 나누어 살펴보고자 한다.

지역 의식과 토속적 문화

생태주의는 생명체가 살아가는 모습뿐 아니라 그 생명체의 활동을 가능케 하는 환경의 실상을 연구하는 학문이자 사상이다. 생물과 생물의 활동이 되는 무기물의 토대, 즉 생태계의 실상과 지향을 연구하고 그것이 갖는 바람직한 가치를 주목하는 사상을 말한다. 그 점에서 생태주의의 출발은 땅에 대한 귀속감을 바탕으로 그 땅 위에 살고 있는 생명체들의 군집 상태를 살피려는 태도에서 비롯된다고 할 수 있다. 여기서 당연히 땅에 대한 귀속감을 언급하게 될 때 갖게 되는 특성으로서 각 생물체와 그의 터전이 '지역'이란 이름으로 다루어져야 한다. 이에 따라 생태주의 사상은 자연스럽게 지역에 기반한 생물종과 환경에 일차적으로 관심을 갖고, 더 나아가 이 지역과 결부되는 지역사와 지역 문화에 대한 관심을 가질 수밖에 없다.

이런 현상에 대해 생태학자 문순홍은 『생태학의 담론』에서 이를 '생물 지역론'으로 부르고, 이 생물 지역론은 근대 세계관의 토대인 절대 시공간관에 대한 강한 도전이며, 죽어 있는 근대의 공간에 생명을 불어넣고자 하는 움직임이고, 이곳에서 인간과 인간이 아닌 생명체들이 살아 숨 쉬고 움직이고 자신의 삶을 누리도록 사회적인 제반 관계들을 다시 조직하는 실천적 모델이라고 한다.

송수권은 이러한 생태주의 사상에 대한 심도 있는 지식 습득이 없음에도 불구하고, 자연과 전통이 피폐해지고 사라져 가는 안타까운 감상을 자신의 고향을 중심으로 한 지역의 가치와 문화에 대해 노래함으로써 드러내고 있다. 전통과 고향에 대한 사랑이 바로 오늘날 생태주의 사상에서 말하는 생물 지역론의 성격을 드러내고 있는 것이다. 다음 시들이 바로 이러한 특성을 잘 보여 주고 있다.

그늘이란 말 아세요

맺고 풀리는 첩첩 열두 소리 마당

한恨의 때깔을 벗고 나면

그늘을 친다고 하네요.

개미란 말 아세요

좋은 일 궂은일 모래알로 다 씻기고

오늘은 남도 잔치 마당 모두들 소반 상을 둘러앉아

맛을 즐기며

개미가 쏠쏠하다고들 하네요.

순채란 말 아세요

물속에 띠를 늘이고 사는 환상의 풀

모세관의 피를 맑게 거르는……

솔찮이란 말 아세요

마음 외로운 날 들로 산으로 바자니며

나물 바구니에 솔찮이 쌓이던 나숭개 봄나물들……

그러고도 쑥국과 냉이 진달래 보릿닢 홍어앳국……

벌천이란 말 아세요

시집온 지 사흘 벌써부터 기러기 고기를 먹고 왔는지

깜박깜박 그릇을 깨기만 하는 이웃집 새댁……

사는 재미도 오밀조밀 맛도 아기자기

산 굽굽, 물 굽굽 휘어지는 남도 칠백 리

다 우리 씀씀이 넉넉한 품새에서

그늘을 치고 온 말들이에요

—「그늘」(『수저통에 비치는 저녁 노을』, 1998) 전문

고흥 말은 영락없는 판소리 가락을 닮았다

여그, 아지매 술 한 뱅만 더 주더라고 잉

아지매 보니깨 워매 반갑는거 잉

말끝마다 그러제라 잉 하믄, 더부살이로 따라다니는 ㅇ(이응) 받침

나 호자 언제 그랬다요, 그래 쌈시롱

말끝마다 더붙는 요,라는 첨사

전방 보초병에게 그날 밤 떨어진 신호는

'열쇠'였는데 깜박 까먹고

'쇳대'라고 말했다가 얻어터지면서도 긍깨

고것이 고것 아니당가 잉, 했다는 친구

뉴욕의 맨해튼 밤거리에서 만났다

'워매- 이 잡것 누당가? 칠복이 아니여-'

'그래, 나 칠복이랑깨, 이 썩을 놈! 자석 안직 살아 있었그만'

시나위 가락처럼 구슬리는 말법과 능치는 가락

—「내 고향 말투」(『사구시의 노래』, 2013) 부분

위 두 편의 시는 그의 고향 '고흥'을 중심으로 한 남도 지역의 사투리와 그에 관련된 문화적 정서를 표현하고 있다. 「그늘」에서 말하고 있는 '그늘' '개미' '순채' '솔찮이' '벌천' 등과 「내 고향 말투」에 나오는 '워매' '그래 쌈시롱'

'쇳대' '긍깨' 등의 말과 말투 등은 그 지역의 정신과 문화를 잘 보여 준다. 시인의 의미 부여에 따르면 '고흥' 말들은 "맺고 풀리는 첩첩 열두 소리 마당/ 한恨의 때깔"을 갖고 있어 "판소리 가락을 닮았"고, "산 굽굽, 물 굽굽 휘어지는 남도 칠백 리/ 다 우리 씀씀이 넉넉한 품새"를 반영하고 있어 "시나위 가락처럼 구슬리는 말법과 능치는 가락"이 되고 있다는 것이다. 이것은 그 지역만의 고유한 특성이 있다는 말로서, 그 지역의 문화와 생명의 본질적 특성이 된다는 것을 말한다. 그것은 곧 이러한 특성이 지역을 기반으로 한 생태주의 속성을 드러내는 일이자 생태주의 정신을 추구하는 것임을 보여 주는 것이라 할 수 있다.

반생태주의라 할 수 있는 근대 자본주의는 효율과 목적을 달성하기 위해 공간을 표준화하고 이것을 전 지구로 확산시키기 위해 공간과 시간을 압축시켰다. 이에 따라 전 지구의 공간들이 동질화되었고, 공간들이 기능적인 기준에 따라 분화되어 자신의 고유성을 잃어버린 채 하나의 절대 공간, 즉 추상적인 공간 개념에 빠지게 되었다. 이러한 공간 개념과 인식은 그 지역 고유의 생명체와 환경을 파괴시키고 반생태적 문명을 재촉하는 결과를 낳았다. 생물 지역론은 바로 이러한 현상에 대한 비판과 부정으로 다시 생태적 환경으로 돌아갈 것을 추구하는 의식이자 운동이다. 생태학자 스나이더는 공동체 회복의 차원에서 이전의 문화들을 살려 내려면 토착 언어를 살려 내는 것에서부터 시작해야 한다고 한다. 왜냐하면 지역 언어는 생물 지역주의에 대한 근원적인 지식을 담고 있는 그릇이기 때문이라는 것이다.

송수권의 위와 같은 시들은 의도한 것이든, 의도하지 않은 것이든 생물 지역주의의 정신을 표방하고 있고, 공간의 동질화에 대한 하나의 제동장치로서 생태적 활동이 된다. 표준어로 모든 언어와 의식이 획일화되는 것도 문화적 차원에서 볼 때 반생태적 현상이다. 시인도 이 점을 인식하고 있어 지역 언어, 즉 사투리의 중요성을 고취하고 그 언어에 밴 문화와 역사를 제 삶의 정체성으로 밝히고 있다. 특히 우리 민족의 정체성을 보여 주는 고유어의 보존 차원에서 "언어는 시로 형상화되는 것/ 촛불의 그늘 속에서 한밤의 달빛 속에서/ 사위어 가는 새벽의 별빛 속에서/ 애벌레의 울음 같은 시들이 탄생한다"라며 "드팀전, 싸전, 잡살전, 다림방, 시계전, 어리전, 진전/마른전, 군치리, 물집, 마전, 말감고……"(「봉인된 말을 찾아서」, 『틍』, 2013)와 같은 사라져 가는 언어를 주목하고 있는 것은 시인의 민족에 대한 관심과 애정을 보게 할 뿐 아니라 자연스럽게 고유성을 통한 생태성의 추구 의지가 있음을 확인할 수 있게 한다. 그런 점에서 송수권이 노래하고 있는 지역 언어와 지역 의식은 생물 지역론을 실천하고 있는 문화적 현상으로 지역민들에 의해 그 지역의 역사적, 생태적으로 고유한 지역성을 다시 살려 내기 위한 실천적 행위인 것이다.

생물 지역주의가 추구하는 것은 반생태적인 것이 되어 버린 우리의 일상적인 삶을 다시 짜는 것이고, 지역의 토착 문화를 다시 살려 내는 것이며, 공동체를 복원하는 것이다. 때문에 그 지역의 문화로서 풍속, 더 나아가 공동의 정신적 지주가 되는 영성의 발견은 중요한 것이 된다. 송수권의 다음과 같은 시는 바로 그러한 측면에서 중요한 의미를 가진다.

음이월陰二月 영등달 바람 불면 집에 가리

조하투 삭낭엔 오고
보름 사릿물엔 간다고 했지

부뚜껑마다 조왕신이 살고
영등할미 오신 날은
산에서 파 온 붉은 흙
댓가지에 삼색 헝겊을 달아 꽂았지
보름 동안은 숨 막히도록 행동거지도
조신하였지

바람 불면

장독대 위 정화수 얼었다 다시 터지고
영등할미 딸을 데리고 온다 했지
비 오면 착한 며늘아기 앞세워 비에 젖고
고부姑婦간의 갈등이 있긴 있어도
초라하게 오긴 온다 했지
　　　　　　―「빈집 2」(『바람에 지는 아픈 꽃잎처럼』, 1994) 부분

구룡九龍못에 구룡못에 가서 보았다. 깨는 듯 눈 감은 듯
물 위에 조으시는 연꽃들, 한낮의 연꽃들 속에 착한 며느리와
애기 부처님 노시는 것 보았다. 씨방 속에
어떤 부처님 벌써 문 잠그고 한 삼천 년 진흙 굴형 속에 처박혀서
싫도록 낮잠이나 퍼지르다 미륵불로 환생할
채비들 서두르고 있었다

…(중략)…

구룡못에 구룡못에 가서 보았다. 가을 물에 연꽃 송이들 깨어나면서
우리 하늘 아래 퇴박맞아 집 떠나 오다 떠 있는
파르스름한 낮달 하나, 애기 들쳐 업고 뒤돌아보다
얼굴 가리고
흑흑 느껴 마을도 물에 잠겨서 돌미륵으로 솟아난 우리 착한 며느
리 하나
그 곁에 혹도 하나 더 붙어서 진흙밭 한세상
뒤늦게 와 새로 피는 연꽃들 속에 애기 부처님 노시는 것
만나 보았다
　　　　　　―「구룡못 연꽃밭―아기 업은 부처바위 설화」
　　　　　　　　　(『사구시의 노래』, 2013) 부분

이 두 편의 시는 시인의 고향에서 전해져 오는 민속과 설화를 바탕으로 하여 쓴 작품이다. 각 시의 말미에 있는 시인의 주석에 따르면 "영등할미는 바람의 신으로 풍년을 점지하기도 하고, 인간의 선악을 하늘에 고변하는 신이기도 하다. 토속신이 살아 있을 때 우리 고향은 건재했으며, 우리 정신도 꼿꼿했다"거나, "옛날 구룡리에 구두쇠로 이름난 황부잣집이 있었다. 며느리는 끼니때마다 쌀을 타서 밥을 지었는데, 어느 날 탁발 온 스님에게 쌀을 주고 나니 밥을 지을 수 없었다. 그것을 안 스님이 애기를 업고 자기를 따라오되 돌아보지 말라 했는데 며느리는 그만 돌아봤다. 그러자 마을은 못 속에 잠기고 며느리는 아기를 안은 채 부처바위가 되었다"는 설화를 볼 수 있는데, 이것을 통해 볼 때 시인의 관심 사항을 여실히 확인할 수 있다. 시적 내용과 배경 설화를 두고 볼 때, 이 시들은 샤머니즘 사상에 바탕을 둔 채 지역민들의 공동의 정서와 기원을 담고 있다. 심리적 단층에 같은 정서적 기조를 담아냄으로써 지역의 고유성을 확보하고 같은 영적 현상에 공감하게 한다. 이것은 강렬한 귀속 의식이자 유대 의식이다.

민속과 설화는 지역성의 특징을 발현하는 큰 준거이다. 개체의 변별성은 생태계의 유지와 공존의 필요성을 충족시키는 필수적 자질이다. 샤머니즘이라는 문화적 차원의 지역적 풍속과 설화는 공존과 상생의 생태적 환경을 자극하는 배경들이 된다고 할 수 있다. 그 점에서 송수권 시의 도처에서 보이는 풍속과 설화의 시들은 생물 지역주의의 정신적 가치를 실현하는 하나의 표지라고 할 수 있다. 때문에 "마음 눈을 열고 나면 산막집에 걸린/ 외로운 등불 하나도 헛것이 아니다/ 대인동 시장이나 자갈치시장 바닥 그 어디서나/ 무수히 만났던 순대집 욕지기 할머니 같은 개양할미가/ 그 당집에 산다"(「개양할미」, 『수저통에 비치는 저녁 노을』, 1998)나, "내 유년의 강에는 한밤 내 별들이 쓸리는 소리/ 한 토리씩 쌓여 가는 호롱불 그리매로는/ 북풍도 비키어 가는 소리/ 조랑말 울음소리도 지나고/ 꼬부랑 할멈이 지팡이 하나를/ 짚고 오신다/ 산길로 동무 삼아 나오신다"(「꼬부랑 할미 옛이야기」, 『산문에 기대어』, 1980)같은 표현 속에 등장하는 '개양할미' '꼬부랑 할미' 등도 생물 지역 의식을 확산시켜 생태주의 사상의 필요성을 요청하는 역할을 한다고 볼 수 있다.

범신론적 사유와 우주 공동체

　지역적 민속과 설화는 무속巫俗의 세계로 이어진다. 샤머니즘의 세계관은 바로 천지의 모든 사물에 영성이 깃들어 있고, 인간의 삶을 위해 이들과 소통하고자 하는 주술적 관념이다. 때문에 정령숭배 사상이나 토템 신앙 등은 크게 보아 샤머니즘의 한 형태로 볼 수 있고, 생태주의가 표방하는 물활론적物活論的 세계관, 즉 애니미즘 역시 샤머니즘의 세계관과 연관되어 있다고 할 수 있다. 여기서 물활론적 세계관은 범신론적 세계관이다. 생물은 물론 무생물까지 포함하여 이 세상에 출현한 모든 사물에 정령이 깃들어 있다고 보는 범신론적 사유는 생물과 무생물을 모두 유기적 연관성 아래 하나의 전체로 보려는 생태주의 사상의 특성을 잘 드러내는 사상이다. 범신론적 사유로 볼 때 이 우주는 모든 것들이 상호 연관되어 있고, 의존적이며, 유기적 전일성의 형태를 띤다.

　송수권의 지역 의식과 토속적 삶의 문화는 그 본바탕에 샤머니즘의 사유를 깔고 있으므로 인해 자연적 사물에 대해 범신론적 세계관으로 확산되어 간다. 이는 함부로 자연을 파괴하여 인간의 욕망을 총족시키려던 자본주의적 삶의 태도에 제동을 거는 생태주의 사상과 접목된다. 모든 사물과 세계에 정령이 깃들어 있다고 보는 범신론적 사유는 세계의 가치를 성스럽게 인식하여 인간과 자연, 인간과 신들 사이의 공존과 공생을 추구하는 생태주의 사상의 정신적 발현이 되는 것이다. 때문에 송수권의 시에서 자연 사물에 신이 깃들어 있다고 보는 다음 내용의 시들은 그의 시적 세계로 볼 때 매우 자연스러운 현상이라 할 수 있다.

　　우리의 신神은 콩꽃 속에 숨어 있고

듬뿍 떠 놓은 오동나무 잎사귀

들밥 속에 있고

냉수 사발 맑은 물 속에 숨어 있고

형벌처럼 타오르는 황토밭 길 잔등에 있다

바랭이풀 지심을 매는 어머니 호미 끝에

쩌렁쩌렁 울리는 땅

얼마나 감격스럽고 눈물 나는 것이냐

…(중략)…

솥단지 안에 내 밥그릇 국그릇

아직 식지 않고

처마 끝 어둠 속에 등불을 고이시는 손

그 손끝에 나의 신神은 숨 쉬고

허옇게 벗겨진 맨드라미

까치 대가리

장독대 위에 내리는 이슬

정화수 새로 짓고

나의 신神은 늙고 태어나고

새 새끼처럼 조잘댄다

　　　　　　　　　　　—「아그라 마을에 가서」(『아도』, 1985) 부분

북두칠성은 내려앉을 듯

바다에 걸쳐 있고

북극성은 지금 내 머리 위에 와 있다.

독수리좌가 날개를 활짝 펴고

물병 자루에 갇힌 병아리를 채 올리려다

허공에서 물병만 깨뜨리고 놀란 물병아리 한 마리

수평선 쪽으로 꼬리 흔들고 사라진다.

성기고 큰 그물 속 내가 선 자리

우레보다 무서운 함성이 그쪽에서 일어난다

지상은 바람이 불고

울 이유도 없이 밤하늘을 쳐다보며

나는 눈물을 글썽인다.

등대의 허름한 회벽 천정에서

늙은 거미 한 마리가 그물을 짜다 말고

거푸집 뒤로 몸을 숨긴다.

　　　―「거대巨大한 침묵」(『수저통에 비치는 저녁 노을』, 1998) 전문

　이 두 편의 시는 우주 속의 모든 생명체의 신성함과 함께, 그 신성함을 드러내는 우주 속의 자아 또한 매우 신성한 존재임을 드러내고 있다. 「아그라 마을에 가서」에서 볼 수 있듯이 "우리의 신神은 콩꽃 속에 숨어 있고/ 듬뿍 떠 놓은 오동나무 잎사귀/ 들밥 속에 있고/ 냉수 사발 맑은 물 속에 숨어 있고/ 형벌처럼 타오르는 황토밭 길 잔등에 있"어 세계는 모두 신성이 발현된 존재들로 가득 차게 된다. 이 세계는 인간의 욕망을 위해 함부로 파괴하고, 도구적 존재로 이용할 수 없다. 저마다 생명의 가치가 다할 때까지 존재하다 다른 존재로 순환되거나 변화할 따름이다. 그런 세계 속에서의 인간은 "정화수 새로" 지어 신을 받듦으로써 신적 가치의 세계로 승화되거나 신적 율법에 따라 살아감으로써 자연의 한 존재로서의 의미를 획득한다. 즉 자연적 삶이 갖는 가치와 이치를 체득하고 이를 실천한다.

　「거대巨大한 침묵」은 바로 자연 속의 일원으로서 인간이 갖는 위치, 세계

와 조화를 취했을 때 얻을 수 있는 인간의 만족 등을 다룸으로써 성화聖化된 인간 존재의 의미를 보여 준다. 이 우주 속의 의미 있는 존재가 될 때, 즉 "성기고 큰 그물 속 내가 선 자리/ 우레보다 무서운 함성이 그쪽에서 일어난다/ 지상은 바람이 불고/ 울 이유도 없이 밤하늘을 쳐다보며/ 나는 눈물을 글썽인다"에서 보듯 존재의 탄생과 변전이 주는 깊은 의미를 우주의 사상과 공명하여 알게 되었을 때, 이 우주가 갖는 '거대한 침묵'은 나의 존재성을 십분 발휘할 수 있는 터전이 된다는 뜻일 것이다. 이는 생태주의가 표방하는 물질과 영혼의 전일성, 즉 일원론적 사유의 구체적 형태라 할 만하다. 송수권의 시는 자연 속의 신성과 무한성을 사유함으로써 존재의 지고성과 함께 모든 생명체와 그 생명체를 둘러싼 사물들의 가치도 참으로 지고함을 드러내고자 하는 데 그 취지가 있다.

이는 세속적 관점을 초월하는 것이자 참된 생명의 가치가 어디에 있는가를 탐색하는 명상적 태도라 하지 않을 수 없다. 때문에 그의 시가 "장엄하다/ 어둠 속에 한 능선이 자물리고 스러지면서/ 또 한 능선이 자물리고 스러지면서/ 하는 것// 마침내 태백과 소백, 양백兩白이/ 이곳에서 만나 한 우주율로 쓰러진다"(「무량수전의 배흘림기둥에 기대어」, 『수저통에 비치는 저녁 노을』, 1998)고 읊으면서 말하는 '우주율'이야말로 시인 송수권이 가닿은 시적 사유의 궁극적 형태라고 말할 수 있을 것이다. '거대한 침묵' 속에 우주의 운율, 즉 생명의 리듬이 있음을 파악하는 것은 기이하다 못해 신비하다고 말해야 할 것이다. 이를 두고 김재홍이 「우주율 또는 생명의 가치화」(『수저통에 비치는 저녁 노을』, 1998)라는 글에서 "이번 시집에서는 인간과 자연, 하늘과 땅, 과거와 현재, 여기와 저기, 그리고 너와 내가 하나가 되어 서로 친화와 교감을 이루는 것으로서 만상조응(correspondence)이 형상화되고 있어 주목을 환기한다"고 평가한 것은 매우 적절한 발견이자 의미 부여라고 하겠다.

이렇게 볼 때 송수권의 의식 속에서는 인간을 비롯한 이 우주의 모든 생명체와 그 생명체를 둘러싼 무기적 환경이 하나의 신성을 가진 존재들로 공동체를 이루고 있음을 심작해 볼 수 있다. 이 우주가 하나의 가족으로 대등하고 수평적 관계로 엮어 있음을 드러내고 있다는 점에서 송수권의 시적 사유는 우주 공동체로서의 생태적 관점에 필연적으로 서 있다고 할 수 있다.

자연 친화와 곡선의 상법想法

범신론적 관점에 서 있는 사람들은 자연에 대한 태도가 친화적으로 나타날 수밖에 없다. 아니 더 나아가 자연적 사물이 갖는 그 아름다움과 생생함에 대해 예찬적 태도를 보이지 않을 수 없다. 생태주의 사상이 가지는 가장 일반적인 형태가 인간과 자연의 공존, 공생의 모습이라면, 송수권 시가 보여 주는 생래적인 시작 형태로서의 자연 친화의 모습은 바로 생태성의 가장 본질적 모습을 드러내는 것이라 할 수 있다. 다음 시들이 바로 그런 예이지 않을까?

날씨 보러 뜰에 내려
그 햇빛 너무 좋아 생각나는
산부추, 개망초, 우슬꽃, 만병초, 둥근범꼬리, 씬냉이, 돈나물꽃
이런 풀꽃들로만 꽉 채워진
소군산열도, 안마도 지나
물길 백 리 저 송이섬에 갈까

그중에서도 우리 설움
뼛물까지 녹아 흘러
밟으면 으스러지는 꽃
…(중략)…
혀끝에 감춘 밥알 두 알
몰래몰래 울음 훔쳐먹고 그 울음도 지쳐

추스림 끝에 피는 꽃

며느리밥풀꽃

—「며느리밥풀꽃」(『지리산 뻐꾹새』, 1991) 부분

우리 산천 어디선들 이름 없는 풀꽃들 보았느냐

푸른 버짐처럼 고목에 붙어 진기를 걷어 내는 겨우살이꽃

쉬엄쉬엄 오 리 길을 갈 때마다 길 표시로 심었던

오 리 정자나무, 십 리 가서 십리나무꽃

봄이 먼저 와서 키 낮은 꽃다지 들길에 자욱하고

밤 나그네새 울고 올 때 들머리에 뜬 저 주막집 불빛,

한 상床 먹고 나와 뒷간에 앉아 쳐다보던

밤하늘의 캄캄한 먹빛 오디 열매들,

쥐똥같이 동그랗고 까만 쥐똥나무 열매들과

물에 담가 우리 영혼까지 얼비쳐 든 물푸레꽃,

이 나라 산천 발 닿은 곳 어디서건 마을 앞

그 흔한 며느리밑씻개 개오줌꽃도 잘도 피지 않더냐

그중에서도 손주가 없어 중간 대를 거른

방아다리손주 같은 유순한 저 자귀나무 꽃 보아라

수꽃의 수술이 불꽃처럼 톡톡 튀는 여름 산

비 그친 여름 산을 나는 좋아하느니

밤에만 두 잎처럼 포개지는 우리 내외

아직은 즘잖게 빗장거리 밤잠을 설친 저것이 그 합환목合歡木이렷다.

—「자귀나무 꽃 사랑―그린하우스 광장에서」

(『바람에 지는 아픈 꽃잎처럼』, 1994) 전문

이 두 편의 시는 너무나 쉽게 알아볼 수 있듯이 시적 화자가 우리나라 전역에 피어 있는 꽃과 나무들을 좋아하고 있음을 드러내고 있다. 본능적인

자연 친화의 태도와 애정 어린 표현은 이 시를 쓰는 송수권 시인의 자연 사랑의 마음씨를 넉넉하게 짐작하게 한다. 「며느리밥풀꽃」에서 보이는 "그 햇빛 너무 좋아 생각나는/ 산부추, 개망초, 우슬꽃, 만병초, 둥근범꼬리, 씬냉이, 돈나물꽃"의 태도와 말들은 자연 사랑의 깊이가 매우 진정성 있게 전개되고 있음을 엿볼 수 있게 하고, 「자귀나무꽃 사랑─그린하우스 광장에서」에서도 역시 "방아다리손주 같은 유순한 저 자귀나무 꽃 보아라/ 수꽃의 수술이 불꽃처럼 톡톡 튀는 여름 산/ 비 그친 여름 산을 나는 좋아"한다고 표현함으로써 자연 친화의 태도가 삶의 본질적 태도가 됨을 은연중 드러내고 있다.

이는 시인 송수권의 의식 속에 자연은 인간과 더불어 공존하고 공생하는 공간임을 드러내는 것이다. 시인의 의식 속에서 자연은 인간의 욕망을 위해 개발해야 할 대상이나 파괴해야 할 대상지로 존재하지 않는다. 역사 사회적 현실에서 실제 자연이 파괴되고 개발되는 모습이 있다면 그것은 파괴의 슬픔과 고통을 표현하기 위해 들여올 뿐이다. 그런 점에서 인간 문명의 발달에 따라 파괴되어 가는 자연이나 자연의 옛 이름에 대해 슬픔의 감정을 표현하는 것은 송수권 시인의 지속적 자연 사랑의 차원에서 볼 때 당연한 것이다. 가령 "봄날에 날풀들 돋아 오니 눈물 난다/ 쇠뜨기풀 진드기풀 말똥가리풀 여우각시풀들/ 이 나라에 참으로 풀들의 이름은 많다/ 쑥부쟁이 엉겅퀴 달개비 개망초 냉이 족두리꽃/ 물곳이 앉은뱅이 도둑놈각시풀들/ 조선총독부 식물도감을 펼치니/ 구황식救荒食의 풀들만도 백오십여 가지다"(「우리나라 풀 이름 외기」, 『꿈꾸는 섬』, 1983)라고 표현하고 있거나, "나는 사랑합니다 우리 나라의 숲을, 늪 속에 가라앉은 숲이 아니라/ 맑은 신운神韻이 도는 계곡의 숲을, 사계가 분명한 그 숲을/ 철새 가면 철새 오고 그보다 숲을 뭉개고 사는 그 텃새를/ 더 사랑합니다, 까치가 울면 반가운 손님이 오신다든가 뱁새가/ 작아도 알만 잘 낳는다든가 하는 그 숲에서 생겨난 숲의/ 요정의 말까지를 사랑합니다"(「우리나의 숲과 새들」, 『지리산 뻐꾹새』, 1991)라고 표현하고 있는 것은 자연 파괴가 극심해져 가는 자본주의적 삶의 피폐함과 허무함에 대한 반동으로서 자연 예찬의 모습을 드러낸 것이라 할 수 있다.

땅에 기반한 생태주의 사상의 측면에서 송수권은 풀과 나무 등에 많은 관심을 피력하고 있는데, 이러한 점을 김재홍은 「우주율 또는 생명의 가치화」(『수저통에 비치는 저녁 노을』, 1998)에서 "이러한 보잘것없어 보이는 풀꽃과 나무들에 관심과 애정을 기울인다는 것은 바로 작은 생명들을 소중히 여기는 것이며, 나아가서 민초들의 삶을 공경하고 사랑한다는 것을 의미한다. 송수권 시에서 식물 상상력이란 바로 생명의 가치화를 통해서 생명을 존중하고 사랑하며, 그것을 세상의 중심에 두고자 하는 생명사상의 표현이라는 말이다"라고 분명하게 지적하고 있다. 곧 송수권 시인이 추구하는 생태주의 사상의 자연스러운 발현 현상을 온당하게 평가하고 있다고 볼 수 있는 것이다. 김재홍이 언급하는 생명사상은 생태사상의 다른 이름이다.

자연의 예찬과 친화적 태도는 삶의 자세나 사유의 측면에서도 자연의 형상을 띠는 방식을 취하게끔 한다고 볼 수 있다. 송수권 시의 주요한 특징이되는 '곡선적 이미지'의 형태는 자연적 대상의 찬미와 지향에 맞물려 발생한다고 볼 수 있다. 다음 시가 이를 잘 보여 준다.

> 직선으로 가는 삶은 박치기지만
> 곡선으로 사는 삶은 스침이다
> 스침은 인연, 인연은 곡선에서 온다
> 그 곡선 속에 슬픔이 있고 기쁨이 있다
> 스침은 느리게 오거나 더디게 오는 것
> 나비 한 마리 방금 꽃 한 송이를 스쳐 가듯
> 스쳐 가는 것
> 오늘 나는 누구를 스쳐 가는가
> 스침은 가벼움, 그 가벼움 속에
> 너와 나의 온전한 삶이 있다
> 저 빌딩의 회전문을 들고 나는 스침

그것을 어찌 스침이라 할 수 있으랴

아침 저녁 한 사무실에서 만나는 얼굴

그것을 어찌 스침이라 할 수 있으랴

그러니 스쳐라, 아주 가볍게

덕수궁이나 한강 둔치를 걸으며

우리는 어제라고 말하지만 어제의 강물은 스침

아직 단 한 번도 그 강물은 스친 적이 없다.

　　　　　　　　　　　—「스침에 대하여」(『통』, 2013) 전문

　이 시의 핵심은 "나비 한 마리 방금 꽃 한 송이를 스쳐 가듯"에서 볼 수 있듯이 자연적 관계는 스침에 따라 곡선이 되고, "저 빌딩의 회전문을 들고 나는 스침/ 그것을 어찌 스침이라 할 수 있으랴"에서 보듯 인위적인 문명사회의 스침은 스침이 아닌 형태, 곧 곡선이 아닌 직선이 된다는 것이다. 시적 내용으로 볼 때 참으로 충실한 것은 '곡선으로 사는 삶'이고 이 삶의 완성은 '스침'에 있다. 직선의 삶은 박치기로 갈등과 파괴만을 조장하는 것으로 보아 비판적 대상으로서 근대 자본주의적 삶을 일컫는다. 시적 정보를 따라가면 곡선의 가치와 아름다움은 그것이 스침의 방식을 취함에 따라 '인연'을 만들면서, '느리고', '가볍고', '온전한' 어떤 것을 이루어 낸다. 근대적 삶의 특성이라 할 수 있는 속도와 경쟁, 소외와 획일의 모든 부정적 면을 극복하는 가치와 태도로 나타난다. 따라서 곡선의 태도와 발상은 탈근대의 시학이자 진정한 인간적 가치의 실현이란 의미를 갖는, 매우 의미심장한 생태학적 창작 방법론이다.

　이런 점과 관련하여 송수권은 그의 시작법을 '곡선의 상법想法'이라 칭한다. 그는 「시에 대한 요즘의 생각」(『통』, 2013)이란 글에서 "곡선의 상법想法과 소리의 상법 즉 '느림의 시학'으로 나름대로 시를 써 온 후 시각과 청각에 의존해 왔던 이미지들이 나이 들수록 미각과 후각으로 맛과 냄새에 민감해진 것 같다. 이는 다이앤 어커먼이 시의 언어를 '침묵의 감각'이라고 말했던 것처럼 시각에 선행되는 본능적인 미각과 후각의 원초적 촉발을 통하여 원형적인 삶을 갈망한 때문일 것이다. 특히 토속적인 원형 감각을 지금까지도 고집스럽게 밀고 온 까닭은 표준어보다는 부족 방언의 기능이 훨씬 시적 언어라는 데 있다. 표준어에서는 언어의 대활령大活靈이 각박한 시대와 더불어 줄어들고 있음을 체험하기 때문이다. 이 대활령을 흔드는 정서는 모어 중의 모어인 서북 정서와 남도 정서가 표본적 언어의 정서로 작용한다"고 말함으로써 곡선의 상법이 갖는 의미와 가치를 해명하고 있다. 특히 다른 글 「남도의 소리와 말가락」(『허공에 거적을 펴다』, 2014)에서는 "한국의 아름다운 소리는 대개 이 '곡선의 상법'에서 솟아난다. 나는 이 상법에서 나오는 체험의 소리 50여 편을 모아 『소리, 가락을 품다』로 책을 내기도 했다. 이는 내 시 쓰기의 코드요 노자가 말한 '곡즉전曲則全', 즉 '곡선은 완전하다'로서 내 삶의 길을 터득했기 때문이다"라고 말하며 노자의 사상에 입각한 곡선의 깊은 의미를 드러내고 있다.

이렇게 볼 때 자연 찬미와 그와 관련된 곡선적 이미지의 시적 표현은 가장 전형적인 생태주의 사상과 미학을 드러내는 것이 아닌가 한다. 곡선의 상법이라는 데서 말하는 노자의 '곡즉전曲則全'의 해명도 도교가 무위자연의 사상으로서 생태주의 사상의 원형이 됨을 자연스럽게 보여 주는 것이 된다. 송수권은 생득적으로 자연과 함께 숨 쉬는 고장에서 태어나고 생활함으로써 생래적 생태주의 시인의 면모를 보여 준다고 할 수 있다.

환경 파괴 고발과 자본주의 문명 비판

90년대 들어 송수권은 '신국토 생명시'라는 부제목을 붙인 시집 『바람에 지는 아픈 꽃잎처럼』(1994)을 내면서 국토 순례 과정에 만나는 자연 파괴의 현상을 고발하고 있다. 생태주의 운동을 통해 만난 환경 파괴의 실상을 비판하는 시를 발표하고 있는 것이다. 이 경우 다음 두 편의 시가 대표적이다.

두 달째 국토를 여행하다 낙동강 기슭 3류 여관방에 와서

나도 끝내 임신을 하고 말았다

아이가 헛구역질을 하는지 뱃속에서 또 꿈틀거린다

북가시나무에 찔린 듯 목이 부어오르고 페놀 자국에

까맣게 뜬 아이의 입술이 잠긴다

남자도 상상임신을 할 수 있는 걸까

신경안정제를 털어 넣어도 잠이 오지 않는다

헛배 부른 헛구역질은 멎지 않는다

한번은 임산부들이 두산斗山의 정문에 몰려 아우성치는

기사를 읽었는데 나는 하룻밤내 몹시 흉한 꿈을 꾸었다

한 탯줄에 일곱 명의 태아들이 고구마처럼 말라비틀어졌다

그때부터 나는 이상한 발작을 일으켰고

어제 아침 신문에서 폐수 공장을 가동한다는 두산을 만났다

—「두산 그룹—구미 공단에서」

(『바람에 지는 아픈 꽃잎처럼』, 1994) 부분

하단下端 갈대숲에 와서 늘 가슴 울먹였다

바다 쪽에서 밀리는 잔잔한 노을 속에 내 두 뺨은

복숭아처럼 익어 갔고

철새들의 날갯짓이 가슴 가득 무너져 내렸다

고등학교 시절 한 여류 시인이 되겠다던 소녀와

첫사랑을 속삭였고

여름날 갈숲을 헤쳐 물새알의 따뜻한 온기에 입맞췄다

바닷새의 파란 울음소리와 모래밭의 모래 무덤 속에서

아나벨리의 죽음을 꿈꾸었다

재첩 국물에 주막집 술이 밤새도록 익어 갔던 곳

철근을 박은 거대한 한 왕국이 오래전에 이곳에 들어섰다

비오디 361 피피엠 갈밭의 긴 수로가 끊기고

사상 공단에서 흘러나온 음식 찌꺼기에 갈매기 떼 몰려와

쓰레기 무덤을 뒤졌다

높이 날으는 갈매기가 아니라 저 비정한 삶의 갈매기—

독극물에 치였는지 어제는 재갈매기 떼로 죽었다

…(중략)…

사상 공단 하나를 모래 속에 묻고 모래밭 위로 떠오른

보기 흉한 뿔들

저것은 인간의 굴뚝이지 결코 갈매기 무덤의 전설은 아니었어.

　　—「뿔—사상 공단에 가서」(『바람에 지는 아픈 꽃잎처럼』, 1994) 부분

　이 두 편의 시는 인간의 문명에 의해 파괴되어 가는 자연 현실을 심각하게 고발하고 그러한 자본주의적 문명이 얼마나 비인간적이고 반생명적인지를 드러내고 있다. 부정과 비판을 통해 생태 환경이 우리 인간의 생명과 감성에 얼마나 진정한 가치가 되는지를 환기시키고 있는 것이다. 「두산 그룹—구미 공단에서」에서 언급되는 "북가시나무에 찔린 듯 목이 부어오르고 페놀", "폐수 공장을 가동한다는 두산"은 "한 탯줄에 일곱 명의 태아들이 고구마처럼 말라비틀어"지게 할 만큼 생명 파괴적임을 드러낸다. 「뿔—사상 공단에 가서」는 "철근을 박은 거대한 한 왕국이 오래전에 이곳에 들어"서 "비오디 361 피피엠 갈밭의 긴 수로가 끊기"게 하고 있고, "사상 공단에서 흘러 나온 음식 찌꺼기"로 "쓰레기 무덤"을 만들면서 "독극물에 치였는지 어제는 재갈매기 떼로 죽"게 만드는 일을 폭로한다. 생태계를 자심하게 파괴하는 인간 문명의 잔인함과 반생명성을 여지없이 고발하고 있는 시적 표현이다. 이러한 암울한 현실 고발을 통해 다시 자연과 조화를 이루는 친자연적인 사회와 삶의 필요성을 부정의 변증법 방식으로 제기하고 있는 것이다.

　군사분계선 자연환경이 훼손될 것을 걱정하는 「1991년 12월 13일—통일 전망대에서」와 같은 작품이나, 철조망 접경 지역의 생태성을 예찬하는 「수

계를 따라—10년 후의 여름 · 임진강에서」 등의 작품에서도 문명과 반문명
의 이미지를 대비시키면서 자본주의적 문명이 갖는 폐해를 드러낸다. 따라
서 파괴되어 가는 국토에 대해 송수권은 "이제 우리 국토는 국토 그 자체가
분노다. 이 생각에는 누구나 다 거의 비슷한 생각일 것이다. 무엇 때문에
국토는 이렇게 분노의 땅으로 변해 버렸고, 언제부터 산은 산대로 물은 물
대로 음양이 거역을 하며 갈라선 것일까. 뿌리 뽑힌 고향에 대한 인식—그
것은 90년대가 안고 있는 가장 괴로운 정신적 작업이다. 자연은 될 수 있
는 한 직선을 피해 가려고 애를 쓴다. 『야간 비행』을 쓴 생텍쥐페리는 직선
에 대한 완벽한 승리를 비행기에서 터득했다. 하루 아침에 '망치' 하나로 곡
선을 두들겨서 직선으로 만들어 버린 경우를 우리는 얼마든지 목격하고 있
다. 그것은 60년대로부터 시작해서 70년대에 절정을 이루었다. 이 국토 건
설 수행은 잘한 일인가? 거의 반성의 여지도 없이 계획은 수행되었기 때문
에 이 물음은 때늦은 감이 없지 않으나 나의 경우는 전적으로 이에 동의할
수 없다"(「고향」, 『쪽빛세상』, 1998)라고 입장을 밝히면서 생태적 국토 보존의
필요성을 천명하고 있다.

이러한 시적 언명 속에는 자연 생태계를 파괴하는 근대 문명에 대한 엄
중한 경고의 메시지가 들어 있다. 이를 송수권은 자본주의로 무장하여 쳐
들어오는 서구 문명에 대하여 경고를 날린 시애틀 인디언 추장의 말을 시
로 다시 각색하는 작업으로 대신한다. 시인은 인디언의 땅을 침범해 오는
백인 문명에 대하여 경고와 훈계를 내리는 시애틀 추장의 말을 시로 각색
하여 "위대한 이십일二十一 세기여,/ 저주받은 것은 인디언이 아니라/ 이제
백인들 자신이라는 것을 알 때가 온 것이다./ 너희들의 왕성한 식욕은 대지
를 삼켜 버렸고/ 사막만을 남겨 놓을 운명 앞에 온 것이다./ 이 강가의 모
래 기슭, 빛나는 솔잎/ 맑게 노래하는 벌레들, 이 신성한 것들이/ 너희들의
기억 속에는 없다./ 향기로운 꽃은 홍인紅人들의 피를 어떻게 머금고 이 들
녘에/ 피었었는가를 너희들은 알지 못한다"(「위대한 백인—시애틀 족장의 예언,
그 마지막 연설문」, 『바람에 지는 아픈 꽃잎처럼』, 1994)라고 말함으로써 인류의 미

래에 대한 암담한 예언적 전언을 내놓는다. 시애틀 추장의 말이 그의 심정을 대변한다고 보는 것이다.

그렇게 볼 때 송수권 시인이 보이는 생태적 서정은 자본주의적 삶의 방식이 갖는 사물화와 도구화의 과정에 저항한다. 생태적 서정은 직접적으로 자본주의적 삶의 방식을 뒤바꾸지는 못하더라도 대상적 존재에게 '활성活性'과 신성을 부여함으로써 사물화로 위계화되는 공간에 결절이 생기게끔 한다. 즉 도구적 존재에서 생명적 존재로의 전이를 추동함으로써 자본주의적 작동 방식에 제동을 가한다. 그것은 비인간화, 비생명화로 치닫는 산업 자본주의의 현실에서 생명의 권리, 더 나아가 생명의 천부적 존엄성을 되찾기 위한 생사존망의 싸움이 되고 있는 것이다. 송수권 시의 의의는 그가 의식적으로 했건, 무의식적으로 했건 근대 자본주의 문명이 저질러 놓은 반생명적·반인간적 삶의 방식에 이의를 제기하고 진정한 삶의 방식이 자연과 공존·공생하는 생태적인 방식에 있음을 주지시키고자 하는 데에 있다고 하겠다.

얼음 속에 갇혀 있는 불

—정희성 시의 의미

시의 풍경을 따라가다 보면 한 시인의 세계를 이해할 수 있는 강렬한 이미지를 만나게 된다. 그 이미지는 시인의 내밀한 의식을 응축하고 있어 발산하거나 당기는 힘이 보통이 아니다. 민감한 독자라면 그 이미지가 주는 울림에 깊이 공명하여 여러 날을 기쁨일지 슬픔일지 모르는 감정에 휩싸여 방황할지 모른다. 곧 이미지가 말을 건네 독자로 하여금 놀라운 상황 속에 빠져들게 하는 경우를 종종 보게 되는 것이다. 그런 이미지를 G. 바슐라르는 역동적 이미지라 부른다. 역동적 이미지는 그 시인의 시적 세계를 규율하고 이해할 수 있게 해 준다는 점에서 지배적 이미지라 불러도 이상할 것이 없다.

「저문 강에 삽을 씻고」로 잘 알려진 정희성 시인의 시 속에서도 그런 이미지는 여럿 있을 수 있다. 시인의 대표 작품이라 할 수 있는 「저문 강에 삽을 씻고」에 나타난 이미지, 예를 들어 쓸쓸한 하층민이 '저문 강에 삽을 씻는 모습', 또는 소외된 삶에서 그나마 위안을 주는 '샛강에 뜨는 달'의 형상역시 그의 내밀한 의식을 대변하는 강렬한 이미지라고 볼 수 있다. 민중적삶에 대한 따뜻한 연민과 유대의 심리를 잘 드러내고 있다는 점에서 정희성시인의 대표적 이미지라고 할 만하다.

하지만 정희성 시인의 70년대 이후 8, 90년대의 행적을 고려할 때 그의 의식을 집약해 주는 시적 이미지는 다음 작품에 나타난 이미지라 할 수 있지 않을까? 이 이미지가 「저문 강에 삽을 씻고」에 나타난 이미지보다 새롭다거나 후일에 형상화되었다는 이유보다 정희성 시인의 의식을 간결하고 깊이 있게 응축해 보여 주고 있다는 점에서 이것을 들 수 있지 않을까 하는 것이다. 이미지가 강한 압축의 긴장 속에 여러 시적 의미를 발산하고, 한 시인의 시적 지향과 궤적을 이해할 수 있게 한다면 그 시인의 지배적 이미지로 기능을 다하고 있다고 말할 수 있다. 다음 시에 보이는 시적 이미지는 정희성 시인의 지향과 궤적을 압축하고 있다고 말할 수 있을 만큼 그 선명함과 강렬성이 남다르다는 점에서 놀라운 느낌을 준다. 그 이미지는 이렇다.

> 불꽃은 어디 있는가
> 어느 추운 벌판에 얼어붙었는가
> 불은 어디 있는가
> 보다 큰 사랑을 위한 불
> 동지가 되기 위한 불
> 죽음을 꿰뚫는 불
> 이 땅이 얼어붙은 동안
> 새로운 화해를
> 새로운 탄생을 준비하는 씨앗처럼
> 얼음 속에 갇혀 있는 불
> 불은 지금 어느 냉정한 가슴속에 투쟁하고 있을까
> ─「불꽃」(『한 그리움이 다른 그리움에게』, 1991) 전문

이 시가 전하는 메시지는 사실 그리 어렵거나 모호한 것은 아니다. 80년대라는 시대적 상황을 고려할 때, '불'이 상징하는 의미는 민주, 자유, 평화 등의 내용으로 수렴된다. 거기에 불이 '불꽃'으로 전화되었을 때 꽃이 가지

는 밝음과 생명성 역시 승화의 관점에서 충분히 감지되고 공감되어 민중시, 혹은 군부독재에 저항하는 리얼리즘 시 계열의 시적 특징과 의의로 이해할 수 있게 한다. 그러나 시는 이성적 차원의 파악에 그쳐서는 안 된다. 시인의 의식의 결을 따라 흐르다 만나게 되는 "얼음 속에 갇혀 있는 불"의 이미지 앞에서는 이해와 납득을 넘어서 어떤 찌르는 듯한 아픔과 답답함에 문득 멈춰 서게 된다. 이성적으로 '얼음'이 당대의 억압적 상징이고, 그 속에 '갇혀 있는 불'이 그 억압을 이겨 내려는 민중의 저항적 의지임을 이해하였다 하더라도 순간적으로 가슴속을 관통하는 통증은 어디에서 오는 것일까?

이때 시는 머리로 읽는 것이 아니라 가슴으로 맛봐 새기는 것임을 깨닫게 된다. 시를 읽는다는 것은 하나의 의미로 대충 이해하고 넘어가는 것이 아니라 여러 의미로 그것을 느껴 내 삶의 한 경우로 다시 살아 본다는 뜻이다. 그럴 때 "얼음 속에 갇혀 있는 불"의 이미지는 독자의 존재성을 뒤흔드는 역동적 이미지가 된다. 우선, 불이 생명적 존재로 표현되고 있다는 점에서, 그리고 시인의 의식이 이 불에 계속 애정을 투사하고 있다는 점에서 하나의 생명이 극한적 상황인 '얼음 속에 갇혀 있다'고 하는 표현은 끔찍한 공포와 아득함을 불러일으킨다. 절대적 악이라 할 수 있는 군부독재 세력에 의해 억압받는 힘없는 민중의 비참한 처지와 그 역사적 의미를 시인은 이런 이미지를 통해 직관적으로 그려 내었을 것이다. 공포와 답답함의 실감은 이성을 넘어 우리의 감각 속으로 침투해 들어와 소름을 돋게 한다. 그런데 더 읽어 보면 이 구절은 단순히 공포와 막막함만 갖게 하는 것이 아니라 생명을 지키기 위한 대립의 팽팽함, 즉 생의 긴장감을 곧바로 느끼게 한다. 어쩌면 공포보다 살아야겠다는 의지의 팽팽한 긴장감이 이 시적 이미지의 주된 정서일지도 모른다. 얼음을 뚫고 나와 "새로운 탄생을 준비하는 씨앗처럼" 자신의 존재성을 드러내려는 각고의 투쟁이 공포를 이겨 내고 불의 속성으로 타오르게 하는 듯해 더욱 독자의 가슴을 치게 만든다. 얼음에 갇혀 있다는 의식의 측면이 아니라 온몸으로 거기에 부닥쳐 빠져나가려 애쓰는 살갗의 차가운 고통과 뜨거운 의지, 그 팽팽한 대결 구도에서 발생하는 긴장감이 이 시를 싸고도는 것이다.

그러나 이 구절의 느낌은 거기서 끝나는 것이 아니다. 그 불꽃 튀는 긴장 속에 새롭게 드는 느낌은 '타는 물'이라는 이미지의 발생이다. 그 시대적 현실 속에 '얼음 속에 갇힌 불'은 결국 타는 물이었구나 하는 감각적 깨달음을 불러낸다. 얼음과 불의 싸움은 일정 부분 불이 얼음을 녹이는 과정에서 불꽃의 생기가 줄어들고, 물이 녹아 흘러내리는 장면을 떠올리게 한다. 얼음의 두께가 가녀린 불꽃의 활동 자체를 막을 정도라면 그 어떤 상상도 가능하지 않겠지만 이 시의 전체 상황을 볼 때 불의 강고한 의지가 있다면 어느 정도 얼음의 벽을 녹이고 빠져나갈 수 있을 것으로 짐작된다. 그렇다고 쉽게 빠져나가 불의 생명이 그대로 유지되리라고는 볼 수 없다. 막중한 고초를 겪을 것임을 느끼게 한다. 얼음의 벽을 빠져나가는 과정에서 그 생명의 기운이 소진되거나, 여린 상태로 자신의 생명성을 지키면서 얼음의 기운에 저항해 겨우 생존해 있는 상태를 상상하게 한다.

그렇게 본다면 이 얼음과 불의 대결은 '타는 물'의 이미지가 된다. 타는 물은 바슐라르가 그의 『촛불』에서 말한 바 있는 것처럼 촛불의 형상에서 엿볼 수 있는 희생과 승화를 의미한다. '얼음 속에 갇혀 있는 불'은 점차 자신의 생명을 소진하는 가운데 타오르면서 주위에 켜켜이 쌓인 겨울의 어둠을 조금이나마 밝혀 주는 구실을 한다. 엄혹한 4, 5, 6 공화국의 군부독재가 하나의 얼음에 의한 겨울의 어둠이라면 이 얼음 속의 갇힌 불은 자유를 추구하기 위한 민주와 민중의 정령, 즉 혁명의 정신이다. 아니 혁명가 그 자체다. 자유와 민주를 위해 죽음으로 희생하는 혁명가의 비장하고도 굳센 잔상을 이미지 속에서 발견할 수 있어 그렇게 생각할 수 있다. 때문에 이 구절로 우리는 시인의 시적 지향과 태도를 넉넉히 추상해 볼 수 있다. 시인은 시대적 어려움 앞에서 고통의 감내를, 그리고 그 감내를 넘어 혁파와 희생을 꿈꾸고 있는 것이다. 이 말은 이 구절에서 독자 또한 독특한 시인의 꿈을 느껴 봐야 한다는 것이다. 대상이 없는 불사름이 아니라 온몸의 실존적 감각을 다하여 고통의 실체에 당당히 맞서 자신을 불사르는 것을 말이다.

그렇게 생각한다면 시적 내용의 지향 면에서 얼음은 생의 필수적 조건, 즉 자신의 실존적 정체성을 위해 반드시 존재해야 할 세계의 표상이다. 이것은 역설적 상황을 의미하는 것으로 얼음의 상황이 없다면 생의 의지로서 불꽃의 표상도 없다는 뜻이기도 하다. 시인 정희성이 주목하는 세계는 자신의 존재성을 드러내기 위한 공간의 표지로 생의 극한상황을 불러들이고 있다. 그것이 하나의 경향이 되고 있는 것이다. 다음 시가 그런 경우를 잘 보여 주는 예다.

> 엉겅퀴여, 겨울이 겨울인 동안
> 네가 벌판에 서 있어야 한다
> 바람 속에서 바람을 맞아야 한다
> 머지않아 천지에 봄이 오리니
> 엉겅퀴여, 네가 엉겅퀴로 서 있지 않을 때
> 이 땅에 내가 무엇으로 서 있겠느냐
> 엉겅퀴여, 나의 목마른 넋이여
> 겨울이 겨울인 동안
> 네가 엉겅퀴로 서 있어야 한다
> ─「겨울꽃─이길룡 화백의 그림에 부쳐」
> (『저문 강에 삽을 씻고』, 1978) 전문

정희성의 시에서 계절적 배경으로 완만한 봄이나 뜨거운 여름, 또는 풍성한 가을은 찾아보기 어렵다. 암울한 겨울이 그의 시적 세계를 이루는 주된 배경이 된다. 위 시 「겨울꽃─이길룡 화백의 그림에 부쳐」도 이를 유감 없이 잘 보여 준다. 시적 화자의 표상이라 할 수 있는 '엉겅퀴', 즉 "나의 목마른 넋"이라 할 수 있는 엉겅퀴는 '겨울이 겨울인 동안 (네가) 벌판에 서 있어야 하'는 숙명에 처해 있다. 겨울이라는 극한상황 속에 서 있기 위해서 엉겅퀴가 강인한 생명력을 지녀야 함은 두말할 필요도 없다. 그런데 이 시에서도 묘한 역설이 발생한다. 우선 "네가 엉겅퀴로 서 있지 않을 때/ 이 땅에 내가 무엇으로 서 있겠느냐"라는 표현과 "겨울이 겨울인 동안/ 네가 엉겅퀴로 서 있어야 한다"는 표현은 그 의미상 종합해 볼 때, 세계는 겨울이어야 하고, 그 겨울 동안 엉겅퀴라는 존재로 살아 있어야만 한다는 내용이된다. 이 두 표현은 비록 봄을 꿈꾸지만 세계가 겨울이 아니라면 삶의 진정한 가치를 드러낼 수 없고, 그 연장선상에서 겨울을 이겨 낼 수 있는 강인한 생명력으로서의 엉겅퀴가 아니라면 역시 존재의 가치도 없을 것임을 드러내고 있다. 혹독한 겨울과 강인한 엉겅퀴의 대비에 앞의 「불꽃」에서 보이던 대립과 긴장의 맛이 그대로 유지된다. '겨울 속의 엉겅퀴'는 '얼음에 갇혀 있는 불'의 이미지와 넘나들며 의미의 자장을 발생시킨다. 고통과 감내, 그리고 초월의 심리적 드라마가 그대로 재현되고 있다고 말할 수 있는 것이다.

　이러한 암울한 상황과 대립하는 원형적 심상은 정희성의 시에서 여러 이미지로 변주되어 나타난다. 그의 시에 즐겨 사용되는 인고의 이미지들은 대부분 겨울의 심상을 거느리고 있고, 고통의 실체로서 당대적 억압을 상징하고 있다. 가령, "누가 나를 부르는가/ 한밤에 나가 눈을 헤치고/ 언 땅을 파 본다/ 부드러운 흙 몇 점/ 호미 끝에 묻어나고/ 원추리 한 뿌리가/ 달빛에 드러났다"(「꿈」, 『저문 강에 삽을 씻고』)나, "우리들의 꿈이 만나/ 한 폭의 비단이 된다면/ 나는 기다리리, 추운 길목에서/ 오랜 침묵과 외로움 끝에/ 한 슬픔이 다른 슬픔에게 손을 주고/ 한 그리움이 다른 그리움의/ 그윽한 눈을 들여다볼 때/ 어느 겨울인들/ 우리들의 사랑을 춥게 하리"(「한 그리움이 다른 그리움에게」, 『한 그리움이 다른 그리움에게』)에서 보이는 겨울의 이미지들은 이를 의미한다. 이 시들에서 겨울은 고통을 주는 억압적 상황을 암시하고 그 억압 속에 놓인 '원추리'나, '우리들' 또는 '나'는 겨울 속이라는 실존적 한계 상황에 놓인 존재로서 자신의 존재성을 정당하게 발휘하기 위해서 인고하고, 더 나아가 투쟁하여 겨울을 이겨 내야만 하는 존재로 그려지고 있는 것이다. 또는 "공화국의 밤은 깊고 깊어/ …(중략)…/ 담벼락에 기대 너를 기다리며/ 차마 바라보는 구치소의 불빛"(「고척동에서」, 『한 그리움이 다른 그리움에게」)에서는 겨울 대신에 '공화국의 밤' 내지 '구치소'를 쓰고 있고, 강인한 생명력의 표상으로 감옥에 갇힌 혁명 투사인 '너'를 '불빛'으로 형상화하고 있다. 이 시도 갇힘과 대립의 긴장 국면을 형상화하고 있는 것이다. 이들은 모두 '얼음 속에 갇혀 있는 불'의 이미지와 동궤의 의미를 가진 것으로 시인의 시적 지향이 일관됨을 보여 준다.

이러한 시적 풍경은 세속적 가치로 볼 때 매우 역설적인 현상이다. 지상의 보통 사람의 관점에서는 혹독한 겨울을 자신의 실존적 거처로 삼기 힘들고, 그것을 통해 자신의 정체성을 형성하기 힘들다. 그러나 의지가 견결하고 대찬 존재들은 그러한 험한 시간과 험한 장소를 자신의 실존적 거처로 삼아 진정한 정체성을 획득하려 한다. 이러한 도저한 정신은 일상적 관점에서 볼 때 매우 기이하고, 기이하다 못해 섬뜩할 수 있다. 그러나 정상이 아닌 적대 세력에게 저항하기 위해서 존재자 역시 보통을 넘어서지 않고는 어찌 그것을 상대할 수 있겠는가. 그 점에서 정희성의 시적 궤도는 강인한 역설을 필수적으로 띨 수밖에 없고, 그에 따라 시적 도정은 전개된다. 다음 두 편의 시가 그런 예다.

풀을 밟아라
들녘엔 매 맞은 풀
맞을수록 시퍼런
봄이 온다
봄이 와도 우리가 이룰 수 없어
봄은 스스로 풀밭을 이루었다
이 나라의 어두운 아희들아
풀을 밟아라
밟으면 밟을수록 푸른
풀을 밟아라

—「답청踏靑」(『답청踏靑』, 1974) 전문

황하도 맑아진다는 청명날

강 머리에 나가 술을 마신다

봄도 오면 무엇하리

온 나라 저무느니

버드나무에 몸을 기대

머리칼 날려 강변에 서면

저물어 깊어 가는 강물 위엔

아련하여라 술 취한 눈에도

물 머금어 일렁이는 불빛

　　　　　—「청명」(『한 그리움이 다른 그리움에게』, 1991) 전문

　위의 시 두 편은 시인 정희성이 어떻게 살아야겠다는 의지를 잘 보여 주는 작품이다. 우선 「답청踏靑」은 "풀을 밟아라/ 들녘엔 매 맞은 풀/ 맞을수록 시퍼런/ 봄이 온다"에서 볼 수 있듯이 역설적 상황을 설정하고 있다. 문제는 그 역설적 상황이 진정한 생명의 발달과 발전을 보장하는 것으로 그려지고 있다는 사실이다. 즉 '맞을수록 시퍼런 봄이 온다'는 구절은 고통이 강할수록 진정한 삶의 세계가 펼쳐진다는 의미를 띤다. '풀'의 입장에서 겨울은 고통의 시간이다. 봄이 와야 소생과 개화의 기쁨을 누릴 수 있는데, 이 시에서는 '밟고' '매맞는' 고통스러운 통과제의가 전제되어야만 한다고 말한다. 결국 이 표현도 앞에서 보았던 '얼음'이라는 혹독한 대상을 통과해야만 불의 생명성을 꽃피워 낼 수 있음을 매맞는, 혹은 밟히는 풀의 이미지로 그려 내고 있다고 볼 수 있는 것이다. 고통의 역설이 삶의 진정성으로 태어나는 부분이다. 그 점에서 "풀을 밟아라"의 명령은 가학적 행위의 필요성을 말하는 것이 아니라 밟는 행위를 통해 고통이 갖는 진정한 생의 가치를 내면화할 수 있기를 바라는 의미로 보아야 할 것이다.

　실제로 이는 겨울 끝에 생명의 알참을 얻기 위해, 즉 서리와 성에로 들떠 있는 땅을 밟아 이를 가라앉혀야 더욱 잘 자라는 '보리'의 경우를 통해서

도 알 수 있다. 정희성은 보리에 대해 지속적인 관심을 갖지 않을 수 없었는데, 그는 "푸른 잎에 선혈鮮血 솟구치는/ 야생野生의 보리/ 냉담한 겨울, 얼었던 땅/ 속에서 내미는 네 외로운 손을 잡고/ 입김에 입김을 보태느니"(「보리」, 『저문 강에 삽을 씻고』)라고 보리를 표현하면서 겨울을 이겨 내는 보리의 정신을 노래하고 있다. 여기서도 주목되는 것은 보리의 진정한 성장을 부추기는 인간의 행위, 즉 '얼었던 땅속에서 내미는 네 외로운 손을 잡'거나 '입김에 입김을 보태'는 연대가 사실은 보리의 고통을 내면화하려는 행위라는 사실이다. 이는 「답청踏靑」에서 보았던 '풀을 밟아라'의 의미와 그 내적 맥락이 같다. 모두 겨울이라는 암울한 상황을 이겨 내기 위해 고통스러운 투쟁의 필요성을 의미화하고 있다. 이는 삶의 방식으로 볼 때 매우 낯설고도 강렬한, 즉 역설적인 형태다.

시 「청명」 또한 이 점은 마찬가지다. 이 시에서 가장 중요한 감정은 "봄도 오면 무엇하리"라는 역설적 형태의 발언에 것에 담겨 있는 절망감이다. 자유와 민주가 보장되지 않은 채 찾아온 봄은 진정한 봄이 아니다. 이는 이육사의 「교목喬木」에 나오는 "차라리 봄도 꽃피지 말아라"의 구절과 유사한 의미를 지닌다. 독립운동가 육사의 입장에서 볼 때 광복도 되지 않았는데 무슨 봄날의 아름다움과 따뜻함을 누릴 수 있다는 말인가 하는 자기 염결성 차원의 말인데, 이것도 역설적 어법이라 할 수 있다. 정희성 시인도 자유와 민주가 달성되지 않은 상태에서 사람들이 살기 좋다는 봄이 오면 무슨 소용이리 하는 자조적 심정을 내비치면서 세속적 관점을 비틀어 버린다. 재미있는 것은 이 시에서도 시인의 일관된 역동적 이미지가 실현되고 있다는 점이다. 즉 "저물어 깊어 가는 강물 위엔/ 아련하여라 술 취한 눈에도/ 물 머금어 일렁이는 불빛"에서 대립과 초월의 긴장감을 볼 수 있다는 사실이다. 이 구절 역시 저무는 강물이 얼음 같은 암울한 시대적 상황을 암시하고 있고, 그 강물 속에서 '일렁이는 불빛'은 고초를 겪는 혁명의 정신을 상징함으로써 여전히 그러한 대립과 긴장을 취하고 있다. 다만 술 취한 상태로 '아련하게' 바라보는 상태를 드러냄으로 인해 태도의 측면에서 조금 강인함이 풀어진 모습을 보이긴 하나 관심과 시적 지향은 그대로 유지되고 있음을 확인할 수 있는 것이다.

때문에 정희성 시인의 시 중 많은 시는 대립에 의한 초월의 태도를 견지하기 위해 고뇌하는 자신의 내적 고백을 구체화하고 있다. 가령 시적 화자는 "오늘밤 벌판에 나가/ 나는 불을 지펴야 한다"(「불을 지피며」, 『저문 강에 삽을 씻고』)라고 되뇌거나, "이 망치로 이 팔뚝으로 내려칠 것은/ 쇠가 아니라고 말 못 하는 바위가 아니라고/ 문고리가 아니라고 생각하며 밤새도록/ 불에 달군 쇠를 친다"(「쇠를 치면서」, 『저문 강에 삽을 씻고』)라고 독백하면서 자신의 할 일을 되새기며 무력함을 질타한다. 이것들은 모두 내적 견결성을 키우고자 하는 의식의 분투 노력이다. 그 점에서 시인은 자신의 생명력과 의지를 강인하고 굳세게 단련시키는 것이 무엇인지를 알게 된다. 다음 두 편의 시가 그것을 보여 준다.

> 돌을 손에 쥔다
> 고독하다는 건 단단하다는 것
> 법보다도 굳고
> 혁명보다도 차가운
> 돌을 손에 쥐고
> ─「돌」(『저문 강에 삽을 씻고』, 1978) 부분

> 빛나는 아침을 위해
> 나는 녹슨 칼날을 닦으리
> 눈보다 차갑고
> 눈보다 순결한 마음으로
> 깊이깊이 사랑을 새겨 두리
> ─「눈 덮인 산길에서」(『한 그리움이 다른 그리움에게』, 1991) 부분

돌을 쥐는 행위는 자신의 부당한 실존적 상황을 받아들이지 않고 저항해 나가겠다는 실천적 의지의 표현이다. 그 행위는 목숨을 거는 것이라서 김수영이 「푸른 하늘을」에서 "혁명은/ 왜 고독해야 하는 것인가를"이라고 말한 것처럼 "고독하다는 건 단단하다는 것"이라고 발언함으로써 자신의 굳센 결기를 돌과 고독의 이미지로 드러내고 있다. 이러한 결기와 결단의 심상은 시인 정희성으로 하여금 7, 80년대 민중운동에 앞장서게 하는 계기로 작용하였을 것이다. 「눈 덮인 산길에서」는 자신의 의지적 삶의 행위를 "녹슨 칼날을 닦으리", 또는 "깊이깊이 사랑을 새겨 두리"라는 다짐과 맹세로 한 치의 물러남 없는 삶의 태도를 발언하고 있다. 여기서의 의지적 형식의 표현은 시인의 삶에서 한 치의 물러섬이 없는 시적 정신의 표현이나 시 쓰기 행위로 나아갔을 것임은 불문가지다. 이러한 삶의 태도는 모두 그의 실존적 삶의 정체성을 결정했던 겨울, 혹은 얼음이라는 실체적이고도 역사적인 현실을 바탕으로 이루어지는 것들이다. 즉 엄혹한 현실 속에서 그의 날선 열정을 표현했던 60년대에서 90년대 사이의 시적 지향이라 할 수 있다.

한편 점차 민주화가 이루어지고 시인의 나이도 지긋해지면서 삶의 조건과 육체적 열정이 달라지는 점도 외면할 수는 없다. 다음과 같은 시는 시인 정희성이 자신의 시적 지향을 바꾼 것이라기보다는 자신의 누추한 일상적 현실을 고통스럽게 받아들이며 어떻게 하면 자신의 고독한 정신과 염결성을 포기하지 않는 선에서 현실과 타협할 수 있는가를 고뇌하고 있는 것으로 볼 수 있다.

> 손에서 일을 놓았다
> 나도 이제 이 지상에서 발을 떼고 싶다
> 샤갈이 그 아내와 함께 하늘로 떠오르듯
> 중력을 버리고 이 병든 도시로부터 가벼이
> 사는 동안 꼬리가 너무 길어졌다
> 꼬리가 끌고 온 무거운 길을 돌아보며

이쯤에서 나도 길을 내려놓고 싶다

돌아가는 길을 지워 버리고

길섶에 핀 풀꽃과 인간들의 거처를 지나온

이 보잘것없는

흉측한 짐승 같은 삶의 꼬리가 밟히기 전에

꼬리를 자르면 길이 사라질까

꼬리를 자르면 날개가 돋을까

영혼이 깃털처럼 가벼워질까

　—「꼬리를 자르면 날개가 돋을지」(『돌아다보면 문득』, 2008) 전문

　　2000년대 들어 세상은 이념의 대립보다 일상적 현실의 욕망이 삶의 방식을 결정하는 형태로 바뀌어 간다. 소위 소비사회로 일컬어지는 풍조 속에서 엄정한 정신과 희생 의식은 모욕의 대상이 된다. 속물적 삶의 형태와 다른 삶을 사는 이를 잠시 의인이니 뭐니 하며 부추겨도 그것은 동물원 속의 원숭이처럼 상품화되는 물결을 벗어나지 못한다. 삶의 진정성을 상실한 사회에서 생의 엄정성을 간직한 사람들은 일정 부분 환멸과 무기력으로 빠져들기 쉽다. 2000년대 들어 정희성 시인이 보여 주는 위와 같은 시는 "손에서 일을 놓았다/ 나도 이제 이 지상에서 발을 떼고 싶다"에서 볼 수 있듯이 환멸의 양식으로 세계를 풍자하는 정신을 보여 준다. 그 점에서 일정 부분 이 시는 타락한 현실에 타락한 방식으로 응전하는 올곧음이 있다. 자학적 염결성이 드러나는 것이다. 그렇지만 이 시는 자조와 풍자로만 일관하지는 않는다. 실제 시적 화자는 타락한 현실 속에서 "영혼이 깃털처럼 가벼워질" 수 있는 길이 무엇인지를 탐문하고 궁리하는 것을 우선으로 하고 있다. 시의 배면에는 생의 진정성을 찾는 간절함이 깃들어 있다.

　　시인 정희성이 줄곧 보여 주고 있는 견결성의 시적 도정이 이 즈음에 이르러서는 시적 염결성으로 변주돼 자신의 세속적 욕망을 덜어내는 방식으로 나타나기 시작했다는 의미다. '꼬리를 자르면 날개가 돋을지'에 나타나

는 자기 절개切開의 이미지는 자신의 시적 지향이 종국에는 어디로 나아가
야 할지를 잘 보여 주는 이정표다. 그의 시적 언어가 보여 주는 대로 시인
정희성에게 자기 절제切除는 생의 절제節制인 것이다. 불필요한 욕망의 절
개切開가 이 시대의 지식인이 지녀야 할 절개節槪인 것이다. 그 결과 다음과
같은 최근 시집의 두 편의 시는 그의 시적 도정에서 바라볼 때, 의미심장하
다 하지 않을 수 없다.

부끄러워라
더 이상 분노할 수 없다면
내 영혼 죽어 있는 것 아니냐
완장 찬 졸개들이 설쳐 대는
더러운 시대에 저항도 못한 채
뭘 더 바랄 게 있어 눈치를 보고
비굴한 웃음 흘리는 것이냐
죽은 시인의 사회에서 이제 그만
주민등록을 말소하고
차라리 파락호처럼 떠나 버리자
아아 새들도 세상을 뜨는데
좀비들만 지상에 남아 있구나
　　　　　　　—「부끄러워라」(『그리운 나무』, 2013) 전문

자세를 낮추시라
이 숲의 주인은 인간이 아니다
여기는 풀꽃들의 보금자리
그대 만약 이 신성한 숲에서
어린 처자처럼 숨어 있는
족두리풀의 수줍은 꽃술을 보려거든

풀잎보다 너 낮게

허리를 굽히시라

　　　　　　　　—「두문동」(『그리운 나무』, 2013) 전문

　이 두 편의 시는 '얼음 속에 갇혀 있는 불'이 얼음 밖으로 나왔을 때 취할수 있는 두 가지 삶의 방식을 여실히 보여 준다. 하나는 「꼬리를 자르면 날개가 돋을지」에서 연장되는 것으로서 「부끄러워라」에 나타나는 타락한 현실에 대한 비꼼과 그에 따른 내면적 자학이다. 달리 말하면 성스러운 투쟁 끝에 남은 속물화된 현실에 대한 환멸이다. 이것은 "부끄러워라/ 더 이상 분노할 수 없다면/ 내 영혼 죽어 있는 것 아니냐"에서는 자신에 대한 자조로, 그리고 "완장 찬 졸개들이 설쳐 대는/ 더러운 시대"나 "좀비들만 지상에 남아 있구나"에서는 타락한 현실에 대한 환멸로 그 시적 지향을 드러낸다. 모두 '얼음 속에 갇혀 있는 불'이 가졌던 엄정한 비판 정신을 조금 빈정대는 어투로 드러내고 있지만 생의 진정성에 대한 갈망은 여전히 남아 있는 것으로 보인다. 그렇지만 일정 부분 생의 열정이 무디어져 자신의 무기력함을 자인하는 모습도 발견하게 된다는 점에서 비애의 감정이 많이 스며들어 있음을 감지할 수 있다.

　그에 비해 약간의 익살기가 감도는 「두문동」은 오늘의 시대적 상황과 잘어울리는 생태적 의미의 주제를 가지면서 얼음 속을 빠져나온 불이 어떻게 변한 시대적 현실에 대처해야 하는지를 보여 준다. 이제 투쟁의 대상이나방식이 엄혹한 군부독재의 시대적 방식에서 벗어나 자연 생태계를 망가뜨리고 있는 인간으로 하여금 어떻게 자연으로 나아가야 할 것인가를 넌지시제시해 주는 방식으로 나타나고 있다. 이 시의 시적 화자는 자신의 이념을강요하는 일방적 선언의 형태를 취하고 있지 않다. "족두리풀의 수줍은 꽃술을 보려거든"에서 볼 수 있듯 상대방의 선택에 우선권을 주고, 그 선택이스스로 맞다고 판단하면 인간중심주의의 편견에서 벗어나 "풀잎보다 너 낮게/ 허리를 굽히시라"라고 점잖게 충고하고 있는 것이다. 이 태도는 종전의

얼음 속에 갇혀 있는 불

시적 태도에 비해 상당히 유연하다고 볼 수 있다. 그렇지만 무엇이 옳고 그른지에 대해 부단히 판단할 것과 무엇이 진정한 삶인지를 독자로 하여금 강구하게끔 한다는 점에서 '얼음 속에 갇혀 있는 불'의 이미지가 주는 내적 지향을 일정 부분 담고 있다고 할 수 있다.

시인 정희성의 시는 시적 이력에서 존재의 진정성을 위한 길이 무엇인지를 시인 자신과 독자로 하여금 끊임없이 생각하게 하는 이미지를 제시하고 있다고 말할 수 있다. 최근에 발표된 다음과 같은 시도 그러한 관점에서 이해할 수 있을 것이다.

제2부 노년의 존재론과 최후의 양식

> 저 나무가 수상하다
>
> '아름다운 그대가 있어
> 세상에 봄이 왔다'
> 나는 이 글귀를
> 한겨울 촛불 시위 현장에서 보았다
>
> 스멀스멀
> 고목 같은 내 몸이
> 싹을 틔울 모양이다
>
> ─「봄나무」 전문

이 시는 자연의 이법 속에 들어 있는 상징이 어떻게 현실과 접맥되고 활용될 수 있는지를 담백하게 보여 준다. 이 시 역시 겨울을 이겨 내는 봄나무의 이미지를 활용하여 생의 진정성이 어디에 있는지를 암시하고 있다. 자유와 민주라는 말로 그 내용을 한정하지 않지만 '한겨울 촛불 시위 현장'을 주목함으로써 우리가 추구해야 할 삶의 진정성이 어디에 있는가를 분명히 제시하고 있는 셈이다. 겨울을 이겨 내는 봄나무의 강인한 생명력과 생동감을 "저 나무가 수상하다"라는 문장으로 간결하게 압축하여 보여 줄 수 있는 것은 무르익은 삶의 지혜에서 나오는 혜안이자 여유다. "아름다운 그대가 있어/ 세상에 봄이 왔다"는 시위 현장의 말은 시인이 얼음 속에 갇혀 있다가 밖으로 빠져 나왔을 때 듣고 싶은 말이었으리라. 대립 끝에 이루어지는 초월의 심리적 보상은 바로 그와 같은 것이 되어야 하지 않을까? 그 점에서 이 시도 일정 부분 겨울과 봄이라는 대결적 긴장을 바탕으로 민중의 힘에 대한 신뢰와 염원을 보여 준다는 점에서 21세기 민중시의 한 모습이라 할 수 있을지 모르겠다. 특히 정희성 시에 있어서 주체의 분투 노력은 나이 들어도 변함없으며 "스멀스멀/ 고목 같은 내 몸이/ 싹을 틔울 모양이다"의 이미지에 보이는 것처럼 봄을 맞기 위해 나이 든 자아일망정 움직이고 움직여 생의 역동성을 끌어내고자 하는 삶의 방식은 자연스러우면서도 힘찬 모습이다. 문체의 탄력 면에서나 의식의 지향 면에서 정희성의 시적 도정은 여전히 그 추세가 살아 있는 모습을 보이고 있다.

그런 점에서 정희성의 시는 여전히 긴장과 탄력으로 젊다. 존재의 가치를 추구하기 위해 늘 대결의 국면에 서기를 피하지 아니함으로써 삶의 진정성을 얻고 있다. 최근 시로 오면서 생의 달관에 의한 지혜와 여유가 많이 보이긴 하나 그가 추구하는 시적 지향과 이념은 달라지는 것 같지 않다. 일관된 시적 도정을 그리고 있는 것이다. 그가 그리고 있는 길은 인간이면 누구나 선망해 마지않는 고귀한 것이지만 험하고 고통스러운 길이기에 안쓰럽고 애틋한 것도 사실이다. 그 점에서 시인 정희성의 시와 삶이 참으로 아름답다 하지 않을 수 없다.

청각적 상상력과 심미적 유토피아 지향
―김종삼 시의 의미

한 시인의 시 세계를 이해하기 위한 방법은 여럿 있을 것이다. 그렇지만 시인의 의식이 반영된 주제 중심의 시 세계를 파악하는 방법은 그 시인의 특권적 상상력을 알아보는 데에서 시작될 수 있다. 한 시인의 특이한 상상력의 발동과 그에 따라 구축된 이미지를 살펴보는 것으로 한 인간의 특수한 존재론에 대한 이해와 예술이 갖는 기능과 미학적 가치 등을 알아볼 수 있기 때문이다.

김종삼 시인의 시는 특이한 상상력으로 인해 독자의 시선을 붙잡고, 이로 인해 시의 본질적 기능과 예술의 미적 특이성에 대해 숙고하게 한다. 1953년에 문단에 등단하여 60, 70년대에 중점적으로 활동한 김종삼 시인은 과작寡作이긴 하나 종전의 시적 기법에서 벗어나 새롭고 낯선 형식을 보여 주고, 이미지의 구성도 독특한 면모를 보여 주어 모더니즘시 계보에서 논의되곤 한다. 그의 시를 이해하는 데에 상당한 어려움은 있지만, 그의 시적 진정성과 미학적 아름다움은 상당수 독자들과 동료 문인들에 의해 추모의 대상이 되고 있는 형편이다.

특히 그는 1921년 황해도 은율에서 태어나 평양에서 보통학교, 중학교를 다니다 1938년 일본으로 건너가 풍조상업학교를 거쳐 동경문화원 문학과에 다녔던 전력이 있을 만큼 유복한 어린 시절을 보냈다. 그런데 해방이 되고 남북 분단이 되자 그는 이북의 공산 정권을 견디지 못해 1947년에 형 김종문과 함께 월남하고 만다(형이 일제시대 일본 장교로 근무한 경력이 있어 '반동 가족'이라는 위험을 피하기 위해 내려왔다는 말이 있다). 이때 그는 이후 내내 그리워하게 될 어머니를 북녘에 두고 내려오고 만 셈이다. 생이별에 따른 슬픔과 뿌리를 잃어버린 감정이 그의 시에 많은 영향을 미쳤으리라 짐작해 볼 수 있다. 그렇기에 그의 월남 이후의 생활은 가난과 병고에 짓눌려 평탄치 못했을 것이다. 죽기 전까지 결혼 생활을 영위했음에도 집 한 채 마련하지 못하고 산동네 셋방에 살다 갔다 하니 그의 현실 생활의 곤궁함을 넉넉히 짐작해 볼 수 있다.

그런 점에서 그는 늘 현실에 적응하지 못한 채 어떻게 보면 과거의 아름다웠던 한때를 그리워했는지 모른다. 그것이 그로 하여금 문학과 음악의 세계에 심취하게 했을 수도 있다. 시와 음악은 한국전쟁 이후 피폐하고 고통스러운 자신의 처지를 잊게 하고, 자신이 살고 싶은 세계를 늘 환기시켜 주고 있었기 때문일 것이다. 그런 마음의 욕망과 행로가 시에 반영되어 나타났을 것인데 그것이 바로 다음과 같은 상상력을 보이는 시들로 구체화되었다.

소년기에 노닐던
그 동뚝 아래
호숫가에서
고요의
피아노 소리가
지금도 들리다가 그친다

사이를 두었다가
먼 사이를 두었다가

뜸북이던
뜸부기 소리도
지금도 들리다가 그친다

나는 나에게 말한다
죽으면 먼저 그곳으로 가라고.

—「글짓기」 전문

연산連山 상공에 뜬
구름 속에서 무슨 소리가 난다
아지 못할 단일악기이기도 하고
평화스런 화음이기도 하다
어떤 때엔 천상으로
어떤 때엔 지상으로 바보가 된 나에게도
무슨 신호처럼 보내져 오곤 했다

—「소리」 전문

두 편의 시는 '소리'를 시적 대상으로 하여 소리가 시적 화자에게 심대한 영향을 미치고 있음을 보여 주고 있다. 우선 「글짓기」에서 소리는 "소년기에 노닐던/ 그 동뚝 아래/ 호숫가에서/ 고요의/ 피아노 소리"로 나타난다. 이 소리는 곧 자연의 소리인 "뜸북이던/ 뜸부기 소리"로 전이된다. 피아노 소리가 뜸부기 소리로 전이되는 것은 이 세계의 소리 자체가 음악과 같은 것으로 시적 화자에게 들렸다는 말일 것이다. 문제는 그 유년의 소리가 귀에 쟁쟁하여 "지금도 들리다가 그친다"는 점이다. 그것은 그 소리의 강렬성과 그리움이 그의 전 생애에 심대한 영향을 미쳤음을 보여 주고 있는 것이라 할 수 있다. 그 깊고 강렬한 영향은 그의 존재성을 결정짓는 요소가 되었으므로 시적 화자는 "죽으면 먼저 그곳으로 가라"라고 말함으로써 소리가 있는 고향, 즉 마음의 이상향이 어디에 있는지를 밝히고 있다. 그의 마음속에 깃들어 있는 이상향이 청각적 이미지와 결합되어 나타나고 있는 것, 그것이 김종삼 시에서 볼 수 있는 특이한 상상력의 발동인 셈이다.

그 점은 「소리」에도 잘 나타나고 있다. 이 시에서도 시적 화자는 "연산連山 상공에 뜬/ 구름 속에서 무슨 소리"가 나는 것을 듣고 있다. 세계 자체의 특성을 청각적 이미지로 파악하고 있음을 보여 주는 한 사례다. 그런데 그 소리는 "아지 못할 단일악기이기도 하고/ 평화스런 화음"으로 들려와 음악이 된다. 앞의 시에 보인 '피아노 소리'처럼 우리들의 마음을 정화하는 음악 소리로 받아들이고 있는 것이다. 그리고 그 음악 소리는 "어떤 때엔 천상으로/ 어떤 때엔 지상으로 바보가 된 나에게도/ 무슨 신호처럼 보내져 오곤 했다"는 언급으로 두고 볼 때 천상에서 보내는 메시지, 즉 마음의 평화와 고양을 경험케 하는 지극히 성스러운 소리가 됨을 상징한다. 다시 말해 인간 존재의 무상함을 구원해 주는 복음의 소리가 됨을 말해 주는 것이다. 이것 또한 '천상'의 속성과 '평화로운 화음'이 갖는 의미의 기능을 두고 볼 때 마음의 이상향, 즉 김종삼이 추구하는 유토피아 속성이 청각적 상상력을 바탕으로 한 심미적 특성에 놓여 있음을 보여 주고 있는 셈이다.

그렇다면 김종삼에게 마음의 행로를 반영하는 음악은 그의 의식 속에 깊이 뿌리를 내리고 있음을 상상할 수 있고, 그 음악에 대한 강렬한 갈망은 시적 행위 속에 자연스럽게 녹아들어 나타나리란 것을 짐작해 볼 수 있다. 곧 소리에 대한 민감성이 음률로 구체화되면서 시적 세계의 특이성을 구축하게 되었을 것이라고 추측해 볼 수 있는 것이다. 그 점에서 청각적 상상력의 특징에 대해 먼저 알아볼 필요가 있다. 알베르트 수스만은 『영혼을 깨우는 12감각』에서 청각을 두고 "청각은 원초적 기능에서 출발하여 정신적 차원의 기능을 수행한다. 현세적 삶의 기반에서 높은 차원의 세계, 즉 우주를 향한 정신세계로 도약하는 것은 소리를 경청함으로써 가능하다. 왜냐하면 청각은 지상의 물질적인 것이 지상으로부터 해방되어 정신적인 차원으로 고양되는 곳이기 때문이다"라고 말한 바 있다. 수스만이 언급하는 청각의 상징적 기능은 정확히 김종삼 시의 특성을 해명하는 것에 해당한다. 곧 현실을

145

넘어 초월 세계에 대한 꿈꾸기를 소리를 통해 수행하게 한다는 것이다. 원형적原型的 차원에서 소리는 일상적 현실을 넘어 영혼의 존재와 그 상태를 파악하는 단 하나의 지표로 작용한다.

다음 시에서 그런 초월 세계에 대한 꿈꾸기의 일단을 잘 보여 주는 한 사례를 볼 수 있다. 그 시는 이렇다.

청초하여서 손댈 데라고는 없이 가꾸어진 초가집 한 채는
〈미숀〉계, 사절단이었던 한 분이 아직 남아 있다는 반쯤 열린 대문짝이 보인 것이다.
그 옆으로 토실한 매 한가지로 가꾸어 놓은 나직한 앵두나무 같은 나무들이 줄지어 들어가도 좋다는 맑았던 햇볕이 흐려졌다.
이로부터는 아무데구 갈 곳이란 없이 되었다는 흐렸던 햇볕이 다시 맑아지면서,
나는 몹시 구겨졌던 마음을 바루 잡노라고 뜰악이 한 번 더 들여다보이었다.

그때 분명 반쯤 열렸던 대문짝.

―「문짝」 부분

이 시의 초점은 "청초하여서 손댈 데라고는 없이 가꾸어진 초가집 한 채"의 풍경에 대한 관심과 함께 그 아름다운 세계에 들어가지 못하는 화자의 안타까움이다. 시적 내용으로 볼 때 이 초가집은 "〈미숀〉계, 사절단이었던 한 분이 아직 남아 있다"는 언급으로 보아 이국적인 상태에서, 감히 쉽게 접근할 수 없는 기묘한 분위기를 내뿜고 있다. 언뜻 보이는 초가집 안의 풍경은, "토실한 매 한가지로 가꾸어 놓은 나직한 앵두나무 같은 나무들이 줄지어 들어가도 좋다는 맑았던 햇볕이 흐려졌다"는 표현으로 두고 볼 때 대문짝 옆으로 매우 아름다운 나무들이 줄지어 있고, 햇볕은 맑았다 점차 흐려

지는 신비한 공간이다. 햇볕의 변화는 추측건대 시적 화자가 멀리서 관찰함에 따른 심리적 거리로 인해 발생하는 현상인 듯 보인다.

문제는 이 아름다운 집 안으로 들어가 볼 수 없어, 시적 화자가 "몹시 구겨졌던 마음을 바루 잡노라고 뜰악이 한 번 더 들여다 보이었다"에서처럼 안타까운 행위를 반복한다는 점이다. 여기서 그 집 안으로 왜 들어가 볼 수 없는지, 또는 왜 들어가지 않는지에 대한 호기심은 이 시의 감상에 그리 중요하지 않다. 그저 시적 화자는 그 집을 매우 동경하고 있지만 가까이 가거나 집 안으로 들어가 보지 못하고, '한 번 더'라는 말을 두고 볼 때 멀리서 들여다보고, 들여다보고 하는 행위를 반복한다는 점이 중요하다. 왜냐하면 그것은 도저히 이를 수 없는 대상에 대한 안타까움을 환기하는 것으로 볼 수 있기 때문이다. 그 점에서 한 연으로 분리해 표현하고 있는 "그때 분명 반쯤 열렸던 대문짝"은 많은 상상력을 불러일으킨다. 이 표현이야말로 일상적 현실에 서서 저 너머의 초월 세계를 꿈꾸는 자의 안타까운 몸짓을 여실히 드러내 주고 있기 때문이다. 바로 청각적 상상력이 작동하여 만들어 내는 초월적 관념 세계, 어쩌면 김종삼 시인이 꿈꾸는 심미적 절대 세계의 한 양상이 저와 같은 표현으로 나타났다고 볼 수 있는 것이다.

그 점에서 김종삼 시의 주요 특징으로 나타나는 이국적 정취, 즉 엑조티시즘도 미적 유토피아의 특성을 반영하는 한 사례로 볼 수 있다. 다음 시가 그것을 보여 준다.

> 스와니강江가엔 바람이 불고 있었다
> 스티븐 포스터의 허리춤에는 먹다 남은
> 술병이 매달리어 있었다
> 날이 어두워지자
>
> 그는
> 앞서 가고 있었다

영원한 강江가 스와니

그리운

스티븐

—「스와니강江」 전문

　이 시에 나오는 '스와니강江'은 우리가 가 볼 수 없는 공간으로 신비한 대상이 된다. 그리고 그곳에 살았다는 음악가 '스티븐' 또한 외국인으로서 이국적 정취를 불러일으킨다. 실제 김종삼은 스티븐의 음악을 즐겨 들었다는 기록이 있다. 이러한 이국적 풍경과 정취를 일으키는 시는 유독 많은데 예를 들면 「스와니강江이랑 요단강江이랑」 「앤니로리」 「헨쏄라 그레텔」 「라산스카」 등을 들 수 있다. 딱히 그 언어의 의미를 파악하지 않더라도 언어가 갖는 낯선 느낌이 시적 감상에 신비함을 불어넣어 주어 몽환적 느낌을 갖게 한다. 그 몽환적 느낌은 시적 화자가 현실 너머의 미적 세계, 곧 초월적 세계를 꿈꾸는 것으로 볼 수 있게 하는 것이다.

　이러한 초월적 세계에 대한 꿈꾸기는 김종삼 시에 동화적 상상력이 발휘되는 시로도 곧잘 나타난다. 다음 시편들이 그렇다.

내용 없는 아름다움처럼

가난한 아희에게 온
서양 나라에서 온
아름다운 크리스마스카드처럼

어린 양들의 등성이에 반짝이는
진눈깨비처럼

—「북 치는 소년」 전문

영아嬰兒는 나팔 부는 시늉을 했다

장난감 같은
뾰죽집 언덕에

자주빛 그늘이 와
앉았다.

—「뾰죽집」 부분

　이 두 편의 시는 어린아이들이 중심이 되어 아무런 세속적 욕망이나 이익에 얽매이지 않는 순진무구한 상태를 드러내고 있다. 「북 치는 소년」에 보이는 "내용 없는 아름다움처럼" 어떤 이념이나 목적을 불어넣지 않은 자연 그 상태의 아름다움이 두 편의 시를 감싸고 있다. 실제로 「북 치는 소년」을 구성하고 있는 이미지는 "서양 나라에서 온/ 아름다운 크리스마스카드", "어린 양들의 등성이에 반짝이는/ 진눈깨비", 그리고 "북 치는 소년"이다. 이 세 이미지는 북 치는 소년의 이미지와 등가 관계에 놓이면서 동질성을 보여 준다. 즉 순수한 아름다움의 이미지 그 자체를 말해 주는 것이다. 그것은 누추한 일상 너머에 있는 초월적 아름다움의 세계일 것이다. 그것을 시적 화자는 "내용 없는 아름다움"이라 말한 셈이다.
　이 점은 「뾰죽집」에서도 마찬가지로 나타난다. "영아嬰兒는 나팔 부는 시늉을 했다", "장난감 같은/ 뾰죽집 언덕", "자주빛 그늘이 와/ 앉았다"의 이미지들도 아무런 세속적 의미나 목적성이 없다. 순수 자연 상태의 아름다움을 드러내고 있다. 그것들은 우리 인간의 원초적 그리움의 감정을 어루만져 주면서 때 묻지 않은 이데아의 세계를 꿈꾸게 한다. 동화의 세계는 그것이 비현실적이라는 측면에서 도피적 성격을 띠지만 당대의 현실이 갖는 결핍에 대한 우회적 보정 작용을 한다는 점에서 비판적 기능도 수행한다. 그 점에서 일정 부분 심미적 유토피아 기능을 갖고 있는 것이다.

그런 측면에서 이러한 이미지의 제시는 무엇을 말하고 있는가? 여기에는 당대 사회에 대한 거부 내지 반발의 의미가 일정 부분 들어 있다고 볼 수 있다. 이는 김춘수가 '무의미시'를 쓴 것과 어떤 유사한 맥락을 갖는다. 김춘수는 6, 70년대 무의미시를 천명하며 시에 들어 있는 의미를 배제하고자 하였는데, 그때 그 의미는 우리 역사의 얼룩진 기억과 일방적 이데올로기임을 지적하며 그런 폭력적 이데올로기에서 벗어나는 것이 진정한 문학적 성취라는 것을 '무의미시'로 증명하고자 했다. 김춘수를 존경했던 김종삼도 위와 같은 시들을 통해 일정 부분 당대 역사적 현실에 대한 거부감을 드러내며 '내용 없는 아름다움'이 어떤 미학적 기능과 성취를 가져오는지를 시험하고 있었다고 볼 수 있는 것이다.

이러한 이국적 정취와 동화적 세계는 김종삼의 시에서는 결국 환상의 세계로 나아가게 하는 요소가 된다. 곧 청각적 상상력이 갖는 초월성이 정신세계에 대한 그리움의 한 형식으로 환상을 출현하게 만드는 것이다. 그때 환상은 현실에 대한 초월의 의미이자 비판의 형식이다. 다음 시들이 이를 잘 보여 준다.

한 귀퉁이

꿈 나라의 나라
한 귀퉁이

나도향
한하운 씨가
꿈속의 나라에서

뜬구름 위에선
꽃들이 만발한 한 귀퉁이에선

지그문트 프로이트가

구스타프 말러가

말을 주고받다가

부서지다가

영롱한 달빛으로 바뀌어지다가

—「꿈 속의 나라」 전문

싱그러운 거목들 언덕은 언제나 천천히 가고 있었다

나는 누구나 한번 가는 길을

어슬렁어슬렁 가고 있었다

세상에 나오지 않은

악기를 가진 아이와

손 쥐고 가고 있었다

너무 조용하다.

—「풍경」 전문

위 두 편의 시는 환상의 세계가 얼마나 김종삼 시인에게 절실하고 아름다운 곳인지를 보여 준다. 먼저 「꿈 속의 나라」에 보이는 이 세계는 "꿈 나라의 나라"로서 문학 하는 "나도향/ 한하운 씨"가 거주하고 있고, 정신분석학자인 "지그문트 프로이트"와 지휘자이자 작곡가인 "구스타프 말러가/ 말을 주고받"는 참으로 예술적 아름다움이 충만한 곳이다. 거기에 그 형상이 아름답기로는 "뜬구름 위에선/ 꽃들이 만발한 한 귀퉁이"로 이루 말할 수 없이 찬란하여 이 세계의 모든 것이 "영롱한 달빛으로 바뀌어지"는 현상을 보인다. 시의 전면을 보면 절대적인 아름다움이 예술적 현상, 즉 환상으로 펼쳐지고 있다. 그것은 김종삼에게 예술적 환상이 갖는 아름다움이야말로 절대적으로 추구해야 할 진리로 받아들여지고 있다는 의미다.

이 점은 「풍경」에서도 마찬가지로 나타난다. 이 시에 보이는 풍경은 "싱그러운 거목들 언덕은 언제나 천천히 가고 있었다"에서 볼 수 있듯이 일상적 현실의 모습은 아니다. 그렇지만 매우 싱그럽고 안온하며 여유로운 삶의 모습을 보여 준다. 김종삼의 현실적 처지로 볼 때는 도저히 상상할 수 없는 일이다. 시적 화자는 "세상에 나오지 않은/ 악기를 가진 아이와/ 손 쥐고 가고 있"음으로써 마음속의 평화와 기쁨에 충만해 있다. "너무 조용"한 이 세계는 일상의 번잡함과 누추함으로부터 벗어난 환상의 세계다. 그 환상의 세계는 "세상에 나오지 않은/ 악기를 가진 아이"라는 표현에서 볼 수 있듯이 신비와 순수가 한껏 고양된 세계다.

김종삼에게 환상의 세계는 무엇일까? 그것은 일차적으로 현실에서 오는 결핍을 보상하는 꿈꾸기와 같은 것이 아닐까? 프로이트가 '꿈'을 억압된 욕망에 대한 대리 충족의 표상이라 한 것처럼 김종삼에게 환상은, 그리고 이러한 환상을 구체적 형상으로 보여 주는 시와 음악은 그의 현실적 결핍을 채워 주는 대리 표상인 것이다. 그것을 통해 현실적 삶에서 오는 고통과 예술적 허기를 달랜 것으로 풀이해 볼 수 있다. 그런 점에서 이승훈이 「평화의 시학」에서 김종삼 시의 이러한 환상성에 대해서 "그의 경우 참된 평화의 세계는 환상 속에만 존재하며, 환상이야말로 어쩌면 그가 평화의 세계로 나갈 수 있는 유일한 정신의 세계인 것 같다"고 말하는 것이나, 황동규가 「잔상의 미학」이란 글을 통해 김종삼의 시가 이국정취를 살리려는 다른 시인들에 비하면 그것이 적절하게 사용되고 있다고 한 뒤 「드빗시 산장」을 예로 들어 "박인환이나 그 밖의 젊은 시인들이 사용하는 외래어와는 방향을 달리하는 것이다. 멋으로 썼다기보다는 환상으로 현실을 견디어 내려는 의지로 쓴 것으로 판단되는 것이다"라고 밝히고 있는 부분은 충분히 공감할 만한 지적이다.

그렇다고 김종삼 시인이 현실적 삶을 외면한 것은 아니었다. 그에게 당대의 삶은 일제와 전쟁의 경험 같은 비극적인 악마적 상황이었다. 다음 시편들이 바로 그와 같은 의식을 보여 준다.

> 밤하늘 호수가엔 한 가족이
> 앉아 있었다
> 평화스럽게 보이었다
>
> 가족 하나하나가 뒤로 자빠지고 있었다
> 크고 작은 인형 같은 시체들이다
>
> 횟가루가 묻어 있었다
>
> ─「아우슈비츠 라게르」부분

김종삼은 나치 히틀러에 의해 자행된 유태인 학살의 공간인 아우슈비츠 수용소를 여러 시편에 걸쳐 표현하고 있다. 「아우슈비츠 라게르」도 그중의 한 편인데, 외양상 평화스럽게 보이지만 그 실체적 진실은 "횟가루가 묻어 있"는 "크고 작은 인형 같은 시체들"이 널려 있는 잔혹한 세계, 역사의 비극이 말로 다할 수 없는 끔찍한 세계임을 드러내고 있다. 그가 유독 이 아우슈비츠에 집착하여 여러 편의 비극적 역사의식을 표현하고 있는 것은 당시 한국전쟁 후 남북한의 대치에서 오는 이데올로기의 폭력성에 대해 그가 가질 수밖에 없었던 절망적 의식을 반영한 것이다. 때문에 상당한 시간이 흘렀음에도 불구하고 "아우슈비츠 수용소 철조망/ 기슭엔/ 잡초가 무성해 가고 있었다"(「아우슈비츠」)와 같은 문장으로 그의 비극적 역사의식을 표현하면서 생명의 불모 지역인 남북한의 대치를 상징화하고 있다.

이러한 현실 인식으로 인해 그는 비극적 세계관을 형성한다. 그의 등단작이라 할 수 있는 「원정園丁」은 이를 잘 보여 준다.

안쪽과 주위周圍라면 아무런

기척이 없고 무변無邊하였다.

안쪽 흙바닥에는

떡갈나무 잎사귀들의 언저리와 뿌롱드 빛깔의 과실들이 평탄하게

가득 차 있었다.

몇 개째를 집어 보아도 놓였던 자리가

썩어 있지 않으면 벌레가 먹고 있었다.

그렇지 않은 것도 집기만 하면 썩어 갔다.

거기를 지킨다는 사람이 들어와

내가 하려던 말을 빼앗듯이 말했다.

당신 아닌 사람이 집으면 그럴 리가 없다고―.

― 「원정園丁」 부분

이 시는 김현이 분석하였듯이 세계와의 불화를 보여 준다. 김현은 「김종
삼을 찾아서」에서 "「원정園丁」에서 보여지는 또 하나의 그의 특징은 그의 비
극적 세계 인식이다. 비극적 세계 인식이란 그와 세계 사이의 간극을 그가
비화해적인 것으로 보고 있다는 뜻이다"라고 밝히고 있다. 그 근거로 시 속
의 화자만 과일을 집으면 "몇 개째를 집어 보아도 놓였던 자리가/ 썩어 있
지 않으면 벌레가 먹고 있었다./ 그렇지 않은 것도 집기만 하면 썩어 갔다"
로 표현되는 데에서 찾았다. "당신 아닌 사람이 집으면 그럴 리가 없다"는
전제로 본다면 이 속의 화자는 세계에 어울릴 수 없는 존재, 서로 부정할
수밖에 없는 존재라는 것이다. 그것은 곧 김종삼이라는 시인이 자기 자신
을 당대적 삶에 배척당한 천형적天刑的 존재로 인식했다는 의미다. 그것은
가령 다른 시, "여긴 또 어드메냐/ 목이 마르다/ 길이 있다는/ 물이 있다는

그곳을 향하여/ 죄가 많다는 이 불구의 영혼을 이끌고 가 보자/ 그치지 않는 전신의 고통이 하늘에 닿았다"(「형刑」)에 잘 나타나 있다. '죄가 많다는 이 불구의 영혼'은 자신의 존재성에 대한 비극적 인식의 집약적 형태일 것이다. 따라서 현실에 어울릴 수 없는 존재로서 자기는 늘 부유하는 허깨비 같은 존재가 된다. 이는 월남한 김종삼의 현실적 처지를 예술적 형상으로 반영한 모습이다.

그리고 이러한 모습은 절대적으로 그리운 대상에게 자신이 결코 이를 수 없으리라는 안타까움으로 표출된다. 앞에서 잠깐 보았던 「문짝」이란 시에서처럼 실체는 모호한 채 간절한 그리움의 대상으로 등장하여 이를 수 없는 안타까움을 환기하게 되는 것이다. 이러한 감정은 다음 시편에서도 볼 수 있다.

> 세잔느인 듯한 노인네가
> 커피 칸타타를 즐기며
> 벙어리 아낙네와 손짓으로
> 대화를 나누고 있었다
> 가까이 가 말참견을 하려 해도
> 거리가 좁히어지지 않았다.
>
> —「샹빼ㅇ」 부분

이 시에서 볼 수 있는 것은 자신이 그리워하는 세계, 예술적 아름다움이 있는 세계에 가닿지 못하는 안타까움의 표출이다. 이 시의 시적 화자는 "세잔느인 듯한 노인네가/ 커피 칸타타를 즐기"는 그립고 아름다운 곳에 "가까이 가 말참견을 하려 해도/ 거리가 좁히어지지 않"는 갑갑함과 안타까움을 느낀다. 그것은 역사적 현실에 발 딛고 있는 자신의 현실적 처지에 대한 상징적 자각이다. 그것은 월남과 함께 발생한 여러 비극적 상황에서 오는 압력이기도 하다. 고통에 찬 실존적 자아는 그 현실을 초월하고자 내적 욕망을 발산한다. 이때 그를 구원해 주는 특권적 상상력과 의식이 바로 청각적 상상력이자 음악과 시에 대한 의식이다. 이 상상력과 의식은 매우 섬세하고 강렬한 것이어서 어쩌면 매우 탐미적인 태도로 유토피아 세계로 나아갈 것을 갈구한다.

그리하여 시적 화자는 다시 청각적 상상력을 발휘하여 저 절대적인 순수의 세계, 심미적 유토피아 세계를 지향하는 자신을 꿈꾼다. 그것이 미학적 존재로서 자신이 취해야 할 바라고 생각하는 것이다. 그리하여 가장 김종삼다운 시라 할 수 있는 절대 순수의 세계를 다루는 음악의 시 두 편을 보게 된다.

물
닿은 곳

신양神恙의
구름 밑

그늘이 앉고

묘연杳然한
옛
G 마이나

　　　　　　　　　　　　—「G 마이나—전봉래형에게」 전문

세자아르 프랑크의 음악 〈바리아숑〉은
야간 파장
신의 전원電源
심연의 대계곡大溪谷으로 울려 퍼진다

밀레의 고장 바르비종과

그 뒷장을 넘기면

암연暗然의 변방과 연산連山

멀리는

내 영혼의

성곽

—「최후의 음악」 전문

　이 두 편의 시는 언어로 충분히 설명되어질 수 없는 성격을 가졌다. 매우 환상적인 상태로 신비한 아름다움을 풍기고 있다. 둘 다 어떤 절대적인 상태에 이른 영혼의 파동을 느끼게끔 해 준다. 그렇지만 두 편의 시가 환기하는 내용은 아름다움의 실체에 이르러 있다는 자족감이다.

　하나씩 보자면 「G 마이나 – 전봉래형에게」는 "물/ 닿은 곳// 신양神恙의/ 구름 밑"은 청신하고 신비한 어떤 공간이다. 거기에 "묘연杳然한/ 옛/ G 마이나"가 울려 퍼진다. 천상의 공간에서 들려오는 음악 소리라 할 수 있을 만큼 절대적 아름다움의 공간이다. 부제로 달고 있는 '전봉래형'은 같이 월남한 작가로서 한국전쟁 중 결국 견디지 못하고 자살한 문인이다. 그 자살한 영혼이 갈 만한 곳이 바로 이런 곳이 아닐까 하여 붙인 제목일 것이다. 영혼들의 쉼터나 영혼들의 나라가 바로 'G 마이나'로 대변된 음악의 세계인 셈이다.

　이 점은 「최후의 음악」도 마찬가지다. '최후'의 형식이자 양식糧食이 음악이라는 것이다. 그것은 "신의 전원電源"으로서 "내 영혼의/ 성곽"이 된다. 청각적 이미지를 통해 가장 지고한 세계로 고양되어 올라가는 것이다. 이는 청각적 상상력이 발동하여 만들어 낼 수 있는 가장 아름답고 숭고한 세계가 아닐까? 그 점에서 김종삼의 시는 현실적 불모성을 초월하여 숭고한 천상적 세계로의 비상을 꿈꾸는데 이를 청각적 상상력을 통해 달성하고 있다는 말이 되겠다.

결국 그러한 모든 상상력의 발동이 심미적 유토피아를 꿈꾸는 시로서의 의미를 갖는다. 실제 유토피아를 상정하는 것은 일상으로부터의 벗어남이자 탈피를 뜻한다. 아무 데도 존재하지 않는 곳을 갈구한다는 것은 그만큼 현재와 불화 관계에 놓여 있다는 것이며, 현재를 초극하려는 욕망의 표현이기도 하다. 김종삼의 유토피아에 대한 동경은 당대 현실에 대한 '부정의 부정'과도 상통하며 시인에게 현재에 대한 부정의 표현 형태는 이렇게 청각적 상상력을 통해 나타난다. 그것이 김종삼 시의 특징이자 미학적 가치인 것이다.

존재, 그 우연의 중첩

—유병근 시의 최근 시 세계

시가 무엇인가? 시로써 무엇을 할 수 있는가? 이런 물음은 늘 시인이나 독자에게 식상할 만큼 자주 주어지는 화두이지만 실제 그 질문에 대한 대답은 그리 단순치가 않아 보인다. 그것은 당사자가 자신의 삶의 본질에서 그 해답을 찾아야만 하며, 그러기 위해서는 심도 있고 정확한 인식을 필요로 하기 때문이다. 꾸준히 시를 쓰고 있는 사람은 그래도 이 질문에 대한 자기 나름의 해답을 찾을 수 있는 가능성이 커 보이기는 하지만 그런 경우에도 자신 있게 내놓는 대답이 실상 누구나 공감할 수 있는 정답일 수는 없다는 점에서 참으로 어렵고 막막한 화두라 하겠다.

그만큼 시에 대한 인식과 실천은 천차만별, 혹은 다종다기多種多岐한 모습으로 표출되어 일반화하기 어렵다. 다만 그것이 얼마나 심도 있고, 치열한 사색 끝에 나왔느냐에 따라 감동의 폭을 달리한다는 점만은 틀림없어 보인다. 유병근 시인의 최근 시를 보게 되면 시가 무엇이고, 시로써 무엇을 할 수 있는가에 대한 하나의 대답이 진정성 있게 제시되고 있어 이색적이다. 시에 대한 생각이 무슨 거창한 웅변의 포즈로 제시되는 것이 아니라 소소한 삶 그 자체의 나지막한 목소리로 제시되고 있어 잔잔한 울림을 준다. 이를 잘 드러내는 것도 유병근 시인의 시적 깊이의 문제와 직결되는 바가 있을 것이다. 이를 알아보기 위해 최근 출판된 시집의 시와 잡지 《사이펀》의 창간호 특집에 실린 시들을 중심으로 유병근 시인의 시적 인식과 그 실천의 방식 등을 살펴보고자 한다.

우연성에 대한 인식과 존재론의 심화

유병근 시인은 현재 팔순을 넘어 구순을 바라보는 지점에서 시작을 행하고 있다. 대다수 나이 든 시인들의 시작에서 가장 큰 문제점으로 지적되는 것이 시적 긴장감의 이완, 혹은 상실인데 유 시인의 시에서는 그러한 점이 없다는 것이 가장 큰 미덕이다. 실제 그의 시는 어법과 이미지의 형성, 주제의 내용 등에서 여느 젊은 시인 못지않게 탄력적이고 사색적이다. 특히 육체적 나이의 지긋함으로 인해 가질 수밖에 없는 존재론적 인식의 부분에 대해서는 나이 들어 느슨해지는 것이 아니라 더욱 예리해지고 팽팽해지는 느낌을 준다. 그것은 그의 의식의 날이 삶과 죽음을 매우 섬세하게 대응하고 있기 때문이지 않을까 싶다. 실제 최근 시에 나타난 그의 존재론적 인식을 살펴보면 삶과 죽음에 대해 하나의 일관된 인식으로 치열하게 탐구하는 느낌을 준다. 그 인식의 내용은 이렇다.

> 알이 밴 어머니의 뱃속에서 나는 오늘내일 하고 모래집물이 터질 순
> 간을 재고 있어요 괄호 닫고 괄호 열고에 마음 졸이고 있어요 몇 날의
> 꾸물거림과 아직 더 꾸물거릴 며칠에서 벗어날 괄호 열고 닫고를 기
> 다리고 있어요
> —「모래집물 같은」(『사이펀』 창간호 특집 시, 2016) 부분

> 잠깐 스친 바람을 탄 바람의 뿌리가 흔들린다 잠깐 스친 바람을 탄
> 오늘은 어제보다 흔들린다 …(중략)… 잠깐 스친 바람을 탄 물 바래

진 시간이 바래진다 잠깐 스친 바람을 탄 잠깐은 바래진 시간 속의 잠

간이 된다

　　—「잠깐 스친 바람」(『어깨에 쌓인 무게는 털지 않는다』, 2015) 부분

　먼저 「모래집물 같은」에서 시인은 존재의 탄생을 "모래집물이 터질 순간"
으로 표현함으로써 탄생 전후의 긴장감을 불어넣고 있고, 이를 다시 "괄호
닫고 괄호 열고에 마음 졸이고 있어요"로 표현함으로써 존재의 생성 여부를
괄호 안과 밖의 이미지를 통해 무無와 유有, 즉 죽음과 삶을 동시에 파악하
는 넓은 인식의 지평을 보여 주고 있다. 경계에 매이지 않고 안팎을 동시에
보는 시선은 존재론적 인식의 심오한 경지라 할 수 있다. 특히 위와 같은 문
장으로 마음 졸이면서 기다리는 탄생의 순간이 갖는 긴장을 표현해 내는 것
은 인식의 깊이와 함께 여유로움마저 느끼게 해 준다.

　문제는 이러한 존재에 대해 시인의 생각이 「잠깐 스친 바람」에서 볼 수 있
는 것처럼 '잠깐'이라는 순간성, 또는 우연성으로 존재의 본질을 규명해 들
어가고 있다는 점이다. 「잠깐 스친 바람」의 시적 내용은 '잠깐 스친 바람'으
로 모든 존재가 '흔들리'게 됨으로써 생성과 변화가 시작된다는 것이다. 이
것은 존재 그 자체가 순간적이고 우연한 계기에 의해 생성된다는 것인데,
이러한 점은 "잠깐 스친 바람을 탄 잠깐은 바래진 시간 속의 잠깐이 된다"라
는 표현에서 볼 수 있듯이 공간 속의 우연적 존재는 시간 속의 우연적 존재
로 전화되고 도치된다. 아니 중첩된다. 우연은 이리 보아도 저리 보아도 순
간적 현상으로 귀결되고 만다는 인식이다.

　존재를 이러한 우연성의 문제로 천착하는 것은 존재 자체를 지나치게 관
념적이고 본질적 차원의 거창한 명제로 파악하고자 하는 권위주의적 엄숙
주의에서 벗어나는 것이라 할 수 있다. 우연이 오히려 존재의 본질일 수 있
다는 인식은 인식의 틀을 깨뜨리는 방식으로 기능한다. 이러한 내용은 최근
시의 여러 표현에서 찾아볼 수 있다. 그것은 다음과 같은 것들이다.

존재, 그 무엇의 중첩

161

햇볕에 눈 시린 맨드라미꽃

아무것도 모르고 엉겁결에

어쩌다 울음 한번 크게 울다가

끝내 모가지를 잡히고 말았는데

　　　　　　　—「엉겁결에」(『까치똥』, 2010) 부분

바람은 어쩌다 바람이 되나 예각도 둔각도 아닌 동그라미 속에서 어
쩌면 구름, 어쩌면 까치놀, 까마득히 날아가는 새를 본다 울음을 잃
어버린 저녁이 깊다

　　　　　　　—「바람은 어쩌다 바람이 되나」

　　　　(『어깨에 쌓인 무게는 털지 않는다』, 2015) 부분

어쩌다 골목길에 비가 온다 누가 빗물에 젖은 울음을 울며간다 캄캄
하다고 어둠이 서러운 날을 운다

　　　　—「어둠이 서러운」(『어깨에 쌓인 무게는 털지 않는다』, 2015) 부분

　위 세 편의 시에서 주제를 드러내는 핵심어는 삶이나 존재 그 자체가 우
연임을 지시하는 "엉겁결에"와 "어쩌면", "어쩌다"이다. 「엉겁결에」의 "아
무것도 모르고 엉겁결에/ 어쩌다 울음 한번 크게 울다"는 바로 존재의 탄생
그 자체가 '엉겁결에', 그리고 '어쩌다', 즉 우연하게 등장하는 것이란 의미
를 함축하고 있다. 「바람은 어쩌다 바람이 되나」에서 "바람은 어쩌다 바람이
되나"와 "어쩌면 구름, 어쩌면 까치놀"의 '어쩌다'와 '어쩌면'은 존재의 생성
과 변화가 무상하고 무상해 우연의 연속임을 드러내는 것이고, 「어둠이 서
러운」에서 "어쩌다 골목길에 비가 온다"는 표현은 변화의 현상이 '어쩌다',
즉 우연히 일어남으로써 여러 파동으로 이어져 간다는 의미를 담고 있다.
이것들은 모두 우연을 뜻하는 '뜻밖에', 또는 '부득이', 또는 '때때로' 등의 의
미를 함축하고 있어 삶의 불가해성不可解性과 불가피성不可避性을 보여 주면

서 존재의 탄생과 죽음, 즉 운명이라는 것도 우연한 현상에 불과하다는 인식을 드러내고 있는 것이라 할 수 있다. 그것은 곧 필연이라 생각하는 운명도 실은 우연의 중첩에 불과하다는 인식인 셈이다.

그렇기 때문에 우연에 의해 이루어지는 존재와 삶에 절대적 진리나 명제가 있다고 주장할 수 없다. 유병근 시인은 그렇게 생각하고 있다. 그 점에서 다음과 같은 인식이 오히려 진실에 가깝다고 시인은 말하고 있는지 모른다.

> 긴가민가한 어제오늘, 긴가민가한 아네모네, 긴가민가한 가나다
> 라, 긴가민가한 싱크홀, 긴가민가한 신델리라, 흔들리며 읽은 동화
> 몇 줄이 흔들리곤 한다 빨랫줄에 몸을 말리는 바람은 흔들의자를 앞
> 뒤로 흔들고 있다
> ─「흔들의자」(『어깨에 쌓인 무게는 털지 않는다』, 2015) 부분

> 지금 조금씩 빗나가고 있다
> 아무것도 아닌 것에 빗나가고
> 아무것도 긴 것에 빗나가고 있다
> 동쪽에 빗나가고 서쪽에 빗나가고 있다
> ─「앞치마를 두른」(『사이편』 창간호 특집 시) 부분

확실성이 부정되는 것은 우연성이 강조되는 현실에서일 것이다. "긴가민가한 어제오늘, 긴가민가한 아네모네, 긴가민가한 가나다라, 긴가민가한 싱크홀, 긴가민가한 신델리라"의 '긴가민가'는 모든 현상에 적용되는 인간 인식의 실제라 할 수 있다. 의혹과 진실이 여러 겹으로 겹쳐진 언어로서 '긴가민가'가 등장하고, 이 구절의 반복과 순환을 통해 불확실성의 세계가 증폭되고 심화되어 간다. 그 심화되는 인식의 연장선상에서 세계는 「앞치마를 두른」에서 볼 수 있듯이 "지금 조금씩 빗나가고 있다". 이 빗나감은 "아무것도 아닌 것에 빗나가고/ 아무것도 긴 것에 빗나가고 있다"와 같이 진위를 구

별하지 않는다. 하나를 진리로 정하고 다른 것을 거짓으로 정했을 경우 진리는 왜곡된다. 어차피 인간이라는 것이 불완전한 존재인 만큼 늘 모든 현상과 인식이 "조금씩 빗나가고 있"는 것으로 볼 수밖에 없는 것이다. 우연은 불가피하게 오게 됨으로써 필연일지도 모른다는 것이다.

그 점에서 유병근 시인의 시에서 우연과 빗나감은 삶의 본질로 볼 수밖에 없는 진실이다. 절대적 진리가 없음으로 인해 시적 화자와 세계는 늘 '흔들린다'. 이번 시집에서 가장 많이 볼 수 있는 이미지 중 하나는 '흔들림'이다. 이 흔들림은 유동과 불확실성이기 때문에 생이란 한마디의 말로 규정지을 수 없는 것이라는 뜻을 함축하고 있다. 때문에 필연이라고 삶과 존재를 한 면만으로 규정하고 강조하는 일면주의자에 대해 시인은 경계의 해체를 부르짖는 자유주의자가 되는 셈이다.

양가성의 인식과 경계의 해체

우연의 중첩은 분별할 필요가 없는 것으로 나아간다. 실제 유병근의 최근 시의 무상함을 드러내는 이미지에서 분별의 불필요성을 언급하는 구절이 제법 등장한다. 다음 시가 그런 경우다.

따지지도 말고 묻지도 말고 문을 열었다 바람을 타고 오는 나뭇잎이
엎드린 거기, 장구벌레가 느리게 기어간다 장구벌레는 왜 장구벌레인
가 따지거나 묻지도 말라는 광고를 등에 지고 샌드위치맨이 지나간다
—「종점가게」(『어깨에 쌓인 무게는 털지 않는다』, 2015) 부분

이 시에서 장구벌레는 "왜 장구벌레인가 따지거나 묻지도 말라는 광고를 등에 지고" 있다. 따지는 것은 분별이자 경계를 나눔이다. 장구벌레가 이를 말라고 하는 것은 가르고, 매기는 인간의 작위적 인식이 자신의 실체를 왜

곡하고 있다는 판단 때문이다. 보다 넓은 안목에서 보자면 그런 분별과 경계 나눔은 무의미하거나 편견일 수 있다. 일면은 전체의 시각을 놓친 것에 불과하다는 것이다. 때문에 양가적 인식은 인간의 정신적 측면에서 보자면 질환의 일종이지만 보다 넓은 인식의 측면으로 보자면 경계의 해체를 통한 정신의 자유를 추구하는 것으로 볼 수 있다. 다음 표현들이 유병근 시에서 볼 수 있는 양가적 인식의 내용들이다.

> 이 올가미는 마디가 촘촘하다 아니 엉성하다 촘촘하다는 엉성하다
> 에 거슬리고 엉성하다는 촘촘하다에 거슬린다
> ─「올가미에 관한」(『어깨에 쌓인 무게는 털지 않는다』, 2015) 부분

> 입 안과 입 밖의 경계에서 어리둥절 흔들렸다 봄엔지 가을엔지 가느
> 다란 꽃대가 몸을 흔드는 어지럼증을 앓고 있다
> ─「봄엔지 가을엔지」(『어깨에 쌓인 무게는 털지 않는다』, 2015) 부분

> 건너갈 수 없고 건너올 수 없다고 발 동동거리는 사람들이 강 이쪽과
> 강 저쪽으로 웅크린다 이쪽은 이쪽 숟가락으로 밥 먹고 저쪽은 저쪽 숟
> 가락으로 밥 먹는다 밥 먹어도 발이 저리다고 저린 발을 주무른다 저
> 린 마음을 주무르는 강 이쪽과 강 저쪽이 한 저물녘 아래 저물어 간다
> ─「강변아리랑」(『어깨에 쌓인 무게는 털지 않는다』, 2015) 부분

「올가미에 관한」에서 "이 올가미는 마디가 촘촘하다 아니 엉성하다"는 판단은 상대적임을 드러낸다. 하나의 판단에 대한 즉각적인 부정을 통해 일면적 인식의 한계를 벗어나고자 하고 있다. 이질적인 현상이 모두 복합적으로 뒤섞여 있는 것이 진실이라는 전언이다. 「봄엔지 가을엔지」에서도 "입 안과 입 밖의 경계에서 어리둥절 흔들렸다"고 말하는 것은 안팎의 경계가 모호하다는 의미로 볼 수 있고, "봄엔지 가을엔지"의 양가적 인식도 경계가

모호함을 드러내는 것이라 할 수 있다. 문제는 「강변아리랑」에서 경계로 구분된 "강 이쪽과 강 저쪽이 한 저물녘 아래 저물어 간다"는 인식의 표현이다. 이는 경계를 초월한 인식을 보여 준다. 즉 경계 해체 또는 무차별성의 인식이 또 다른 하나의 진리일 수 있다는 관점의 표현이다. 이는 불가에서 현실과 꿈을 구별하는 것 자체가 하나의 미망임을 지적하는 태도와 유사하다. 즉 『금강경』 4구게의 하나인 "일체유위법一切有爲法 여몽환포영如夢幻泡影 여로역여전如露亦如電 응작여시관應作如是觀"의 내용과 동일한 의식의 지향성을 보이고 있는 것이다. 그러한 점에서 이것은 인식의 심화를 보여 주는 하나의 좋은 예라 할 수 있다.

경계의 해체는 고정관념의 파괴를 의미한다. 그것은 곧 의식의 자유로운 발상을 뜻하는 것으로서 편견으로부터의 초월을 가리키는 것이기도 하다. 그 점에서 유병근 시의 특징은 한없는 의식의 자유로움과 초월의 심상 지리인 셈이다.

비틀린 언어와 의식의 자유로움

의식의 자유로움은 일면적 인식의 규범으로부터도 벗어나기를 갈구한다. 유병근 시에 보이는 규범문법의 파괴와 이질적 이미지의 병치 등은 인식의 자유로움이 기법의 자유로움으로 전화되어 나타난 것이라 할 수 있다. 다음 시들이 이를 보여 준다.

> 애매모호한 해거름의 내력을 적은 기역ㄱ과 니은ㄴ의 각진 모서리를 천천히 걸었다 해거름에 묻어오는 근심은 손톱으로 긁었다 둥그런 눈알과 네모난 눈알과 마름모 눈알이 비뚤어졌다 막다른 언덕 아닌 그 다음의 언덕에서 해거름을 긁었다 새가 날아가다가 기웃거렸다
> ―「기역과 니은 사이」(『어깨에 쌓인 무게는 털지 않는다』, 2015) 부분

심심한 새는 나뭇가지 끝 구름을 부리로 쪼아 댄다 동해남부선을 쪼
아 댄다 새는 날아가고 멀리 간 바다가 돌아온다 사라진 침목枕木을
데불고 온다
　　　―「저녁 해거름」(『어깨에 쌓인 무게는 털지 않는다』, 2015) 부분

　이 두 편의 시에서 유병근 시인의 시작법의 특징을 발견할 수 있다. 「기
역과 니은 사이」의 "해거름에 묻어오는 근심은 손톱으로 긁었다"에서 볼 수
있는 것은 일상적 문법의 파괴 현상이다. '근심'은 무형의 관념이기 때문에
감각적 대상이 될 수 없다. 그런데 시인은 이것을 유형의 대상으로 전이하
고 있는데다 일상적 문법을 비틀어 이미지를 만들고 있다. 이러한 이미지
는 현실 속에서는 존재하지 않고 오직 시 안에서만 존재하는 절대적 심상
이다. 또 "둥그런 눈알과 네모난 눈알과 마름모 눈알이 비뚤어졌다"에서는
이질적인 수식어를 통해 비틀어진 세계를 창조해 내고 있다. 이것 역시 현
실 속에서는 찾을 수 없는 절대적 심상이다. 이러한 표현을 통해 시인은 상
식과 고정관념에 빠져 있는 세계를 비틀어 보고 의식의 일면성이나 편향성
을 부수어 버린다. 즉 의식의 자유로움을 언어의 자유로움을 통해 달성하
고자 하는 것이다.
　『저녁 해거름』은 이미지의 연쇄가 자유연상을 통한 의식의 흐름에서 발
생하고 있음을 보여 준다. 이 또한 무의식에 가까운 의식의 흐름 내지 착란
이므로 논리적 해석은 어려울지 몰라도 의식의 자유로움은 한껏 고양된다.
이러한 의식의 자유로움을 좀 더 증폭시키기 위해 시인은 동어 반복과 언어
유희를 일삼고 그 사이에서 발생하는 기쁨을 누리게 된다.
　그 점에서 유병근 시인에게 시는 좀 더 자유롭고 생동하는 세계로 나아가
고자 하는 욕망을 대신해 주는 매개물이다. 그것을 다음 시가 잘 보여 준다.

시 몇 줄 쓰다가 본다 시가 내 사닥다리라는 짐작을 한다 그 짐작 속
으로 들어가지 못하고 어느 날은 또 시 몇 줄을 쓴다 나무에 등을 기댄

167

다시 몇 줄이 오고 가는 침묵이 여길까 저길까 나는 지금 지뢰탐지기
같은 생각으로 본다 등을 기댄 느티나무 등걸이 궁금하다 내 시의 사
닥다리가 보이지 않는다고 본다

─「사닥다리」(『사이편』 창간호 특집 시) 부분

이 시에서 '시'는 '사닥다리'란 이미지로 불려 나온다. 사닥다리란 현실의
중압에서 벗어나 보다 높은 공간으로 오를 수 있는 매개체다. 사닥다리 위
로 올라갈수록 허공이 주는 자유로움과 가까워진다. 즉 현실의 압력에서
벗어나 상상의 기쁨과 의식의 자유를 달성할 수 있다. 이는 육체가 주는 한
계를 벗어나 순수하고 명료한 의식의 세계로 치솟아 절대적 자유를 누리는
것이 된다. 따라서 유병근 시인에게 시는 우연히 형성된 존재와 삶의 문제
를 의식의 착란이나 기교를 통해 해소하여 한없는 자유로움을 만끽하게 하
는 통로가 된다고 말할 수 있다. 이는 곧 시로써 자기 구원을 얻는 구도적
행위라 할 수 있는 것이다. 그 점에서 유병근 시인에게 시는 곧 자기 구원
으로서 종교가 된다. 일상적 삶 속에 숨어 있는 신성을 발견하는 성스러운
작업이 되는 것이다.

노년의 존재론과 최후의 양식으로서 시

—조달곤 시의 의미

나이 들어 간다는 것은 슬픈 것이다. 특히 죽음을 의식하고 그것이 내 주변에 어슬렁거린다는 느낌이 들 때 마음은 한없이 두렵고 쓸쓸하여 끝내 처연해질 것이다. 옛날 말씀에 새도 죽을 때가 되면 그 울음소리가 처량해진다고 하는데, 사람이야 이것을 더 말해 무엇 하랴. 그렇지만 우리는 어찌할 수 없는 상태에서 태어나, 기쁘게 혹은 숨 가쁘게 청장년을 지나, 정말 눈 깜짝할 사이에 늙어 버린 상태에서 다시 그 어찌할 수 없는 대상인 죽음을 마주해야 하는 존재다.

삶은 무엇인가, 존재는 무엇인가 하고 채 묻기도 전에 제 목숨 앞에 턱 하고 와 버린 생의 이 낯설고 낭패스러운 감각인 죽음! 이대로 마냥 시간을 흘려보낼 수 없다는 생각에 이 삶을, '나'라는 이 존재를 어떻게든 정리하고 그것을 기록해 두어야겠다는 마음이 떠오르는 것은 인지상정일 것이다. 그 마음의 애잔함과 첩첩함은 그 시기를 살지 않아 본 사람은 제대로 이해하지 못할 것이다. 생각해 보면 그때의 마음은 정말 얼마나 애틋하고 안타까울 것인가!

169

소멸의 이미지와 노년의 존재론

여기 그 마음의 한 자락을 느끼게끔 해 주는 시가 있다. 시인 조달곤의 이번 시집이 그러한 마음의 풍경들을 보여 준다. 나이 80 즈음하여 쓴 여러 시편들이 그러한 노년의 존재론에 대한 사색으로 가득 차 있다. 그 시들 속에는 어떻게 늙어 가야 하고 또 어떻게 현존의 삶을 정리해야 할지에 대한 하나의 답이 들어 있는 듯도 하다. 시인의 쓸쓸하면서도 뜨거운—그렇다, 지금까지 열심히 제 자신의 삶을 살아 왔다는 의식으로서의 뜨거운—노래들을 들으면 우리 또한 삶에 대한 한 줄기 깨달음을 얻을지도 모른다. 슬프고도 아름다운, 그러면서 매우 기이한 한 편의 시를 보는 것으로 조달곤 시인의 그 스산하면서도 복잡한 내면의 세계로 들어가 보자. 그 시는 이렇다.

> 시간의 뼈들이
> 하얗게 부서져 내리고 있다
> 정처 없이
> 풀풀 날리고 있다
>
> 물끄러미 그걸 바라본다
>
> 물끄러미
>
> —「시간의 뼈」 전문

이 시가 주는 놀라움은 '시간의 뼈가 부서지고 있다'는 발견과 그 이미지다. 시간에도 뼈가 있다니! 어찌 시간에서 뼈를 인식(/발견)할 수 있을까? 그리고 그것이 왜 부서지고 있나? 슬픈 것은 그러한 사건—그것은 현상이라기보다 느닷없이 시적 화자에게 찾아온 어떤 감각의 일이었을 터이니 사건이란 말이 더 옳을 듯하다는 측면에서—즉, 뼈가 부서져 날리는 놀라운 사건을 '물끄러미 바라'볼 수밖에 없는 자신의 처지다. 그리고 이 모든 현상을 둘러싸고 이루어지는 데에서 존재의 어찌할 수 없음에 대한 깊은 통증과 함께 그것이 갖는 처연한 아름다움을 느끼게 된다.

시간에서 뼈를 발견하게 되는 것, 그리고 그것이 부서지고 있다고 느끼는 것은 아무나 할 수 있는 일은 아니다. 일상적인 관점에서 시간이란 무형에 뼈란 정형의 이미지를 부여하는 수사적 기법도 우리에게 놀라움을 주는 것이지만, 무형으로 흐르는 시간을 문득 '뼈'로 볼 수 있는 사람의 심경은 어떤 것일까 하는 놀라움과 그것이 "부서져 내리고", "풀풀 날리고" 있는 듯 느끼는 것 또한 어떤 심정에 처하면 그렇게 보일까 하는 놀라움이 이 시를 보는 주된 감정으로 떠오른다. 시적 화자는, 아니 시인은 정말 어떤 마음의 상태에 이르렀기에 이런 이미지를 발견하고 그것을 저런 놀라운 이미지로 표현하게 되었을까? 일단 이미지의 논리로 볼 때 무형의 시간이 '뼈'로 형상화되는 것은 그만큼 시간이 구체적 대상으로 인식되었다는 의미일 것이며, 그것은 다시 흐르는 시간을 가장 섬세하고 예민하게 인지하게 되는 단계에 이르렀다는 의미가 될 것이다. 거기에 그 시간이 '부서지고 날리고' 있는 이미지로 형상화되는 것은 바로 시간의 '소멸', 즉 시간의 종말에 대한 비유적 형상으로서 사라짐(/죽음)을 뜻할 것이다. 시간이 부서져 사라지고 있는데 그것에 의존해 살고 있는 생명체 또한 사라져 갈 것은 분명한 일이 될 터이니 말이다. 그 점에서 이 이미지가 주는 일련의 의미는 바로 소멸이 임박한 존재가 느끼는 두려움의 징조라 할 수 있다. 이 이미지들은 놀라움과 함께 우리에게 아픈 실감을 준다.

이 시가 주는 더한 놀라움과 안타까움은 "물끄러미 그걸 바라본다// 물끄러미"에 담겨 있는 어찌할 수 없음, 즉 하염없는 자세다. '물끄러미'라는 부사어는 시름에 젖어 힘없이 어떤 대상을 바라볼 때 쓰는 용어다. 생명적 존재가 갖는 피할 수 없고, 돌이킬 수 없는 본질적 구속을 저런 용어로 나타내게 될 때 우리는 깊은 공감과 함께 둔중한 아픔을 느끼게 된다. 시간에 처단된 존재는 그 아무리 용맹하고 지혜롭다 해도 죽음을 피할 수 없다. 이

때 가지게 되는 태도는 '우두커니' 서서 '하염없이', '물끄러미' 부서져 내리는 시간의 끝을 향해 빨려드는 제 자신을 바라보는 것뿐이다. 그때 가지는 생명적 존재의 감정은 정말 어떤 상태일까? 시인은 이러한 감정을 너무 예민하게 느끼고 있는 모양이다.

다음 시편이 그와 같은 감정의 일단을 엿볼 수 있게 하는 현실적 모습을 보여 준다.

어느덧 나는 팔질의 나이

누더기 옷 걸치고 참 오래도 걸어 왔다

이젠 꼼짝없이 상노인이 되었다

어름어름 나이만 먹었다

애늙은이가 되었다

낭패 같은 다늙은이가 되었다

내일 죽더라도 아직 나는 애늙은이가 좋은데

자식도 세상도 등 뒤에서

나를 다늙은이 속으로 밀어붙인다

나는 졸지에 망해 버렸다

　　　　　　　　　　　　　　　　　　―「팔질八耋」 전문

'팔질', 즉 80의 나이에 이른 자신의 실존적 현실과 감정을 이보다 더 실감나게 표현할 수 있을까? 무엇보다 이 시에서 그 나이에 이른 자신의 처지를 '상노인', '다늙은이'로 표현하면서 '낭패', '졸지에 망해 버림'이라는 감상을 드러내고 있다는 데서 노년의 존재가 갖는 실존 의식이 무엇인지를 알 수 있게 한다. '낭패', 이러지도 못하고 저러지도 못함을 이르는 말. 실상 나이 들었다고 모든 사람들이 이와 같은 마음을 갖지는 않을 것이다. 그러나 일반적 관점에서 노인이 되면 "자식도 세상도 등 뒤에서// 나를 다 늙은이 속으로 밀어붙이"는 섭섭하고 쓸쓸한 일을 겪기 마련이다. 더욱 제 자신의 입장에서 보게 되면「시간의 뼈」에서처럼 육체적으로나 정신적으로 시간이 얼마 남지 않았다는 생각에 타는 듯한 고통으로 빠져들 수도 있다. 그때 특별히 할 일을 갖지 못한 상노인에게 떠오르는 '낭패감'은 노년의 존재가 갖는 실존적 정체성일 수 있는 것이다.

이 시점에서 우리는 인간 존재의 본질은 무엇인가 하는 질문을 던져 볼 수 있다. 정말 인간 존재는 무엇일까? 기쁨일까, 슬픔일까, 열망일까, 두려움일까? 조달곤 시인의 경우라면 '낭패', 낭패감 아닐까? 사실 쉬이 답할 수 있는 성질의 질문이 아님을 우리는 잘 알고 있다. 그리고 예로 든 저와 같은 답도 극히 부분적인 현상에만 부응한 것임을 알 수 있다. 존재론에 관한 질문은 다양한 차원에서 그에 대한 답이 나오게 될 터이지만 나이의 변화에 따른 답 또한 진정성 있는 하나의 답이 될 것은 분명하다. 그런 점에서 본인을 상노인으로 인식하고 있는 사람의 입장에서 생각하는 존재의 본질에 대한 탐구 역시 눈여겨볼 부분이 있지 않나 생각한다.

조달곤 시인이 바로 이 점을 보여 준다. 태어나 언젠가는 사라져야 할 존재가 입구가 아니라 출구에 서 있는 감성에 대해 제 나름의 전형을 보여 주고 있는 것이다. 그것이 눈물 나게 아름답다는 것이 문제적이다. 그 시는 이렇다.

며칠 내내 기다렸는데

종일을 기다리고 있는데

날이 저물고 있다

그는 오지 않을지도 몰라
오다 모래처럼 부서졌는지 몰라
부서져 바람 속으로 흩어졌는지 몰라

기다린다는 것은
목마름일까 슬픔일까

나는 없는 그를 기다리고 있는지도 몰라
그가 부재의 기억일지도 몰라

밤이 오는 소리가 울음처럼 깊은데

—「기다리다」 전문

이 시의 주된 정조는 슬픔, 오지 않는 그리운 대상으로 인해 발생하는
쓸쓸함이다. 시적 화자는 하염없이 '그'를 기다리고 있다. 그런데 그는 "며
칠 내내 기다렸는데/ 종일을 기다리고 있는데"도 오지 않고 '날(은) 저물고
있다'. 하도 오지 않아 시적 화자는 "나는 없는 그를 기다리고 있는지도 몰
라/ 그가 부재의 기억일지도 몰라" 하고 의심하기도 하고 반성하기도 하면
서 중얼거리지만 현실은 "밤이 오는 소리가 울음처럼 깊"어 가고 있다. 그
가 오기 전에 이 기다림이 끝이 날 것 같은 두려움에 빠지고 있는 것이다.

생각해 보면 이 시의 구조상 시적 화자가 기다리는 '그'는 오지 않을 것이
다. 오지 않는 '그'가 무엇이며 왜 오지 않는가 하는 질문은 이 시에서 그렇
게 중요하지 않다. 그에 대한 답 또한 여러 가지로 각자 다양하게 추측해 볼

수 있기 때문이다. 이 시에서 중요한 것은, 다시 말해 독자에게 깊은 공감
과 아픔을 주는 것은 그 하염없는 기다림의 자세다. 왜 시적 화자는 직접 일
어나 간절한 그를 찾아가지 않고 기다리고만 있는가 하는 의문만 갖게 되어
도 이 시에 대한 감상의 중심부에 이르렀다고 말할 수 있다. 왜 화자는 그
저 기다리고만 있을까? 그에 대한 대답은 앞의 시들에서 제시한 감상의 연
장선상에서 이루어져야 할 듯싶다.

　가지 않고 기다리는 것은 바로 '어찌할 수 없음'에 의해 발생하는 일 때문
이다. 내용상으로 보면 화자가 직접 찾아가도 '그'를 만날 수 없을 것으로
보인다. 왜냐하면 그는 '없는 그'이자 화자 자신에게 '부재의 기억'으로만 존
재하는 대상이기 때문이다. 곧 아무리 몸부림쳐도 찾을 수 없는 것이 간절
한 그인 것이다. 그렇다면 그, 혹은 그것은 무엇일까? 바로 삶의 본질 또는
존재의 본질이라 말할 수밖에 없는 어떤 지고한 관념이 아닐까? 시적 화자
는 죽음이 오기 전에 제 나름으로 삶의 본질에 대해 알고 싶다는 의식을 애
타게 갖고 있다. 다시 말해 "기다린다는 것은/ 목마름일까 슬픔일까"에서
보듯 존재의 본질에 대해 알고 싶은 마음을 '기다림'으로 표현하고 이를 강
렬하게 원하지만 끝내 알 수 없기에 그것은 오지 않는 것이 된다. 그렇다,
죽음이 '밤이 오는 소리(로) 울음처럼 깊'어 가는데도 제 삶과 존재의 의미
에 대해 알 수 없어 시적 화자는 슬픔과 의구심에, 더 나아가 갈증과 고통
에 휩싸여 괴로워하고 있는 것이다. 거기에 이 시가 주는 깊은 슬픔과 아름
다움이 깃들어 있다.

　사실 그렇지 않을까? 나이 들었다고 삶의 의미에 대해 잘 알고 있다고 생
각하는 것도 하나의 편견일지 모른다. 출구가 가까이 다가와 있음을 실감
할 때 자기가 살았던 무대와 무대 위의 행동이 과연 어떤 의미였는지를 정
리하는 일은 시간이 얼마 남지 않았다는 초조함으로 인해 더욱 어려워질지
도 모른다. 어쩌면 초조한 심정에 사로잡혔다가 이것 같기도 하고 저것 같
기도 한 몽롱한 생각에 다시 손을 놓고 '하염없는' 자세, '물끄러미' 그냥 바
라다봐야 할 처지에 이른 게 아닌가 싶다.

그리하여 시인이 발견한 노년의 존재가 가져야 할 삶의 자세는 다음과 같
은 것으로 나타난다.

　　　　나를 비운다는 것은
　　　　가을 한철 억새꽃이 되어 은빛 물결로 살다가
　　　　바람이 된다는 것
　　　　바람으로 살다가 바람 소리 떠나보내고
　　　　다시 고요해진다는 것

　　　　한겨울 빈 가지가 되어
　　　　눈 오는 자리를 마련한다는 것
　　　　겨울 숲속의 나무와 같은 문장을 쓴다는 것

　　　　나를 비운다는 것은
　　　　폐사지 탑 그림자처럼 마른다는 것
　　　　산그늘처럼 마른다는 것
　　　　낮이 말라 밤이 차오르듯이 마른다는 것

　　　　내 안의 축축한 죄의 기억을 몰아낸다는 것
　　　　내 안의 슬픔과 울음 한 됫박을 덜어 낸다는 것

　　　　단순해진다는 것
　　　　침묵한다는 것
　　　　기다림을 받아들인다는 것

　　　　나를 비운다는 것은
　　　　죽음을 산다는 것
　　　　　　　　　　　　　　　　　—「나를 비운다는 것」 전문

참으로 이와 같은 인식은 어떤 삶과 어떤 마음의 경지를 다 거쳐야만 도달할 수 있는 것일까? 슬프면서도 아름답기 짝이 없는 한 편의 시 앞에서 하루가 무심하고 무상해 앉았다 일어나 창밖을 바라보다 다시 내 방 안을 둘러본다. 나는 아직 살아 있고 나의 시간을 살고 있구나. 시인의 작품이 나의 존재성을 울리는 한때다. 아름답고 기이한 이미지들과 경구가 가득 차 있지만 이 시에서 가장 큰 울림을 주는 부분은 앞의 시에서 연장된 감정 때문인지 "기다림을 받아들인다는 것"이라는 구절이다. 기다릴 수밖에 없게 된 시간에 처단된 존재가 그것을 제 스스로 승화시키는 일은 '받아들이는' 데 있다. 특히 여러 욕망에 물들지 않고 '나를 비우는' 것으로 그것을 대신할 수 있다.

그 점에서 이 시의 놀랍고 아름다운 점은 "나를 비운다는 것은/ 죽음을 산다는 것"에 도달한 하나의 깨달음이다. 아, 기다리며 사는 것은 나를 비우는 것이자 죽음을 사는 것이었구나. 아니 나를 비우는 것이 기다리는 일이자 죽음을 사는 것이었구나. 그렇다면 죽음을 사는 것은 비우는 일이자 기다리는 것이겠구나. 그 어느 것으로 해석해도 좋을 듯하다. 조달곤 시인이 문득 발견한 저런 삶의 자세는 죽음을 담담히 받아들이게 하고, 우리가 살고 있는 이 삶이 어쩌면 또 다른 죽음으로서의 삶일 수도 있겠구나 하는 깨달음으로서의 안도감을 준다. 삶이 죽음이고, 죽음이 곧 다른 삶일 수도 있다는 생각에 이르면 출구에 선다는 것이 또 다른 입구로 가는 것일 수도 있다는 점에서 꼭 두려운 일만은 아닐지도 모르겠다는 안도! 한 편의 시가 존재의 무상함을 달래 주는 깊은 이 위안!

이 시가 주는 느낌은 비단 이런 것에만 한정되는 것은 아니다. "나를 비운다는 것"을 주어로 해 보여 주는 많은 보조관념들, 특히 "바람으로 살다가 바람 소리 떠나보내고/ 다시 고요해진다는 것", "겨울 숲속의 나무와 같은 문장을 쓴다는 것", "폐사지 탑 그림자처럼 마른다는 것" 등의 이미지는 놀랍고 기발하여 무릎을 치게 한다. 그러면서 그 안에 담겨 있는 '고요', '겨울 숲속의 나무', '폐사지'가 주는 스산함과 쓸쓸함은 우리 마음을 한없이 애잔함에 잠기게도 한다. 비우는 것은 일차적으로 슬프고 쓸쓸한 것이지만 거기에 새로운 삶의 시작이 들어 있음을 알게 해 주는 매우 역설적인 인식의 표출이 되는 것이다. 그런 점에서 이것을 너무 슬픔으로만 보아서는 안 된다는 생각이 든다. 비우면 다시 차게 되는 것이 만물의 이치이듯이 슬픔이 극에 이르면 다시 삶의 원동력이 되어 우리에게 힘을 주는 감정이 된다. 조달곤 시인의 시는 바로 그런 경지에 가닿아 있다.

근원으로의 회귀와 어머니에 대한 그리움

비우고 기다리는 것이 노년에 취할 수 있는 하나의 실존적 정체성이 된다면 삶과 존재에 대한 인식 또한 새롭게 변할 수 있다. 그것은 앞에서 언급한 삶과 죽음의 일체, 곧 '생사일여生死一如'에 대한 의식의 확장이다. 『금강경』에 나오는 "일체유위법一切有爲法/ 여몽환포영如夢幻泡影"의 '일체의 인위적인 것들은 꿈, 환영, 물거품, 그림자와 같다'는 경구처럼 삶을 하나의 꿈으로 생각할 수 있는 것이다. 그러한 생각을 하게 될 때 집착과 몽매에서 벗어날 수 있게 되기 때문이다. 다음 시편이 바로 그러한 점을 보여 준다.

김 신부님이 만든 방에서 깊은 잠을 자다 몽유병 환자처럼 불현듯이 깨어나 길을 나섰다. 버스를 타고 가다 기차로 갈아탔다. 오른편 차창 밖으로 흰 강물이 번쩍이면서 바쁘게 고향 쪽으로 흐르고 있었다. 낙동강역에서 내려 다시 버스를 타고 고향집으로 향했다. 동네 어귀에서 사람들을 만났지만 다들 얼굴이 낯설어 보였다. 고향집으로 들어섰다. 엄마는 들에 나가셨는지 집 안은 텅 비어 있었다. 마당을 돌아 뒤란 툇마루에 앉았다. 돌담에는 하늘수박이 가을 햇살 속에서 누렇게 익고 있었다. 그새 깜빡 졸았나 보다. "학교 다녀왔니? 밖에서 졸지 말고 어서 방에 들어가 자거라." 들에서 언제 돌아왔는지 엄마의 목

소리가 꿈결처럼 들려왔다. 나는 엄마의 자궁 속으로 들어가듯 뒷문을
열고 방으로 들어가 다시 긴 잠 속에 빠져들었다.

—「그날 이후—방」 전문

이 시의 문제성은 삶을 꿈에 비유하고 있다는 점이 아니라 꿈속에 다시 꿈
이 펼쳐지는 생의 첩첩함이다. 시의 상상력을 논리적으로 따라가 보면 "김
신부님이 만든 방에서 깊은 잠을 자다 몽유병 환자처럼 불현듯이 깨어나 길
을 나섰다"의 화자는 현재의 실존적 화자, 즉 나이 든 노년의 화자일 것이
다. 그 화자가 깨어나 길을 나섰다고 하지만 "버스를 타고 가다 기차로 갈아
탔다. 오른편 차창 밖으로 흰 강물이 번쩍이면서 바쁘게 고향 쪽으로 흐르
고 있었다. 낙동강역에서 내려 다시 버스를 타고 고향집으로 향했다"의 내
용은 꿈속에서 행하는 행동을 마치 현실 속에서 이루어지는 것처럼 보여 주
는 수사일 뿐이다. 꿈이 보여 주는, 화자가 늘 원하던 무엇을 현실에서 이
루어지는 것처럼 표현한 것이다. 문제는 그 꿈속의 화자가 고향에 이르러
"그새 깜빡 졸았나 보다" 하고 흠칫 놀라 깨어난 뒤, "엄마의 목소리가 꿈결
처럼 들려왔다. 나는 엄마의 자궁 속으로 들어가듯 뒷문을 열고 방으로 들
어가 다시 긴 잠 속에 빠져들었다"에 언급되고 있는 것, 바로 꿈속의 꿈, 늘
진정으로 원하고 가닿고 싶었던 곳에서 꾸고 싶었던 꿈의 모습을 보여 주고
있는 부분이다. 시적 화자는 늘 어머니의 목소리가 들려오는 곳에서 달콤
하게 한나절 잠을 자고 싶었음을 이 시는 말해 주고 있다. 어렸을 적 꾸었
던 꿈과 성인이 된 지금 꾸는 꿈이 중첩되면서 시적 화자는 늘 어머니한테
로 가고 싶은 열망을 드러낸다. 그것은 곧 자신의 존재를 있게 한 근원으로
의 회귀를 암시하는 것에 해당한다.

실제 이 시에서 그것은 "오른편 차창 밖으로 흰 강물이 번쩍이면서 바쁘
게 고향 쪽으로 흐르고 있었다"에 드러나는 '고향 쪽으로의 흐름'에 암시되
어 있다. '수구초심首丘初心'이란 말도 있듯이 죽음이 임박한 존재는 자신의
근원에 대한 그리움을 떨치지 못한다. 고향과 어머니는 바로 제 존재의 시

작을 말해 주는 표지들이다. 그러므로 다시 근원으로 돌아가고 싶은 열망을 나타낸다는 것은 존재의 끝이 멀지 않았다는 점을 역설적으로 반증하고 있는 것으로 풀이해 볼 수 있다. 그 점에서 "나는 엄마의 자궁 속으로 들어가듯 뒷문을 열고 방으로 들어가 다시 긴 잠 속에 빠져들었다"란 표현은 매우 의미심장하다. '엄마의 자궁'은 시적 화자에게 존재의 두려움을 모르게 하던 입구로, 다시 그곳을 존재의 출구로 삼고 싶다는 강한 생명적 본능의 표출 장소로 기능하기 때문이다. 그리고 입구에서 나와 출구로 가기까지 살았던 삶이 '김 신부님이 만든 방'에서 꾸었던 꿈이라면, 입구와 출구 너머의 삶, 즉 죽음으로서의 삶은 '엄마의 자궁' 속에서 꾸었던 꿈이 될 것이다. 가장 평화롭고 충만했던 공간에서의 꿈이 어머니의 자궁 속에서의 꿈이라면, 출구 너머의 저 죽음의 꿈 또한 이와 다르지 않으니 죽음으로 인해 꾸는 꿈을 더 이상 두려워해서 무엇 할까? 시인은 지금 그렇게 생각하고 있는 것이다.

그리하여 '애늙은이' 조달곤 시인에게 어머니는 삶의 의미를 완성시켜 주고 죽음의 공포를 이겨 낼 수 있는 상징으로 강력한 의미의 파장을 일으킨다. 다음 시편들이 그런 경우다.

> 치매 걸린 우리 어머니
> 자식들 성화에 등 떠밀리어
> 영세를 받았지만
> 하늘나라 가는 길
> 까맣게 잊고
> 지금도 저문 강가를
> 헤매고 있는지 몰라
> 하늘을 흐르는
> 은빛 강물에 누워
> 지금도 찾아올지 모르는
> 자식들 기다리며

하얗게 울고 있을지 몰라

추운 별이 되어

—「어머니의 강」 전문

밤마다 반짝이는 먼 눈빛으로

나를 데리러 오겠다고 말을 걸고 있었던 별

내가 태어난 어머니별

슬픔이란 단어가 없는 곳

환한 밝음만이 있는 곳

백조자리 북십자성 별에 도착하리

내 이 지상을 뜨는 날

고향에 돌아가듯 은하철도를 타리

열차에 오를 때 내 사랑하는 가족사진 한 장쯤 넣고 가리

—「북십자성」 부분

나이 든 존재에게 삶을 어떻게 정리할 것인가는 아주 중요하고 긴급한 화두가 된다. 조달곤 시인 역시 이러한 화두를 앞의 여러 시에서 내내 고민하고 탐색하여 제 나름의 실존적 방법을 제시한 셈이다. 그러나 죽음의 문제만은 도저히 이성으로 해결될 수 없는 영역이자 대상이다. 그 지점에 대해서는 간절한 기원만이 존재할 뿐이다. 무수한 종교가 탄생할 수 있는 것도 바로 이러한 점 때문일 것이다. 위의 시 두 편은 어머니가 어떻게 종교가 될 수 있는가 하는 점과 그에 이르는 과정을 잘 보여 주는 사례로 꼽을 수 있다. 먼저, 「어머니의 강」에서 시적 화자에게 어머니는 "하늘을 흐르는/ 은빛 강물에 누워/ 지금도 찾아올지 모르는/ 자식들 기다리며/ 하얗게 울고

있을지 몰라/ 추운 별이 되어"에서 보듯 '추운 별'이 되어 죽음으로 건너오는 자식들을 기다리는 성스럽고 지고한 존재가 된다. 별이 갖는 광명을 품고 죽음이라는 어둠에 젖어 있을 제 자식들의 두려움에 대해 안타까운 마음으로 '울고 있을' 어머니, 또는 그 어머니의 사랑은 시적 화자에게 영원한 구원의 대상이다.

그렇기 때문에 「북십자성」에서 시적 화자는 마치 어머니에게 가듯 "밤마다 반짝이는 먼 눈빛으로/ 나를 데리러 오겠다고 말을 걸고 있었던 별/ 내가 태어난 어머니별// 슬픔이란 단어가 없는 곳/ 환한 밝음만이 있는 곳// 백조자리 북십자성 별에 도착하리"라고 노래할 수 있는 것이다. 이때는 죽음이 주는 두려움이나 어둠이 문제가 되는 것은 아니다. 어둠 사이로 환한 미명으로 존재하는 '북십자성'은 바로 존재의 구원을 대행하는 '어머니 별'로서 마치 어린아이가 옹알이하듯 이 우주에 퍼지는 노래를 절절하게 바칠 수 있는 대상이 되는 것이다. 그런 점에서 시 「북십자성」은 내가 죽어 어머니한테로 다시 돌아가겠다는 약속이자 어머니의 그 자애로움에 대한 헌사인 셈이다. 존재가 가장 아프고 절실한 순간에 찾는 어머니의 존재성을 여기서 시인 조달곤은 유감없이 보여 주고 있다.

이러한 어머니에 대한 그리움은 어렸을 적 고향집에서 보았던 구렁이 이야기를 통해서도 드러난다. 즉 "구렁이가 무서워 어머니의 등에 기대면 부지깽이로 부엌 바닥을 탁탁 쳐 구렁이를 내보내던 어머니. 어머니는 지금 하늘나라에 계시지만 문득 어머니가 그리울 때는 내가 어린 날의 우리 집 구렁이라도 되어 어머니와 함께 있고 싶기도 하지"(「구렁이 이야기」)에서 보듯 언제나 그 무엇이 되더라도 함께할 수 있고, 함께 있고 싶다는 열망을 신비한 설화적 상태로도 꿈꾸게 된다. 이와 아울러 아버지에 대한 그리움도 그와 등가여서 "아버지는 어느 날 대학생이 된 나를 데리고/ 마을 뒷산으로 갔다./ 골짜기를 따라 한참을 산 중턱에 이르렀을 때/ 아버지는 나를 돌아보며/ '여기가 내가 묻힐 곳'이라고 말씀하셨다./ 너덜겅 옆 뗏잔디가 소복이 난 양지바른 곳이었다./ 이곳은 나무꾼들이 오다가다/ 지게를 내려놓고 쉬었다 가는 곳이라 덧붙였다. / 아버지가 육 년 후 세상을 뜨셨을 때/ 소망대로 이곳에 묻히셨다"(「쉬었다 가는 곳」)에서 보듯 아버지의 삶에 대한 태도 또한 초연했고, 늘 '쉬었다 가는 곳'에 아버지가 묻혀 있듯 자신의 삶도 쉬었다 가는 것으로 인식하고 있음을 보여 준다. 이러한 언급들은 그의 내면에 아버지, 어머니가 궁극적 심상으로 맺혀 있음을 말해 주는 것이라 하겠다.

최후의 양식으로서 시와 존재 구원

조달곤의 시를 읽으면 읽을수록 존재의 본질에 대한 생각이 깊어진다. 늙음이라는 인간 존재의 특성과 존재 구원의 표지로서의 어머니, 또는 고향으로 대변된 근원에 대한 사색은 도회지의 바쁨 속에 매몰되어 살아가는 우리에게 삶이 무엇인가 하는 점을 되돌아보게 한다. 그렇게 고민과 번뇌로 뒤척일 때 시인 또한 이 문제로 고뇌했으리라는 생각이 든다. 문득 그는 이것을 어떻게 풀어냈을까 하고 궁금해할 때 바로 '시'라는 예술을 통해서 그가 존재에 대해 고뇌한 흔적과 그 사유의 호르몬이 내는 향취를 보고 맡을 수 있다. 그에게 시는 제 삶의 중심을 가르는, 그래서 제 자신의 존재성을 증명하는 단 하나의 척도가 된다. 그 단적인 예가 다음과 같은 시일 것이다.

> 나는 모서리에 잘 부딪히지
> 모서리는 눈도 없고 귀도 없지
> 막무가내로 달려들어
> 나에게 상처를 입히지
>
> 나를 향해 날아오는 돌은
> 온몸이 모서리였지
> 왼쪽으로 돌아도 오른쪽으로 돌아도

나는 돌을 맞고 맥없이 쓰러지기 일쑤였지

돌처럼 단단한 말도
모서리를 가졌지
각을 세우고 달려드는 말 앞에서
나는 자주 피를 흘렸지

나의 몸은 상처투성이의 몸
나의 말은 통점의 말
상처 자국에서 흘러내린 진물을 찍어
나는 시를 쓰지
맨살로 울면서

— 「모서리」 전문

　아, 이 시에 이르러 시인 조달곤을 생각해 보면 그는 참으로 처절한 삶의 현실을 지나는구나 하는 것을 느끼게 된다. 대학 교수를 지냈고 시골에 집을 지어 노후를 평안하게 보내는 것으로 생각하기 쉬우나 그의 마음은 존재의 완성을 위한 지난한 투쟁의 길 위에 서 있음을 알 수 있게 된다. 그의 운명에 닥쳐오는 대상들은 그의 존재성을 무화시키고자 하는 '모서리' '돌' '단단한 말' 등으로 화하여 시인 자신에게 무수한 상처를 남긴다. 무수한 상처 속에서 그는 인간 존재로서 도전하려 했을 수도 있겠지만 이미 앞에서 보았던 바처럼 인간 존재라는 것은 그 '어찌할 수 없음'으로 인해 수동적이고 소극적일 수밖에 없다. 그때 시적 화자는 이미 앞에서 보았던 삶의 자세로서 '기다리는 것을 받아들이는' 일, 바로 시를 쓰는 일을 감행한다. 그렇다, 기다리는 것을 받아들이는 것은 자신의 주체적 수용이란 점에서 능동성을 띤다. 즉 시를 쓰는 행위야말로 그의 생애에 가장 가치 있는 삶의 의미를 획득하기 위한 적극적 행위인 것이다.

문제는 이 행위가 바로 "상처 자국에서 흘러내린 진물을 찍어/ 나는 시를 쓰지/ 맨살로 울면서"라는 표현을 얻음으로써 매우 궁극적 심상으로 떠오르게 된다는 점이다. '상처 자국에서 흘러내린 진물'은 무엇인가? 일견 진물 그 자체이거나 피일 수 있겠다는 점에서 생명의 가장 근원적인 것, 혹은 생명의 가장 궁극적인 것을 의미한다고 생각해 볼 수 있다. 즉 상처가 갖는 죽음과의 친화성으로 인해 시인은 죽음으로, 또는 죽음에 가까이 가닿은 삶의 한순간으로 시를 쓴다는 말일 것이다. 그런 점에서 이 시구절이 갖는 의미는 매우 섬뜩하다 못해 고통스럽다. 생의 본질이나 존재의 본질을 정면으로 마주한 느낌을 주기 때문이다. 그 처절한 인식과 행위가 '맨살'이라는 이미지로 더 이상 감출 길 없다는 인식과 함께 생의 쓰라림 내지 슬픔으로 '울음'을 소환해 내고 있는 것이다. 그 점에서 그에게 시는 자기 존재 증명의 쓰라린 기록이다. 이 지상에 '나'란 존재가 있었고 의미 있는 삶을 살고 갔다고 부르짖는 처절한 증언인 것이다. 그럴 때 시는 구원의 형식이 아니고 무엇이겠는가?

그런 점에서 조달곤 시인에게 시는 자기 구원을 감행하는 최후의 양식이 된다. 다음 시편들이 이를 잘 말해 준다.

하느님은 최초의 시인이었을 것이다. 시원의 들판을 걸어가며 하늘과 땅을 노래하고 빛과 어둠을 노래하고 나는 새와 나무와 별빛을 노래했다. 말씀으로 노래할 때 하느님도 가슴이 두근거렸을 것이다. 몹시 설레었을 것이다. 시원의 하늘과 땅에 울려 퍼지던 말씀의 노래가 그분이 보시기에도 참으로 좋았을 것이다. 그렇지 않으면 어찌 오늘날까지 지상의 시인들이 하늘을 우러르고 우러러 말씀에 그토록 목말라할 리가 없다 시의 말씀을 만나기 위해 그토록 서럽게 목멜 리가 없다. 하느님은 시의 말씀의 말씀이었을 것이다.

—「말씀」 전문

말 이전의 말 바위처럼 물렁한 말 허공처럼 텅 비어 있는 말 하늘의
속살처럼 꽉 차 있는 말 모성의 말 피의 말 별빛의 말 손톱달의 말 야생
의 말 울퉁불퉁한 말 홀惚하고 황恍한 말 윤슬의 말 물의 말 어둑새벽
의 말 눈 감은 말 천둥의 말 기도의 말 몸의 말 개여울의 말 나무의 말
안개 오줌의 말 미늘의 말 물수제비의 말 박새가 물어 온 말 두근거리
는 심장의 말 내 울음의 말 내 슬픔의 말 봉숭아 꽃씨의 말 바람의 말
햇빛의 말 눈부셔 눈부셔 눈시울 어둑한 말

—「시의 말」 전문

두 편의 시는 시가 갖는 위엄과 광휘를 잘 보여 주고 있다. 「말씀」은 하느
님의 말씀이야말로 "시원의 하늘과 땅에 울려 퍼지던 말씀의 노래"로서 "시
의 말씀의 말씀이었을 것"임을 말하고 있다. 하느님의 말씀은 '최초의 시인'
이 뱉는 말로서 이 지상에 의미를 부여하는 '설렘'의 양식이었을 것을 말하
고 있는 것이다. 이는 시의 근원적 성격을 말하면서 천지창조와 관련된 신
화로서 시의 기능을 언급하는 것에 해당한다. 이때 시는 비록 성경의 말씀
을 통해 이루어지는 것이지만, 존재의 입구가 갖는 근원으로서 탄생과 창
조의 의미를 갖는다.

이에 비해 앞의 시 「모서리」와 「시의 말」은 최후의 양식이란 의미를 갖는
다. 이미 「모서리」에서는 자신의 존재성을 '진물', 즉 죽음의 형식인 '피'로
기록하는 것임을 밝히고 있다. 「시의 말」은 이러한 구체적인 상징성은 없지
만 시의 언어가 "말 이전의 말"인 동시에 모든 세계의 단면을 다 기록한 말임
을 드러내고 있다. 이 시에서 보여 주는 시적 언어의 특성은 모든 현상과 사
건이 종결되고 난 뒤에도 남는 말이 시의 말임을 보여 주고자 하는 것이다.
그렇기에 시의 말미에 붙인 "햇빛의 말 눈부셔 눈부셔 눈시울 어둑한 말"이
란 것이 실상 죽음에 가닿은 말이자 형식이란 점을 환기해 낸다. 즉 최후에
인간이 부르짖음 형태로 내뱉을 수 있는 말이 시의 말이 된다는 의미일 것
이다. 이와 관련하여 재미있는 견해가 있다. 에드워드 사이드는 『말년의 양

식에 관하여』에서 노년의 양식, 즉 '최후의 양식'은 "종국에 접어드는 것, 의식이 깨어 있고 기억으로 넘치는 것, 그러면서도 현재를 대단히 예민하게 여기는 것"이라고 말하고 있다. 사이드의 이 말이야말로 죽음으로 예민하게 곤두선 조달곤 시인의 의식에 부합된 말이 아닐까? 그 점에서 이러한 시편들은 아름다운 문양을 그리고 있지만 그 내면으로 들어가게 될 때 절통한 아픔을 우려낸다. 조달곤 시인에게 시는 최초이자 최후의 양식으로 그의 심중에 생애 내내 자리잡고 있었음을 여실히 보여 주고 있는 것이라 하겠다.

따라서 시, 혹은 시의 말은 조달곤 시인에게 단순한 예술적 수사가 아니다. 삶과 존재의 본질을 탐색하고 획득하는 가장 긴요하고 절실한 의례적 행위다. 그 '시의 말'을 이번 시집에서 가장 단적으로 보여 주는 작품이 다음과 같은 시일 것이다. "벽이라는 말은/ 참 외로운 말이다/ 바람이 불고 비가 내린다는 말이다/ 절룩절룩 절룩거린다는 말이다/ 절반의 어둠을 받아들인다는 말이다/ 나를 견디고 너를 견딘다는 말이다/ 한 슬픔이 다른 슬픔을 만난다는 말이다// 벽이라는 말은/ 참 아픈 말이다"(「벽」)에서 보이는 시적 언어로서 '벽'은 '외롭게 절룩거리는', 그러면서 '어둠을 받아들이며 그 고통을 견디는', '슬픔으로서 다른 슬픔을 만나 참으로 그 아픔을 공감해 줄 수 있는' 말이다. 시적 흐름을 두고 볼 때 하나의 인간 존재를 의미하는 것 같고, 이미 한 생을 살아 이와 같은 여러 감정을 집약적으로 겪은 시인 본인의 존재성을 표현한 언어일 것도 같다. 그 점에서 '벽'은 하나의 특이한 존재로 살아난다. 사전에 규정된 하나의 용어에서 벗어나 살아 움직이는 어떤 존재로 발현하는 것 같다. 그것은 무엇을 말할까? 언어가 바로 사물이 되는 지점, 언어가 존재 그 자체가 되는 신비로운 지점, 신이 인간을 비롯한 이 세계의 모든 사물을 창조하였듯이 시인은 언어로 새로운 존재를 탄생시킬 수 있다는 '성현聖顯'의 현장 그것 아니겠는가?

그것은 언어로 이 세계를 창조하는 행위라 할 수 있다. 그것은 달리 말해 시의 언어로 이 무형과 무의미로 떨어져 가는 세계에 형상과 의미를 부여하여 존재의 광휘로움을 부여하는 행위다. 즉 존재의 구원인 것이다. 이러한 점은 조달곤 시인이 자신의 삶을 성찰하고 그에 대해 언어로 시를 써서 하나의 의미망을 구축한 것에도 그대로 적용된다. 그에게 시는 존재의 구원이자 자기 구원의 행위였던 것이다. 그런 점에서 그의 시는 웅숭깊은 사유가 된다. 간절하고도 절실한 제의가 된다. 그리하여 끝내 자신의 존재성을 증명하고 영원한 가치를 새겨 둘 비망록이 되는 것이다. 그의 시적 흐름을 타고 가는 우리들 역시 조달곤 시인이 그려 내고 있는 이 시의 향취에 흠뻑 젖어 앉았다 일어섰다 하며 생의 오늘을 살아가는 힘을 얻을 수 있을 것이다. 그것이 진정 시가 보여 주는 위의威儀이자 복음福音이 아니겠는가! 80의 나이가 보여 줄 수 있는 최고의 존재론적 형상인 셈이다. 그런 관점에서 90, 100의 나이에 부합하는 또 다른 존재론의 출현을 기대하는 차원에서 시인의 건필을 간절히 빌어 본다.

민중의 삶에 대한 관심과 저항적 현실주의
—강영환 시의 의미

　　강영환 시의 출발이 그리 낭만적인 상황에서 이루어지지는 않은 것 같
다. 그가 등단한 해(1977)를 비롯해 첫 시집 『칼잠』(1983)이 나온 시기를 고
려하면 그의 시적 발화는 박정희, 전두환 군부독재와 함께 언론 표현의 자
유가 막힌 상태에서 시작된 것으로 보인다. 의식 있는 지성인으로서 세계
에 대한 인식과 발언이 자유롭지 못하다고 파악하는 순간 시는 분노와 고
통의 형상을 띠기 시작한다. 저항과 부정의 심리적 투사는 당연한 이미지
로 제시된다. 다음과 같은 시들이 초기 시의 정조와 이미지를 잘 보여 주는
것들이지 않을까?

> 유리창을 가리는 것은 안개만이 아니다
> 해 질 무렵
> 서편을 향하는 새의 큰 그림자가 무거워지고
> 닫혀 있는 덧문의
> 오랜 세월 열리지 않는
> 유리창을 가리는 것은 그림자만이 아니다
> …(중략)…

눈이 부시거든 눈을 감고
창이 빛나거든 창을 닫아
바람이 몰아가는 흔들림을
보아라 바라보아라
—「유리창을 가리는 것은」(『칼잠』, 1983) 부분

마룻바닥에 날을 세워
차가움은 뼛속 깊이 사무쳐도
이웃과 이웃의 어깨에 부딪혀
끈끈한 체온으로 실어 나른다
호명당하여 떠나간 이웃
돌아오지 못할 때
오, 옆으로 누워 드는 잠은
자주자주 목이 마른다.
—「칼잠」(『칼잠』, 1983) 부분

첫 시집에서 뽑은 이 두 편의 시에서 볼 수 있는 정서는 부정과 저항이다. 먼저 「유리창을 가리는 것은」에서 살펴본다면 "유리창을 가리는 것은 안개만이 아니다"에서 확인할 수 있는 것처럼 '아니다'란 부정사의 사용이 두드러지게 나타난다. 그러면서 세계를 바라볼 수 있게 하는 '유리창'을 무엇인가가 '가리고' 있다고 파악하고 있다. 시적 화자는 세상의 본질을 제대로 보기 위해 "바람이 몰아가는 흔들림을/ 보아라 바라보아라"라고 하면서 '바로 본다'는 의지적 행위를 피력하고 있다. 이는 그의 다른 시에서 "거꾸로 흐르는 피/ 바로 바로 쳐다보기 위해/ 헐렁한 바지 움푹 패인 눈으로/ 늦도록 홀로 연습을 한다"(「바로 바로 쳐다보기」, 『칼잠』, 1983)고 말하고 있는 데서도 알 수 있다. 이것들은 불의와 기만에 찬 시대 현실에 대한 직시와 응전의 자세를 함축하고 있는 표현이다. 깨어 있고자 하는 정신을 불러내고 있는 표현이다.

이 점은 「칼잠」 역시 마찬가지다. 시 제목인 '칼잠'이란 단어에서 암시되고 있듯 "마룻바닥에 날을 세워" "끈끈한 체온으로 실어 나른다"는 표현은 억압받는 민중들의 저항과 부정의 태도를 함축하고 있다. 특히 "호명당하여 떠나간 이웃/ 돌아오지 못할 때" "자주자주 목이 마른다"라는 표현에서 무도한 세력에 끌려간 민중에 대한 유대와 연민의 자세를 보여 주는 것과 함께 저항과 전복의 행위를 암시하는 '목마름'의 이미지가 이를 더욱 두드러지게 한다. 그럴 때 '칼잠'은 불의한 현실에 잠들지 못하는 민중의 형상을 상징하면서 언제든 '칼날'의 기세로 민중의 힘이 분출될 수 있음을 권력자들에게 경고하고 있는 이미지라 할 수 있다.

이러한 시적 출발은 강영환 시인의 일생을 지배하는 중심적 심상이 되고, 현실 속에서의 삶도 저항적 민중의 대변자가 되게 한다. 진보 단체인 부산 민예총 회장직을 역임한 것이 하나의 대표적 사례다. 그의 시는 민중의 등불이고자 하고, 민중의 분노를 드러내는 칼날이고자 한 것이다. 시대의 부조리를 꿰뚫어 보고 무엇이 해결책이고 대안이 되는지를 '바로보기'를 통해 늘 고심한 지식인이자 양심 있는 선각자이고자 한 것이다. 그래서 그의 시편에는 분노와 저항의 심상이 주류를 이룬다. 이는 군부독재가 사라진 시대 현실에서도 그 정신과 태도는 그대로 유지되고 있는 데서 알 수 있다. 다음 시편들이 이를 잘 보여 준다.

가로막힌 세종로에 서서
재채기를 한다
허황된 빌딩과 간판이 흔들리고
학생과 경찰이 함께 흔들리고
결코 돌아오지 않는 사람들이 돌아와
한꺼번에 재채기를 한다
북악이 흔들리는 것을 보았다

한강이 흔들리는 것을 보았다

—「재채기를 하며—1987. 6월을 위해」

(『불순한 일기 속에서 개나리가 피었다』, 1988) 부분

내 가슴을 열어 들여다보지 말라

남몰래 피운 동백꽃이

서릿발 돋은 신새벽을 불사르고 피었다가

툭, 뚝, 모가지째

눈길 홀로 걸어간 발자국을 남겼다

무슨 상처를 밟고 지나갔는지

발자국마다 고여 있는 피는

퍼내어도 마르지 않는다

하늘이 내린 눈밭에다

낮은 어느 누가 남긴 흔적일까

나는 꽃을 가르고 들어간다

꽃 안에 다시 붉은 꽃

가슴 깊이 떨어져 피어 있다

눈물로도 지워지지 않는 꽃은

떨어져도 그 가슴이 시리다

—「붉은 동백꽃」(『집을 버리다』, 2005) 전문

위 두 편의 시는 세월이 흘렀음에도 당대의 현실에 대한 시인의 관심과
태도가 달라지지 않았음을 직접적이고도 간접적인 형상을 통해 보여 주고
있다. 먼저 「재채기를 하며—1987. 6월을 위해」는 87년 직접 민주주의를 쟁
취하기 위해 싸운 '6월 항쟁'을 다룬 시다. 항쟁의 과정이 1년쯤 지난 시간에
"결코 돌아오지 않는 사람들이 돌아와/ 한꺼번에 재채기를 하"는 투쟁과 저

항의 행위를 통해 "북악이 흔들리는 것을 보았다/ 한강이 흔들리는 것을 보았다"는 전망의 획득을 피력한다. 민중적 관점에 입각한 역사의 미래를 확보하고 이를 참다운 삶의 자세로 제시하는 것이라 볼 수 있다. 그때 '재채기'는 깨어 있는 의식이자 역사적 사명의 실천으로서 혁명적 행위다. 이 시는 그런 점에서 역사적 실체인 '6월 항쟁'을 통해 민중의 소망과 저항적 혁명의 의미를 직접 제시하고 있는 작품이다.

이에 비해 「붉은 동백꽃」은 군부독재가 사라진 시대에 올바른 삶의 자세와 그 지향점을 상징적 형태로 제시하고 있다. 이 시에서 문제시되고 있는 이미지는 '동백꽃'이다. 동백꽃은 지사의 표상일까? 동백꽃은 서릿발 같은 의기義氣로 자신의 몸을 던지고 있다. '모가지째 툭, 뚝' 자신의 몸을 불사르고 가는 이러한 존재는 함부로 그 속을 들여다볼 수 없다. 전 존재를 불사르기까지 그가 먹었을 마음의 고뇌와 삶의 무게는 보통 사람이 추측할 수 있거나 감당할 수 있는 것은 아니다. 그런데 시적 화자는 그러한 무게를 지닌 대상, 동백꽃에 대해 "나는 꽃을 가르고 들어간다"고 적시하고 있다. 그것은 동백꽃이 갖는 붉은 산화散華의 무게 못지않게 자신의 삶에 대한 산화가 준비되었음을 밝히는 태도다. 세계에 대한 도전적 인식을 거쳐 세계 수용과 전복의 심리가 저 안에는 들어 있는 것이다. 그 점에서 강영환 시인에게 동백꽃은 바로 세계에 대한 자신의 실존적 참여와 그 참여를 통한 정의로움의 달성을 추구하는 상징적 실체다. 그 실체에 투사된 시인의 마음은 저항적 민중의 사상을 그대로 견지하고 있다고 보아도 좋을 것이다.

이러한 민중의 삶에 대한 관심과 저항 의지는 그의 시에 유독 '칼'의 심상으로 자주 나타난다. 눈에 띄는 대로 여러 시집에서 찾아본다면, "숲속에서 칼을 간다 숲을 향하여 굳어 버린 나의 심장을 향하여 무디어진 날을 세운다"(「숲을 위하여」, 『칼잠』, 1983), "그대는 칼이다/ 새파랗게 날을 세워/ 일어서는 칼이다/ 나를 부르는 그대 목소리는 칼이다/ 나를 보고 있는 그대 눈은 칼이다"(「일어서는 봄」, 『이웃 속으로』, 1989), "풀이 칼자루를 쥐었다 누구도 예측 못했다 칼끝이 던져 준 밥을 새겨 먹을 일이지만 망가지는 강산을 보면 당장은 아니다 기다려야 될 일과 기다리지 말아야 할 일쯤 풀은 이미 알고 있다"(「칼」, 『물금나루』, 2013), "풀아, 칼이 돼라/ 앞을 세워 서슬을 갈고/ 물 오른 종아리 베어 피 맛을 보는/ 햇살 건너가는 날이 선 풀아"(「풀아, 칼이 돼라」, 『쑥대밭머리』, 2019)처럼 꾸준히 사용되고 있음을 확인할 수 있다. 여기서도 '칼/칼날'의 이미지는 굳어 버리거나 무디어진 대상을 가르고 깨우기 위해 사용되고 있음을 엿볼 수 있고, 무엇보다 민초로 상징되는 '풀'을 칼에 비유하여 등가적 의미를 부여함을 두고 볼 때, 강영환 시인은 생애 내내 민중적 전망에 입각한 삶의 자세를 견지하고 있다고 해석할 수 있다.

그런 점에서 "내 시는 분노다. 분노로부터 솟구쳤다. 분노는 일상이고 내 시는 현실이다. 끝나지 않는 생이 있는 한 벗어날 수 없는 굴레다. 나는 분노를 사랑한다"(「내가 사랑하는 일」, 『물금나루』, 2013)고 자신의 시적 경향에 대해 언급하고 있는 것은 당연하다 못해 자연스럽다. 부조리한 현실에 정당하게 분노할 수 있는 사람이라면 이미 그는 의인義人이다. 시인 강영환은 세속의 물질에 타락하지 않으면서 불의한 세력에 겁먹지 않고 "고독한 돌벼랑 끝에서/ 발톱을 다듬고 부리를 갈고/ 견고한 고리눈을 부릅뜬 채 너는/ 내려다본다 날갯죽지 밑의 지상을"(「독수리를 잡으러 아이들이」, 『불순한 일기 속에서 개나리가 피었다』, 1988)에서 보는 것처럼 자유롭고 당당한 '독수리'로 하늘을 난다. 자수와 연대로 잠된 민주적 삶을 갈망하는 현실주의자가 되는 것이다. 그 점에서 문학과 삶이 일치하는 시인으로서 존경받을 만한 사람이다.

정치적 차원의 자유와 민주에 대한 갈망이 완화되어도 강영환 시인에게 민중적 삶에 대한 관심은 꺼지지 않는다. 이것은 초기 시부터 내재해 왔지만 이후 시집들에서 집중적으로 조명되는 '산복도로' 시편에서 연작시로 제시되고 있다. 저항적 민중주의는 연대적 민중주의로 발전해 가면서 민중의 삶에 대한 그의 뜨거운 애정의 형태를 보여 준다. 이는 특히 그가 살았던 부산 수정동 산복도로를 중심으로 실존적 장소성이 가지는 의미와 그 안에 거주해 살고 있는 이웃의 의미를 천착해 들어간다. 이는 민중적 삶의 구체화에 해당한다.

산복도로, 이웃의 발견과 연대적 민중주의

'산복도로'를 소재로 한 시편은 강영환 시인의 삶을 지배하는 하나의 장소성을 질서화한다.『장소와 장소상실』의 저자 에드워드 렐프는 실존적 장소는 그 사람의 정체성을 형성하고 삶의 방향성을 결정하게 해 준다고 말한다. 렐프의 말처럼 산복도로는 시인 강영환의 존재성에 지대한 영향을 미친다. 시집의 내용으로 미루어 이를 알 수 있다. 그는 1980년『열린시』의 창간호 때부터 최근까지 꾸준히 시를 써 오고 있는데, 특히 산복도로 자체를 연작시로 다룬 시집은『칼잠』(1983),『불순한 일기 속에서 개나리가 피었다』(1988),『이웃 속으로』(1989),『황인종의 시내버스』(1994),『산복도로』(2009),『울밖 낮은 기침 소리』(2010),『집산 푸른 잿빛』(2014),『출렁이는 상처』(2016),『달 가는 길』(2021) 등으로 그의 시집에서 많은 부분을 차지한다. 하나의 소재와 주제를 이렇게 긴 연작시로 여러 시집에 배치하는 것은 특이하다 못해 집요해 보인다. 그만큼 산복도로에 자신의 영혼과 정수가 배어 있음을 시집 분량으로 먼저 말하고 있는 셈이다.

강영환 시인은 산문에서 이 산복도로의 삶을 "부산의 출발점, 부산의 정체성, 주변인의 삶, 부산의 미래"(「산복도로」,『달 가는 길』, 2021)라고 말한 바 있다. 자신의 경우를 넘어 부산의 역사와 부산 시민의 정체성으로 산복도로를 언급하고 있는 셈인데, 그만큼 피난 수도 부산의 형성과 이후 부산의 역사적 발전에서 민중적 삶의 전형성이 여기에 있음을 천명한 것이라 할 수 있다. 산복도로와 그곳에 살고 있는 이웃의 발견은 인도적 차원의 연민 의식을 바탕으로 하여 진정한 민중적 삶이 어디에 있는지를 묻고 찾아 나서는 연대적 민중주의의 모습을 보이고 있다. 초기 시에서 이를 잘 보여 주는 것이 다음 작품들일 것이다.

거울 속에는
왼쪽으로 돌아누운 집이 있다

물속이 아니래도

아니래도 거꾸로 보이는 산과 들

…(중략)…

바람이 닿지 않는 마을

사람들은

왼쪽으로만 돌아보는 사람들과 만나

왼말을 나눈다

외로만 돋보이는 마을

거울 속에는

떠나지 못하는 마을이 또

하나 더 있다.

—「산복도로 9—산 5번지」(『칼잠』, 1983) 부분

대청동 길을 돌아 산복도로로

흔들리는 버스 손잡이에 매달려

흔들리며 간다

흔들리지 않으면 갈 수 없는 나라

밝은 눈발 성성히 내리고

이 겨울에 더 많이 내리고

강물은 흐름을 멈추고 얼어붙었다

—「흔들리는 버스—열린 도시 4」

(『불순한 일기 속에서 개나리가 피었다』, 1988) 부분

　이 두 편의 시는 산복도로가 갖는 지형적 심상 지리를 말하는 동시에 정신적 지표를 말하고 있다. 그것은 고난에 처한 민중적 삶의 위치를 형상화하는 것에 해당한다. 먼저 「산복도로 9—산 5번지」는 산복도로가 "외로만 돋보이는 마을"로 마치 '거울 속에(서)/ 떠나지 못하는 마을'처럼 존재하는,

즉 '바람(도) 닿지 않는 마을'로 자리하는 공간이자 장소임을 규정하고 있다. 이는 '오른쪽'을 정상이나 더 가치 있는 것으로 여기고 있는 현실에서 볼 때, 매우 기이한 형상의 마을이 된다는 전언이다. 고립되고 단절된 공간에 이상한 사람들만이 모여 살아가고 있다는 뜻일 것이다. 그렇지만 이 시의 핵심은 그러한 단절과 고립이 소외의 현실이자 차별의 공간이 된다는 의미를 가진다. 곧 차별받는 민중의 삶을 '외로된 마을'로 나타냈다고 볼 수 있다.

이는 「흔들리는 버스—열린 도시 4」를 보면 더욱 잘 알 수 있다. 산복도로의 공간은 "흔들리지 않으면 갈 수 없는 나라"로 존재한다. 실제 산 중턱에 다닥다닥 집들이 들어섬으로 인해 길들은 산길처럼 좁은 상태에서 미로처럼 형성되었을 것이다. 그래서 휘돌아 감겨져 있는 이 마을 길은 '흔들리지 않고는' 닿을 수 없는 곳이 된다. 도상적 위치로 볼 때 산복도로의 삶은 격리와 배제의 논리가 스며들어 있다. 그래서 시인의 눈으로 보았을 때에도 이곳은 "강물은 흐름을 멈추고 얼어붙"어 차단과 정지의 땅, 폐쇄와 유배의 공간으로 등장한다. 그래서 당연히 곤궁과 결핍의 장소가 된다.

산복도로 연작시를 진행할수록 시인은 모순된 이곳의 공간을 인식하면서 점차 고립된 민중의 삶의 결을 느끼게 된다. 제도적 차원의 개선에 대한 욕망을 피력하면서도 이 장소가 주는 의미에 대해 내부자의 시선으로 바라보게 되는 것이다. 그럴 때 산복도로의 주민과 산복도로는 인간적인, 너무나 인간적인 실존을 깨닫게 하는 대상임을 알게 된다. 그것은 다음과 같은 시, "차가운 빗방울이 얼굴을 때릴 때마다/ 내 이웃의 따뜻한 손길을 그리워한다"(「이웃사랑」, 『이웃 속으로』, 1989)에서 보듯 인간적인 '이웃의 따뜻한 손길'로 구현되거나, "불 켜도 보이지 않던 그대가 불 끄면 더 잘 보이는 것은/ 그대가 내게 와/ 내 마음에 불을 켜기 때문일까요// …(중략)…// 어두울수록 더욱 빛나는 것/ 불빛이 가닿지 못하는 그곳에/ 그대는 있습니까/ 내가 그대와 함께 있습니까"(「어두울수록 더욱 빛나는 것」, 『길 안의 사랑』, 1993)에서 보듯 '그대가 내게 와 내 마음에 불을 켜'게 됨으로써 '내가 그대와 함께 있'어 교감과 우호의 관계를 형성할 수 있음을 보여 주는 데서 나타난다.

강영환 시인의 이러한 산복도로적 삶의 인식에 대해 시인 최영철은 시집 발문에서 "산동네는 떠밀려 온 자들의 삶이 모여 있는 곳이다. …(중략)… 이런 산동네와 현란한 평지의 중간 지점에 시인은 서 있다. 어느 때 발은 산동네에 가슴은 평지에 놓여 있을 것이며 또 어느 때 발은 평지에 가슴은 산동네를 향하고 있을 것이다. 중간에 서 있는 시인은 고통스럽다. 평지에서 단지 산동네의 삶을 업신여기거나 산동네에서 단지 평지를 동경하는 식의 단선적 사고가 아닌 그 양자의 의식을 껴안거나 그 양자의 의식을 물리쳐야 할 지점에 서 있기 때문이다"(「이웃 속의 시인」, 『황인종의 시내버스』, 1994)라고 말한다. 이는 산동네 주민으로서 살고 있는 강영환 시인의 원심적이면서도 구심적일 수밖에 없는 이중적 심리를 일리 있게 해석한 내용이라 할 수 있다.

이러한 시인의 의식은 산복도로의 삶이 진전될수록 연민의 차원을 넘어 현실적 연대의 길이 무엇인지를 탐색하거나, 이곳을 하나의 성스러운 장소로 인식하는 데로 나아간다. 다음 시편들이 이를 잘 보여 준다.

> 목말라 빈손으로 떠도는 이웃들
> 눈꺼풀 위에서 햇살이 꺼졌다
> 바닥도 없이 진 그늘이 눌어붙었다
> 비를 누가 불러 줄 것인가
> 더 갈 곳 없는 막바지 언덕 위까지
> 끝도 없이 긴 물동이 행렬은
> 흐린 등 뒤 마른하늘에 터벅터벅
> 낙타처럼 걸어 사막에 이를 것인가
> 　　　―「급수차를 기다리며―산복도로 32」(『산복도로』, 2009) 부분

> 나무 대신 집이 서 있는 산이다
> 날카로운 모서리는 서로의 가슴을 피해
> 티끌 없는 하늘가에 닿아 있다

집들로 겹겹이 쌓아 올린 산은

큰 집과 작은 집이 어울려 골목을 만들고

골목은 공벌레처럼 둥글게

지붕과 지붕 사이를 굴러다닌다

느리게 가다 혹은 구불거리며 멋대로

가고 싶은 곳 없이도 이웃을 지었다

…(중략)…

집산 푸른 잿빛이 하늘 가운데 우뚝

닿을 수 없는 높은 불을 켠 밤

이웃들은 낮은 지붕을 걸어서

끝나지 않은 별자리로 갔다

―「집산」(『집산 푸른 잿빛』, 2014) 부분

이 두 편의 시는 산복도로의 삶이 갖는 현실적 고통의 실상과 동시에 그
곳에 대한 장소애적場所愛的 의미에 대해 밝히고 있다. 먼저 「급수차를 기다
리며―산복도로 32」는 산복도로 주민들의 가뭄으로 인한 실제적 고통을 생
생히 그려 내면서 그것을 해결할 수 있는 방법에 대한 고민, 즉 "비를 누가
불러 줄 것인가" 하는 고뇌에 찬 발언을 보여 주고 있다. 여기서 비를 부르
고 있는 것이 단순히 기우의 심정을 말하는 것이 아님은 분명하다. 가뭄이
생길 때마다 급수차를 기다려야 하는 소외된 민중의 삶에 대한 연민과 함께
그것을 해결할 방법을 고민하는 시적 화자의 모습은 차별받는 민중의 모순
을 해결하기 위한 연대적 민중주의의 참여 의식이라 할 수 있다. 그것은 "끝
도 없이 긴 물동이 행렬은/ 흐린 등 뒤 마른하늘에 터벅터벅/ 낙타처럼 걸
어 사막에 이를 것인가"와 같이 민중의 고통을 더욱 생생하게 그리고 있는
것 자체가 구조적 모순에 대해 인식하는 것이자 이를 해결하기 위한 방안은

무엇인가 하는 문제 해결 의식의 발동으로 볼 수 있기 때문이다.

산복도로에 대한 이러한 깊은 애정을 바탕으로 시인은 이 장소가 갖는 신비로운 가치를 발견한다. 그것은 가난한 민중적 삶이야말로 가장 순수하고 정의로운 삶일 수 있다는 깨달음에서 유래한다. 「집산」은 후기 산복도로 시편에 해당하는데, 오래도록 산복도로 연작시를 쓰는 가운데 그 의식의 성숙에 따른 대상에 대한 새로운 의미 부여를 보여 준다. 즉, 산복도로의 공간은 "나무 대신 집이 서 있는 산", "집들로 겹겹이 쌓아 올린 산"으로 "티끌 없는 하늘가에 닿아 있다". 이 '집산'은 "푸른 잿빛"으로 "하늘 가운데 우뚝" 서 있어 영험하기 그지없어 보인다. 그곳 사람들의 마음은 순박하여 "이웃들은 낮은 지붕을 걸어서/ 끝나지 않은 별자리"로 서 있을 수 있어, 참으로 순정하고 아름다운 장소가 된다. 이때 산복도로의 장소와 그곳의 주민들은 성소와 성소에 깃든 천상의 주민들을 상징한다.

이것은 낭만적 관념으로 대상을 후퇴시키는 것에 해당하지 않는다. 이러한 표현은 산복도로라는 장소에 대한 사랑이 깊어짐에 따라 발생한 열렬한 찬미이며 시인이자 인간의 차원에서 대상에 대한 진정한 의미 부여인 것이다. 그래서 강영환 시인은 "산복도로는 라싸로 가는 순례길이다"(「라싸로 가는 길—산복도로 176」, 『달 가는 길』, 2021)로 말할 수 있다. 이는 시인의 영혼에 산복도로의 장소성과 그곳의 주민들이 얼마나 깊이 배어들어 있는지를 증명해 주고 있다. 시인에게 산복도로는 영혼의 심층에 각인되어 있는 절대적 정체성이다.

바다의 수평적 해방과 산의 수직적 초월

강영환에게 바다는 하나의 정신적 방향타로 다가온다. 그가 이전까지 추구했던 민중의 저항적 이데올로기와 산복도로에서 바다를 내려다보며 얻게 되는 해방감이 '바다'라는 소재와 사상의 전개로 나아가게 한다. 원형적 심상 차원에서 바다는 유동과 범람, 즉 금기에 대한 위반의 전복적 상상력을 발생시킨다는 점에서 이러한 진전은 자연스러운 일이라 할 수 있다. 민중의 혁명적 사상과 행동은 바다의 심원함과 파동으로 곧바로 이어진다. 그런 점에서 바다나 파도 이미지에서 강영환이 "날빛 푸른 칼을 차고/ 수심 깊이 잠겨 든다"(「다도해 12」, 『북창을 열고』, 1987)고 민중적 저항성의 상징인 '칼'을 발견하고 있는 것은 상상력의 전개 차원에서 당연한 현상이다.

이런 바다를 소재로 온전히 한 권의 시집으로 묶은 것이 『남해』(2001), 『푸른 짝사랑에 들다』(2003), 『내 안에 파도, 내 밖의 바다』(2023) 등이다. 이러한 바다 이미지가 시인의 세계관과 접맥되어 잘 표현된 작품을 보자면 다음과 같은 것들일 것이다.

섬에 들면 뭍이 그립고
뭍에 오르면 섬이 그리운 것은
내 피가 짜기 때문이다
타는 목에 갈증이 더해졌기 때문이다

지나온 길의 수심이 너무 깊어
발끝은 닿지 않고
끝없이 던져 넣는 내 심장의
흔들림 없는 거대한 침묵 앞에
집어등을 밝히고 섰다

물결 흔들림이 섬을 만들 때
또 한번 솟구쳐 보는 거다
피를 던져 소금을 느껴 보는 거다
미명을 향하여 발정하는 바다
내 안의 섬들이 뜨거워진다
　　　　　　　　—「내 안의 섬들」(『푸른 짝사랑에 들다』, 2003) 전문

그대 사는 마을은 낮은 땅에 있다

몰려가서 출렁이고 싶다

작은 바람에도 가슴을 일으켜 세우던 얼굴은 목마른 길로 돌아온다

거울 속에서 표정을 바꾸며 그네 타는 푸른 요정들

햇살 내리는 날에 하늘에게 한번 웃어 주는 아가다

…(중략)…

꼬리등 밝히고 몰려다니며 물고기 집을 흔들어 깨우고 잠든 풀잎
이다

종내에는 수천의 얼굴로 모여 낮은 눈빛을 주고받으며

빛으로 모여 사는 그대 영토다

　　　　　—「낮은 바다」(『내 안에 파도, 내 밖의 바다』, 2023) 부분

이 두 편의 바다 시는 바다에 대한 그의 인식과 바다가 갖는 상징적 의미
를 잘 보여 주고 있다. 바다가 어떻게 민중적 삶의 관점과 어울려 가는지,
그리고 산복도로에서 보여 주던 장소 사랑에 기반한 성현聖顯의 가치가 어
떻게 접맥되어 있는지를 알 수 있게 한다. 먼저 「내 안의 섬들」에서 보자면,
"섬이 그리운 것은/ 내 피가 짜기 때문이다"에서 알 수 있듯이 바다는 내 피
의 짬, 다시 말해 내 피의 뜨거움('타는 갈증'과도 연관돼 해석된다)과 잇닿아 있
다. 여기서 내 피의 짬이 환기하는 내 피의 뜨거움은 내 피가 갖는 도전과
반란의 정신, 곧 민중의 저항성과 관련된 의미일 것이다. 그런 점에서 시에
서 바다의 속성으로 "물결 흔들림이 섬을 만들 때/ 또 한번 솟구쳐 보는 거
다"와 같은 문장으로 언급되는 표현은 행동으로 분출하는 자아, 다시 말해
억압적 세계와 교조적 관념을 부서뜨리는 혁명적 자아를 표상하는 것이다.
이 시에서 바다는 성난 민중의 힘줄이자 숨결이다. 따라서 바다는 민중의
저항성을 내면화한 상징이자 그 확대다.

이에 비해 「낮은 바다」는 민중의 관점을 유지하면서 바다라는 공간이 갖
는 상징적 가치를 발견하고 있다. 여기서 바다의 정신적, 미학적 가치의 핵

심은 "그대 사는 마을은 낮은 땅에 있다"는 표현에 들어 있다. '낮은 땅'이 뜻하는 것이야말로 민중적 삶의 상징일 것이다. 뭍에서 이런 낮은 것을 상징하는 것이 '풀'임은 두말할 나위 없다. 산복도로에서 바라다본 바다가 바로 이런 심상을 시인에게 불러일으켰을 것이다. 이런 시적 이미지 아래엔 민중적 삶이 추구하는 '해방'의 의미망이 깃들어 있는 것은 분명하다. 그런데 좀 더 찬찬히 들여다보면 산복도로의 삶들이 "이웃들은 낮은 지붕을 걸어서/ 끝나지 않은 별자리로 가"(「집산」)서 성스러운 하늘의 마을이 되듯이, 바다의 삶도 "종내에는 수천의 얼굴로 모여 낮은 눈빛을 주고받으며/ 빛으로 모여 사는 그대 영토"가 되는 성스러운 현상이 발생한다. 시인은 낮은 삶과 낮은 공간이 더 신성하고 아름답다는 역설을 그의 시적 생애로 발견하고 완성해 내고 있는 것이다.

그런 점에서 "내가 처음 바다를 만난 건 초등학교 4학년 때다. 산골 산청에서 태어나 전남 함평에서 여수로 전학 가서 넓고 물 많은 종포 바다와 거대한 쇠배를 처음 만났다. 경이로운 바다에 여름이면 파도에 몸을 던져 온몸으로 바다를 느꼈다. 그 이후 바다는 내 몸에 들어 살기 시작했고 부산에 와서도 바다는 눈을 떠나지 않았다"(「후기」, 『내 안에 파도, 내 밖의 바다』, 2023)는 자전적 고백은 시인이 따뜻하고 순정한 삶을 살려고 함을 알려 주는 지표로 보인다고 해도 이상하지 않다. 바다는 어린 그에게 '경이'로 다가왔고, '몸에 들어' 하나의 정신이 되고 하나의 지향점이 된 것이다.

때문에 그가 바다 시를 쓰는 중간중간 격언처럼 "긴 항해 끝에 닿은 유토피아/ 오래된 뼈를 묻는 어디에도/ 바다보다 더 깊은 집은 없다"(「집」, 『푸른 짝사랑에 들다』, 2003)라고 말하거나, "물결을 탄 생은/ 묻어오는 것이 아니라 찾아가는 것이다"(「나울 너머」, 『푸른 짝사랑에 들다』, 2003), "낯선 내 앞에 파도 소리 질펀하다/ 다음 생은 바다다"(「산정 파도」, 『내 안에 파도, 내 밖의 바다』, 2023) 등의 표현을 통해 바다를 통한 집념과 생의 구원을 노래하는 것은 너무나 당연하고 자연스러운 현상이다. 바다는 순진한 소년을 참된 인간으로 키우고, 시인이 된 그에게 무엇이 이 지상의 삶에서 가치 있는 것인지를 몸

과 마음속에 물질적 감각으로 되새기게 했던 것이다. 강영환 시인의 영혼
은 평생 바다와 한 몸이 되어 일렁이고 있었던 셈이다.

　이러한 바다에 대한 관심은 그의 시적 도정에서 어느 시기에 '산'으로 옮
아간다. 바다가 갖는 개방성과 반란성은 세계가 어느 정도 민중적 삶에 대
한 억압이 완화되는 시점(생각건대 2002년 이후가 아닐까)에 질적 전환을 가질
수밖에 없는 상태에 놓이게 된다. 유동적인 것보다 확고하면서도 초월적인
표상이 되는 대상에 대한 감수성의 확대로 나아가게 된 것이다. 그럴 때 산
이 상상력의 지평에 포착된다. 그에게 산은 장년의 삶의 체계를 상징하는
새로운 좌표로 떠오른 셈이다.

　강영환 시인에게 산은 무엇인가? 시집을 읽어 가면 갈수록 본능에 이끌
려 찾아갈 수밖에 없는 곳으로 그려진다. 특히 지리산을 중심으로 쓰여진
연작시는 산에 대한 애정과 산을 통한 깨달음이 주옥처럼 엮어져 하나의
'산경山經'으로 펼쳐져 있다. 그에게 있어 산 시는 마음의 지향과 수행을 닦
는 법문이다. 이러한 산을 소재로 쓴 시집으로 『불무장등』(2005), 『벽소령』
(2007), 『그리운 치밭목』(2008), 『불일폭포가는 길』(2012), 『다시 지리산을 간
다』(2018) 등이 있다. 이 시집들은 지리산의 역사와 신비와 아름다움에 대한
긴 연작시로 지리산 등반기를 바탕으로 한 하나의 시리즈 시집이다. 긴 시
간 지리산 산행을 하며 느낀 체험을 여러 시집으로 형상화한 것으로 보인
다. 다음 시편들이 이를 잘 보여 준다.

　　　물구나무서고 돌아눕고 속을 뒤집어 봐도
　　　몸을 떠나지 않는 산, 그 산에 가고 싶다
　　　땀에 젖은 내 발자국이 있어서가 아니라
　　　애인 같은 몸 능선에 누워서
　　　서늘한 교태로 불러서가 아니라
　　　그늘의 차가움이 뼈에 사무치는
　　　깊고 깊은 계곡 그 깊이에 섯고

높고 높은 주능 말없이 흘러가는 그

마루금에 빠진 몸이 안달이 나 간다

앉아 있을 수도 누워 있을 수도 없어

목을 죄는 넥타이 벗어 던지고

훌훌 빈손으로 가는 산은

문신으로 새겨진 태초의 그리움 아니면

피에 새긴 오늘의 굶주림이어서

지리산을 안고 지리산을 간다

　　　　　　—「나는 지리산을 간다—서시」(『불무장등』, 2005) 전문

그대 흥미 없는 생에 무너지고 싶다면

흔적도 없이 무너져 훨훨 날아가고 싶다면

남도 지리산 동녘 써레봉으로 가서

세상을 가르는 칼등을 걸어 보라

눈이 상봉을 향하여 갈증을 풀 때 산등은

눈부신 쪽으로 몸을 끌어가려 하느니

왼쪽은 가물가물 햇살 벼랑이고

오른쪽은 푸르고 깊은 수해 빛이다

그곳에는 영원에 쉽게 닿는 길이 숨어 있다

한 번 무너지면 돌아올 수 없는 길 위에서

몸은 스스로 균형을 잡고 가지만

눈에 넣고 가는 상봉이 앞서서

지친 영혼을 손잡고 길을 밝혀 주지 않는다면

몸 스스로는 갈 수 없는 길이다 그렇게

그때 써레봉 가듯 이승을 걸어라

　　　　　　—「써레봉을 넘어서」(『불일폭포 가는 길』, 2012) 전문

이 시들은 산을 좋아할 수밖에 없는 운명과 필연에 대해 이야기하고 있다. 이 시들에서 시인은 비로소 자신의 이번 생애의 의미와 실존에서 비롯된 제 존재성의 감각을 사색한다. 산은 시인에게 자신의 존재성을 비롯한 세계의 모든 본질에 대해 성찰하게끔 하는 장이다. 이를 「나는 지리산을 간다─서시」에서 살펴보자면, 시적 화자는 지리산에 가는 이유를 "문신으로 새겨진 태초의 그리움 아니면/ 피에 새긴 오늘의 굶주림이어서/ 지리산을 안고 지리산을 간다"고 발언하고 있다. 이 내용은 앞의 시구절들이 보여주는 전제들의 대비에 의해 그 의미가 구성되는데, 즉 "땀에 젖은 내 발자국이 있어서가 아니라", "서늘한 교태로 불러서가 아니라," "깊고 깊은 계곡 그 깊이에 젖고/ 높고 높은 주능 말없이 흘러가는 그/ 마루금에 빠진 몸이 안달이 나 간다"에서 보이는 것처럼 '피상과 미혹'이 아니라 '심원과 장대' 때문에 간다는 것을 가리킨다. 곧, '문신으로 새겨진 태초의 그리움'과 '피에 새긴 오늘의 굶주림'은 지리산에 가게 하는 이유로서 우주와 인간의 기원에 대한 호기심, 그리고 오늘을 살아야만 하는 내 존재성의 특이성을 성찰해야만 한다는 의미일 것이다. 이는 나를 비롯한 이 세계의 본질에 대한 궁극적 관심을 채우기 위해 산을 발견하게 되었고, 산행을 통해 이를 수행하고 있다는 말이 된다.

그런 섬에서 "모든 길은 산으로 통한다"(「산 가운데에서─중산리」, 『불무장등』, 2005)는 말은 너무나 당연한 깨달음의 발언이다. 이런 깨달음의 확대가 「써레봉을 넘어서」에 잘 나타나고 있다. 이 시에서 시인이 말하고자 하는 바는 "눈에 넣고 가는 상봉이 앞서서/ 지친 영혼을 손잡고 길을 밝혀 주지 않는다면/ 몸 스스로는 갈 수 없는 길"이라는 표현에 있다. 산을 통한 자아의 수양과 수행이 있지 않고서는 올바른 삶을 살아갈 수 없다는 각성의 표현이다. 이때 산은 '영원에 쉽게 닿(게 하)는 길'로서 인간으로 하여금 자신의 수행을 비추고 닦게 하는 경전이다. 이러한 인식은 상당한 삶의 연륜이 있지 않고서는 할 수 없는 말이자, 보다 지고한 가치와 세계에 대한 갈망이 없고서는 내지를 수 없는 말이다. 즉 존재의 영적 초월에 대한 서원이 깃들어 있지 않고서는 그러한 대상과 생각에 이를 수 없다는 뜻이다.

　그런 점에서 산 시는 자신의 삶에 대한 정리이자 새로운 삶에 대한 구도의 표현이다. 바다 시처럼 산 시도 자연스럽게 격언이나 잠언의 형태가 솟구친다. 가령, "힘들여 오르는 산길에/ 앞선 발자국을 밟아 걷지 말라/ 비틀거린 흔적에 네가 빠지리라/ 내게는 나의 길이 있고/ 네게는 너의 길이 따로 있으니/ 무심히 따르면서/ 내 발자국을 깊이 밟지 말라"(「발자국 하나—왕등재」,「벽소령」, 2007)에서 보듯 삶의 주관을 강조하거나, "어쩌랴 일곱 신선을 높이는 운해에 들어/ 한신골 넘쳐 나는 해방을 삼키고 말았으니"(「내 마음의 산—지리산」, 「그리운 치밭목」, 2008), "하늘과 산이 나눠 가진 조망이/ 길을 이끌어 속세를 떠나게 한다/ 지친 나를 무너뜨려/ 하늘에 걸어 놓은 길이다"(「하늘에 걸어 놓은 길—벽소령」, 「다시 지리산을 간다」, 2018)에서 보듯 산이 우리에게 주는 미적 덕목이 '해방'과 '하늘에 걸어 놓은 길', 즉 '초월'임을 조곤조곤 일러 준다. 세속적 삶의 허망과 피상적 현상에 사로잡혀 사는 것이 얼마나 덧없고 무의미한지를 산 시들은 존재의 본질적 차원에서 말해 준다. 그래서 시인은 "써레봉 가듯 이승을 걸어라"라고 단언할 수 있고, 이를 게송 읊듯이 노래할 수 있게 되는 것이다.

　깨달음의 현상은 구체적 현실 속에서는 막연하게 적용되거나 다른 사람들에게 이해되지 않을 수 있다. 그러나 직관의 영역에서 어떤 말들은 아무런 설명을 달지 않아도 즉각적으로 감득되기도 한다. 강영환 시인의 최근 시에서 보이는 다음 구절이 바로 그런 경우가 아닐까? "서두르지 않는 수녀는/ 젖은 길에 남겨 둘 발자국이 없어도/ 등 뒤에 마른 길을 불러다 놓고/ 그림자 없이도 강을 건넌다"(「길 건너는 수녀」, 「누구나 길을 잃는다」, 2021)의 시 내용이 그렇다. 장마 중에 횡단보도를 건너는 노수녀의 모습을 우리는 일상 속에서도 언제나 볼 수 있다. 문제는 이 시의 시적 화자는 노수녀가 건너는 횡단보도의 현장에서 보통 사람이 볼 수 없는 '등 뒤에 마른 길을 불러다 놓고/ 그림자 없이도 강을 건너'는 모습을 발견해 내고 있다는 사실이다. 이 시의 주제는 삶의 여러 무게를 다 내려놓고 초연히 자신의 존재성을 거두어들이는 수녀님의 정신적 경지, 그것을 꿰뚫어 보는 시적 화자의 공감 능력에 있다. 이것은 가히 자신의 삶과 존재성을 완전하게 이루어 내는 '초월적 경지'를 말하는 것이 아닐까?

한 시인의 생애를 따라오다 보면 인식의 깊이와 넓이가 조금씩은 깊어지고 넓어지는 것이 당연할 것이다. 그러나 그 시인이 어떤 관점과 물질에 반응하여 자신의 존재성을 전개해 갔는지가 그 시인의 특이성으로 언급될 만한 사항일 것이다. 강영환 시인은 자신의 존재성이 민중에 있다고 생각하여 저항적 관점에 기반한 세계 인식을 처음부터 선보였고, 이를 자신의 실존적 장소가 되는 '산복도로'의 장소성과 주민을 통해 심화·발전시켰다고 할 수 있다. 그리고 이러한 세계관은 원형적 차원에서나 물질적 차원에서 같은 상상적 의미를 가진 '바다' 이미지를 통해 전개되었고, 그 과정에서 바다라는 물질성을 통해 '해방'의 의미를 더욱 궁리해 냈다고 볼 수 있다. 그러나 보다 확고하고 초월적 대상인 '산'의 심상을 통해 상상력의 질적 전화를 꾀하게 되었고, 이로써 존재의 본질에 대한 성찰과 함께 초월적 삶의 지평에 대한 구도적 자세를 추구하게 되었다고 말할 수 있다. 이러한 강영환의 시적 세계를 정리하자면 '칼의 정신과 초월 의지'로 집약할 수 있을 것이다. 그러므로 강영환의 시는 현실적 존재의 파동과 울림을 여실히 드러내는 감광지이면서, 보다 나은 삶과 존재에 대한 끝없는 탐색을 추구하는 상상화인 셈이다. 강영환 시인의 생애와 그의 시는 우리 인간의 보편적 꿈과 고뇌를 대변하는 장대한 파노라마라 할 것이다.

민중의 삶에 대한 관심과 저항적 현실주의

가을의 존재론
—이재무 시의 의미

가을이 컹컹 짖고 있다

—「만추」부분

하나의 강렬한 이미지가 존재를 변환시킨다. 이번 이재무 시인의 시집을 읽다가 마음을 뒤흔드는 시구 앞에서 하루가 어떻게 흘러가는지도 모르게 쩔쩔맨다. 스산한 바람이 불어온 듯 소름 돋은 살갗으로 한나절이, 한 계절이, 한 생애가 어떻게 저물었는지도 모른 채 떨고 있는 것 같다. 삶이 문득 처연해지고 애틋하다는 생각이 든다. 시가 이렇게 나의 마음을 흔들 수 있구나. 좋은 이미지가 깊은 울림을 주어 존재를 변환시킨다는 G. 바슐라르의 말이 바로 이와 같은 경우일까? 시인은 어떤 감정을 가졌기에 저와 같은 표현을 쓰게 되었을까? 여러 생각이 뭉게뭉게 피어오른다. 해소될 길 없는 생각의 첩첩함!

시인이 이 제목을 사용한 까닭에 대해서는 짐작된다. 이미 다 무르익어 조락凋落만 기다리는 늦가을, 절정이 지나간 뒤의 쓸쓸함과 아련함이 감도는 시간을 만추晚秋라고 본다면 자신의 현실적 삶이 그와 같다는 의미일 것이다. 시인도 이제 예순을 넘은 나이가 주는 감각에 의해 "가을도 인생도 저물어 깊어지면 그새 길어진 산 그림자 홑이불 되어 마을을 덮어오지"라고 '저물다'와 같은 낱말과 관련지어 가을 이미지를 쓰고 있다. 문제는 그 가을의 감각을, 저물고 기울어 가는 느낌을 개 짖는 소리인 '컹컹 짖는' 소리에 빗대고 있다는 점이다. 무엇이 시간적 이슥함에 해당하는 저묾을 컹컹 짖는 소리로 형상화하게 하였을까?

　가을을 짐승에 빗대는 존재론적 은유의 사용 자체도 놀라운 것이지만, 시각의 청각화라는 공감각적 심상에서 발생하는 감각적 전이의 기이함은 말로 다 설명할 수 없는 놀라움과 황홀함을 주고 있다. 기법이 주는 기이함뿐만 아니라 이 시의 배경이 될 수 있는 감각적 체험 또한 놀라움과 신선함을 더욱 부추기고 있다. 이런 점은 이재무 시인 고유의 시작법에 의해 특이성이 드러난 부분이라 해도 좋을 것이다. 시적 정보에 해당하는 감각에 대해서는 시인의 성장과 관련된 농촌 체험 속에서의 저묾, 즉 저녁의 심상이 개 짖는 소리와 연관되어 있다고도 해석해 볼 수 있다. 실제 우리 유년의 감각 속에는 어둠이 깃드는 들녘과 함께 굴뚝에 피어오르는 밥 짓는 연기, 그리고 들일을 마치고 돌아오는 식구들, 그들을 향해 사립문 밖까지 나와 반갑게 맞이하는 개 짖는 소리 등이 하나의 영상으로 맺혀 있다. 그런 정도에서 저녁과 가을이 갖는 조락의 감각을 개의 울음소리로 대치했다고 보아도 괜찮을 것이다.

　그렇지만 이 시구절이 주는 감각은 무엇인가 더 있는 것 같다. 그러한 느낌은 가을이 행위의 주체가 됨으로써 가을이라는 풍경이 하나의 생명체가 되어 '짖는', 즉 저묾이라는 시간과 공간의 가을 풍경이 시적 화자에게 큰 소리로 뭐라 말을 건네는 느낌을 받는 데서 발생한다. 쓸쓸한 가을 풍경이 보는 것에서 그치지 않고 보는 이의 마음을 울리게 하는 소리로 변하여 일상의 권태에 절어 무미건조하게 살아가는 사람들을 후려쳐 깨우는 듯한 느낌이 들게끔 하고 있는 것이다. 생각해 보면, 가령 만추의 표상이라 할 수 있는 울긋불긋한 단풍은 무심하게 살아가는 우리들에게 불현듯, 정말 갑작스레 눈에 툭 튀어나와 세월이 벌써 이렇게 되었나 하는 놀라움을 줄 때가 있는데, 그때 늦가을의 풍경은 무심한 세월 속에 흘러가는 우리들을 정신 차리게 하는 죽비 소리와 같은 것이라 할 수 있다. 그런 상황에서의 가을 풍경은 일상적 감각에 매몰된 우리를 깨우기 위해 말을 건넨다고 볼 수 있다.

아니면 이 구절은 가을이 입을 벌리고 이제 너의 청춘은 끝났다라고 하며 잔인한 깨우침을 내리는 듯도 싶고, 곧 겨울이 오는 추위의 차원에서 이제 쓸쓸한 노년의 삶 이후를 준비하여라 하는 말을 "컹컹" 짖는 음산한 울음소리로 예감해 주는 듯도 싶다. 설명할수록 시의 감흥을 떨어뜨리는 감이 있지만 말로 다 풀이할 수 없는 여운과 신비가 남는 것은 사실이다. 다시 말해 이 시구절은 읽는 우리에게 쓸쓸함과 불안함, 애틋함과 아련함, 스산함과 애통함 등의 여러 감정을 복잡하게 환기해 낸다. 그렇지만 그 어떤 감정이라도 그것은 저묾, 즉 늙어 감에 따른 감회로 수렴된다는 점에서 이 시구절은 노년의 실존적 감각, 존재론적 차원에서 노년이라는 인생의 한 국면을 표상해 내고 있는 것은 틀림없다.

이재무 시인에게 이 주제가 이번 시집의 가장 중요하고 첨예한 시적 대상이 되고 있다는 점은 놀라운 일이자 안타까운 점이라 하지 않을 수 없다. 청춘의 정열과 세계의 불의에 대한 저항으로 치열하던 시인에게도 이제 시간의 무게가 저렇게 켜켜이 내리쌓여 삶의 스산함과 쓸쓸함이 짙게 풍겨 나오고 있기 때문이다. 그러나 그 스산함 속에 번득이는 맥동이 느껴짐은 아직 이재무 시인의 기질적 특성이 살아 있다는 반증으로 여겨져 다행이라는 생각이 들게 한다. 이에 우리는 늙어 감을 숙고하여 제 나름의 독특한 이미지로 제시하는 시인의 의식의 결을 제 존재의 실감으로 느끼고 알기 위해 이재무 시인이 그리는 시적 풍경 속을 좀 더 에둘러 보아야 할 것이다.

노년의 존재론, 그 위로와 혜안

모든 사유의 끝은 존재에 대한 성찰로 이어진다. 그것도 '나'라는 존재는 무엇인가 하는 자아 성찰이 중심 화두가 된다. 이재무 시인의 이전 시에서도 그런 점이 계속 있었지만 이번 시집은 환갑이라는 나이를 겪으면서 느끼는 감회, 특히 한 생의 매듭을 지을 나이가 되었다는 생각에서 비롯된 의식이 중심 요소로 작용함으로써 남다른 느낌을 갖게 한다. 존재론적 사유는 그 어느 시기에도 가능하지만 생의 전환기에 그 깊이에 대한 감각이 남다르다는 점에서 이번 시집에서 보여 주는 시인의 사유는 예사롭지 않은 것이다. 삶의 무상함, 혹은 죽음이라는 존재의 멸절에 대해 보다 실감할 수 있는 이 시기의 자아 성찰은 이전 시에서는 볼 수 없는 깊은 그림자를 드리우며 노년이라는 시간이 갖는 존재론적 사유와 슬픔을 드러내고 있다. 다음 시편들이 이를 잘 보여 준다.

> 인간 이재무는 아버지 이관범과 어머니 안종금 사이에서 태어난 육 남매 중 장남이다.
>
> 이재무는 시를 쓰고 출판 일을 하는 사람으로서 지금 사무실에 와 있다.
>
> 하나의 '이다'와 수백 개의 '있다'로 구성된 존재가 지금의 '나'이다.
>
> ―「실존주의」 전문

> 태어나 말 배운 뒤
>
> 엄마를 반대하다가
>
> 코 밑 수염이 생겨난 뒤로
>
> 아버지를 반대하다가
>
> 신발의 문수

바꾸지 않게 된 뒤로부터

독재를 반대하다가

배 불룩 나온 뒤로부터

아내를 반대하다가

나 어느새 머리칼

하얀 중노인이 되어버렸다

―「일생」 전문

　이번 시집에서 가장 중요한 의식 중 하나를 들라면 바로 「실존주의」에서
보이는 "하나의 '이다'와 수백 개의 '있다'로 구성된 존재가 지금의 '나'이다"
의 '지금의 나'라는 인식이다. 지금의 '나'는 아버지와 어머니의 자식으로 태
어난 것도 중요하지만, "시를 쓰고 출판 일을 하는 사람으로서 지금 사무
실에 와있"는 실존적 삶의 특성으로서 현존의 의미를 드러내는 것이 더 중
요하다는 인식을 보여 준다. 그것은 일정한 삶을 살아 낸 역사적 실체로서
현재의 '나', 즉 태어나 자라면서 삶의 어떤 의미를 일정하게 실현한 주체
로서의 '나'를 중시한다는 의미다. 그런 점에서 '지금의 나'는 자신이 세상
속에 드러내 보일 수 있는 '의미 있는 나'이자, 세상 사람들이 인정할 수 있
는 일정한 '사회적 의미가 부여된 나'다. 이 '나'에 대해서 시적 화자는 일단
그의 탄생과 성장, 활동과 가치 실현 등으로 미루어 의미 있는 존재로 태
어났고, 가치 있게 살았다고 보고 있는 것이다. 객관적이고도 긍정적인 자
기 인식이다.

　그러나 나이 든 사람으로서 행하는 자아성찰과 관련된 사색은 늘 존재

의 결핍이 문제시된다. 「일생」은 제 삶의 과정이 '반대'로 압축된 실천적 행위로 일관되어 일정 부분 삶의 의미를 획득하였지만, "나 어느새 머리칼/ 하얀 중노인이 되어버렸다"에서 볼 수 있듯이 그 어떤 의미도 퇴색하고 마는 '머리칼 하얀 중노인'의 쓸쓸한 존재가 되고 말았다는 서글픔을 토로하고 있다. 이것은 존재의 필연성 차원에서 발생하는 늙음의 문제에 대한 탄식이다. 이러한 존재의 무상함에 대한 감상이나 인식은 이번 시집에서 "작년에도 재작년에도 오 년 전,/ 십 년 전에도 간이역을 지나가는 급행열차처럼/ 나를 빠르게 가을은 지나쳐갔네"(「간이역처럼」)로 나타나기도 하고, "나이 드니 흘리는 일 많아졌다/ 물을, 커피를, 술을, 밥알을/ 눈물과 땀과 피를/ 안경과 지갑과 여권과 가방을/ 술 취한 날은 옷을 흘릴 때도 있다// … (중략)… //기억을, 내 안의 너를/ 정신 줄을 놓치고/ 생을 찔끔, 찔끔 흘리며/ 망각의 텅 빈 포대 자루가 되어간다"(「흘리다」)로 표현하여 삶의 서글픔으로 나타나기도 한다.

그러나 이재무 시인에게 늙음은 후회나 한탄의 대상은 아니다. 가장 정열적이면서도 역사적인 치열성을 가지고 청춘을 보냈으니 늙어 감 자체를 긍정적으로 여기고 있거나, 보다 고차원적으로 삶을 이해해 가는 과정으로 여기는 것이다. 다음과 같은 시가 이를 말해 준다.

옥수수빵, 몽당연필, 도시락, 사이다
교련복, 국기 하강식, 대한뉴스
장발, 통기타, 생맥주
중동 건설, 아파트, IMF 등속
참으로 숨 가쁘게 살아온
친구여, 노래 한 곡 들으시게나
나무가 피우는 꽃은 모두가 젊다네
고목이 피운 꽃으로도 벌과 나비는 날아든다네
아침에 태어나 저녁에 죽는 그늘처럼

우리는 날마다 생의 부활을 살아가세나

친구여, 더운 술 한 잔 받으시게나

—「58년 개띠를 위한 찬가」 부분

어릴 적엔 침과 콧물을 자주 흘리고

청년 때는 연애와 시대를 핑계로 눈물을 흘리고

나이 드니 정신을 흘리는 일이 많아졌다

흘리는 일은 나를 빼앗기는 일

그러나 텃밭에 물 주러 가는 아낙이

무심결에 흘린 물 때문에

가뭄 타던 잡초들이 기쁘게 살아나듯

흘리는 일은 때로 거룩하기도 한 일

—「흘리다」 부분

이 두 편의 시는 모두 현재의 나이, 즉 노년에 해당하는 연륜을 의식한 상태를 시적 대상으로 삼아 늙음이 결코 부끄러워하거나 감출 것이 아님을 표현하고 있다. 「58년 개띠를 위한 찬가」는 60의 나이를 넘긴 "참으로 숨 가쁘게 살아온/ 친구"들에게 주어진 역사적 책무를 다하였기에 기죽지 말고, "아침에 태어나 저녁에 죽는 그늘처럼/ 우리는 날마다 생의 부활을 살아가" 는 존재로 당당할 것을 주문하면서 동시에 그들의 쓸쓸한 현재를 위로하고 있다. 이것은 이 나이의 삶에 대해 긍정하고, 자신의 역사적 존재로서의 삶이 가치 있음을 주장하는 것이다. 그런 점에서 비록 조금 애수 어린 목소리로 생물학적 나이와 늙음에 대해 안쓰러워하는 연민의 마음을 담고 있지만, 사회적 기피나 홀대에 대해 주눅 들 필요가 없다는 위로의 말이 더 중요한 메시지로 전달되면서 보는 이의 마음을 매우 따뜻하게 녹여 주고 있다.

이 점은 「흘리다」에서도 일관된 관점으로 나타나지만 이 시에서는 한 발 더 나아가 늙는다는 것이, 즉 "흘리는 일은 나를 빼앗기는 일"로서 "때로 거룩하기도 한 일"이 되기도 함을 역설하고 있다. 늙는 것은 잘 흘려 나를 잃어버리는 것으로서 빼앗기는 것이 되지만, 그것은 보다 큰 틀로 보자면 나의 경직된 일면을 포기하여 보다 큰 전체에 합일하여 가는 것, 그리하여 마치 물을 흘려 "가뭄 타던 잡초들이 기쁘게 살아나"게 하듯 모든 존재들의 화합과 구원의 실마리가 될 수도 있다는 것을 일깨워 주고 있다. 늙음의 자리가 폐기와 외면의 자리가 아니라 상생과 구원의 자리로 매겨질 수 있다는 인식은 보다 큰 시야에서 삶과 존재를 바라보는 것에 해당한다. 그렇기에 이것은 세속적 관점에서 바라볼 때 매우 놀라운 역설적 인식이다. 시인이야말로 세속적 가치에 저항하여 생명적 가치, 천상적 가치에 주목하여야 하지 않겠는가.

이러한 관점에 서 있음으로 인해 이재무 시인에게 나이 듦은 부정과 퇴색의 대상이 될 수 없다. 나이 들고 오래 사는 것은 보다 큰 세계로의 이행이자 인식의 확장이다. 그런 점에서 "나무도 한 삼백 년 살면 한 권의 두꺼운 사상이 되고 철학이 된다 더 오래 한 천 년 살면 종교가 된다"(「고목」)라는 잠언적 경구는 삶과 존재에 대한 깊은 사유의 끝에 나오는 것으로 볼 수 있다. 태어남과 죽음을 한 쌍으로 하여 늙어 감이 갖는 '경륜經綸', 즉 세상을 바라보는 철학이나 종교가 결국 늙음이 갖는 통찰이나 혜안이라는 인식을 가짐으로써 노년의 존재론이 인생의 국면에서 아주 중요한 실존적 장이 됨을 보여 주는 것이다. 이런 관점에 와서 보자면 앞의 "가을이 컹컹 짖고 있다"는 이미지는 결코 스산한 것만은 아니다. 오히려 저물 무렵 사립문 밖에까지 나와 컹컹 짖어 줌으로써 어둠에 물들어 가는 존재들이 나아가야 할 방향을 가르쳐주거나 생명의 온기를 느끼게끔 해 주는 따뜻한 이미지일 수도 있는 것이다. 울림이 강한 이미지는 해석의 다양성을 기다리며 의미의 풍부성을 그 안에 깊이 쌓아 두고 있다.

삶에 대한 깨달음과 반성 의식

존재에 대한 성찰은 자신의 삶에 대한 성찰과 떼려야 뗄 수 없는 관계를 가진다. 자기에 대한 사유는 자기에 대한 의식을 넘어 점차 자신을 둘러싼 실존적 현실에 대한 의미 파악으로 나아간다. '나'란 존재는 결코 독불장군으로 존재하는 것이 아님을 깨달으며 관계 속의 나에 대한 탐구와 함께 여러 사회적 관계를 잘 유지하는 나이기를 바라는 형태로 의식을 진전시켜 나가는 것이다. 그것은 결국 존재에 대한 성찰이자 삶에 대한 성찰이다. 노년의 존재론에 대한 사색은 노년에 이르기까지의 나의 삶에 대한 사색일 수밖에 없는 것이다. 이것을 잘 보여 주는 것들이 다음 시편들이다.

> 나는 60년째 집으로 돌아가고 있는 중이다. 아직 저 멀리 돌아갈 집
> 은 아득하지만 점점 더 가까이 다가가고 있는 것만은 확실하다. 집
> 에 당도할 때까지 울지 말아야 한다. 울음은 집에 가서 울도록 하자.
>
> ─「귀가」 전문

> 새에게 덤불은 얼마나 아늑한가
>
> 바람과 비와 눈을 피할 수 있는 곳,
> 번철처럼 타오르는 햇빛과
> 바늘처럼 아픈 추위를 막아 주는 곳,
>
> 집을 지어 알을 낳고 새끼를 치며
> 슬플 때 즐거울 때 노래를 부를 수 있는 곳,
> 이른 아침 이슬로 목을 축이고
> 한밤중 달빛을 덮고 잠을 자는 곳,

새에게 덤불은 얼마나 아늑한가

내가 한 마리 새로 세상을
주유할 때 먼 곳에서 자주 떠올리는
덤불 같은 집은 얼마나 아늑한가

—「덤불에 대하여」 전문

두 편의 시는 이재무 시인이 깨달은 삶에 대한 생각을 드러내 주고 있다. 「귀가」는 삶 자체가 "나는 60년째 집으로 돌아가고 있는 중"이라는 표현을 통해 '돌아감'의 과정이라는 것을 보여 준다. 삶이 곧 돌아감이라는 인식은 우리가 일상적 삶에서 중요하게 여기는 속도나 경쟁, 효율이나 목표의 의미를 다시 한 번쯤 생각하게 하는 발상이다. 시에서 이 돌아감과 함께 중요한 의미의 시어는 "돌아갈 집"이다. 집은 가족이 기다리고 있음으로 인해 휴식과 재충전이 보장되는 안락한 공간이다. 삶의 끝에서 마주할 수밖에 없는 죽음, 즉 탄생에 맞물려 있는 죽음은 다시 탄생의 공간으로 돌아가게 됨에 따라 결코 쓸쓸하거나 허망한 것이 아니라 가족이 기다리고 있는 집과 같은 것으로 존재의 휴식과 재충전의 공간이 됨을 암시하고 있다. 따라서 그 집에 도착하여 울음을 울겠다는 시적 화자의 다짐은 존재의 소멸에 해당하는 죽음의 순간에서야 진정한 존재의 표지로서의 '울음'을 드러내겠다는 역설적 인식을 보여 주는 것이다. 이러한 인식은 일상적 관점에 서 있는 사람으로서는 쉽게 이해할 수 없는 부분이다. 그러나 그러한 언명이 얼마나 삶의 소멸이 가져다주는 공포와 쓸쓸함에 대해 위안이 되고 밝은 지혜가 되는가 하는 점을 느끼게 한다.

그러한 차원에서 「덤불에 대하여」도 따뜻하게 존재의 가슴을 적시는 작품이라 할 수 있다. 표면적 차원으로 볼 때 덤불로 표상된 집은 '새의 집', 혹은 세상에 존재하는 '나의 집'을 뜻한다. 그 집이 가족들의 거처로서 따뜻한 생의 위안과 평화가 되었을 것임을 넉넉히 짐작할 수 있다. 현존재의 외로움을 달래 주는 기억 속의 집은 따뜻하고 부드러운 덤불 이미지로 형상화되어 구체성과 진정성을 충분히 담아내고 있다. 그러나 이 시의 덤불 집을 존재를 구원할 공간에 해당하는 것으로 본다면 결국 「귀가」에서 말하는 '돌아가야 할 집'의 의미를 가진다. 그것은 유년의 집이기도 하지만 근원적 차원에서 존재가 끝내 돌아가야 할 죽음의 공간이다. 시인 이재무에게 죽음이 이렇게 안온하고 부드러운 형태로 그려지고 있다는 것은 놀라운 일이다. 이 지점에 와서 '가을이 컹컹 짖는다'의 이미지는 스산함을 넘어 오히려 생명의 충일함이 넘실대는 이미지로 생각해 볼 수 있다. 근원에서 떨어져 나간 존재들에게 본질로 돌아오라는 메시지로 그 가을의 정경과 청각적 감각을 풀이한다면 그 이미지의 결은 매우 생동감 있는 것으로 볼 수 있는 것이다.

　삶에 대한 깨달음은 현실적 삶의 반성으로 곧잘 이어진다. 이재무 시에서 삶에 대한 반성은 삶과 죽음이라는 하나의 주기적 과정을 전체로 바라보게 됨으로써 발생하는 거시적 안목을 통해 이루어진다. 삶 그 자체에 매몰된 상태에서 빠져나와 보다 우주적이고 총체적인 관점에서 삶을 바라보려는 의지의 태도이기도 한 것이다. 다음 시편들이 바로 그와 같은 경우가 아닐까.

　　새삼 두 손을 번갈아 바라본다

　　참 죄가 많은 손이다

　　여자 손처럼 앙증맞은 이 손으로 나는

　　얼마나 큰 죄를 저질러 왔던가

　　불의한 손과 악수를 나누고 치솟는 분노로

　　병을 깨고 멱살을 잡고, 음흉하게 돈을 세고

　　거래를 위해 술잔을 잡고

　　쾌락을 위해 성기를 잡고, 잡아 왔던가

　　왼손이 한 일을 속속들이 알고 있는 오른손이

　　물끄러미 내 얼굴을 바라다본다

220

펼친 손에는 내가 걸어온 크고 작은 길들이

지울 수 없는 금으로 새겨져 있다

—「손」 부분

겨울밤이 길어 지은 죄를 지우고

다시 죄를 쓴다

겨울밤은 반성하기 좋은 밤이고

죄짓기 좋은 밤이다

겨울밤이 깊어갈수록 죄도 투명해진다

나는 악인이었다가

천사였다가 쫓는 자였다가

쫓기는 자가 된다

몸으로 지은 죄를 머리로

벌하고 머리로 지은 죄를

몸으로 지우는 겨울밤은 깊고 길다

—「겨울밤」 부분

　나이 든 사람으로서 자신을 조금도 가리지 않고 담담하고 담백하게 드러
내 보여 준다는 점에서 아름다운 작품이다. 모두 현실적 삶에서 열심히 산
다는 것이 어찌 보면 죄를 짓는 것이 되지나 않았을까 하는 점을 반성하고
있다. 「손」에서 시적 화자는 지금의 나이에 이르게 됨으로써 "새삼 두 손을
번갈아 바라"보게 된다. "새삼"이 갖는 의미는 일상적이고도 세속적 삶의
상태에서 일정 부분 벗어나게 되었다는 표지다. 그때 일상적 행위를 열심
히 살아 낸 손은 "참 죄가 많은 손"이 된다. "여자 손처럼 앙증맞은 이 손으
로" 현실적 삶을 잘 산다고 하였지만 보다 큰 차원에서, 생의 진실을 알게
된 나이에서 바라보면 자신의 손은 "얼마나 큰 죄를 저질러 왔던가"라는 탄
식의 대상이 되는 것이다. 그 죄의 역사에 대한 "펼친 손에는 내가 걸어온

크고 작은 길들이/ 지울 수 없는 금으로 새겨져 있다"는 인식은 처절한 자기 반성이자 치열한 운명 갱신의 의지다. 반성은 자신의 잘못에 대한 비판을 통해 갱신의 세계로 나아가고자 하는 의지이므로 이러한 반성 의식은 삶에 대한 진정한 깨달음의 세계로 나아가고자 하는 소망의 다른 표현인 것이다.

이러한 해석은 「겨울밤」의 내용 풀이에도 그대로 적용될 수 있다. 이 시에서 시적 화자는 자신의 삶 가운데 의식적, 무의식적으로 저질렀을 죄에 대한 깊은 회한과 고통에 싸여 있다. 시적 배경이 되는 "겨울밤"은 봄, 여름, 가을이라는 시간대를 지난 것이라는 점에서 인간으로 치자면 노년의 시간대에 해당한다(이재무 시에서 가을과 겨울은 같은 값어치를 지닌 시간적 관념이다). 이 시 역시 나이 들게 됨에 따라 발생하는 인식의 확장으로 의식 없이 살았던 삶 속에서 발생했을 자신의 죄에 대해 고통스러워한다. "몸으로 지은 죄를 머리로/ 벌하고 머리로 지은 죄를/ 몸으로 지우는 겨울밤은 깊고 길다"는 표현은 자신의 삶의 첩첩함뿐만 아니라 죄를 짓고 살 수밖에 없는 인간 존재에 대한 깊은 탄식이 깔려 있다. 존재론적 차원의 고통과 함께 성숙의 감각을 제공하는 이 시는 늙어 감이 과연 인간에게 무엇인가 하는 근원적 질문을 하게 만든다.

이러한 반성적 인식을 통한 생의 성숙은 "아, 나는 너무 쉽게 열리고 닫히는 서랍이었다"(「서랍에 대하여」)라며 한편으로 인색하면서도 한편으로 가벼웠던 자신의 삶을 반성하게 하고, "예순한 살,/ 그러니까 나는 엄니의 배속을 나와 육십 년째 형을 살고 있는 셈이다. // 형기를 마치고 출옥할 년도를 나는 모른다"(「종신형」)라는 문장으로 삶 그 자체가 형벌일지도 모른다는 생각을 가져 보게 한다. 이러한 반성과 깨달음은 삶의 참된 지향으로서 길이 무엇인지를 나이 듦에 따라 좀 더 실감으로 느끼게 되었다는 뜻이자, 이제 세속적 · 물질적 욕망에서 좀 더 자유로워지고 초연해질 수 있어 존재의 본질에 집중하게 되었다는 것으로 풀이해 볼 수 있다.

의인관적 세계관과 영혼 정련

　시의 본질은 세계의 의인화에 있다. 참된 존재의 궁극적 지향은 신성의 회복에 있다. 이재무 시인이 추구하는 노년의 존재론은 놀랍게도 시적 세계관과 존재의 성화聖化가 행복하게 맞물리는 데에 있다. 시적 세계관이 사물에게 인격을 부여하여 신성을 획득하는 것이고 존재의 궁극은 자연적 사물과 하나가 됨으로써 영원한 존재가 되고 싶은 것이라면, 이 둘은 이재무 시에서 행복한 화학적 결합을 할 수 있고 실제 그렇게 하고 있다. 이렇게 볼 수 있는 근거는 이재무 시에 나타나는 시적 사고가 상당 부분 삶의 쓸쓸함에 토대를 둔 상태에서 이 세계에 대해 깊은 애정을 보여 주고 있기 때문이다. 특히 인간의 세속적 욕망이나 편협한 이성적 인식을 걷어 내고 세계와 하나가 되고자 하는 의식은 시적 대상과 자신을 맑게 정화시켜 생의 활기로 가득 차게 한다. 그때 노년의 삶은 활기와 가치로 충만한 빛나는 삶의 한 부분이 된다. 다음 시편들이 바로 그런 경우를 보여 준다.

　　이번 주말에는 시외로 나가 들판에 서서 큰 소리로 출석을 부르려
　　한다

　　매화 개나리 쑥 나싱개 원추리 산수유…… 네 네 네 네
　　저기 진달래는 좀 늦을 거예요 갸는 항상 수업 도중에 헐레벌떡 불
　　그죽죽한 얼굴로 달려오잖니 자자, 그럼 열 맞춰 봐요 너무 떠들지 말
　　고 쑥아, 넌 나싱개 그만 좀 괴롭히렴 종달새들아 너희들 저리 가서 공
　　놀이하면 안 되겠니?

　　봄날이 왁자지껄 시끌시끌 반짝이겠지
　　　　　　　　　　　　　　　　　　　　　─「출석부」 전문

늦은 밤 집에 들어와 벽을 더듬어 스위치를 올리면, 물샐틈없이 방
안 가득 빼곡하게 들어차 있다가 화들짝 놀라 소리 없이 비명을 지르
며 순식간에 사라져 책장 뒤, 책 속 페이지, 옷장 속, 침대 밑에 숨죽
여 있다가 자려고 다시 스위치를 내리면 소리 없이 함성을 질러 대며
일시에 뛰쳐나와 방 안을 삽시에 점령해 버리는, 바퀴벌레과에 속한,
광속처럼 빠른 발을 지닌, 유사 이래 빛과 더불어 가장 오래된 족속

—「어둠」 전문

두 편의 시는 사물에 정령을 부여하여 살아 있는 인격적 존재로 바라보
는 의인화된 세계관을 드러내고 있다. 「출석부」는 봄을 맞은 시적 화자에게
봄꽃이나 봄풀이 반가운 아이들로 전환됨으로써 생의 활기를 띠는, 즉 "봄
날이 와자자껄 시끌시끌 반짝이"는 대상으로 승화되는 기쁨을 표현하고 있
다. 나이 듦에 따른 한적함이나 소외의 감정이 사물의 정령화에 의해 그 쓸
쓸함의 감정을 덜어 내고 있다. 이는 세계에 대한 인식의 전환을 통한 새로
운 삶의 한 방편의 획득으로도 생각해 볼 수 있다. 나이 듦은 세계를 폭넓
게, 여유 있게 바라볼 수 있게 하는 자리이자 시간인 것이다.

이러한 점은 「어둠」에서 어둡고 음산한, 그래서 마치 바퀴벌레와도 같이
두려운 "어둠"에 "유사 이래 빛과 더불어 가장 오래된 족속"이라는 생물적
특성을 부여함으로써 자신의 쓸쓸한 삶의 배경을 생명감 넘치는 세계로 묘
사하고 있는 데서도 살펴볼 수 있다. 이때의 어둠은 시적 화자의 감정에 따
라 반응하는 생명체가 됨으로써 쓸쓸할 수 있는 시적 화자의 삶에 활기와
의미를 불어넣어 주는 대상이 된다. 이는 물건이 살아 있다는 물활론적物活
論的 세계관으로서 시적 세계관의 한 양상이지만 노년의 존재론이 터득하는
모든 대상은 가치 있는 것으로 존재한다는 성숙한 세계의식의 특성에 부합
하는 것이기도 하다. 이재무 시인의 시집 곳곳에서 보이는 자연 사물에 대
한 애틋한 시선은 그것이 단순한 시적 수사에 의한 것이라기보다는 노년의
삶이 취하는 존재 방식의 표현일 수 있다. 세계를 좀 더 성숙한 차원에서 이

제3부 곁의 정신과 절정의 노래

해하고자 하는 대상 인식의 방법일 수 있다는 것이다.

　이러한 세계 인식은 곧 무엇을 말하는 것인가. 이번 시집에서 가장 아름답고 신비한 여운을 주는 시혼에 휩싸인 작품들이 이에 대한 해답을 알려준다. 다음 작품들이 그런 경우다.

하늘이 열서너 마리 구름들을 방목하고 있다

목장에는 바람이 불지 않는지

구름들은 한자리에 앉아 골똘하게 명상 중이다

저 느린 산책을 탁본하여 마음의 방에 걸어 둔다

　　　　　　　　　　　　　　　　　　　—「탁본」 전문

가을 깊어지면 파란색 셔츠를 입고 휘파람 불며 들길 걸으리

바람과 햇살에게 고개 숙여 지난 계절의 수고에 대해 경의를 표하리

먼 곳에 사는 정인에게 손 편지를 쓰고

구름 밀며 나는 새들에게 손 흔들어 주리

산 너머 내가 가야 할 미래의 나라 서쪽 하늘을

우두커니 서서 한참을 바라보리

털갈이 마친 짐승이 되어 회색 면바지에 흙물 들도록 걷고 걸으리

더욱 차갑고 투명해진 개울물 소리 얻어다가 문장을 지으리

—「노래」 전문

　이 두 편의 시에서 존재와 삶이 그윽하게 익어 가는 것을 볼 수 있고, 그
것의 향기를 맡을 수 있다. 늙어 감은 익어 가는 것으로서 결실을 거두는
것, 그리하여 겨울에 해당하는 죽음의 시간을 대비하여 생명의 기운과 포
자를 내 영혼 안에 새기는 시간대인 것이다. 이를 「탁본」이 잘 보여 준다.
세계의 모습을 본뜬다는 단어의 뜻에 맞게 시적 화자는 "하늘이 열서너 마
리 구름들을 방목하고 있"는 모습을 "탁본하여 마음의 방에 걸어" 두는 것
으로 마음의 평정을 얻고 있다. 자신의 마음 상태를 자연의 이치와 부합되
게 함으로써 우주의 영원성을 나의 영원성으로 받아들이겠다는 원망을 담
고 있는 내용이다. 여기서 "탁본"이 가지는 마음의 시간대가 바로 문제적이
다. 그것은 바로 늙음에 의해 열리는 혜안을 가리키는 것이 분명하다. 앞
의 「고목」에서 보았듯이 나이를 먹는 것은 제 안의 신성을 깨워 세계와 보
다 깊이 교감하는 것, 그리하여 나 자신도 자연의 한 부분으로 돌아가 세계
의 무늬를 새길 수 있는 것으로 볼 수 있다. 이때의 상황이나 경지에 이르
면, 세계는 하나의 경전이고 그것을 알아채는 이는 경륜이 가득한 현자가
된다. 그런 관점에서 이 작품은 이 세계의 모든 신들과 소통하기를 갈망하
는 청정한 한 인간의 서원誓願을 보여 주는 작품으로서 신운神韻이 감도는
대목이라 할 만하다.
　이 점은 「노래」 역시 마찬가지다. "산 너머 내가 가야 할 미래의 나라 서
쪽 하늘을// 우두커니 서서 한참을 바라보"는 행위를 통해 노년의 존재가
취해야 할 영적 지향의 세계를 확인하고 있고, "털갈이 마친 짐승이 되어
회색 면바지에 흙물 들도록 걷고 걸으리// 더욱 차갑고 투명해진 개울물 소
리 얻어다가 문장을 지으리"라는 표현을 통해 욕망의 초월을 통한 영적 정
화의 세계를 획득한 모습을 보여 준다. 특히 "문장을 지으리"에서 보듯 시
적 글쓰기를 하나의 영적 수련의 장으로 받아들이는 모습은 시혼의 생성과

제3부 길의 정신과 절정의 노래

단련이 존재의 성화와 맞물려 있다는 것을 분명히 인식하고 있음을 보여 주는 부분이다. 이 시는 그런 점에서 영혼으로 세계와 교감하여 영원한 존재의 이치를 깨닫고 싶어 하는 영혼주의를 드러낸 것이라 할 수 있다. 알다시피 영혼은 물질의 한계를 벗어나는 것이며, 탄생과 죽음을 초월하여 영원한 세계로 나아가려는 것은 생명체의 본능이다. 영혼 불멸의 사상을 시로 노래할 수 있게 되는 것은 죽음의 기운이 가까이 다가온 노년의 시간 때문이라 할 수 있다. 그런 측면에서 이재무 시인의 최근 시는 시혼을 발휘하여 영혼을 정련하고 그것을 통해 존재의 구원을 얻고자 하는 대서원의 형식이다.

이러한 시편들은 이번 시집에서 여럿 보인다. 예를 들어 "부처의 향기가 난다는// 불암산 오르내리며// 철없는 아기가 된다// …(중략)…// 세상 어디를 주유하든// 내 안에 든 불암산을// 오르고 내려올 것이다"(「불암산에서」)라고 노래하고 있는 데서 볼 수 있는 "내 안에 든 불암산"의 이미지나, "저 고요의 마을에서// 일박할 수 없을까"(「고요의 마을」)에 나타난 "고요의 마을"의 이미지, 그리고 "긴 겨울 속으로 떠나기 위해// 채비에 여념이 없는 나무들// 떨굴 것은 떨구고 털 것은// 털어 낸 뒤 맨몸 맨정신으로// 피정 가는 수사처럼// 시간의 먼 길 떠난다"(「가을 나무들」)에서 보이는 "피정 가는 수사"의 이미지는 다 영혼의 힘을 기르는 의미를 지닌 것으로 볼 수 있다. 영혼은 현재의 운명을 수긍하면서 다음 생의 도약을 가능케 하는 존재의 근원적 힘이다. 그런 점에서 노년이라는 시간이 이 영혼을 단련하기 좋은 시기라는 것을 상징화해 보여 주는 이재무의 시는 원형적 차원에서 인간의 운명에 대한 심원한 울림을 준다. 특히 「가을 나무들」에서 보듯 가을을 노년에 빗대어 "시간의 먼 길"을 떠날 준비의 시간으로 상상하는 것은 참으로 인간의 깊은 원망을 담아내고 있고, 이를 '컹컹 짖는' 울음소리로 특화해 낸 것은 기이하다 못해 신비롭다 할 것이다. 따라서 '가을이 컹컹 짖다'의 의미는 좀 더 새롭게 해석되어야 할 것은 당연하다. 그것은 이재무 시인이 세계를 영적인 눈으로 감지하고 있다는 것, 영적 감식안으로 세계를 바라볼 때 가을은 영혼이 깨어나고 살찌는 계절임을, 즉 노년이라는 삶이 영혼의 풍요로움으로 한층 성숙한 삶의 형식이 될 수 있음을 말하고자 하는 것으로 해석할 수 있는 것이다.

존재의 실감을 표현하는 것은 그 어느 시기에도 가능하지만 존재의 실감을 제대로 감지할 수 있는 시기는 전환기일 것이며, 이 전환기의 감각은 그 어느 때보다 날 서 있는 감각일 가능성이 크다. 이재무 시인은 이제 노년의 입구에 서게 됨으로써 생의 실존과 존재의 성화에 대해 참으로 감각적이고도 구체적 형상으로 노래할 수 있게 되었고, 실제 그렇게 노래하고 있다. 그것은 가을의 상징과 관련된 저묾의 형식으로 나타나되, 특이하게 컹컹 짖는 청각적 심상과 결합되어 존재의 깊은 특성과 원망을 심도 있게 그려 내고 있다. 노년의 존재론을 가을의 존재론으로 치환함으로써 좀 더 상상력의 풍요로움을 발생시키고 있어 의미가 풍부하다 못해 신비한 느낌을 준다. 그런 점에서 이재무의 시는 늘 새롭고 자신의 삶과 역사에 대해서 동시대성을 지니고 있다. 이번 시집은 인간과 인간의 운명에 대한 깊은 사색을 가을과 영혼의 관점에서 특이하게 전개시키고 있어 눈길을 끈다. 같은 인간의 한 사람으로서 시인의 영혼이 대도의 문에 이르길 빈다.

'신의 한 수'를 찾아 부유하는 시의 영혼

—최석균 시의 의미

바둑이란 무엇인가? 아니 시에서 바둑은 무엇인가? 시에서 바둑을 단순히 소재로 가져와 쓴 시들을 말하고자 함이 아니다. 그런 시들은 예전에도 바둑을 좋아하는 시인들이 가끔 썼고, 지금도 쓰여지고 있다고 말할 수 있다. 그렇지만 바둑의 정신과 아름다움을 하나의 시적 속성으로, 다시 말해 시의 한 유형으로 삼을 만큼 집중적이고도 미학적으로 정립한 작품은 거의 없었다. 소위 '바둑 시'라고 부를 만한 격조 있는 작품들이 없었다는 지적인데, 시기는 조금 지났지만 바둑을 주요 소재로 삼고, 바둑의 정신과 미학을 시적 특성으로 형상화한 시집이 나왔다. 시인 최석균의 두 번째 시집 『수담手談』(2012)과 세 번째 시집 『유리창 한 장의 햇살』(2019)이 바로 그것이다.

생각해 보면, 참 재미있는 현상이다. 바둑으로 시를 말할 수 있고, 시로 바둑을 말할 수 있다니 얼마나 신기한 일인가! 시를 잘 모르고 바둑만을 좋아하는 사람은 최석균의 바둑 시를 통해 시의 아름다움을 음미하고 시의 특성을 깨달을 수 있을 것이다. 반대로 바둑을 잘 모르고 시의 아름다움만을 즐기던 사람은 시인의 시를 통해 바둑의 오묘함을 느낄 수 있을 것이다. 바둑과 시를 다 사랑하는 사람은 이러한 시들을 통해 자신의 원망願望과 정체성을 터득하고 강화할 수 있을 것이다. 참으로 아름다운 상생이다. 그렇다고 최석균의 시집 전체가 바둑만을 시적 대상으로 다루고 있는 것은 분명 아니다. 때문에 시인에게 바둑 시의 특성만을 고집하여 그런 시만을 써야 한다고 말하는 것은 지나친 참견이다. 다만 그가 추구했던 하나의 기획으로서 바둑 시가 바둑을 통해 시의 한 속성을 드러내고 있다는 점에서 시학의 확장이라는 점, 그의 다른 시도 바둑 시가 내포한 정신과 미학 속에 수렴되어 충분히 이해될 수 있다는 점만 새겨 둘 필요가 있을 것이다.

그럼 다시 묻자. 시에서 바둑은 정말 무슨 의미인가? 바둑 시를 통해 시인 최석균이 지향하는 시 세계를 과연 규정하고 이해할 수 있는가? 이것을 알기 위해서는 이번 시집뿐만 아니라 지난 시집의 일부분도 거쳐 돌아가야 하리라. 한 시인의 시적 중심부에 이르기 위해서는 그 시인의 심중에 구축된 풍경 속을 거슬러 올라가 시적 영혼을 만나야 한다. 하여 시인의 영혼이 일렁이는 이미지 속으로 헤매는 것은 독자의 즐거움이자 의무다.

존재의 허기와 삶의 경계에 대한 고뇌

시인의 시 세계를 이해하는 첫걸음은 그의 현실적 감정이 배어든 이미지들을 살펴보는 데에 있다. 그때 이미지는 그 시인의 정신을 표상하는 풍경이다. 마치 쇼펜하우어가 "세계는 나의 표상이다"라고 말한 것처럼 의식의 지향성이 투사된 이미지는 시인의 세계를 표상하는 것이 된다. 이를 최석균 시인의 이번 시집에서 살펴본다면 다음 두 편에서 그와 같은 것을 찾아볼 수 있지 않을까?

장미같이 몸 다는 날
물오른 맨살을 벗기면
긴 갈증을 적실 수 있을까

바람 부는 오월의 언덕

날리는 보얀 향기를 들이켜면

오랜 허기를 채울 수 있을까

혀끝이 따끔토록

코끝이 알알토록

새순에 마주 마음 비비면

물 한 모금 건넬 듯 차오르는 얼굴

물이끼 같은 기억을 밟고

뻐꾸기 감도는 산자락을 서성이면

치솟는 그리움 만날 수 있을까

—「찔레 순」 전문

할아버지는 벌기로 말씀하시고 가르치셨다

벌기로 받아쓰며 읽던 나는

고향 탈피 후 날개를 달았지만

유품 상자의 굴레를 벗어던지지 못한 채

고서 속 글을 되새김하며

벌레로 말하고 적기 시작했다

파먹을수록 허기지는 동굴 속에서

벌기로 배설하며 기기 시작했다

—「벌기 충蟲」 부분

이 두 편의 시에 공통적으로 보이는 현실적 감정의 이미지는 '허기'다. 허기는 내장 기관에서 지각되는 촉각적 이미지다. 우선 「찔레 순」에서 시적 화자는 육체적 감각의 이미지를 "긴 갈증" "오랜 허기"로 표현하고 이와 같은 차원에서 "치솟는 그리움"을 떠올린다. 갈증과 허기는 채워지지 않는 육체적 결핍의 감각이지만, 그것이 시 안에서 "치솟는 그리움"으로 동일시되는 순간 육체의 차원에서만 머무르지 않고 정신적 차원으로 확산되는 것임을 보여 주고 있다. 이는 「벌기 충蟲」의 '허기' 이미지를 살펴보면 더욱 잘 알 수 있다. 이 시에서 시적 화자는 "파먹을수록 허기지"고 있다는 언급을 한다. 파먹는다는 동사의 의미를 두고 볼 때 화자는 무엇인가 육체적 공복을 채울 음식을 먹고 있다. 그러나 그럼에도 불구하고 갈수록 허기가 진다는 것은 육체적 충족의 문제가 아니라 정신적 충족감의 결핍이 문제가 됨을 암시한다. 결핍은 정신적인 데에서 발생하여 육체적인 현상으로 전이되고 있다. 충족되지 않는 '그리움'이 바로 그와 같은 것을 가리킬 것이다.

그렇다면 최석균 시인에게 이와 같은 갈증이나 허기는 무엇을 의미하는 것일까? 정신적 차원이라면 사안에 따라 다양한 원인을 찾을 수 있을 것이다. 그러나 이러한 시들이 갖는 근원적 의미를 짐작게 할 수 있는 정보를 시인은 마침 그의 이번 시집 서문에서 밝히고 있다. 시인은 「시인의 말」에서 "부유의 길, 무엇으로 허기를 채울까. / 죽은 지 오랜 시를 버무려 소반에 올린다"고 말하고 있다. 여기서도 현재의 감각적 실존으로 '허기'를 말하고 있는데, 이를 채울 수 있는 것의 하나로 '시'를 말하고 있다. 이때 시는 허기를 달랠 수 있게 '버무려져 소반에 올려'진 음식으로 표상된다. 때문에 시는 육체의 음식이 아니라 영혼의 양식이란 점에서 시인은 정신적 결핍을 문제 삼고 있다는 점을 알 수 있다. 그런 점에서 허기는 정신적 공허함이거나 충족될 수 없는 그 어떤 정신적 갈망이다.

이를 무엇이라 이름할 수 있을까? 그것을 우리는 '존재의 허기'라 부를 수 있을 것이다. 존재의 허기는 그럼 무엇인가? 이것은 조금 철학적 해명이 필요해 보인다. 앞에서 잠시 언급된 영혼의 양식이란 말에서 유추해 출발한다면, 존재의 허기는 존재의 본질적 구속 요건으로서 죽음에 의해 발생하는

제3부 길의 정신과 절정의 노래

문제를 가리킨다. 세계에 내던져져 시간에 처단된 존재는 필연적으로 죽음이라는 무無로 돌아갈 수밖에 없다. 이 존재의 필연적 소멸의 흐름에 의해 존재는 영속이나 구원에 대한 갈망과 갈증을 느끼게 된다. 그 갈증의 구체적 현상이 허기로 나타날 터인데, 대부분의 사람들은 이 허기를 종교나 예술, 기타 고유한 문화적 행위를 통해 달래고 있다. 문제는 이 허기가 쉬이 달래질 수 있는 성질의 것이냐 하는 점이다. 알다시피 죽음 앞에 내던져진 존재의 구원은 종교를 가진 이라도 그 확실성을 보장받지 못한다. 최 시인이 「찔레 순」에서 "물오른 맨살을 벗기면", "날리는 보얀 향기를 들이켜면" 등 하나의 가정으로 이것을 처리하고 있는 것도 시적 진실 면에서나 세상의 이치 면에서 이것 자체는 결코 완전히 충족될 수 없는 것이란 점을 암시하는 것으로 볼 수 있다. 즉 인간 세계의 차원에서 존재의 본질적 갈증과 허기를 달랠 수 있는 양식은 없다고 말할 수 있는 것이다.

　본질적인 국면에서 존재의 허기를 채울 수 없으므로 예민한 의식을 가진 사람들은 운명적 삶의 고통을 현실 속의 한 현상으로 지각하게 된다. 고뇌에 찬 사람들의 중얼거림이나 방황은 바로 이것을 바깥으로 드러내는 것일 터이다. 다음 시가 이를 잘 보여 준다.

　　　비가 오는 날이 잦다

　　　동시다발
　　　길이 막히는 날이 많다

　　　집으로 가는 길은 갈수록 멀어지고
　　　서로가 서로를 막고 서서 숨 막히게 만드는
　　　길의 정체는 알 길이 없다

　　　…(중략)…

해묵은 길의 정체는

눈 감지 않는 기다림으로 풀리리라

긴 비가

집으로 가는 따뜻한 마음 위에서 멎듯

두려움과 의심의 장막이

직시에 걷히듯

—「정체」 부분

　결핍의 다른 이름은 단절과 위축이다. 존재의 허기를 달랠 수만 있다면 영적 평화를 통한 존재의 구원을 꿈꾸어 볼 수 있을 텐데 최석균 시인의 현실적 삶으로는 그것이 쉽지 않은 모양이다. 사실 누군들 그렇지 아니하겠는가! 그리하여 시인은 생의 한가운데서 「정체」에서 보듯 "동시다발/ 길이 막히는 날이 많"음을 체감하고 있다. '정체停滯'의 심리적 현상은 소통의 단절을 의미하는 것이지만 본질적 상태로 나아가지 못함에 대한 위축의 의미도 함축하고 있는 것으로 볼 수 있다. 즉 '서로를 숨막히게 하고 알 길이 없는' "길의 정체"는 바로 존재의 본질적 조건에서 발생하는 결핍, 다시 말해 존재의 허기에 대한 결과론적 현상인 것이다.

　그런데 이 시에서 시인은 이 존재론적 허기를 극복할 수 있는 단서 하나를 의미심장하게 제시하고 있다. 즉 "두려움과 의심의 장막이/ 직시에 걷히듯"에 나타난 '직시'의 감각이나 인식이 바로 그것이다. 직시直視, 바로 보는 것. 이것은 무엇을 말함일까? 시적 상황으로 볼 때 비가 오거나 안개 등이 끼어 길에 정체가 발생할 수 있으므로 "장막"을 거두듯 "눈 감지 않는 기다림으로", 즉 '직시'의 시선으로 이것을 대하면 "해묵은 길의 정체는" "풀리리라"고 시적 화자는 판단하고 있다. 이를 두고 본다면 직시는 문제의 본질적 원인에 대해 근원적이고도 담대한 탐색을 가리키는 것 같다. 그렇다면 이 역시 존재론적 성찰을 염두에 둔 철학적 사유를 직시라는 말로 표현한 것으로 볼 수 있다. 존재의 허기, 또는 존재의 고뇌가 현실적 삶 속에서 어떻게 형상화될 수 있는지를 상징적으로 표현하면서 이를 극복할 수 있는 길이 어디에 있는지를 부단히 탐색하는 자아의 모습을 시인은 이 시에서 추구하고 있는 셈이다.

그런 점에서 조금 관념적인 다음과 같은 시도 존재론적 사색과 고민의 시로 받아들여 살펴보면 그리 큰 어려움 없이 해명할 수 있다. 존재론 자체가 철학인 만큼 어느 정도 관념적인 현상으로 나타나는 것은 어쩔 수 없는 일인지도 모른다.

> 울타리가 쳐졌고 안쪽이 생겼다
> 안쪽은 샘터, 예고 없이 피운 물안개로
> 울타리의 겨울과 밤을 덮었다
>
> 안쪽은 파랑을 몰고 섬처럼 떠다녔다
> 봄이 오지 않아야 한다는 말의 파고는 높았고
> 울음이 큰물질 것이라는 예감은 적중했다
> 채찍비를 맞은 다음 날엔 유난히
> 울타리의 눈송이와 별이 빛났다
>
> 안쪽은 물의 나라, 태생적으로 구름을 사랑했다
> 안쪽은 울타리에 구멍이 나는 것이 무서워
> 태풍의 눈 속으로 숨어드는 걸 좋아했다
>
> 울타리는 작아지고 정교해졌다
> 안쪽의 원천이 궁금해 발꿈치를 들면
> 눈사태가 나거나 은하수가 쏟아졌다

안쪽의 사랑은 안전할까 파란에 빠지는 건 아닐까

얼음이 배달되지 않는 사건보다
연무가 깔리지 않는 현상에 민감했기에
구름은 자주 울타리에 불을 지폈다
그때마다 안쪽엔 물이 흐르고 안개꽃이 피었다

—「안쪽」 전문

이 시에 대한 뚜렷한 해석은 불가능해 보인다. 다만 "울타리가 쳐졌고 안쪽이 생겼다"는 전제에 해당하는 시구로 두고 볼 때, 안쪽은 시적 화자가 관찰할 수 있고, 관찰하여 그것의 변화와 진전에 관심을 두어야 하는 대상, 그리고 이것이 가능하게 된 까닭은 울타리가 쳐지게 됨에 따라 발생한 것 정도로 파악할 수 있다. 시 속의 정보로 판단할 때 안쪽은 "샘터" "물의 나라"로 설정됨으로써 물의 질료성이 가득 차 "파랑을 몰고 섬처럼 떠"다니거나, "눈사태가 나거나 은하수가 쏟아"지는, 그래서 늘 "파란에 빠지"기 쉬운 상태를 유지하고 있다. 시적 화자는 이 안쪽이 파란만장하여도 하나의 상태로 지켜지기를 바라는 차원에서 "안쪽은 울타리에 구멍이 나는 것이 무"섭다고 하는 것으로 표현하고, "안쪽의 사랑은 안전"하기를 빌면서 "구름은 자주 울타리에 불을 지폈다"는 사실에 두려움을 떨고 있다. 이렇게 주요 정보를 모아 살펴보면 이 안쪽은 울타리라는 경계로 인해 형성된 내부로서 외피라는 형상성을 갖춘 존재, 혹은 존재자임을 암시한다고 볼 수 있다. 이는 경계를 중심으로 안과 밖이 상징적 차원에서 존재의 있음과 없음을 의미하는 셈이다. 때문에 경계가 부서지는 것을 두려워하면서 무無의 침입에 해당하는 울타리의 붕괴, 즉 알 수 없는 존재로서 '구름이 불을 지피는' 행위에 암담한 감정을 가지는 것은 당연해 보인다. 자기의 존재성을 지키기 위한 하나의 관념적 성찰을 경계의 이미지와 안쪽의 모습을 통해 비유적으로 표현하고 있는 것은 존재의 본질을 찾기 위한 고뇌의 행위로 보인다.

그럴 때 시인은 무엇인가 하는 점을 생각해 볼 수 있다. 데카르트는 신을 두고 신은 세계의 있고 없음 사이에 서 있는 문지기라고 말한 바 있다. 최석균 시인의 의식의 결을 따라가 만난 진실에 의한다면 시인은 바로 이 신의 대리자, 혹은 신의 속성을 내재화한 자에 해당하지 않을까? 시 속의 화자를 시인이라 본다면, 울타리 안쪽과 바깥쪽은 존재의 있음과 없음을 드러내는 경계이고, 존재의 참됨은 이 경계를 따라 어떻게 살아야 할지를 늘 궁리하는 것을 의미하니 말이다. 그런 점에서 최석균에게 시인은 존재의 입구에 발 걸친 채 존재의 출구를 바라보는 경계인이다.

바둑을 통한 구도와 '바둑 시'의 형성

이 지점에 와 최석균 시인의 시를 살펴보면, 이러한 철학적 문제에 대한 하나의 사유로서 등장하는 것이 바로 바둑의 정신과 미학이라는 것을 알게 된다. 시인에게 바둑은 존재의 허기를 달랠 수 있는 하나의 방편으로 기리棋理가 되고, 더 나아가 기도棋道가 된다. 실제 동양적 전통에서 바둑은 위기십결圍棋十訣 등 정신적 수양을 위한 삶의 한 실천적 방편으로 많이 제시되고 있다. 최 시인 역시 이 점을 먼저 의식하고 바둑 시를 썼을 것이다. 그러다 시적 인식의 내파를 통해 바둑의 상징이 좀 더 고차원적 사유로 발전해 간다. 존재의 허기와 갈증에 대한 하나의 존재론적 사유의 대답으로 바둑의 이치가 궁구되고 현실 속에 구체화된다. 이 점에 의해 최석균의 바둑 시는 그만의 독특한 특성을 갖춘 시의 한 유형이 되고 있는 것이다. 지난 시집과 이번 시집에 실린 시들을 통해 그것을 알 수 있다.

둥근 마음 이리 깎이고 저리 깎여
모난 땅 닮아 가는 날
한나절 장난처럼 지어 놓고

둥근 각시와 세 들어 살아 보고 싶은 집
깔깔깔 동그란 웃음 쏟아 내고 싶은 집

반짝이는 영혼 새처럼 날아간
돌로 지은 집 한 채
                              ―「줄바둑―수담 5」(『수담手談』) 부분

가상의 집이다
신神의 영역이라고 일컫는
둘이서 만들어 가지만 함께 깃드는 수가 없는

가끔 문을 열려다가, 이럴 수가?
보였다 안 보였다 자칫 정신을 놓기도 해서
번개 같은 집이다
아무 때나 보이지 않고
어쩌다 보는 순간 눈이 머는 수가 있어서

천상天上 곳곳에 떠다니는
절반의 집이지만 절반씩 나누는 수가 없는
달 같고 구름 같은 집이다
                              ―「당신은 반집」 부분

이 두 편의 시는 모두 바둑을 소재로 삼고 있다. 주제 또한 바둑에서 중
요하게 다루어지는 "집"의 개념과 현상에 의지해 존재의 본질에 대한 성찰
을 나타내고 있다. 지난 시집 『수담手談』에 실려 있는 「줄바둑―수담 5」는 바
둑이 추구하는 형이상학적 의미를 "반짝이는 영혼 새처럼 날아간/ 돌로 지
은 집 한 채"라는 표현을 통해 밝히고 있다. 아름답고 자유로운 영혼의 거

처는 줄바둑에서 볼 수 있는 것처럼 확고하고 단단한 "돌"에 의해 지어진 집이어야 한다는 깨달음을 노래하고 있는 것이다. 바둑에서 줄바둑은 보통 느리고 답답해 보이는 형식을 지칭하는 면이 있지만, 기리棋理로 볼 때 가장 단단하고 확실한 안정성을 기초로 자신의 영역을 갖는 방법을 가리킨다. 이 줄바둑의 특성을 시인은 제 존재의 거처로, 특히 자신의 지향성을 염두에 두고 있는 영혼의 거처로 형상화해 냄으로써 존재 초월의 표상성을 획득하고 있는 것이다.

이 점은 이번 시집에 실려 있는 「당신은 반집」에서도 마찬가지로 나타난다. 바둑에서 반집은 승부를 가리기 위해 존재할 뿐 바둑판이라는 현실 위에서는 존재하지 않는다. 보이지 않는 것으로서의 실재에 대한 감각이 제 존재의 본질에 대한 통찰로 이어지면서 "신神의 영역이라고 일컫는" "가상의 집", 혹은 "번개 같은 집" "달 같고 구름 같은 집"을 떠올린다. 이 "반집"은 앞의 「안쪽」의 경우에 따르면 '바깥쪽'이거나 울타리 그 자체로서 '경계'의 표상일 것이다. 그렇게 본다면 속물적인 현실의 집에 매여 있지 말고 영혼의 집을 지어야 한다는 것과 존재 너머 존재의 토대가 되는 비존재, 즉 죽음이나 무의 영역이 있음을 인식하고 있어야 한다는 것이 이 시들의 주제가 됨을 알 수 있다.

여기서 우리는 최석균 시인이 추구하는 바둑 시의 특성을 알 수 있다. 종전의 바둑 기리가 일상적 삶의 가장 바람직한 처신을 지시했다면, 최 시인의 바둑 기리는 존재의 본질에 대한 성찰과 존재 초월을 통한 구원의 의미를 추구하는 데에 있다. 이것은 사유의 차원에서 심급이 다른 내용이다. 그에 따라 최 시인의 바둑 시는 존재에 의한, 존재를 위한 통찰과 탐색의 시가 된다. 소재적 차원에서의 바둑 시라는 언급보다 바둑이라는 기리의 형식에 가장 부합되는 주제를 담아내고, 이를 시 정신의 궁극으로 밀어 올려 냄으로써 고유한 시적 특성의 하나가 되는 의미에서 말이다. 다시 말해 우리가 불교적 깨달음을 특화한 시에 대하여 '선시禪詩'라는 명칭을 부여하고 그것을 하나의 시적 유형으로 언급하는 방식처럼 말이다. 그런 차원에서 다음 같은 시가 바로 존재의 본질에 대한 의미 부여를 충실히 보여 주는 바둑 시의 한 사례, 그것도 바둑 시의 절정을 보여 주는 한 사례가 되지 않을까?

> 꿈틀거리고 있거나
> 꿈틀거릴 준비가 되어 있으면
> 완생이다
> 미생未生은 없다
> 별 하나가 완생이다
> 돌 하나, 먼지 하나가 완생이다
> 눈에 띄거나 띄지 않거나
> 미생은 없다
> 빛나지 않느냐
> 눈빛이 만드는 만남 그리고 이별
> 고립과 죽음과 부활까지
> 이미 완생이다
>
> ─「완생」 전문

이 시의 의미는 바둑의 현상 중 하나인 "미생"과 "완생"을 가져와, 이 지상에 출현한 존재라면, 즉 그것이 비록 하찮은 대상으로 여겨질지라도 "꿈틀거리고 있거나/ 꿈틀거릴 준비가 되어 있"는 것이라면, 하나의 의미 있는 존재가 되어 "완생"이 된다는 것이다. 바둑에서 완생은 집의 많고 적음과는 관련 없이 자신의 존재성을 완전히 확보한 상태를 가리킨다. 그에 따라 "눈에 띄거나 띄지 않거나"에 상관없이 모든 존재로서 가령, "돌 하나, 먼지 하나가 완생"이 되고, "고립과 죽음과 부활까지/ 이미 완생"이 된다. 이러한 현상은 이 시를 쓰는 시인의 관점에서 당연한 일이다. 시인의 정신적 깨달음에 의하면 모든 의미화된 존재에게 "미생은 없"기 때문이다. 이 확고한 깨달음의 내용은 삶의 처신에 대한 지침과는 다른 것임이 분명하다.

그렇다면 이 시는 단순히 바둑이라는 사물이나 대상을 소재로 활용하는 것이 아님을 알 수 있다. 바둑이라는 독특한 형식과 정신적 정수를 자신의 시적 세계를 구성하는 토대로 삼아 시의 심화와 확장을 꾀하고 있다. 이 점이 최석균 시인만의 고유한 바둑 시가 형성될 수 있는 근거가 된다. 바둑 시가 하나의 장르적 성격을 띠게 된다면 다른 바둑을 좋아하는 시인도 최 시인과는 다른 주제로 바둑의 특성을 시화할 수 있을 것이다. 단순한 삶의 처신으로서 바둑의 특성을 말하는 것이 아니라 자신의 존재성을 성찰하는 매개로 바둑의 형식과 정신을 사용한다면 우리는 매우 놀라운 바둑 시라는 장르의 출현을 보게 될지도 모른다.

그런 점에서 "하늘에서 놀던 일월성신이/ 땅 위로 내려와 뒹구는 쉼터다// 밤낮 마주한 눈과 가슴으로/ 일 년 치 정담을 피우기 좋은 사랑채다"(「십구로 반상盤上」)라는 직관적 통찰로 바둑의 형식이나 정신을 내면화하고 있는 시들은 새로운 시의 영역을 확대하기 위한 자료들로 존재하고 있다고 말해야 할 것이다. 지난 두 번째 시집 『수담』과 이번 시집의 「바람의 눈이 당신을 복기復碁한다」「자충수」「기보棋譜」「꽃놀이패」「장문藏門」「상수上手」 등의 작품은 새로운 바둑 시의 미학과 체계를 해명하기 위해 존재하는, 아직 가공되지 않은 원석들인 셈이다.

생의 역설적 통찰과 지각을 통한 정신 수행

바둑을 다루는 시에서 가장 문제적인 점은 기리를 넘어 추구되는 바둑의 도라 할 것이다. 그것을 일상적 삶 속으로 가져와 적용하면, 바둑의 정신과 미학에서 발생하는 가장 합리적인 세계에 대한 직관, 현상 너머의 진실을 보려는 통찰 등의 모습으로 명명할 수 있다. 바둑계에서 흔히 말하는 '신의 한 수'를 찾는 행위 그 자체를 이름하지 않을까? 신의 한 수는 우리 인간의 눈으로 바로 파악될 수 없는 것이다. 때문에 일상적 관점을 비틀어 보고,

뒤집어 보고, 다면적으로 겹쳐 보는 등 존재와 대상의 진리를 찾기 위한 몸부림을 치는 과정이 필요해진다. 이 과정의 구체적 형식이 바로 생과 사물에 대한 역설적 인식이나 태도로 나타날 것이다. 최석균 시인에게 다음 시가 이런 내용에 해당하는 시일 것이다.

> 비 갠 아침
> 마당 빨랫줄 물방울들
> 몸이 단다 부화를 기다리는 알 같다
>
> 마음 기운 후
> 빨랫줄처럼 생을 걸어 놓고
> 그대 쪽으로 나부끼던 걸음이 저러했을까
>
> 품는 순간 방울지는
> 단 한 번의 빛이어도 좋다 했을까
> 허공에서 눈뜬 마음이
> 궂은 날 갠 날 가리지 않고 쏟아진다
>
> 이 길 지나간 바람은
> 일방으로 일던 떨림을 알리라
>
> 빨랫줄에는 새가 앉아 있고
> 완벽의 환희가 날고 있다
>
> ─「떨어지는 순간의 완벽」 전문

이 시의 놀라운 점은 떨어지는 순간의 물방울이야말로 완벽한 존재라는 사실의 발견이다. 이것은 일상적 관점에서 보자면 물방울은 떨어지며 그

242

형상성을 잃게 된다는 점에서 덧없는 것, 또는 무른 것 등으로 인식돼 부정적인 대상으로 파악된다. 그런데 이 시의 시적 화자는 물방울로 맺혀 떨어지는 순간, 그 존재는 "부화를 기다리는 알"이 되고, "허공에서 눈뜬 마음"이 되며, "완벽의 환희"가 된다고 노래하고 있다. 순간을 넘어 영원한 생명의 본질을 담지하고 있는 신성한 존재가 된다고 보고 있는 것이다. 앞의「완생」의 관점에서 보자면, 가장 의미로 충만해 있는 "완생"의 존재가 되는 것이다. 그 점에서 이 시도 바둑 시의 의미 맥락에서 이해되고 그 가치를 평가할 수 있다. 그렇지만 이 시에서 중요한 것은 이러한 인식이 일반적 관점을 비틀어 사물의 본질을 새롭게 보려는 역설, 현상 너머의 진실을 꿰뚫어 보려는 역설적 통찰이라는 점이다. 이것이 최석균 시가 지향해 가고 있는 바둑 시의 아름다움이자 가치가 아닐까?

삶과 사물의 현상에 대한 참된 통찰은 현상의 이면을 넘는 안목을 내포하고 있다는 점에서 기이하고도 놀라운 소리로 나타난다. 우리가 흔히 말하는 격언이나 잠언의 내용이 바로 그것에 해당한다. 최석균 시 속에 가끔 등장하는 경구는 그의 생에 대한 치열한 탐구 정신 끝에 나오는 통찰이자 역설이다. 가령「비행 일기」에서 "버려뒀거나 잊고 있었던 것은/ 날개를 띄우는 힘이 있다"는 표현이나,「오디」에서 "색깔 있는 것은/ 물들이는 힘이 있다"는 등의 표현은 일상적 삶의 현상을 넘어 존재의 본질을 규명하는 통찰로 이어진다. 일상의 피상적 관념에 의해 발생하기 쉬운 왜곡된 진실의 문제를 제기한다. 지혜의 충격파인 셈이다.

그런 점에서 일상적 현실에서 존재의 본질을 추구하기 위해 자신의 현실적 삶이 어떻게 이루어져야 할지를 다짐하고 있는 시들은 시인의 삶에 대한 치열한 자기 반성이자 수행으로 읽힌다. 가령, "번개를 뚫고 지나가는 도요새처럼/ 날개와 뼈만 남은 몸으로 날아야 한다// …(중략)…// 도요새를 꿈꾸며/ 날개와 뼈만 남은 몸으로 예정된 지점까지/ 새끼를 데리고 번개와 폭풍우를 뚫고 날다가/ 나는 중에 떨어져야 한다"(「위대한 비행」)는 시적 표현은 물렁한 세속적 삶에 대한 부정이자 치열한 자기 구원을 향한 투쟁이다.

"날개와 **뼈**만 남은 몸으로" 날아야 한다거나, "번개와 폭풍우를 뚫고 날다가/ 나는 중에 떨어져야 한다"는 표명은 도저한 자기 반성이자 끝없는 구도에 대한 각고의 다짐이다. 삶을 넘어 죽음에 이르기까지 자신이라는 존재의 "완생", 혹은 "완벽"을 위해 "위대한 비행"을 준비하는 존재의 의지에 찬 천명은 예사롭지 않은 인간의 비원悲顧을 보여 준다. 그 길이 고통스럽고 파란만장하더라도 진정한 의미에서 구원을 찾는 것이기에 참으로 찬란하다 하지 않을 수 없다. 신의 한 수를 찾아 부유하는 영혼의 아름다움과 고통을 생생히 맛볼 수 있는 것이다.

이러한 세계를 추구하는 존재로서 시인의 모습은 실제의 현실에서 그가 추구하는 이상을 달성하지 못해 초라한 모습을 보일 때가 있다. 관념적으로 아무리 존재의 허기를 극복하기 위한 존재 초월의 상상력을 바둑 시를 통해 표출하였다 하더라도 실제 현실의 나의 모습은 참으로 초라할 수 있는 것이다. 그러함에도, 최석균 시인이 자신의 현실적 삶의 모습을 노래하는 시에서 그가 추구하는 시적 지향과 그리 다르지 않은 삶을 표현하고 있는 것은 놀라운 일이다. 그는 실존적 정체성을 자신이 현재 살고 있는 거주지와 관련하여 쓰면서 세계와 화합하고 조화하려는 모습을 보여 주어 아름다운 삶의 한 전형을 내비친다. 다음 시가 바로 그와 같은 것이다.

> 내가 사는 동네 안민동에는
> 오르내리면 편안해지는 안민고개가 있다
>
> 뻗어 나가던 길이 안민동을 지나면 너그러워지고
> 막혔던 심사가 안민고개에서 풀린다
>
> …(중략)…
>
> 태평한 나라로 가는 길이 따로 있을까

비탈진 시간 위에 안민고개 하나 걸어 두자

맨얼굴이 가면일 때가 많은 날이니
발치에 안민동 하나 세우고 살자

—「안민동」 부분

이 시의 주요 메시지는 "안민동"이라는 삶터의 이름에 부합되게 "너그러워지고/ 막혔던 심사가 안민고개에서 풀"리는 것을 제 삶의 형식으로 받아들이고 있다는 점이다. "맨얼굴이 가면일 때가 많은 날이니/ 발치에 안민동하나 세우고 살자"는 다짐은 현실 속 시적 화자의 삶과 그리 거리가 멀어 보이지 않는다. "세계는 나의 표상이다"라는 쇼펜하우어의 말은 이 시에도 그대로 적용된다. 편안해지고, 너그러워지고, 막혔던 심사가 풀리는 세계의 표상은 시적 화자의 정신적 내면이 반영된 모습이다. 그런 점에서 이 시는 바둑 시가 질러왔던 삶의 정신을 지닌 채 현실적 삶의 실천을 보다 조화롭고 현명하게 하고자 하는 내용을 담고 있다. 거창하고 극단적으로 행해야만 그것에 이른다기보다 구체적 현실 속에서 보다 낮게 자신을 낮추고 겸허하게 살아감으로써 지고한 정신적 경지를 획득하고자 하는 것이다.

이러한 정신적 의도로 인해 그의 시에서 실존적 정체성을 형성하는 자신의 삶의 지역들은 매우 아름답고 의미 있게 형상화된다. 가령, "안민고개에 올라서서 보면/ 흔들흔들 왔다가 구불구불 넘어가는/ 사랑의 불빛들이 아름답지요"(「창원昌原」)라든지, "수면 아래 가라앉아 있다가/ 첫사랑같이 덤벼드는 입/ 단걸음에 달려가 아구아구/ 입맞춤하고 싶은 사람아"(「마산 아구 골목」)에서 보듯 창원과 마산을 중심으로 한 실존적 거주지에 대한 애정은 제 존재성의 구원의 문제와도 맞물려 아름답게 표현되고 있다. 따라서 「안민동 이웃」 「안민고개 데크로드」 「안민가」 「상남동 연가」 등의 시들은 모두 그의 실존적 정체성을 구성하는 장소들로서 소속감과 심미적 아름다움의 토대를 제공하는 한편 정서적 충일감을 통해 존재의 구원을 우회적으로 풀어

내고 있다고 말할 수 있다.

　그 결과 일상적 삶 속에서 만나는 존재의 풍요로운 단면을 드러내는 시를 최 시인은 비로소 써낼 수 있게 된다. 그 시는 이렇다.

　　　　나무는 사람 손길 닿는 것을 좋아해서
　　　　사람 소리 들리는 쪽으로 푸릇푸릇 냄새를 뿜는다

　　　　사람은 나무를 만지는 것을 좋아하고
　　　　사람은 나무 냄새를 맡으면서 푸른 물이 든다

　　　　나무 냄새 나는 사람과 사람 물이 든 나무가
　　　　마주 눕고 만지다 닳은 집에서
　　　　나무는 몸을 반짝이고 나는 몸이 간지럽다

　　　　나무와 사람은 서로 세 들어 사랑해서
　　　　얼굴이 안 비치는 순간 빛과 냄새를 놓아 버린다

　　　　나무 집이 허물어지도록 돌아다니다가
　　　　푸른 물이 다 빠진 몸으로 돌아온 나는
　　　　나무가 나를 만진다고 생각하고 눈치 없이 군다
　　　　　　　　　　　　　　　　　　　　　　―「나무를 만진다」 전문

　이번 시집에서 가장 아름다운 시편 중에 하나로 꼽을 수 있는 이 시는 나무와 나의 존재성이 서로 지각됨으로 인해 완성되어 간다는 의미를 담고 있다. "사람은 나무를 만"짐으로써 제 몸속에 "푸른 물"이 들게 한다. 나무 또한 "사람 손길 닿는 것을 좋아"함으로써 "사람 소리 들리는 쪽으로 푸릇푸릇 냄새를 뿜"게 된다. 결국 "나무 냄새 나는 사람과 사람 물이 든 나무가/

마주 눕고 만지"게 됨으로써 동화와 조화의 단계, 합일의 경지에 이르게 됨을 보여 준다. 그것은 곧 세계와 더불어 '나'란 존재가 성숙한 상태로 완성되어 간다는 것을 의미한다.

그 점에서 이 시에서 제시되는, 완성을 위한 접촉과 감지의 감각이 중요하다. 이와 관련하여 버클리의 "존재는 지각이다(Esse est percipi)"라는 말을 떠올릴 수 있다. 버클리의 말뜻은 존재하는 것은 지각된 것이거나 지각하는 것이란 의미인데, 이는 지각 주체와 대상의 관계에서 감각의 실체로 지각되는 것이 중요하다는 것을 가리킨다. 버클리의 이 말은 「나무를 만진다」의 시적 화자와 나무의 관계성을 잘 묘파해 주는 것으로서 뒤집어 말하면, '지각이 존재다'라고 말할 수 있는 근거가 된다. 지각이 존재이고 존재가 곧 지각이라면, 최석균의 사색에 따라 지각되어 의미화된 존재는 완생이고, 완생된 존재는 우리의 감각에 지각되어 의미화될 수밖에 없는 대상이 된다. 그런 상관과 상생을 통한 의미의 충만이 바로 존재의 본질이라는 것이다.

그런 점에서 버클리의 말에 기대어 최석균 시인의 철학은 '존재는 완생이고, 완생은 존재로 현현된다는 것, 그리고 이 완생된 존재로 현현될 수 있는 근거는 나의 지각에 달려 있다는 것' 등으로 요약할 수 있다. 나무와 나의 감각적이고도 친화적인 관계성은 존재의 본질적 성립 조건을 미학적으로 형상화한 것으로 보게 될 때, 표상이 어떻게 진리를 암시하고 내포하게 되는지를 알게 되는 것이다. 그 점에서 감각적 소여로 주어진 지각이 얼마나 우리의 심리적 단층을 뒤흔들어 존재의 본질에 대한 감수성을 이끌어 내게 하는지를 다음 시를 통해서도 알 수 있다. 가령, "유리창 한 장으로 들어온 햇살이 바닥에 앉았다. 환한 자리에 발을 담가 본다. 손을 적셔 본다. 따뜻하다"(「유리창 한 장의 햇살」)에서 내보이는 시각, 촉각 등의 통각은 감각이 존재라는 것을, 존재가 지각이라는 사실을 일깨워 준다. '따뜻한 햇살'의 감각을 통해 존재의 존재성을 인식할 수 있고, 더 나아가 존재의 구원에 대한 간절함이나 존재 그 자체에 대한 깊은 애정을 드러낼 수가 있게 되는 것이다.

이로 볼 때 최석균의 시는 여상한 시가 아니다. 존재의 허기를 달래기 위해 존재의 본질에 해당하는 '신의 한 수'를 찾아 헤매는 기사棋士의 모습을 취하고 있거나, 삶과 사물에 대한 역설적 인식이나 통찰을 통해 현상 너머의 진리를 찾아 부유하는 시적 영혼의 모습을 내비치고 있다. 특히 존재의 본질을 성찰하고 그에 따른 존재의 구원의 문제를 심층적으로 다루기 위해 '바둑 시'라는 하나의 새로운 길을 뚫고 가는 행로는 어떤 비장함과 함께 득의의 경지를 보여 주는 듯도 하다. 실험과 실천이 뒤범벅된 시적 고행과 수련 속에서 최석균 시인의 시적 특성은 기이하다 못해 처연하다. 존재론적 사색을 통해 인간의 근원적 구원을 꿈꾸는 시인의 시는 오늘의 우리 현실에서 복음이자 묵시록으로 작용하고 있다. 그의 시적 풍경 속에 고통으로 아로새겨진 잠언들을 우리 시대의 영혼의 양식으로 흠향할 일이다.

뿔을 단 거인과 이미지의 시학

—김참 시의 의미

한 시인의 중심부에 이르는 것은 매우 힘든 일이자 즐거운 일이다. 시인은 자신의 내면을 감추기 위해 여러 상징을 가함으로써 독자의 탐색을 어렵게 하지만, 동시에 자신의 내면으로 찾아오게끔 몇 개의 단서와 이정표를 흘려 독자의 발걸음을 꾀고 있다. 시 역시 인간의 언어로 발화된 것인 만큼 소통을 전제로 하지 않을 수 없다면 아무리 압축과 변형으로 그 의미가 모호하더라도 시인의 내심을 알 수 있게끔 하는 한 줄기의 길은 있을 것이다. 시는 그런 점에서 미로 속의 길 찾기, 즉 '미로 여행'과 같다. 힘듦과 홀림을 동시에 가진 기이한 놀이로서 독자의 일상적 결핍을 채워 주고 영적 허기를 달래 주는 역할을 한다.

그렇게 본다면 시를 읽는다는 것은 탐색의 과정이다. 그럴 때 이 탐색의 과정에서 독자로 하여금 시의 심부에 이르게 하도록 배치된 실마리가 중요하다. 시에서 이런 실마리 중 강력한 하나가 이미지라 할 수 있다. 시에서 이미지는 무엇보다 시인의 욕망이 분비해 놓은 호르몬으로서 그 냄새와 무늬의 특이성을 보여 주기 때문이다. 이미지는 시인이 추구하는 의식을 생생하게 느끼게 해 주는 감각적 결이다. 그 이미지의 결을 따라갈 때 시인의 꿈이랄지 고뇌랄지 하는 시적 세계의 중심부에 이르게 되는 궤도에 올라서

249

게 되면서 독서의 갈증도 풀 수 있다.

　환상 시인으로 알려진 김참의 이번 제5시집을 음미하는 방법은 그의 시가 그리고 있는 이미지의 특이성을 고려할 때 이미지의 지리적 탐색과 동행이 좋은 방법이 아닐까 싶다. 쉽게 심중을 내비치지 않는 시인의 의식을 추적하기 위해서는 그 의식의 욕망이 분비해 놓은 이미지의 결을 따라 더듬어 가 볼 일이다. 그럴 때 우리는 시인 김참이 그려 보여 주는 기이하고도 강렬한 시적 풍경을 만나게 될 것이다.

뿔의 상징과 변신의 의미

　무슨 시든 이미지는 있기 마련이지만 시적 중심으로 안내하는 이미지는 독특한 시적 정서를 담고 있다. 특이한 시적 이미지는 시인의 의식 지향성을 보여 주는 것으로서 강렬한 에너지를 분출하기 때문이다. 이미지는 늘 현실 속에서 의식화의 과정을 거친 뒤 욕망의 호르몬 형태로 나타난다. 그렇게 본다면 김참 시의 시적 특성은 그 이미지의 결에 나타난 의식의 특이성에 놓여 있고, 그 의식의 밑바닥에 깔려 있는 욕망의 종류와 강도에 있다. 이번 시집에서도 이 의식의 특이성을 보여 주는 이미지가 있을 터인데, 그것을 찾자면 '뿔' 이미지가 아닐까 한다. 시적 화자가 뿔을 보며 심장이 뛴다고 말하고 있기 때문이다. 그 시는 이렇다.

　　창밖에 기린이 나타나 귀 쫑긋 세우고 내가 틀어 놓은 음악을 듣는다. 저녁마다 커다란 기린이 나타나 안테나처럼 귀를 세우고 내가 틀어 놓은 옛날 음악을 듣는다. 나는 냉장고에서 사과를 꺼내 기린에게 건네준다. 기린은 사과를 꿀꺽 삼키며 크고 순한 눈을 깜빡거린다. 나는 사과 하나를 더 건네주며 사과 씹는 기린을 물끄러미 바라본다. 기린 머리에 달린 딱딱한 뿔을 올려다본다. 그때마다 내 심장은 쿵쾅

쿵쾅 뛴다. 바람이 분다. 기린은 몸을 돌려 은행나무 숲으로 돌아간
다. 숲으로 가는 길엔 작고 낮은 집들이 늘어서 있다. 기린이 한 걸
음 내디딜 때마다 집들의 심장에 주황색 등불이 켜지고 커다란 발자
국이 숲으로 이어진 길 위에 뚜렷이 새겨진다. 숲과 집들과 나무들과
굴뚝에서 솟아오르는 연기들 점점 작아지고 기린의 몸집은 점점 커진
다. 회색 구름이 기린의 목에 걸린다. 남자와 여자가 잠든 작은 방 창
문 밖으로 기린이 지나간다. 은행나무 잎 녹색 빛깔 점점 짙어지는 여
름밤, 은행나무 숲에 앉아 있는 연인의 등 뒤로 기린이 지나간다. 아
니, 기린 지나가는 소리 들린다. 조용히 비가 내린다. 은행잎들이 가
만히 떨어져 내린다.

—「은행나무 숲으로 가는 기린」 전문

이 시를 보면 전통 서정시의 형식으로 쓰인 것이 아님을 우리는 금방 알
수 있다. 일상적 현실의 논리를 벗어난 환상적 상태가 시의 주종을 이루고
있음을 발견할 수 있는 것이다. 따라서 이 시는 시인의 심리적 의식의 결을
드러내는 이미지의 선을 따라 감상하는 것이 중요하다. 이 시에서 가장 중
심이 되는 이미지는 기린의 의미를 집약시켜 주고 확장시키는 사물로서의
'뿔'이다. 여러 이미지가 출현하고 그 이미지를 통해 여러 의미를 짐작해 볼
수 있지만 그 모든 이미지를 묶어 주는 벼리에 해당하는 이미지가 '기린의
뿔'인 것이다. 기린과 뿔은 이 시에서 같은 의미망을 가진 것으로서 "낮은 집
들이 늘어서 있"는 일상을 뛰어넘는 표상을 상징한다. 즉 "숲과 집들과 나무
들과 굴뚝에서 솟아오르는 연기들 점점 작아지고 기린의 몸집은 점점 커진
다"에서 볼 수 있는 것처럼 기린과 기린의 뿔은 작아지는 지상의 존재들을
초월해 무한정 '커지거나 높아짐'으로써 어떤 자유로운 경지에 이를 수 있
는 대상으로 투사되고 있다. 이 이미지 속에 시적 화자의 정서도 녹아들어
있고, 시적 화자가 꿈꾸는 대상으로서의 상상력의 논리도 전개되고 있다.
그렇다면 우리는 이 시적 이미지를 더욱 자세히 음미해 볼 필요가 있다.

우선, 시적 화자에게 기린의 '뿔'은 무슨 의미가 있는가 하는 질문을 던져 볼수 있다. 이런 질문을 할 수 있는 까닭은 시적 화자가 "기린 머리에 달린 딱딱한 뿔을 올려다본다. 그때마다 내 심장은 쿵쾅쿵쾅 뛴다"에서 확인할 수있는 것처럼 특별한 정서적 반응을 보이고 있기 때문이다. 즉 '심장의 활발한 박동'을 뿔로 인해 느낀다는 점이다. 이런 정서적 반응은 "기린이 한 걸음 내디딜 때마다 집들의 심장에 주황색 등불이 켜지"는 것에서도 볼 수 있다. 시적 화자의 심장이 쿵쾅쿵쾅 뛰는 것이나 집들의 심장에 주황색 등불이 켜지는 것은 맥락상 같은 의미다. 그렇다면 다시 우리는 왜 시적 화자는 기린 머리의 '뿔'을 올려다볼 때마다 '심장이 쿵쾅쿵쾅 뛰'게 될까 하고 물어볼 수 있다. 이 물음에 대한 답은 일반적 관점의 상태에서 추측한다면 기린 머리에 돋아나 있는 뿔은 시적 화자에게 어떤 신비한 인상을 남겨 감동을 주고 있다는 정도로 해석해 볼 수 있다. 특히 '올려다본다'가 갖는 언어의 내포적 의미가 흠모와 지향의 가치를 형성하고 있다는 점에서 이와 같은 해석은 자연스러운 것으로 볼 수 있다. 특별한 정보가 주어져 있지 않은 상태에서도 시적 화자는 '뿔'의 상징적 가치와 의미에 자신을 동조화하고 싶어함을 느낄 수 있다. '심장이 쿵쾅쿵쾅 뛴다'는 것은 간절히 그리운 대상이나 상태를 열망하는 표현일 것이 분명하기 때문이다.

그렇다면 다시 시적 화자는 왜, 그리고 그러한 것을 통해 무엇을 바라기에 이런 표현을 하게 되었는가 하는 질문을 이어 해 볼 수 있다. 이 답변에 대한 해명은 지금의 상태에서는 나오기 어렵다. 시의 전체적 맥락을 고려하고, 또 이전의 시들 속에 나온 뿔의 이미지들을 살피고 난 뒤에 가능한 일이다. 그런데 이 시에서는 뿔과 대등하게 '기린'의 이미지가 의미심장하다는 점이 주목된다. 이 시에서 기린은 "창밖에 기린이 나타나 귀 쫑긋 세우고 내가 틀어 놓은 음악을 듣는다"는 표현을 두고 볼 때 나와 심리적 지향을 공유하면서, 내가 건네는 사과를 꿀꺽 삼킬 줄 아는 "크고 순한 눈을" 지닌 존재다. 그런데 이 기린은 "몸집은 점점 커진다. 회색 구름이 기린의 목에 걸린다"에서 볼 수 있는 것처럼 "커다란 발자국"을 만드는 큰 동물로 우리의 일상적 인식을 초월하는 존재로 그려진다. 일상적 현실을 벗어나 있는 존재이기에 기린이 다녀가는 것을 보통 사람들은 눈치채지 못한다. 가령, "남자와 여자가 잠든 작은 방 창문 밖으로 기린이 지나"가고 있거나 "은행나무 숲에 앉아 있는 연인의 등 뒤로 기린이 지나"가고 있어 인간은 잠들어 있거나 등지고 있기에 기린의 실체를 알지 못한다. 오직 기린의 실체와 그 가치를 아는 존재는 시적 화자, 즉 시인의 의식이다. 여기서 우선 김참 시인의 시적 특이성이 발생한다. 김참의 시는 일반 사람들이 눈치챌 수 없는 심미적 가치나 상징의 세계를 대상으로 한다는 것이다. 그것이 김참 시의 특징으로 알려진 환상의 세계일 터이다.

　다시 문제의 초점으로 돌아와 시인은 왜 뿔을 보면 심장이 뛰고, 심장에 불이 들어오는 것처럼 활기가 넘친다고 표현한 것일까? 이에 대한 해답의 하나로, 앞에서 기린과 뿔을 동일시하면서 일정 부분 일상을 초월하는 심리적 기제라고 해석한 내용을 들어도 좋을 것이다. 이미 그것들은 둘 다 높이 솟아 있고 일상적 형태가 아니라는 점에서 등가적 가치를 가지고 있기 때문이다. 그러나 김참의 시에서 뿔은 그런 의미만 가지고 있는 것은 아니다. 실제 시인은 이번 시집 이전에도 뿔의 이미지를 여럿 선보인 바 있다. 그것들을 살펴보면 다음과 같다. "긴 뿔 돋힌 두 마리 개"(「여자들」, 『미로 여행』), "뿔 달린 거인"(「사막을 달리는」, 『그림자들』), "머리에 뿔 달린 사람들"(「미궁」, 『그림자들』), "눈을 커다랗게 뜨고 입을 다물지 못하는 사람들의 머리 위에 뾰족하게 돋아나는 것은 소용돌이치며 빠르게 돌아가는 뿔이다"(「구멍 뚫린 담장」, 『그림자들』), "파란 뿔 달린 검은 소"(「검은 소와 잉어가 있는 늪」, 『빵집을 비추는 볼록거울』), "뾰족한 뿔 돋은 파란 말"(「서커스」, 『빵집을 비추는 볼록거울』) 등이 그것이다. 이것들에 나타난 뿔의 의미가 똑같다고 할 수는 없지만 대체로 '뿔 돋힌', '뿔 달린', '소용돌이치는 뿔'의 내용으로 볼 때 힘의 팽창을 통한 우뚝 솟음을 뜻한다고 볼 수 있다. 그것은 일차적으로 생의 무기력함에서 벗어나는 생의 활력을, 이차적으로는 존재의 무의미함에서 빠져나온 광휘로움을 상징한다고 볼 수 있다. 그 무엇으로 해석하든 이 시구절에서 발견할 수 있는 의미의 심층은 생의 충만감이라는 사실이다.

형상적 차원에서 보자면 뿔은 발기한 남근 같은 것으로 볼 수 있다. 그것은 시들어 있던 존재가 생명력이 가득한 존재로 변신하는 것이라 할 수 있다. 이와 관련한 세라 바틀릿의 말은 경청할 만하다. 세라 바틀릿은『100가지 상징으로 본 우주의 비밀』에서 뿔을 두고 그 형상의 특성으로 다산, 생장, 자연, 부활의 상징을 띠는데, 기원전부터 신의 형상으로 제시되고 있다고 밝히고 있다. 이때 뿔은 자연계의 뿔 달린 동물이 보여 주는 발정과 정력의 상징이 되면서 다산, 생장, 자연, 부활의 상징이 된다는 것이다. 즉 남성의 남근 이미지를 설명하는 내용이 된다. 세라 바틀릿은 남근 역시 뿔처럼 발기되어 하늘로 치솟아 다산과 정력의 강력한 상징이 된다고 말하고 있는 것이다. 기본적으로 생의 활기를 지니면서 확대와 팽창의 이미지를 공유한다.

이런 관점에 입각해 뿔을 본다면 심장이 쿵쾅쿵쾅 뛰게 되는 것은 자연스럽다. 그때 뿔은 성적 욕망이 투사된 대상일 테니 말이다. 이는 김참 시인이 뿔이 돋는 이미지를 통해 무기력하고 무감각한 일상적 삶의 형식에서 벗어나 활기로 팽창하는 삶을 살고 싶다는 본능을 드러낸 것으로 볼 수 있게 한다. 생의 활기참에 대한 이미지를 뿔의 이미지에 투사한 것으로 볼 수 있게 한다는 것이다. 그렇기에 그 뿔을 보는 심리는 성적 욕망에서든 일상적 무기력에서 벗어나는 하나의 아이콘으로서든 심장을 쿵쿵 뛰게 만드는 힘이 있을 것으로 추측해 볼 수 있다.

그런데 이 뿔의 이미지는 거기에서 그 의미가 다한 것이 아니다. 아지아 · 올리비에리 · 스크트릭은『문학의 상징 · 주제 사전』에서 일각수─角獸를 설명하며 뿔이 갖는 상징적 의미를 전투와 풍요로움 속에서의 힘의 개념으로 풀이하면서, 정면에 위치하여 관통의 의미를 드러내는 것으로 보고 있다. 즉 신화적 관점에서 보자면 뿔은 분노한 신의 형상이라는 점이다. 분노 또한 힘의 팽창이나 확대를 암시한다는 점에서 위의 성적 해석과 거리가 그리 먼 것은 아니나, 대상에 대한 공격이나 비판의 의미를 담고 있어서 다른 지향을 보여 준다는 점이 특징이다. 다음 시가 이를 암시해 주고 있다.

> 밤이면 네 머리엔 뿔이 돋는다. 화분에 핀 꽃은 시들고 하늘은 시커먼 구름으로 뒤덮인다. 밤이면 네 손가락은 점점 짧아지고 네 혀는 달팽이처럼 둥글게 말린다. 밤이면 사람들이 하나둘 사라진다. 빵집 남자가 사라지고 빵집 앞에 서서 비 맞는 아가씨도 사라진다. 밤이면 네 눈은 툭 튀어나오고 네 귀는 풍선처럼 부푼다. 네 코는 자꾸 커지고 콧구멍은 연탄구멍처럼 빨갛게 달아오른다. 밤이면 너는 창문을 열고 아파트 벽을 뚜벅뚜벅 걸어 다닌다. 너는 내 방 창문을 열고 내 머리통을 후려친다. 밤이면 내 손가락은 점점 짧아지고 내 혀는 달팽이처럼 둥글게 말린다. 밤이면 내 머리에 긴 뿔이 돋아난다. 밤이면 나는 불면에 시달린다.
>
> —「밤이면」 전문

이 시를 보면 김참 시의 특징을 단박에 알 수 있다. 우선 "머리엔 뿔이 돋는다"란 구절이 시의 중요한 이미지로 작동하고 있음으로 보아 이 시는 리얼리즘 시나 전통 서정시 형태의 시가 아님을 알 수 있다. 이 시는 심리적 현상을 비현실적인 형상, 즉 환상이나 꿈의 형상으로 제시하고 있다는 점에서 시적 유형으로 굳이 분류하자면 초현실주의 계열에 속한다. 문제는 이 시의 이미지에 나타난 의식의 특이성과 그 속에 담긴 욕망의 내용이다. 이 시를 제대로 감상하기 위해서는 이 시의 출발이 되는 "밤이면"이란 시어를 놓쳐서는 안 된다. 이 시어는 어떤 조건을 가정하는, 즉 어떤 조건이 충족되는 것을 전제로 해서 새로운 상태를 상상케 하는 계기의 의미를 갖는다. 때문에 이 새로운 상태로의 돌입을 가능케 하는 조건, 즉 "밤이면"은 일상의 현실을 벗어나는 단초이자, 벗어나고픈 바람이다.

이러한 계기적인 상태로 욕망을 달성하는 발상은 김참 시의 주요한 표현법이다. 실제 첫 시집의 표제작인 「시간이 멈추자 나는 날았다」도 새로운 조건이 주어지고 이것이 충족된 이후를 상상하는 양상을 보인다. 밤이 되는 것이나 시간이 멈추는 것은 같은 조건의 형식으로서 '이것이 충족된다면'이라는 가정의 상태를 전제하고 있다. 즉 김참 시는 환상에 틈입해 들어가는 계기를 기점으로 시가 시작되는데, 조건이 주어지면이라는 발상을 보인 뒤, 그 조건이 충족되었다는 가정하에 자유로운 상상을 펼친다. 그것은 조건이 주어지기 전의 상태, 즉 일상적 현실과 조건이 충족된 상태로 환상적 현실로서 대비의 체계가 작품의 내용이 된다는 것을 의미한다. 때문에 작품은 현실의 반립反立, 즉 현실의 법칙을 벗어난 상태의 뒤집힌 일상으로서 꿈의 현실을 주로 다룬다. 그 점에서 일정 부분 김참 시의 시들은 현실과 맞물린 데칼코마니, 현실에 젖줄을 댄 쌍생아의 의미를 갖는다.

물론 이러한 계기적 매체 없이 바로 환상에 진입해 있는 시도 있다. 그러나 대부분의 시들은 현실과의 관련성 속에서 그 의미를 획득한다. 그것은 현실과 환상의 경계를 어느 정도 시적 상황으로 구성하고 있고, 이를 기준으로 시적 의미가 생성됨을 말해 주는 것이다. 비록 시에서 현실과 환상의 경계가 해체되거나 흐릿해짐으로써 다른 의미를 생각해 볼 수 있는 작품도 발견되지만, 그 어떠한 의미도 이 경계가 그 해석의 토대로 작용한다는 점은 동일하다. 이 점을 고려하여 다시 「밤이면」을 보면 이 시는 합리적 이성의 개입이나 감시가 줄어든 상태의 꿈의 상황 내지 몽환의 현상을 보여 준다. 즉 꿈속에서 발생하는 여러 상황을 이미지로 나타내고 있는데, 대체로 그 경향은 "시들고", "짧아지고", "둥글게 말"려, "사라지"는 축소의 계열과 "부"풀고, "커지고", "빨갛게 달아오"르고, 거기에 더하여 "뚜벅뚜벅 걸어다니"거나 "머리에 긴 뿔이 돋아"나는 확대의 계열로 구성되어 있다. 둘 다 현실의 형상과는 다르게 변형되었다는 점에서 변신 내지 변형의 의미를 갖고 있지만 축소의 이미지들은 "밤이면 사람들이 하나둘 사라진다"에 나타난 것처럼 위축과 소멸의 공포를 함축하고 있다. 그에 비해 소멸의 공포에 떨고 있는 존재에게 "머리통을 후려"쳐 그것으로부터 깨어나게 하고 벗어나게 하는 확대의 이미지들은 활동과 성장의 기쁨을 주고 있다.

이때 '돋는 뿔'은 사라짐과 축소에 대한 분노와 저항의 상징이자 조금이라도 자신의 체적과 체형을 키우려는 욕망의 산물이라는 점에서, 현실이라는 억압이 상징하는 위축과 소멸의 공포에 대한 저항으로 해석할 수 있다. 곧 꿈을 빌려 현실이 주는 압력에 저항하고 이를 전복시키고자 하는 욕망을 구체화한 것이라 볼 수 있다. 그렇게 본다면 이 시에서 '뿔'은 단순한 활성의 의미를 넘어 관통과 저항의 의미를 갖는다. 일상에 붙들려 쭈그러든 신이 자신의 정체성을 찾기 위해 떨쳐 일어난, 분노의 형상인 것이다. 분노 또한 심장이 쿵쾅쿵쾅 뛰고 있을 것은 당연하다.

거인의 꿈과 경계 해체

관통과 저항의 의미로서 뿔을 다는 존재는 '일상적 나'의 모습은 아니다. 그것은 보다 자신이 꿈꾸는 존재가 되고 싶은 욕망, 변신의 욕망이 구체화된 모습이다. 때문에 뿔을 달고 싶은 욕망은 김참의 시에서 자연스럽게 거인이 되고 싶은 상상력을 발동시킨다. 상상력은 되도록 현실의 중압감을 떨쳐 버리고 보다 자유롭고 고고한 천상적 가치로 가는 길을 그린다. 분노한 신은 문학적 형상화 속에서 종종 거인으로 그려지는 것이다. 다음 시편들이 그것을 잘 보여 준다.

작은 집들을 밟을까 조심조심 걷는다. 걸을 때마다 거리가 흔들리고 집이 흔들린다. 주차된 차들이 흔들린다. 텔레비전이 흔들리고 주전자가 흔들리고 찻잔이 흔들린다. 아무도 없는 거리를 지나 그녀의 집에 도착한다. 그녀가 활짝 웃는다. 우리는 거실 소파에 앉아 라디오를 듣는다. 그녀가 찻잔을 들고 온다. 홍차를 마시며 우리는 음악을 듣는다. 창밖을 본다. 철거 예정인 아파트 위에 독수리들이 떠 있다. 그녀가 창문을 연다. 시원한 바람이 불어온다. 우리는 산책을 나선다. 독수리들이 그녀의 어깨에 내려앉는다. 우리는 왜 갑자기 이렇게 커져 버린 걸까. 아파트 베란다에 널린 이불을 걷는 사람이 우리를 보고 화들짝 놀란다. 우리는 지하철 공사가 한창인 버스 정류장을 지나고 포클레인이 차도를 파헤치는 빵 가게 앞을 지나간다. 좁은 길 따라 우리는 천천히 걷는다. 걸을 때마다 땅이 흔들리고 가로수가 흔들린다. 지붕이 흔들리고 유리창이 덜컹거린다. 길게 줄을 서서 버스를 기다리던 사람들이 우리를 보고 놀라 흩어진다.

—「몽환의 마을」 부분

내 발아래로 딱딱한 구름이 흘러간다. 날아가던 새들이 딱딱한 구름에 부딪쳐 추락한다. 새들은 낡은 지붕 위에서 하얗게 말라 가는 고구마들과 함께 천천히 말라 갈 것이다. 낡은 집 옆 커다란 연못에서 커다란 물고기들이 논다. 이따금 수면을 박차고 구름까지 올라가는 물고기들. 내 꿈에 나타나 내 고요한 잠을 방해하던 죽음의 사자들. 그 물고기를 잡으러 간 아이들의 피가 장밋빛으로 연못을 물들이는 계절. 내 발아래로 딱딱한 구름이 흘러가는 계절.

—「가을」 부분

위 두 편의 시는 시적 화자가 매우 큰 사람, 즉 거인이 되어 있음을 표현한 작품들이다. 뿔을 달고 싶은 욕망은 보다 힘 있고 고귀한 존재로 변신하고 싶다는 욕망으로 전이되는데, 김참의 시에서는 그것이 위의 시들에서 볼 수 있는 것처럼 '거인'으로 실현된다. 먼저 「몽환의 마을」에서 시적 화자는 "작은 집들을 밟을까 조심조심 걷"거나 "걸을 때마다 거리가 흔들리고 집이 흔들"릴 정도의 거대해진 몸체를 자랑하고 있다. 더 나아가 "독수리들이 그녀의 어깨에 내려앉"을 정도거나, "아파트 베란다에 널린 이불을 걷는 사람이 우리를 보고 화들짝 놀"랄 정도의 덩치를 보인다. 이 구절들 속에서 시적 화자의 욕망은 일상적 현실을 '흔들리게' 할 만한 존재, 일상적 존재가 볼 때엔 '화들짝 놀랄' 만한 존재가 되고 싶은 것으로 보인다. 이 욕망의 바탕에는 굳어 있는 현실을 뒤흔들어 보다 생동감 있는 세계로 만들고 싶다는 마음과 자신의 이러한 행위를 통해 사람들도 자신에게 주어진 일상이 경직되고 무의미하다는 것을 깨우쳐 주고 싶은 바람이 깃들어 있다. 놀라게 하고 정체된 것을 뒤흔드는 것은 끊임없이 살아 움직이는 생명의 본질적 현상이다. 거인의 표상은 정체와 무감각에 대한 반동적 형태다.

「가을」에서도 이 내용은 비슷하다. "내 발아래로 딱딱한 구름이 흘러간다. 날아가던 새들이 딱딱한 구름에 부딪쳐 추락한다"에 나타나는 것은 보통의 인간들이 꿈꿀 수 없는 경지에 도달해 있는 화자의 상태이다. 어떻게 보면 이러한 이미지들은 꿈이거나 망상이라 할 만한 허황된 것으로 볼 수 있다. 그렇지만 꿈이 프로이트가 말한 바대로 현실에서 이루어질 수 없는 것을 대리로 충족하는 표상이라고 본다면, 이 시 속에 나오는 거인의 표상과 심리는 일상적 현실에 짓눌린 현대인들의 초월적 세계로의 지향을 대변한 것이라 볼 수 있다. 실제 오늘의 현실은 후기 자본주의적 방식과 체제에 따라 효율과 기능으로 점철되어 인간의 자유로움과 활기가 굳어진 상태, 아도르노가 그렇게 근대사회의 문제점으로 지적한 생명이 '사물화된 상태'로 볼 수 있다. 이 비활성의 세계에서 거인이 되고 싶다는 것은 바로 억눌린 생명력의 소생, 또는 진정한 세계로의 자유로운 비상이란 의미를 갖는다. 거인이 된다는 것이 바로 변신에의 욕망의 전형이라는 점에서 이 또한 환상성의 의미를 갖는다면 이때 언급되는 환상성 자체야말로 우리가 억눌러 버린 욕망의 회귀, 낮의 현실이 억압한 참된 생명력의 복원이 된다. 자연의 생명력을 경외의 심정으로 대하는 우리의 태도를 오랜 신화적 상상력이 거인으로 형상화하고 있듯이, 시인 김참도 당대의 현실에서 참된 생명력의 경이를 이러한 거인의 표상으로 소환하고 있는지도 모른다.

김참 시인은 이전 시집에서부터 이러한 의미를 '꿈'과 '환상'이란 키워드로 자신의 작품에 담아 왔다. 찬찬히 살펴보면 이번 시집에 나타난 뿔과 거인의 이미지도 꿈의 형식으로 제시되고 있음을 알 수 있다. 꿈은 환상이지만 그 환상은 현실의 결핍을 환기시켜 현실의 문제점을 암시한다. 때문에 꿈이 갖는 환상성은 현실과 동떨어진 무의미한 것이 아니다. 현실의 부정성을 반립한 형태로 보여 주는 데칼코마니와 같은 것이다. 꿈과 현실은 김참 시에서 동전의 양면처럼 반립해 있지만 다시 그것들은 뫼비우스의 띠처럼 이어져 있다. 꿈속을 계속 걸어가면 현실이 되고, 현실을 계속 걸어가면 꿈속이 된다. 마치 장자의 나비 꿈처럼 무엇이 꿈이고 무엇이 현실인지 경계가 모호해지는 것이다. 이 점은 다음 시편들에서 잘 볼 수 있다.

내가 창문 활짝 열고 낮잠 잘 때 내 귀는 한여름 토란잎처럼 커다랗게 자란다 내가 코골며 꿈을 꿀 때 내 귀는 고구마 줄기처럼 길게 뻗어 나간다 내 귀는 냇가 돌담 옆 민들레로 피어나 검은 염소가 풀 뜯는 소리 듣는다 내 귀는 쇠비름처럼 번지며 돌담 따라 걷는 아이의 낮은 발소리를 듣는다

…(중략)…

점점 커지는 내 귀에 흰나비 두 마리 춤추며 내려앉는다 내 귀가 이탈리아 식당 뜨거운 지붕 위에서 화덕의 피자처럼 빨갛게 익어 갈 때 나는 식은땀 흘리며 낮잠에서 깨어난다 대문 활짝 열고 밖으로 나가 느티나무에 뜨거운 귀를 붙인다 바람이 분다 내 귀는 느티나무 가득 초록 잎들로 돋아난다

—「낮잠」부분

그녀가 그린 눈 내리는 거리는 내가 그린 그림 속에 있어요. 그녀는 내 그림 속에 있지요. 그녀는 내 그림 속에서 그녀의 그림을 그려요. 그녀가 그린 그림엔 피뢰침이 있고 피뢰침 꼭대기엔 팔 없는 여자가 다리 없는 남자와 함께 거꾸로 걸려 있어요.

건물 꼭대기마다 피뢰침이 길게 솟아 있는 내 그림에는 작은 인형을
든 유령들이 걸어 다니고 있어요. 그들은 내가 그린 그림 속 파란 의자
에 앉아 눈 내리는 거리를 바라보기도 하고 거꾸로 매달린 남자와 여자
를 그리는 내 그림 속 그녀를 우두커니 바라보기도 하지요.

—「그녀가 그린 그림들」 부분

두 편의 시는 꿈과 현실의 경계가 뚜렷이 구별되지 않음을, 구별될 수
없음을 보여 주고 있다. 우선 「낮잠」은 꿈의 형식으로 제시된 거인증의 심
리를 보여 주고 있다. 예를 들어 "내가 창문 활짝 열고 낮잠 잘 때 내 귀는
한여름 토란잎처럼 커다랗게 자란다"에 보이는 '커다란 귀'는 "한여름 토란
잎"의 비유에서 보듯이 왕성한 자연의 생명력을 바탕으로 무한히 확장되
어 가는 존재의 활기를 상징한다. 이 놀랍고 강렬한 생의 활기는 그가 간
절히 바라는 것이기에 시 속의 상황에서 꿈과 현실을 불문하고 증폭되기
를 꿈꾼다. 그리하여 "나는 식은땀 흘리며 낮잠에서 깨어난다 대문 활짝 열
고 밖으로 나가 느티나무에 뜨거운 귀를 붙인다 바람이 분다 내 귀는 느티
나무 가득 초록 잎들로 돌아난다"에서 보는 것처럼 낮잠에 깨어난 상태에
서도 시적 화자의 귀는 "느티나무 가득 초록 잎들로 돌아"나는 환상적 상
태에 놓이게 되는 것이다. 이 상황은 욕망이 강렬하면 강렬할수록 그 욕망
이 실현되는 곳으로서의 꿈과 꿈 아닌 것의 구분이 무의미하다는 것을 말
해 주는 것이다.

그렇지 않겠는가! 하나의 강렬한 염원은 안과 밖이 없고, 위와 아래도 없
다. 「그녀가 그린 그림들」의 내용은 현실과 환상의 경계가 자로 재듯이 확연
하게 구분되는 것은 아니란 것을 말해 준다. 예를 들어 "그녀가 그린 눈 내
리는 거리는 내가 그린 그림 속에 있어요. 그녀는 내 그림 속에 있지요"라
는 언명은 내가 그린 그림 속에 그녀의 그림이 들어 있고, 그녀가 그린 그림
속에 내가 그린 그림이 들어 있다는 내용인데, 이는 내가 그린 그림 속에 그
녀가 들어 있고 그녀가 그린 그림 속에 내가 들어 있다는 상호 반립의 상태

를 표현한 것으로 볼 수 있다. 장자의 나비 꿈에 해당하는 표현인데, 이 논리에 따르면 현실과 환상은 구분되지 않는 것이기에 우리가 믿고 보고 있는 이 현실이 사실은 환상일 수도 있다는 것, 또는 우리가 허황되다고 생각하는 환상이 사실은 현실일 수도 있다는 것이다. 이것은 획일과 효율로 모든 것을 분할하고 이성의 확신으로 모든 세계를 증명할 수 있다는 근대적 세계관에 대한 비판이자 전복의 형식이다. 시인 김참은 도구적 이성으로 명명된 근대적 문명의 형식에 대해 비판의 관점에 선 탈근대적 인식을 이러한 이미지의 무한 반복과 변주로 구체화하고 있다고 말할 수 있다.

이미지의 무한 증식과 시 쓰기의 의미

경계가 모호하고 해체되는 세계에서 이미지는 자립성과 단독성을 잃고 끝없이 흔들리는 파동 같은 것이 된다. 이미지는 무한하게 재생되거나 증식되는 현상으로 이어진다. 어떻게 보면 김참 시의 특징이 이미지의 강박적 반복 같은 모습을 보여 주고 있다는 점에서 무한 증식되는 이미지의 환상이라 볼 수 있다. 다음과 같은 시가 대표적인 한 사례일 것이다.

검은 항아리 머리에 이고 검은 얼굴 여인들 걸어가는 열대의 밤 노란 새들 나무에 앉아 커다랗게 지저귀고 어두운 하늘에 뚱뚱한 구름 흘러가는 밤 하얀 도마뱀들 벽 타고 내려와 바구니의 망고를 갉아 먹는 밤 검은 얼굴 여인들 강가 모래밭에 항아리 내려놓고 어두운 강에 들어가 파란 물고기 건져 올리는 밤 검은 얼굴 여인들 바오바브나무 아래 항아리 내려놓고 어두운 숲에서 초록 뱀을 잡는 밤 검은 얼굴 여인들 검은 항아리에 파란 물고기와 초록 뱀을 담아 어두운 오솔길 따라 돌아오는 밤 노란 달 공중에 떠올라 뜨겁게 타오르고 검은 바람이 뚱뚱한 구름을 밀고 언덕을 넘어가는 밤 잠 못 드는 내가 도마뱀처럼 벽을 타고 지붕

에 올라 뜨거운 달빛 받으며 무화과 열매처럼 검은빛으로 익어 가는 밤
―「열대의 밤」 전문

위 시는 제목에 해당되는 '열대의 밤'의 특성을 다양하고 중층적인 관점에서 이미지화해 보여 주고 있다. 무한히 반복될 수 있는 이미지의 생성은 보는 사람에게 여러 생각이 들게 한다. 적당한 순간에서 시구절은 끝나고 있지만 쓰려고 마음먹는다면 비슷한 이미지들이 계속 나열될 수 있겠구나 하는 생각이 들게 한다. 그렇다면 이러한 방식으로 이미지를 생성하는 까닭은 무엇일까 하는 점이 의문으로 제기될 수 있다. 김참 시인은 왜 이러한 비슷비슷한 이미지를 줄곧 생산하고 있는 것일까? 이에 대한 해명은 앞의 시 해석에서 일부 언급되어 있기도 하다. 아마 현실과 환상의 구분이 없다는 인식에서 출발하여 우리가 보고 있는 이미지가 그 무엇도 참된 것이 아니라는 사유를 보여 주고자 함이 아닐까 하는 것을 우선 생각해 볼 수 있다. 『금강경』의 "일체유위법一切有爲法 여몽환포영如夢幻泡影 여로역여전如露亦如電 응작시관應作是觀"은 이 세상의 모든 현상이 꿈, 환상, 물거품, 그림자, 이슬, 번개와 같은 것이어서 무상하기 짝이 없기 때문에 마땅히 그와 같이 바로 보아야 한다는 말이다. 시인 김참도 현실 속의 환상을, 환상 속의 현실을 저와 같은 강박적 이미지의 무한 증식으로 드러내고 있는 것은 아닌지 모르겠다.

이러한 이미지의 구체화는 어쩌면 무상한 일의 도로徒勞, 쓸데없는 일의 반복으로 보일지도 모른다. 그러나 김참이 말하고자 하는 초점은 바로 여기에 있다. 쓸데 있고 쓸데없음을 나누는 것 자체가 무의미하다는 것이다. 시인의 관점에서 어떤 것이 있다면 그 모든 현상의 밑을 가로지르는, 무기력한 현실을 벗어나고자 하는 초월에의 욕망만 선연한 한 줄기 흐름으로 존재한다는 것이다. 뿔과 거인이 되고 싶은 욕망으로 말이다. 결국 이런 사색은 시 쓰기의 문제로 확장된다. 시는 무위無爲의 일을 반복하는 행위에 불과할 것인가? 시인도 자신의 시에 대해 번민과 자성을 하는 게 당연해 보인다. 이런 생각은 그의 네 번째 시집 『빵집을 비추는 볼록거울』에 실려 있

는 작품에서 생생하게 드러난다. 그 작품에서 시인은 시는 무엇이며, 어떻게 써야 하며, 어떤 특성을 지녀야 할까 등등의 온갖 상념을 성찰하고 있다. 그 시는 이렇다.

> 어제는 시월 삼십 일. 어제는 기억해 주는 사람이 별로 없는 내 생일. 아무짝에도 쓸모없는 내 생일. 오늘 마감인 시를 내일 쓰리라 생각했던 어제. 그리고 내일 쓰리라 다짐했던 시를 오늘 쓰고 있는 지금 이 시간. 어제가 오늘 같고 오늘이 어제 같은 날들. 마감 날 시 쓰는 이 게으른 습관. 그것도 저녁에 시작해서 자정 전에 끝나는 중언부언의 시들. 어느 날 저녁 들었던 박태일 선생님 말씀. 들을 때는 울컥했지만 생각해 보면 하나도 틀린 데 없는 바로 그 말씀. 동어반복과 중언부언의 내 시들. 그 시가 그 시 같고 그 시가 그 시 같은 내 시들. 그렇다. 내 시들은 동어반복과 중언부언의 시들. 했던 말 또 하고 그 말을 다시 하는 쓸데없는 시들. …(중략)… 어제는 내 생일. 이제는 기억해주는 사람이 별로 없는 내 생일. 아무짝에도 쓸모없고 시들시들한 내 생일. 오늘 마감인 시를 내일 쓰리라 생각했던 어제. 그리고 그 시를 지금 막 끝내는 바로 이 시간. 하지만 아직도 미련이 남는 바로 이 순간.
> ─「동어반복과 중언부언의 날들」 부분

이 시는 김참의 시 중에서는 조금 특이하다 할 수 있다. 왜냐하면 대부분의 시가 꿈과 환상으로 점철된 내용인 것에 비해 자신의 현실적 삶과 시에 대해 이야기하고 있기 때문이다. 시론에서는 자신의 시적 주제를 효과적으로 드러내기 위해 만든 허구적 대리인으로 시적 화자를 정의하지만 이 시속에 나오는 화자는 영판 시인 김참 같아 보인다. 그만큼 자신의 시와 현실의 이야기가 반영되어 있다. 그런데 시 속의 장면은 매우 쓸쓸하다. 시인 김참의 현실적 처지가 그런 것이라고 생각되리만큼 처량한 신세를 보여 준다. 우선 자신의 생일을 기억해 주는 사람이 별로 없어 시적 화자는 "아무짝에도 쓸모없고 시들시들한 내 생일"을 보내며 침울해하고 있다. 그래서 "어제가 오늘 같고 오늘이 어제 같은 날들" 속에서 삶의 권태와 지리멸렬함 속에 빠져 있는 듯한 모습을 보여 준다. 거기에 더하여 무엇보다 시인으로서의 자신의 작품이 "그 시가 그 시 같고 그 시가 그 시 같은", "동어반복과 중언부언의 (내) 시들"로 평가받음으로써 큰 실의에 빠져들고 있다. 무료하고 무미건조한 일상의 반복과 자신의 시적 특성이 겹쳐지면서 자조적이고 자학적인 감정에 빠져드는 모습을 보이는 것이다. 그 자조와 자학이 권태롭고 소외된 현대인의 심리를 대변하는 것 같다.

　그런데 이 시가 주는 전언은 거기에서 그치지 않는다. 전반적 분위기는 우울하고 의기소침해 있다고 할지 몰라도 마무리 부분에서의 작은 반전이 있음으로써 그렇지 않다고 말해야 하리라. 그것은 이 시의 본의本意가 따로 존재한다는 것을 말한다. 본의의 내용은 시적 화자의 의지적 의식에 들어 있다. 곧, "그 시를 지금 막 끝내는 바로 이 시간. 하지만 아직도 미련이 남는 바로 이 순간"의 표현 속에 깃들어 있는 고집스러운 의식의 자부심 내지 생기 넘침이 그것이다. 이 구절의 분위기는 그의 시작詩作이 결코 동어반복과 중언부언이 아니란 점을, 결코 무의미하거나 쓸데없는 것으로 끝나지 않는다는 점을 주장하는 듯한 느낌을 주고 있다. 왜냐하면 "하지만 아직도 미련이 남는 바로 이 순간"이란 언명을 통해 이러한 의미를 느낄 수 있기 때문이다. 즉, 먼저 "하지만"이란 부정사를 통해 시적 화자는 자신에게 뒤집어씌운 편견을 부정하고 싶은 마음을 드러내고 있고, 둘째 "아직도 미련이 남는"이란 말을 통해 자신이 쓰고 싶은 시적 영감이나 충동이 자신의 내부에 아직 많이 남아 있다는 자신감을 드러내고 있기 때문이다. 남들에게는 동어반복과 중언부언의 시로 보일지 몰라도 자신에게는 새로운 이미지를 창조해 내는 창조적 열망이 매 순간 차오르고 있다는 항변의 의미다. 이 점은 무엇보다 셋째, "바로 이 순간"이란 표현을 통해 최소한 이 시를 쓰는 순간만은 "어제가 오늘 같고 오늘이 어제 같은 날들"의 연장이 아닌 살아 있는 순간, 의식이 깨어 있는 순간, 그래서 '의미로 충만해 있는 순간'이란 점을 강조함으로써 자신에게 시 쓰기가 결코 무의미한 일의 반복이나 연속이 아님을 드러내고 있는 데서 알 수 있다.

이러한 언명은 그의 생활과 시작 활동이 결코 권태나 지리멸렬한 행위로 떨어지지 않는다는 부정의 행위라 할 수 있다. 그것은 자신의 시에 대한 다른 사람의 피상적 평가에 대해 본능적인 정동으로 자신의 삶과 시 쓰기가 결코 중언부언하는 쓸모없는 것이 아니며, 어떤 깨달음에 따라 이루어지는 것이란 점을 은연중 밝히는 것으로 볼 수 있다. 직관적 해명에 가까운 어투로 말하는 저 목소리에 우리는 그가 그의 삶과 시를 바라보는 시선을 느낄 수 있다.

그렇다면 그것은 무엇일까? 그것은 이번 시집에서 보여 준 욕망의 호르몬이 분비되는 영상 속에서 그 해답을 찾을 수 있다. 우리 인간은 덧없는 욕망적 존재이지만, 그럼으로써 끝없이 발생하는 욕망의 거품에 휩싸여 살고 있지만 그 덧없는 이미지 속에서 하나의 지향점을, 그 덧없는 이미지의 증식 속에서 하나의 진실된 흐름을 찾아 나서는 존재임을 보여 주는 것이다. 모든 유동하는 이미지 속에 하나의 일관된 꿈, '뿔을 단 거인'으로 솟아 고착되고 경직된 당대의 현실을 깨뜨리고 자연의 생명력으로 왕성한 삶으로 나아가기를 꿈꾸는 것이다. 끝나지 않는 천일야화 같은 이미지 속을 헤치면서 참된 삶에 도착할 수 있도록 말이다.

결정적 순간에 부르는 절정의 노래
—손택수 시의 의미

나이 50을 넘는다는 것은 한 사람의 생애로 볼 때 의미심장하다. 생의 원숙함이 완연하게 나타나게 되는 시기가 바로 이때가 아닐까 싶다. 공자도 이 나이 때를 지천명知天命이라 했다. 천명을 안다는 것은 무얼 말함일까? 천명을 안다는 것은 자신의 운명을 알게 되어 하늘의 뜻에 맞게 살아감을 의미하는 것일 테지만, 가만히 더 생각해 보면 이 나이 때에 자신의 삶을 하늘에 닿을 정도로 가장 치열하게 실천하고 있다는 것을 의미할 수도 있다. 즉 자신의 운명이 절정에 이를 정도로 자신의 생활을 실천하고 있는 시기가 50을 넘는 때가 아닌가 싶은 것이다.

손택수 시인의 최근 시를 보면 나이 50에 든 표정이 역력하다. 시인으로서 자신의 운명에 대한 자각이 절정에 이른 듯한 아우라를 내뿜고 있다. 시가 극치에 이른 듯한 울림을 주고 있어 그런 생각을 갖게끔 한다. 그것은 무심하고 무료하기까지 한 일상을 쓸쓸히, 그러면서 안으로 뜨겁게 연작시로 표현하고 있는「동백에 들다」를 보면 확연히 알 수 있다. 그 시의 시작은 이렇다.

1

　꽃잎과 꽃잎이 포개져서 꽉 끌어안은 채 벌어지고 있다 한 치의 틈도
없이, 빠듯이, 살을 부비면서 폭발하고 있다 벼랑 끝에 몰린 바위와 소
나무처럼 서로의 살을 탐하며 추락, 하는 순간을 그대로 멈춰 놓았다

　이대로 절명한들 어떠리
　그 속에서 콱, 숨이 틀어막혀도 좋으리라

—「동백에 들다」 부분

　이 시를 음미하면 음미할수록 여러 생각에 휩싸이면서 놀라운 감흥을 맛
보게 된다. 시적 내용에 따라 우선 감상해 보면, 이 시는 동백꽃의 개화에
대해 쓰고 있다. 현재 동백꽃은 "꽃잎과 꽃잎이 포개져서 꽉 끌어안은 채 벌
어지고 있다"라는 문장으로 볼 때 무정형無定形과 무의미한 상태에서 정형
과 의미로 가득한 꽃의 세계로 피어나고 있다. 즉 놀라운 형상적 존재로 출
현하고 있다. 탄생의 신비함을 노래하고 있는 것으로 보이는데, 그것이 얼
마나 시적 화자에게 충격을 줬는지 알 수 있는 것은 "살을 부비면서 폭발하
고 있다"에 나타난 '폭발'이란 시어다. 동백꽃의 피어남은 시적 화자에게 천
지를 뒤흔드는 '폭발', 또는 개벽의 한 현상과 다름없다.

　꽃의 개화를 이렇게 놀랍고 섬세하게 엿보는 것(이 시구절들을 조금 더 음미
해 보면 꽃잎은 '벌어지고', '한 치의 틈도 없이', '살을 부비며', '살을 탐하며'라는 어구를
통해 볼 때 약간의 관능적 색채가 부여되고 있다. 그 점에서 꽃잎의 개화를 정면으로 보
는 것이 아니라 몰래 엿보는 태도를 취하고 있다고 생각하는 것이 더 어울린다)은 시적
화자의 내면이 정밀靜謐하고 농염濃艶하기 때문으로 볼 수 있다. 찬란한 세
계의 발견은 무르익은 내면의 투사에서 비롯되기 때문이다. 그런데 더 놀
라운 것은 그 개화하는 꽃을, 다시 말해 절정에 이른 꽃을 "살을 탐하여 추
락, 하는" 것으로 인식하고, 거기에 "순간을 그대로 멈춰 놓았다"고 정지의
미를 부여하고 있다는 사실이다. 개화의 순간을 추락의 면으로 동시적으로

인식하면서 그 개화와 추락의 양면성이 갖는 어지러움과 아름다움을 시적 화자는 '정지'시켜 놓고 바라보고 있다. 마치 괴테의 파우스트가 "멈춰라, 너 참 아름답구나" 하고 가장 아름다운 한때를 정지시켜 놓은 것처럼 말이다. 이것은 무엇을 말함인가? 괴테의 경우는 가장 충실하고 이타적인 삶의 한때가 가장 아름답다는 인식에서 나온 것이지만 손택수 시인이 그리는 저 구절은 조금 다른 느낌을 주고 있다. 곧 탄생과 죽음의 신비한 일치가 주는 아름다움에 시인의 직관은 동화되어 그것을 한 순간으로 정지시키고자 하는 것으로 볼 수 있는 것이다. 그것은 세속의 가치를 벗어난, 생명의 본질과 우주의 선율 속에서 피어난 영적 감흥이 아닐는지!

그래서 시적 화자는 이런 순간을 목도하자 "이대로 절명한들 어떠리/ 그 속에서 콱, 숨이 틀어막혀도 좋으리라"라고 다시 본심을 말한다. 가장 절정에 이른 순간에 죽음을 맞을 수 있다면 그 죽음은 참으로 아름답고 장엄할 것이다. 꽃의 세계로 볼 때 아름답고 신비한 개화는 존재의 완성이다. 완성의 순간은 영원한 것이면서 지고한 것이다. 아름다움이 참된 것이자 가장 가치 있는 것이 되는 이러한 특성은 당연히 시간을 '멈추게' 하는 속성을 지녔다. 멈춤은 '절명'으로 이야기되는 죽음일 수도 있지만 그것은 시간을 초월한 '영원한 현재'의 의미일 수 있는 것이다. 곧 삶과 죽음을 초월한, 어쩌면 삶과 죽음의 신비한 일치를 경험하는 한 순간일 수 있다는 것이다. 그것은 놀라운 경험이자 인식이다.

그 점에서 '동백에 들다'란 제목도 의미심장하게 다가온다. 우선 '동백'이 갖는 상징성은 이 시의 내용 전반을 두고 볼 때 어떤 아름다움의 실체, 또는 궁극적인 아름다움의 가치 정도로 풀이해 볼 수 있다. 조금 형이상학적인 관념을 내포하고 있는 것으로 어떤 지고한 삶의 경지쯤으로 풀이해도 되겠다. 그 다음 주목할 것은 '~에 들다'란 표현이다. 이는 바로 어떤 경지에 다다름, 즉 어떤 경지의 이름을 객관화해 보여 줄 때 쓰는 언어다. '선정에 들다', '열반에 들다' 등의 표현이 전형적인 그런 예다. 이 구절에서 손택수 시인이 어쩌면 오만하게 비칠지도 모르겠다. 하지만 필자는 그가 이미 한 세계에 들어갔고, 일가를 이루었으며, 그것으로 존재의 의미를 깨쳤다고 선언하는 듯한 느낌을 받는다. 시제 측면에서도 '들다'란 절대시제의 사용은 시간의 과거, 현재, 미래의 흐름에서 벗어난 초월 그 자체, 초연 그 자체를 드러내고 있다. 절대시제는 발화 행위 그 자체를 절대화하는 의미를 가진다. 시인은 의식적으로 혹은 무의식적으로 그리했는지 모르겠지만 이 시를 쓰며 제목을 달 당시 어떤 절대적 영역으로 자신을 밀어 넣고 있었음이 틀림없다. 그것이 시적 대상의 발견과 그것에 부여한 이미지의 결, 언어의 운용에 다 섬세하게 배어 나왔다고 볼 수 있는 것이다.

이러한 해석이 가능한 것은 이 연작시에 실려 있는 여러 이미지들에서도 그것을 볼 수 있기 때문이다. 가령 다음과 같은 시들은 똑같이 절정의 상태와 정지의 아름다움을 다루고 있다.

4

물을 꽉, 쥐었다 손등 위로 정맥 줄이 불거져 나와서 울퉁불퉁하다 뻗친 힘줄이 속으로도 우글우글, 절정의 순간에 딱 멈춰 선 것 같다 후끈하다 냉방에서 입김을 끓는 물처럼 뿜어올리며 사랑을 나누는 연인들, 발구락 오그라드는 바위 틈으로 꽝꽝 뿌리를 뻗친다 뿌리를 뿔로 화끈거린다

헌혈하듯 주먹을 쥐었다 푼다
모세혈관처럼 뻗어 간 무늬가 빙벽을 열고 나온다

—「동백에 들다」 부분

13

입구를 포장 비닐로 칭칭 감아서 싸맨 어묵 집었다 국 솥에서 올라온 김을 말아 뭉쳐진 천장의 물방울이 떨어질 듯, 말 듯, 떨고 있었다 철봉에 오래 매달리기 연습이라도 하듯 어금니 꾹 깨물고 당겨 쥔 한

방울이 핑 몸을 허물기 직전에 터져 나오는 빛, 둑 너머까지 따라가서 잡았다 놓친 물줄기가 주르륵 미끄러져내릴 때, 배려랍시고 멋쩍게 외면을 하며 소매로 닦는 뿌연 창밖 거리의 입김들 위로 흐린 별도 몇 점 녹을 듯, 말 듯, 얼어 터진 채로 그렁대고 있었다 사랑할 사람도 이별할 사람도 없이 불어 터진 어묵 같은 날들, 가늘게 들썩이는 저 만수위 속으로 나도 첨벙 뛰어들 수 있다면,

  술잔을 부딪는 진동음 하나도 조심스럽게 앙다문 물방울을 전구처럼 켜 놓은 어묵집

                                                  ―「동백에 들다」 부분

15

  회굴을 할머니는 해골이라고 했다 해골이 잘 숨을 쉬어야 방이 따뜻한 거라고, 장판이 까맣게 눌어붙도록 뜨근뜨끈하게 허리를 지지던 아랫목이 그립구나 자신의 해골 그림을 그려 놓고 바라보는 선승들의 수행법이 있다더니,

  움직이지 마세요, 숨을 멈추세요, 엑스레이 사진이 해골의 증명사진 같다

                                                  ―「동백에 들다」 부분

  이 세 편의 연작시에서 볼 수 있는 것은 절정, 긴장, 정지의 상태가 갖는 미학적 가치다. 우선 「동백에 들다」 4에서 주목해 볼 대목은 "절정의 순간에 딱 멈춰 선 것 같다"는 표현이다. 이 시의 시적 정보로 볼 때 명확한 대상은 알 수 없다. 다만 동백을 다룬다는 점에서 계절적 배경이 겨울에서 봄에 걸쳐 있는 시점이라는 것과 '뿌리를 뻗친다', '빙벽을 열고 나온다'란 내용으로 볼 때 봄이 되어 구근이 피어나는 장면을 시화한 것이 아닌가 하는 정도로

짐작된다. 봄이 되어 뿌리 식물인 구근은 "물을 꽉, 쥐"어 생명의 태동을 시작한다. 그 물은 "손등 위로 정맥 줄이 불거져 나와서 울퉁불퉁"한 모습을 띠고 있고, "뿌리를 뿔로" 밀어 올리는 과정에서 온몸이 "화끈거"리는 것을 느낀다. 그런데 이 생명의 약동은 "냉방에서 입김을 끓는 물처럼 뿜어올리며 사랑을 나누는 연인들"의 모습처럼 어떤 열락의 정점에 이른 듯한 모습으로 비친다. 그래서 시적 화자는 생명이 태어나는 순간을 "절정의 순간에 딱 멈춰 선 것 같다"고 직관해 낸다. 구근이 맞는 이 절정은 죽음으로 가득 차 있다가 삶의 상태로 기울어 가는 분기점의 순간일 것이다. 그 절정의 순간은 내부에 생의 근원적 에너지로서 리비도가 한없이 '우글우글' 가득 차는 순간일 것이기에 매우 고도로 응축된 에너지, 즉 긴장감을 발생시킨다. 그래서 시에서 보이는 절정감은 성적 흥분, 즉 오르가슴으로 치환되어 생명의 탄생과 맞물려 자연스럽게 펼쳐진다. 탄생이든 죽음이든 그것은 어떤 절정의 감각에 놓여 있다는 점에서 매우 관능적이면서 탐미적이다. 50의 나이가 삶의 한 중심으로서 분기점의 역할을 하며 절정의 상상력을 불러일으킬 수 있다면, 탄생을 죽음과 삶의 분기점으로, 죽음을 삶과 죽음의 분기점으로 인식하여 그 절정의 상상력을 전이해 볼 수도 있는 것이다.

　이런 점은 「동백에 들다」 13의 "국 솥에서 올라온 김을 말아 뭉쳐진 천장의 물방울이 떨어질 듯, 말 듯, 떨고 있었다 철봉에 오래 매달리기 연습이라도 하듯 어금니 꾹 깨물고 당겨 쥔 한 방울이 핑 몸을 허물기 직전에 터져 나오는 빛"에 그대로 적용된다. 이 구절에서도 알 수 있듯 '떨어질 듯 말 듯 떨고 있는 물방울'은 어떤 절정에 도달한 상태로 정지의 상태에 들어가 있다. 그 순간은 매우 강렬한 에너지의 파동이 집중될 터이니만큼 긴장감을 필수적으로 동반한다. 이 물방울은 사람으로 치면 자신의 생명이 다 차올라 곧 죽음으로 이행해 갈 수밖에 없는 분기점의 상태, 생의 충만이 죽음을 필연적으로 불러올 수밖에 없는 상태를 뜻한다. 매달림과 낙하의 이중적 장력이 교차하는 지점에 잠시 멈춰 서 있는 물방울이야말로 인간의 무상한 존재성을 강렬히 환기하는 대상이라 할 수 있지 않을까? 그 잠깐의 멈춤이야말로 자기의 존재성을 깊이, 가장 본질적으로 인식하는 대상에게 절대적인 아름다움을 지닌 존재로 각인된다. 손택수 시인도 50의 나이에 들어 제 존재성을 저렇게 본질적으로 인식하게 되는 순간을 경험했을 터인데, 그러한 경험과 인식은 시인의 운명에 보다 충실하게 된 데서 비롯되었을 것이다.

「동백에 들다」15의 "움직이지 마세요, 숨을 멈추세요, 엑스레이 사진이 해골의 증명사진 같다"는 문장 역시 정지의 미를 보여 주는 표현이다. 이것들은 모두 결정적인 순간이 갖는 의미를 포착해 내고 있는 것들이다. 앙리 카르티에 브레송은 사진의 본질을 '결정적 순간'의 포착에 있다고 말하고 있다. 사진기의 성능이나 작가의 기교보다 사진 속에서 살아나는 대상의 아름다움을 결정하는 것은 그 대상이 신비롭게 나타나는 순간의 포착에 달려 있다는 말일 것이다. 그런 점에서 예술이 취하는 아름다움의 본질은 대상에 내재한 결정적 순간의 포착, 즉 결정적 순간에 대한 인식과 그것을 감지하는 능력에 달려 있다고 해도 과언이 아니다. 손택수 시인은 이 부분에 민감히 반응하고 있다. 아니 제 자신의 운명에 내재한 결정적 순간이 50을 넘어서는 지금 이 시기에 와 있음을 세계와의 동조와 공명으로 발견하고 있는 셈이다.

결정적인 순간의 포착은 정지의 미를 낳는다. 이 정지의 이미지는 우리의 논리적이고 선형적인 인식을 중지시키고 비논리적, 비선형적인 인식을 불러일으킨다. 곧 대상에 대한 신비주의적인 감각과 인식을 낳게 하는 것이다. 그것은 시간의 초월을 에둘러 말하는 것이자, 시간을 초월할 수 있는 것이 우리의 현실 속에 있다는 것을 말해 주는 것이라 할 수 있다. 그것이 무엇일까? 다음 시편에서 보여 주는 것이 손 시인 스스로 찾아 낸 그에 대한 해답이라 할 수 있다.

야외에서 그림을 그리다 보면 나뭇가지 같은 데 그림이 꼭 상처를 입
는다고 했던 반 고흐 생각

어디 나무뿐이었을까 바람이며 빗방울이며 흘러가는 구름이며 참견
을 하는 빛의 기울기며를 화폭 깊숙이 끌어안고 후끈거렸을 그

생 레미에서 만난 올리브 나무 그림에선 메뚜기의 날개가 발견되었
다고 한다 머리도 몸통도 다 지워지고 폭풍처럼 스치는 붓질에 납작
눌어붙은 날개

날개는 순식간의 화산 폭발로 용암을 타고 흐르는 붓끝에서 화석이
되고 만 것일까 물감 딱지 화폭 전체가 지금도 근질근질 막 생성 중인
환부로 끝없이 되돌아가고 있는 듯

—「물감 화석」 부분

　무엇이 결정적 순간을 포착하고 그것이 갖는 가치를 현재화하면서 영원
성을 불어넣어 줄 수 있을까? 그것은 물론 예술이다. 특히 사진이나 그림,
음악이 그런 일을 한다고 볼 수 있으며, 마음의 행로를 그려 내는 시적 이
미지도 그와 같은 일을 한다고 볼 수 있다. 손택수 시인은 아름다움을 지니
면서 지고한 가치를 지니는 것을 예술이라 생각하고 있고, 그 가운데 특히
예술적 아름다움이 영원을 견인하는 실체라 생각한다. 위 시「물감 화석」은
반 고흐의 작품과 그를 둘러싼 일화를 바탕으로 예술의 영원성을 '물감 화
석'에 빗대고 있다. 시에서 "붓끝에서 화석이 되고 만 것일까 물감 딱지 화
폭 전체가 지금도 근질근질 막 생성 중인 환부로 끝없이 되돌아가고 있는
듯"이라고 표현하는 것은 예술적 포착이야말로 영원을 상징하는 '화석'이 되
고, 더 나아가 그 화석은 "지금도 근질근질 막 생성 중인" 에너지를 발산하
고 있음을 암시하는 것이다. 미의 생성과 포착, 또는 미의 발견과 수용은
우리의 무료하고 무의미한 일상과 존재성을 개변시키고 보다 지고한 세계
로 나아갈 수 있는 힘과 안목을 부여한다. 그런 점에서 예술적 가치는 존재
의 구원과 직결된다.

그렇게 본다면 손택수 시인은 예술적 가치와 아름다움이야말로 영원한 것이자 가장 가치 있는 것이라는 예술지상주의적 태도를 그의 시 밑바닥에 깔고 있는 셈이다. 미의 인식과 미의 실천이 결국 존재의 구원으로 이어진다는 생각은 예술가들이 품은 이념일 것이다. 손택수 시인도 이 점은 마찬가지다. 그 점에서 그가 「동백에 들다」 편에 마지막으로 내놓은 작품은 '심장'으로 상징화된 자신의 시적 정신, 또는 시적 지향에 대한 예술적 천명이다. 다음 시가 이를 잘 보여 준다.

> 22
> 언젠가 한 번은 마주친 적 있는 눈빛이다 동백잎에 내리는 빛, 그의 얼굴도 이름도 다 지워져서 눈빛 하나로 살아나는 사람이 있다 누군가 그랬지, 화장을 하면 몸 중에 가장 늦게까지 타는 게 심장이라고, 심장만 홀로 남아 꺼져 가는 불을 지키고 있다고, 재가 묻은 심장, 내 지상을 뜨고 자취란 자취 까무룩히 잊힌 뒤 무슨 그리움이 남아 닫은 눈꺼풀 커튼 젖히듯 잠시 떠 보고 싶을 때
>
> 흔들리는 동백잎을 차고 건너오는 저 빛, 저 빛만 같았으면
>
> ―「동백에 들다」 부분

이 시에서 심장은 "심장만 홀로 남아 꺼져 가는 불을 지키고 있다"에서 볼 수 있듯이 불로 상징화된 생명의 참됨과 구원에 직격하는 존재성이다. 죽음을 초월한, 아니 죽음을 이겨 낸 생의 의지를 심장은 상징하고 있는 것이다. 그 심장은 동백 꽃잎으로 벌어지기도 하고, 동백잎에 내리는 빛으로 변전하기도 한다. 그런 점에서 끝까지 남아 있는 빛, 시에서 "언젠가 한 번은 마주친 적 있는 눈빛이다 동백잎에 내리는 빛", 또는 "흔들리는 동백잎을 차고 건너오는 저 빛"은 시인이 추구하는 간절한 생명의 빛이자 영원의 빛이다. 이 빛은 시인의 의식이 절대적 가치로 밀어 올리는 형상을 암시할 터인

데, 그것은 그의 여러 시를 통해 볼 때 아름다움으로 멈춘 순간의 존재, 곧 영원을 지향하며 존재의 무상성을 이겨 내려는 응결적 존재, 이 우주의 선율에 같은 파동을 타며 노래하는 영적 존재를 표상한다. 그 점에서 일정 부분 손택수의 시적 경지는 예술을 통한 시적 구원을 얻는 실마리에 닿아 있다고 할 수 있다. 이러한 상태와 현상에서 중요한 특징 중 하나는 자신의 존재성을 인식하며 이를 초월할 수 있는 계기로서의 '극치의 감정'이다. 손 시인에게 시는 극치의 감정을 통한 자기 구원인 것이다.

그런 점에서 시는 극단적인 것이 되어야 한다. 생각건대 나도 예술의 극단성을 지지하는 편이다. 예술은 평균이 없으며 보통이 없다. 모두 하나의 진리를 내포한 극단이 있을 뿐이다. 극단에 서게 되었을 때 예술은, 손택수 시인의 입장으로 볼 때 시는, 죽음을 이겨 내기 위한 미적 영혼주의이고 영원주의다. 영혼은 불멸로 영원이다. 손택수 시인의 요즈음 시는 바로 이 삶과 죽음의 문제를 화두로 삼아 영혼의 거처와 아름다움의 의미를 사색하고, 그 끝에 놓인 영원의 형상과 인간의 구원에 대해 궁리하고 있다. 이제 그의 시는 진경에 들어선 셈이다.

영원한 이데아에 대한 그리움과 주술적 상상력

—강은교 시의 의미

> 그리고 소녀는 노인이 되었다, 꿈을 꾸는
>
> ─「문신하는 소녀」 부분

애틋하다. 소녀가 노인이 되어야만 하는 존재의 슬픔. 그러면서도 살아 있는 동안 꿈을 꿀 수밖에 없는 생의 천형天刑. 또는 꿈을 놓을 수 없는 강렬한 존재의 운명! 강은교 시인의 『아직도 못 만져본 슬픔이 있다』(2020)의 성격을 한마디로 드러낸 말로 저만한 구절이 또 있을까? 강은교 시인이 나이 칠십을 넘어 팔십으로 가는 길목에서 출간한 이번 시집은 여러모로 보는 사람의 마음을 울린다. 아직 마음은 청춘인데 몸은 늙고 생의 가능성은 상당 부분 어둑해져 있다. 이제 우주의 섭리를 따를 나이라고 하지만 저 마음 깊숙한 데서 올라오는 쓸쓸함, 또는 좌절감. 아니 좀 더 생각하면 어느새 이렇게 되었을까 하는 낭패감! 그래, 낭패감! 낭패감의 또 다른 표현이 저렇게 나오는 것은 아닐까? 반듯한 보통의 활자로 표시하지 않고 조금 누운 활자로 표현하는 것에서 그런 감정이 묻어 나온다고 할 수 있다.

그렇지만 이번 시집을 찬찬히 읽어 보면 그 슬픔이 마냥 비참해 보이지는 않는다는 데에 시적 묘미가 있다. 슬픔은 단순하게 표출되지 않고 깊고 깊은 사색 끝에 걸러지고 다듬어져 맑은 슬픔, 더 나아가 영롱한 슬픔으로 부조浮彫된다. 생의 어찌할 수 없는 본질적 슬픔을 끌어안고 그것을 갈고닦아 아름다운 옥돌로 제시한다고나 할까. '운조'나 '바리(데기)', '당고마기고모'

등의 무속적巫俗的 대상을 부르면서 생의 궁극적 지향점, 혹은 존재의 궁극적 관심을 처연한 아름다움으로 풀어내고 있는 것이다. 그렇다, 처연한 아름다움! 또는 담백한 수긍! 그렇지 않은가, 무속은 담담하게 생명 어린 것들의 한을 풀어내고 녹여 내는 것이니 말이다. 거기에 주술적 신비와 아름다움이 맺혀 있다. 강은교의 시는 이제 점점 존재의 신비를 파고드는 주술로 변해 가고 있는 형상이다.

그것을 느끼기 위해 시인이 품고 있는 마음의 행로를 따라가 볼 일이다. 다음 두 편의 시가 바로 그것을 보여 준다.

봄이 오면 기차를 탈 것이다
꽃 그림 그려진 분홍색 나무 의자에 앉을 것이다
워워워, 바람을 몰 것이다

…(중략)…

봄이 오면, 여기 여기 봄이 오면
너의 따-뜻한 무릎에 나를 맞대고
세상에서 가장 부드러운 여행을 떠날 것이다
　　　　　　　　　　　　　　　　　　―「봄 기차」 부분

고모가 흘러간다
세상을 잡으려고 흘러간다

…(중략)…

흘러라 고모여
날아라 고모의 딸이여

279

꿈속의 잠이여

잠 속의 꿈이여

―「흘러라, 고모여」 부분

　참으로 아름다워서 슬픈, 또는 애틋해서 아름다운 꿈을 꾸는 것 같다. 두 편의 시는 독자로 하여금 애잔하면서도 밝은 미소를 띠게 한다. 우선 「봄 기차」는 아름다운 한때를 다시 그리워하는 풍경이다. "봄이 오면 기차를 탈 것이다"란 언명은 참으로 간절하고 절실한 삶에 대한 그리움을 표출하고 있는데, 독자의 가슴으로 전달되는 감정은 애련함이란 점이 역설적이다. 그러한 감정이 들게 되는 까닭은 '봄이 오면'이란 가정법 때문이다. 곧 이 말은 현재 자신의 현존이 '봄'이 아니라는 점, 봄이 오기를 이렇게 간절히 빌고 있다는 점에서 그 봄은 쉬이, 진정한 상태로 오기 어렵다는 점을 알려 준다. 꿈의 내용은 참으로 아름답고 선연한 것이지만 그 꿈을 꾸고 있는 토대가 쓸쓸하고 아릿한 상태임을 짐작하게 한다는 점에서, 또 그 꿈의 내용이 쉽게 실현되지 않을 것이란 예감의 측면에서 슬픈 아름다움, 또는 황홀한 결핍의 감정을 환기시킨다. 매우 복잡하고 미묘한 현존의 감각 상태를 보여 주고 있는 것이다.

　이 점은 「흘러라, 고모여」에도 마찬가지로 나타난다. "고모가 흘러간다"에 나타난 세월의 무상함은 존재의 무상함을 떠올리게 한다. '흐름'은 주체가 능동적으로 물결을 헤쳐 나가는 것이 아니라 그 물결의 흐름에 얹혀, 나아가는 곳을 알지 못한 채 '떠 가는 것'임을 말해주는 것인 만큼 존재의 운명이 갖는 불가역성, 불가피성, 불확실성 등 온갖 생의 쓸쓸함을 환기한다. 다만 "세상을 잡으려고"에 약간의 의지와 능동성이 나타나긴 하나 전체적인 운명의 불가사의함 내지 존재의 쓸쓸함에서 벗어날 수는 없다는 것이 대체적인 이 시의 풍경이다. 그런 가운데 "흘러라 고모여/ 날아라 고모의 딸이여"란 표현은 생의 적극성을 보여 주어 시적 화자의 담담하면서도 담대한 수긍의 태도를 엿보게 한다. 내용으로 볼 때 고모는 '당고마기고모'

제4부 죽음의 내부로 파고드는 삶

또는 '당금애기', 즉 무속의 신으로 우리 인간의 운명을 보듬어 주는 존재
라 할 수 있다. '고모의 딸'은 시적 내용으로 볼 때 인간을 가리키고, 이 시
로 한정해 보자면 고모를 의식하고 있는 여성으로서의 '나'로 보인다. 그렇
게 본다면 이 부분은 여자로 태어나 살아가는 운명을 담담하게 수긍하는 태
도로 볼 수 있다. 문제는 존재의 무상함과 그 무상함에 대한 담담한 수긍
이 모두 '꿈속의 잠/잠 속의 꿈'이라는 인식으로 수렴된다는 점이다. 그것
은 삶과 존재 자체가 어떤 인연에 의해 모였다가 다시 흩어지는 우주적 섭
리의 형상임을 느꼈다는 말일 것이다. 거기에 깨달음과 함께 이 세상을 담
백하게 바라보는 시적 화자의 초연한 태도가 담겨 있다. 그 담백하고 초연
한 태도가 다시 텅 비어 아름다운, 또는 아름다워 슬픈 모순적이고도 역설
적인 감정을 불러일으키게 한다는 점이다. 이번 시집에 보이는 아름다움의
근본이 바로 여기에 있다.

　존재의 무상함에서 벗어나기 위해 간절히 바라는 궁극, 영원한 아름다움
의 세계에 대한 그리움은 의식 있는 인간이라면 누구나 꿈꾸게 될 것이 당
연하다. 그곳은 인간 존재가 자신의 소멸에 대해 느끼는 공포를 잊게 해 주
는 곳이자 의식의 단절로 인한 존재의 무화無化를 막아 내는 곳이다. 존재
의 진정한 영속성을 부여하면서 평화와 풍요가 가득 찬 곳이라 할 수 있다.
때문에 그곳은 늘 인간이 꿈꾸는 영원한 이데아의 세계로 등장한다. 다음
시편들이 그런 것을 보여 준다.

　　　아직도 못 가 본 곳이 있다
　　　티브이 다큐멘터리로 안 가 본 곳이 없건만
　　　갈수록 갈수록 멀어지기만 하는 못 가 본 곳
　　　언제나 첨 보는,

　　　아직도 못 가 본 곳이 있다
　　　내 집에 있는 그곳

갈수록 갈수록 멀어지기만 하는 못 가 본 곳
언제나 첨 보는,

아직도 못 만져 본 슬픔이 있다
내 뼈에 있는 그곳
만져도 만져도 또 만져지는
언제나 첨 보는,

너는 세상에서 가장 오래된 강
아직도 못다 들은 비명
떠나도 떠나도 남아 있는
　　　　　　　　　　　　　—「아직도 못 가 본 곳이 있다」 전문

렌마스비 호수에 가고 싶네
거기엔 아마 곤鯤이 울고 있으리
그 소리를 들으러 한 팔십에 비행기를 타고 싶네
곤 소리에 얹혀 물레 소리도 들리지 않으리
별이 비단실 첨 보는 물고기를 꿰매고
아야아, 렌마스비 호수에 가고 싶네
꿈의 입구에 머리카락 부비고 싶네
비행기에서 내리면 곤이 마중 나오리
그는 지구의 정류장을 소개하리
　　　　　　　　　　　　　—「아야아, 렌마스비 호수」 전문

　　두 편의 시를 읽으며 드는 감정은 존재의 무상함에 대한 애통함이다. 그
런데 그 애통함이 왜 이리 아름답게 느껴지는가 하는 점이 문제적이다. 「아
직도 못 가 본 곳이 있다」는 인간 존재로서는 결코 닿을 수 없는 어떤 숙명

의 한계를 느끼게 해 준다. 시의 내용으로 볼 때 "아직도 못 가 본 곳"은 "아직도 못 만져 본 슬픔"과 등가의 관계에 있고, 그것은 곧 인간으로서 결코 느낄 수 없는 감정이나 상태가 인간 존재의 너머에 존재한다는 것을 의미하는 것 같다. 이것은 시인의 직관적 통찰에 의한 것으로 '그곳' 내지 '그 슬픔'은 "언제나 첨 보는" 신생의 이미지를 갖는다. 곧 그곳이나 그 슬픔은 늘 현존재에게 미끄러져 흘러가 버림으로써 영원히 만질 수 없고 소유할 수 없는 이데아의 상태로 머문다. 때문에 이 시가 갖는 의미는 시적 화자가 아직 '그곳'에 이르고 싶지만 이르지 못하고 있는, '그 슬픔'을 맛보고 싶은데 결코 맛보지 못하고 있는 것에 따른 안타까움의 환기다.

「아야아, 렘마스비 호수」 역시 이 점은 마찬가지다. '곤이 울고 있'는 렘마스비 호수는 시적 화자가 느끼고 있는 현실적 삶의 결핍을 바로 충족시켜 줄 수 있는 초월적 이상향이다. 그렇기에 더할 나위 없이 아름다운 곳으로 그려진다. 특히 렌스마비를 '곤이 마중 나와 지구를 존재의 삶과 죽음의 한 정류장으로 소개하'는 것으로 여긴다는 점에서 그곳은 존재의 무상함이나 무의미를 초월할 수 있게 해 주는 영원한 이데아의 고향이다. 그곳에 간절히 가고 싶다는 이러한 시적 언명은 그 내용이 아름다우면 아름다울수록 그곳에 누구나 결코 쉬이 이를 수 없으리라는 짐작을 불러일으킨다는 점에서 애잔한 슬픔이 우러나게 한다. 그런 점에서 이런 시들은 애틋한 그리움을 밑바탕에 깔고 있다.

이런 점은 시인의 다른 시에서, 가령 "그리운 것은 멀리 있네/ 잠에서 꿈을 캐는 이, 별을 읽는 이/ 시를 쓰네, 엎드려 시를 쓰네"(「그리운 것은」)라고 읊는 데에서도 동일하게 느낄 수 있다. '멀리 있는 그리운 것'에 닿으려고 '시를 쓰'는, 그것도 홀로 외롭게 '엎드려 시를 쓰'는 시적 화자의 모습은 독자로 하여금 화자의 내면에 이는 간절함보다 그 상황에 놓여 초라하게 행동할 수밖에 없는 현실적 처지의 곤궁함이 마음 아프게 만든다. 초월이 갖는 '멀고, 아득하고, 신비로 가득 차 있어 인간에게 끝내 그리운 대상이 된다'는 점보다 그것을 그리워하는 현실적 삶의 결핍이 우리의 가슴을 울리게 하는 것이다. 그 점에서 강은교 시인의 이번 시집에서 보이는 이런 초월적 이미지와 심리적 원망은 인간의 원형적原型的 심상의 차원에서 심원한 느낌을 주고 있다. 인간 존재의 본질을 통찰해 내고 있다는 점에서 생명의 근원적 그리움, 생명이 갖는 우주적 율동을 느끼게 한다고나 할까?

그러나 이번 시집의 대체적 풍경은 나이 들어 가면서 느끼게 되는 존재의 메마름에 대한 감각이다. 즉 죽음이나 소멸의 공간으로 굴러떨어져 가는 자신의 실존적 감각을 형상화하는 시편이 대다수를 차지하고 있다는 것이다. 다음 시들이 그런 경우다.

유월, 저녁 하늘에
핼쑥한 달이 떴네
자갈길로 오던 사람
핼쑥한 달이 떴네
그 웃음 자갈에 스미네

──「핼쑥한 달」 부분

개구리 우는 진흙길 진흙길로 가네, 가다가 저물녘 위에 앉네, 그
대가 진흙길이 되네, 저물녘 밑 진흙길 아라홍련 눈꺼풀로 스미네,
흩날리네

──「아라홍련, 저물녘의 연못」 부분

이 두 편의 시에서 주제를 드러내는 두드러진 이미지는 '핼쑥한 달'과 '저물녘 밑 진흙길'이다. 모두 존재가 갖는 활기보다 활기의 퇴락에 따른 쓸쓸함과 슬픔을 환기한다. 곧 존재의 소멸에 대한 감각을 느끼게 해 준다. 이런 느낌을 주는 이미지들을 이번 시집에서 손에 잡히는 대로 찾아보면, "저문 등꽃 잎 한 장"(「등꽃, 범어사」), "시든 양파"(「시든 양파를 위한 찬미가」), "개구리 우는 진흙길"(「아라홍련, 저물녘의 연못」), "무덤가 검은 덧창"(「덧창─무

덤마을에서」), "때가 많이 탄 도홧빛 방석들"(「시골보리밥집」), "세상에서 가장 아름다운 거품"(「아주아주 작은 창」), "등뼈를 잔뜩 구부린 채"(「그 소녀」), "가 끔 너무 목이 말라"(「내가 나에게 보낸 초대장」), "그 좁은 틈에서 숨도 쉴 수 없고"(「내가 나에게 보낸 초대장」), "나는 숨에 매달린다. 기를 쓰고 매달린다" (「코」), "구불 길로 가는 한 사람"(「시월, 궁남지」), "검은 바람들의 혀"(「푸르스 름한 치마」), "가을비, 흰"(「가을비, 흰」), "모서리 다 닳은 등불"(「한용운 옛집」) 등을 들 수 있다. 이 이미지들의 공통점은 '약해지고, 저물고, 닳고, 바래 고, 시들고, 때가 타고, 구부러지고, 목이 마르고, 숨 쉬기 어렵고' 등으로 요약해 볼 수 있다.

이러한 일련의 이미지들은 바로 '소멸'을 드러내는 이미지군으로 볼 수 있 다. 바로 존재의 소실점에 임박해 가는 자의 심리적 표출로 볼 수 있는 것이 다. 그런데 강은교 시인의 시에서 이런 소멸의 이미지는 죽음에 대한 공포 를 표현하는 초기 시에도 많이 보여 어쩌면 강은교 시의 본질적 특성이 아 닐까 하는 생각도 들게 한다. 그만큼 존재의 멸절에 대한 인식과 상상력이 이번 생애 내내 그를 붙잡았다고 볼 수 있다. 그렇지만 앞에서 이미 보았듯 이 이번 시집에 보이는 소멸의 이미지들은 전체적으로 담백한 그늘, 즉 맑 은 슬픔을 느끼게 해 준다는 점이 특색이다. 이는 육체적인 측면에서 영적 인 측면으로 상상력의 세계가 진전되고 심화되어 간 것으로 볼 수 있다. 즉 시가 갈수록 영적인 특성을 띠게 되었다는 점을 강조할 수 있다.

그런 점에서 이번 시집에서 보이는 주술적 성격은 이번 시집의 가장 주요 한 특징이자 강은교 시인의 시적 이력 중에서도 중요한 매듭이 된다. 다음 두 편의 시를 보면 그것을 알 수 있다.

지하로 내려가는 그 계단은 늘 어두웠다, 유리문을 밀고 들어서니,
빨래 흐르는 소리 펄럭펄럭 들려오고, 컹컹대는 금이 갈색 꼬리에 비
단결 같은 황혼빛 리본을 맨 채 계단 위를 향해 짖어 댄다

천천히 꽃 그림 그려진 커튼 안쪽으로 들어서니 수북한 머리카락들,
허리를 구부리고 쓸고 있는 옥이 씨, 쉰이 되도록 시집 못 간 옥이 씨,
늘 구부러진 길처럼 머리카락들을 구부리고 구부리는 뚱뚱한 옥이 씨,
바닥을 쓸다 말고 앞주머니에서 스마트폰을 꺼내 들여다본다, 부끄럽
게 인사한다, 언제 봐도 웃지 않으면서 웃는 옥이 씨,

…(중략)…

이제 다시 올라요, (바리) 당신은 거기 소철나무 앞에
물초롱을 들고 서 있군요, (바리 바리) 문밖으로 올라요,
힘껏 문을 열어요, (바리 바리 바리) 아, 어머니 어머니
　　　　　　　　　　　　　　　　　　―「연꽃 미용실―셋째 노래」 부분

누가 문을 두드리네
어찌 찾으리이까 어찌 찾으리이까
뼈마디도 서러워서 살마디도 서러워서
두드리네 두드리네
두 주먹 불끈 쥐고 두드리네

　그건 결코 나눌 수 없는 잔치, 무지갯빛 떡은 따스하
고, 탁자에선 무지갯빛 김이 오르고 가슴으로 들어갈 때
마다 몸무게를 줄인다, 우리들의 몸은 결코 나눌 수 없는
잔치, 무지갯빛 떡은 가슴으로 달려와 더운 김을 뿌린다,
우리들의 사랑도 신들의 사랑도 결코 나눌 수 없는 잔치,
이 세상 모든 구름 모든 이슬 모든 흔적 없는 것 영원이
다녀간 듯 오색빛 **뺨** 실룩대는,

누가 문을 두드리네

어찌 찾으리이까 어찌 찾으리이까

뼈마디도 서러워서 살마디도 서러워서

두드리네

두드리네

두 주먹 불끈 쥐고 두드리네

우그러진 냄비들의 꽃베개

숨죽인 양초 한구석 녹아내리는

최후의 만찬

　　고모여

　　고모여

　　당고마기고모여

　　　　　　　　—「누가 문을 두드리네」 부분

　위 시들을 보면 알 수 있듯이 이번 시집의 가장 큰 특징은 내용의 상당 부
분이 주술적 형태로 표현되고 있다는 점이다. 초기 시부터 써 온 '바리데기'
시편처럼 이번 시집에서는 '운조' '바리' '당고마기고모'로 호칭된 여성적 대
상에게 인간 존재의 운명, 신비, 고통 등의 의미를 부여하고 있다. 「연꽃 미
용실—셋째 노래」에서 보면 시적 화자는 연꽃 미용실에 근무하는 '옥이 씨'
를 통해 버림받은 '바리', 즉 '바리데기'를 투사하여 외롭고 아픈 영혼의 소
생과 부활을 노래하고 있다. 연꽃 미용실이 지하에 있는 것을 전제로 하여,
그 장소를 신화적 공간으로 설정하고 소외된, 또는 버림받은 여성적 존재
에게 "문밖으로 올라요, 힘껏 문을 열어요"라고 청함으로 생의 활기와 구원
을 얻게끔 노래하고 있는 것이다. 이는 바리데기가 무속의 세계에서 가져

287

온 생명수로 치유와 구원을 행하듯 현실적 삶에 상처입은 모든 여성적 존재들의 아픔과 원망을 치유하는 의식인 셈이다. 곧 현대 산업사회에서 병들어 가고 소외되어 가는 인간 존재들에 대한 모성적 구원 의식의 표출인 것이다. 그 점에서 강은교에게 시라는 것은 자신을 비롯한 이 지상의 외로운 존재들에 대한 주술적 치유의 행위이자 그 상징인 셈이다.

이는 「누가 문을 두드리네」에도 그대로 나타난다. 시적 내용을 통해 짐작해 보면 *"어찌 찾으리이까 어찌 찾으리이까/ 뼈마디도 서러워서 살마디도 서러워서"*에서 보이는 어떤 소외된 존재, 한을 품고 외롭게 죽어간 존재를 구원하기 위해 "누가 문을 두드리"는 내용이다. 여기서 문을 두드리는 존재는 시적 정보로 볼 때 '당고마기고모', 즉 '당금애기' 신이다. 또는 당금애기 신에 접속한 무당이다. 또는 신과 소통하는 존재라는 점에서 무당과 동류로 칭해지는 시인이다. 그 점에서 이 시도 고통받고 있는 존재에 대한 구원 의식을 주술적으로 노래하고 있는 것이다. 다시 말해 시가 주술로 전화되어 가고 있는 형상이다.

그러한 차원에서 시집 곳곳에 펼쳐 있는 주술적 표현, 가령 *"주사이다/ 주사이다/ 살과 뼈 주사이다/ 꽃으로 주사이다"*(「아주아주 작은 창—둘째 노래」), *"시간을 주랴/ 추억을 주랴/ 주사이다 추억을/ 주사이다 지금을"*(「복숭아밭에서 노는 가족—다섯째 노래」) 등은 우리 인간 존재의 간절한 원망과 구원 의식을 표출한 것이다. 무가적巫歌的 표현 자체가 그런 의식을 담아내고 이를 실천하고 있는 것으로 볼 수 있다. 때문에 이번 시집의 시는 약간의 '신기'를 풍기고 있고, 어쩌면 시 자체가 하나의 주술일 수도 있다는 생각을 갖게 한다. 그런 점에서 시의 발생학적 기원이 주술에서 비롯되었다는 설을, 21세기 자본주의 체제가 인간을 강박하고 있는 현실에서, 강은교 시인의 시를 통해 발견할 수 있게 된 것은 축복이자 저주인 셈이다. 시로 구원받을 수 있다는 점은 축복이지만 강렬한 주술로 생의 고통을 달래야만 한다는 점은 오늘의 현실이 그만큼 저주스럽다는 것일 테니 말이다.

위 시들을 통해 하나 더 살펴볼 점은 종전의 시 형식과 다른 형식적 발랄성이다. 우선 시집 감상에 있어 시 본문이 대체로 다양하게 배열되어 있고, 시 제목도 끝에 배치됨으로써 본문을 읽고 난 뒤 제목을 확인하게 되어 있다. 독자들은 본문이 다양한 형식으로 배치되어 있음으로 인해 어떤 고정관념에서 벗어나 시를 감상할 수 있다. 특히 무속을 다루는 시편들은 행동과 대사, 합창, 지문 등의 형식으로 내용이 제시되어 어떤 한 편의 '연극'이나 '굿'을 보는 듯한 느낌을 주고 있다. 이것 또한 시의 주술성이 요구하는 하나의 형식적 내용이라 볼 수 있다. 주술은 대상의 마음에, 특히 영혼에 가 닿기 위해 모든 고정된 형식을 깨뜨리고 당시의 현장성에 육박하는 특성이 있다. 이번 강은교 시에 나타난 형식의 새로움은 시의 일반적 관점에서 논의되는 형식의 실험이 아니라 한판 걸쭉하게 노는 굿판의 형식적 발랄함으로 보아야 할 것이다.

그런 점에서 이번 강은교 시인의 시집 『아직도 못 만져 본 슬픔이 있다』는 내용 면에서나 형식 면에서 매우 신선하고 발랄한 의식으로 시적 혁명을 꾀하고 있다고 말할 수 있다. 이는 나이 듦과 연관되어 있는 것이지만 세속적인 나이 듦에 따른 긴장의 이완이라는 관념에서 벗어나 있다는 점에서 매우 놀라운 현상이라 하지 않을 수 없다. 그렇기에 강은교 시인의 경우는 앞으로 더 나이 들어 쓰게 될 시는 또 얼마나 다른 면모를 보이게 될까 하는 기대의 마음을 품게 한다. 하여 시인의 건투와 건승을 빌어 보는 것이 비단 필자만의 마음은 아닐 것이다.

죽음의 내부로 파고드는 삶

—박서영 시의 의미

갑작스레 세상을 떠나 버린 한 사람을 생각하는 데 그리 많은 기억이 필요할 것 같진 않다. 많은 것을 기억하고 있다고 하여 그를 더 깊이 느낀다고 할 수는 없을 테니 말이다. 오히려 강렬한 하나의 말, 하나의 표정, 하나의 감각, 또는 그 사람과 같이했거나 함께 보았던 하나의 풍경이 그 모든 것을 대신해 사라진 그를 더 생생하게 느끼게 할 수 있다.

떠나 버린 사람이 시인이라면 그가 남긴 특이한 시 한 구절이 평소 그 사람의 말투나 쓸쓸한 웃음, 어색한 행동 등을 떠올리게 하여 그를, 그의 전부를 다시 생각나게 할지 모른다. 특히 뒤늦게 새롭게 다가오는 한 편의 시가 그를 알고 지내던 사람들의 가슴을 속수무책으로 무너지게 하여 큰 슬픔을 주게 될지도 모른다. 시인을 지인으로 두고 살아가는 사람들은 이 쓸쓸한 풍경이 그의 삶이 되는 것이니, 떠난 시인이나 남겨진 동료들 모두 난감하기 짝이 없는 상황에 처한 셈이다.

이러한 감상은 올해 초 세상을 등져 버린 고故 박서영 시인의 시를 살펴볼 때 드는 생각이다. 50의 나이로 세상을 훌쩍 떠나 버린 시인의 시는 삶 자체가 기이하다고 생각하게 할 만큼 예사롭지 않은 색채를 드리우고 있다. 이렇게 일찍 가려고 그의 시가 그토록 애잔했나. 이렇게 쓸쓸하게 그림자

를 거두고 가게 될 줄 알고 시 속에 그런 그늘들을 흘려 놓았나. 다시 살펴
보니 한 편의 시가 가슴을 친다. 보면 볼수록 이상하고 애처롭다. 한 사람
의 특성과 생애를 다 뭉쳐 놓은 듯한 그 시는 이렇다.

저수지에 빠졌던 검은 염소를 업고
노파가 방죽을 걸어가고 있다
등이 흠뻑 젖어 들고 있다
가끔 고개를 돌려 염소와 눈을 맞추며
자장가까지 흥얼거렸다

누군가를 업어 준다는 것은
희고 눈부신 그의 숨결을 듣는다는 것
그의 감춰진 울음이 몸에 스며든다는 것
서로를 찌르지 않고 받아 준다는 것
쿵쿵거리는 그의 심장에
등줄기가 청진기처럼 닿는다는 것

누군가를 업어 준다는 것은
약국의 흐릿한 창문을 닦듯
서로의 눈동자 속에 낀 슬픔을 닦아 주는 일
흩어진 영혼을 자루에 담아 주는 일

사람이 짐승을 업고 긴 방죽을 걸어가고 있다
한없이 가벼워진 몸이
젖어 더욱 무거워진 몸을 업어 주고 있다
울음이 불룩한 무덤에 스며드는 것 같다

—「업어 준다는 것」(『좋은 구름』) 전문

한 시인을 아는데 굳이 많은 시가 필요한 것은 아니다. 시인 박서영을 아는데 이 시만큼 적절한 것이 또 있을까? 타계하였다는 소식을 듣자마자 머리를 스쳐 가는 시구절은 '업어 준다는 것'이었다. 가슴이 따뜻하고 맑은 영혼을 지닌 사람이 세상을 떴구나. 이 세상의 애처로운 존재들을 말없이 감싸 업어 주려 한 사람이 이제 자신 스스로 대지의 등에 업혔구나. 존재들은 서로 말없이 업어 주고 업히는 것, 삶과 죽음을 초월해 이제 시인은 그것을 말로 하지 않고 영혼으로 실천하네.

이 시를 언제 쓴 것인지는 정확히 모른다. 그렇지만 두 번째 시집에서 이 시를 보고 참 애잔하면서 따뜻한 시구나, 시인 박서영이 이렇게 곡진하고 애처롭게 생명을 사랑할 줄 아는 시인이구나 하며 새삼 놀라워했던 기억이 난다. 이것은 박서영에 대한 기억 중 가장 강렬하게 남은 것이다. 그때 지나치듯 읽으면서도 이 작품이 참 절실하고 절박한 느낌을 주어 감동이 컸었는데, 지금 다시 보니 그때의 감상은 아주 작은 한 부분에 머물렀을 뿐 이 시 전체를 미처 눈치채지 못하였음을 발견하게 된다. 이 시는 시인의 삶과 운명에 대한 깊은 예감과 징후를 드리우고 있음을 새삼 느끼게 되는 것이다. 그의 죽음으로 시를 이렇게 가슴 절절하게 느끼게 되는지도 모르겠다. 하지만 시를 다시 보는 순간, 이렇게 웅숭깊은 그늘을 드리우기까지 시인의 영혼은 얼마나 아프고 외로웠겠는가, 그 얼마나 생명의 무상함에 떨었겠는가 하는 생각이 들어 저절로 탄식이 일어나는 것이다.

시의 전체를 다시 살펴 내려가면 이 시가 주는 정조와 내용은 예사롭지 않다. 우선 시적 화자는 멀리 물에 빠진 염소와 그것을 업고 가는 노파의 행위를 관찰하고 있는 듯 보인다. 관찰자로 있으면서도 시적 화자는 염소의 다급함과 노파의 안쓰러움, 그리고 그들 사이에 있는 육체적, 정신적 교감을 몸으로 생생하게 느끼고 있다. 마치 이 시를 감상하며 시인의 감정에 동조되어 애잔해하는 우리들처럼 말이다. 그렇게 보면 화자는 염소의 마음이기도 하고, 노파의 마음이기도 하면서 이 전체를 아우르는 관찰자, 즉 대지의 마음이기도 하다. 여기서 이 시의 특성을 3가지 정도로 간추려 살펴

볼 수 있다.

　우선, 이 시는 염소를 대상으로 볼 때 물로 상징화된 죽음에 화들짝 놀란 여린 존재의 운명을 예시하고 그것을 보는 이들로 하여금 맛보게 한다. 인간을 비롯해 모든 생명체들은 알 수 없는 죽음에 노출되어 언제 목숨이 끊어질지 모르는 애처로운 존재다. 죽음 앞에서는 그 어떤 존재도 힘세거나 강하거나 의기양양할 수 없다. 그저 간절한 마음으로 자신의 삶과 운명이 어떻게 전개될지 바라볼 뿐이다. 삶이 더없이 간절하고 절실함을 물에 빠졌다가 건져진 염소의 이미지로 드러내고 있는 것이다. 따라서 "젖어 더욱 무거워진 몸"으로 표현된 염소의 실재는 죽음이라는 형식으로 더욱 값지고 광휘로운 존재이자 운명임을 깨닫게 한다. 시인 박서영은 죽음에 의해 삶이 더없이 무거워지고 가치 있게 됨을 간파하고 있다는 점에서 존재와 존재자의 운명에 대한 예사롭지 않은 직관을 내보이고 있다고 할 수 있다.

　둘째, 노파로 대변된 업어 줌의 내용이다. 이 시의 중심은 바로 여기에 있는데, 그것들은 "희고 눈부신 그의 숨결을 듣는다는 것/ 그의 감춰진 울음이 몸에 스며든다는 것" 등 여러 표현으로 변주되어 나타나고 있지만 전체적으로 불행한 존재의 운명에 대한 연민과 구원 의식으로 수렴되어 나타난다. 이 내용으로 인해 이 시는 존재의 애처로움에서 존재를 싸안는 따뜻함, 안도감 등의 정서로 살아난다. 업어 주는 일이 "서로의 눈동자 속에 낀 슬픔을 닦아 주는 일/ 흩어진 영혼을 자루에 담아 주는 일"이란 것으로까지 정의되면서 이것이 단순하게 겁먹은 짐승을 달래 주는 것이 아니라 삶과 존재를 구원하는 하나의 거룩한 행위임을 알 수 있게 하는 것이다. 그 점에서 이 시에 등장하는 노파는 생명의 구원을 담당하는 여신을 상징한다고 볼 수도 있고, 거룩한 여성성을 상징하는 대지모大地母로도 볼 수 있다. 때문에 이 부분은 시인 박서영의 의식이 여성주의적 관점이나 생명에 대한 깊은 탐구를 수행하는 생태주의의 관점에 놓여 있음을 알게 함으로써 그의 시가 생태여성주의적 관점에서 해석될 수 있도록 하는 표지로도 작용한다.

　셋째, 이 시의 가장 큰 비의秘義라 할 수 있는 "울음이 불룩한 무덤에 스며드는 것 같다"는 부분의 내용이다. 이곳에서 해석은 미적대고 감상은 쓸쓸해진다. 이 구절은 마지막 부분이라 시인이 시 전체를 마무리하면서 상징적 의미를 부여한 곳으로 볼 수 있다. 업어 주는 행위를 비유적 표현을 통해 결론 내리고 있는 셈이다. 그러나 시의 정보로 볼 때 이 구절은 쉽게 이해되지 않는 많은 여백을 남긴다. 해석을 위해서는 해당 시의 정보뿐만 아니라 평소 시인이 여러 시에서 보였던 상징과 정서를 종합하여 판단할 수밖에 없다. 나의 해석으로는 이렇다. 일차적인 차원에서 축자적 의미와 시의 분위기로 볼 때 '울음이 불룩한 무덤에 스며드는' 이미지는 울음이 멈춰지는 상황을 표현한 것으로 보인다. 노파가 염소를 업어 두려움과 놀람을 달래 주는 장면을 생각한다면 비슷한 정조의 저와 같은 표현도 가능하다고 볼 수 있는 것이다. 그러나 이러한 직관적 해석은 많은 미진함을 남기는 것 또한 사실이다. 좀 더 합리적 해석이 필요하지 않을까?

또 다르게 생각해 보면 이렇다. 우선 '울음이 불룩한 무덤에 스며드는 것 같다'는 표현은 이 부분의 원관념이 되는 '업어 주는 행위'와의 형태적 유사성에 기초해 있을 것이란 점이다(이 점은 거꾸로 해석해도 마찬가지다). 그렇게 본다면 '울음'은 염소, 즉 죽음에 처단된 존재의 놀라움과 슬픔을 표현한 것으로 볼 수 있고, '불룩한 무덤'은 이를 받아들이는 '노파의 등', 즉 존재의 운명을 감싸안는 대지모의 품 정도로 볼 수 있다. 여기서 문제가 되는 것은 구원적 존재로 그려지고 있는 노파의 등을 왜 시인은 '불룩한 무덤'에 빗대고 있는가 하는 점이다. 비록 '불룩한'이란 이미지가 여성적 부드러움과 충만함을 암시하고 있긴 하지만 '무덤'이 갖는 비정함과 차가움을 덜어 내지는 못한다는 점에서 이상한 느낌을 준다. 무엇인가 뒤바뀐 듯한 느낌을 주고 있는 것이다. 최소한 이것을 업어 준다는 이미지의 가치와 동일한 것으로 보려면, '울음이 불룩한 무덤에 스며드는' 것도 따뜻하고 평화로운 행위임을 전제하지 않으면 안 된다. 그렇다면 여기엔 큰 반전이 있게 됨을 알 수 있다. 죽음에 화들짝 놀란 존재가 구원을 얻는 곳, 즉 '노파의 등'이 실상 또 다른 죽음임을 암시해 주는 것이 될 터이니 말이다. 이것은 놀랍고도 기이

제4부 죽음의 내부로 파고드는 삶

한 결론이다. **삶으로의 구원이 또 다른 죽음을 사는 것으로의 이행**이 되는 셈이니 말이다. 어떻게 해서 이러한 결론에 이르게 된 것일까?

이러한 반전은 평소 그가 삶과 죽음에 대해 생각하는 태도에서 유추해 볼 수 있다. 시인은 일찍이 첫 시집에서 죽음에 대해 예민하게 반응하며 다음과 같은 구절을 남긴다. "김해 대성도 고분 박물관// 아직 숨 쉬고 있는/ 육체의 죽음이여// 나는 안에서 바깥으로 들어갔다"(「문상—무덤 박물관에서」, 『붉은 태양이 거미를 문다』) 이 시에서 놀라운 점은 '아직 숨 쉬고 있는/ 육체의 죽음'에서 보이는 역설이다. 죽음이 숨을 쉬고 있다는 말은 죽음이 삶을 살고 있다는 역설적 표현이며, 삶과 죽음이 다르지 않다는 시인의 의식을 보여 주는 표현이다. 때문에 '나는 안에서 바깥으로 들어갔다'는 표현은 반전의 발상으로 시인의 인식에서 볼 때 이상한 것은 아니다. 우선 안과 밖의 구분이 모호할 뿐 아니라 나가고 들어감 자체도 어느 한쪽으로 규정할 수 없기 때문에, '안에서 바깥으로 나오는 것'이 일반적 생각이지만 '안에서 바깥으로 들어가'는 것으로 생각할 수도 있는 것이다. 그렇게 본다면 앞에서 보았던 '업어 준다는 것' 역시 다시 '울음이 불룩한 무덤으로 스며드는 것', 즉 따뜻하고 충만한 죽음으로 옮아가는 것으로 볼 수 있다. 이렇게 볼 수 있는 근거는 이 표현 자체가 죽음이 삶이자 삶이 죽음이라는 인식의 연속선상에서 이루어진 것으로 볼 수 있고, 또 그렇게 보아야 하기 때문이다.

그렇게 본다면 첫 시집에서 둘째 시집으로 이어지는 동안 시인은 늘 죽음과 삶의 문제에 관심을 갖고 이를 자신의 시적 주제로 삼고 있었다고 말할 수 있다. 왜 그는 줄곧, 그리고 강렬하게 죽음에 대해 의식하고 있었는가? 시인이 이러한 음울하고 기이한 발상을 갖게 된 까닭에 대해서는 첫 시집이나 둘째 시집을 통해 살펴봐도 알 수 없다. 다만 시인이 매우 죽음에 대해 민감하게 반응하고 있고, 이를 그의 시적 대상으로 줄곧 형상화하고 있었다는 사실은 발견할 수 있다.

이러한 내용은 시 속에 들어 있는 시적 정보에서도 찾아볼 수 있지만 무엇보다 시적 경향을 알려 주는 머리글에서 먼저 나타난다. 시인은 첫 시집

『붉은 태양이 거미를 문다』 자서에서 "선몽先夢은 나를 두렵게 한다"거나 "죽음은 가장 오래 기억해야 할 불멸이다", 또는 "사라지지 않는 죽음", "나는 아직도 살아 있다" 등의 언급을 통해 죽음에 대한 징후나 죽음에 대한 감각, 현실적 삶 속에서 느껴지는 죽음의 실체 등을 말하고 있다. 죽음의 조짐에 사로잡힌 자의 중얼거림과 같은 언급들이 펼쳐지고 있어 당시에는 몰랐으나 지금 다시 보니 어떤 암울한 징후를 보이는 것 같아 섬뜩하다. 특히 "선몽先夢은 나를 두렵게 한다"는 표현은 어떤 예감에 사로잡힌 자의 고백으로 읽혀 읽는 사람에게마저 고통의 감각을 준다. 왜 그는 이러한 것을 느끼면서 자신의 죽음에 대해 그렇게 대비하지 못했나! 이러한 감상은 쓸데없는 것이다. 그러나 돌이켜 살펴보면 이로 인해 그의 시에 나타난 상당수 기이한 이미지와 대상에 대해서 더욱 뚜렷한 이해를 갖게 되었음은 틀림없는 사실이다. 그의 죽음에 대한 민감성과 고통의 감각들은 그의 시에서 찢어지는 몸으로 먼저 등장함을 이제 와 비로소 깨닫게 되는 것이다. 다음 시편들이 이를 잘 보여 준다.

> 일몰 무렵이던가
> 아이를 지우고 집으로 가는 길
> 태양이 내 손을 잡고 어디론가 갔다
> 그 후론 내 몸에 온통 물린 자국들이다
> …(중략)…
> 집게로 끄집어낸 태아들이
> 여름 대낮 칸나로 피어난다
> 관 뚜껑이 열리듯 꽃이 피면
> 내 몸은 쫙쫙 찢어진 꽃잎이 된다
>   ─「붉은 태양이 거미를 문다」(『붉은 태양이 거미를 문다』) 부분

늦은 봄날 개복숭아 나무의 병실을 떠나

기어코 짓뭉개져 가는 꽃잎들,

들어가야 할 곳과 빠져나와야 할 곳이

점점 같아지는 37세,

…(중략)…

저녁이 검은 자루처럼 우리를 덮는다

　　　　　　　　　　—「빈집」(『붉은 태양이 거미를 문다』) 부분

　이 두 편의 시에서 볼 수 있는 것은 고통스러운 육체, 특히 '찢어지는' 몸을 통해 나타나는 죽음의 의미다. 「붉은 태양이 거미를 문다」에서 '내 몸'은 "아이를 지우고 집으로 가"게 됨으로써 "쫙쫙 찢어진 꽃잎"이 된다. 한때 생명을 담았으나 그 생명을 죽임으로써 죽음이 깃들어 있는 부정적 존재가 되었다는 인식을 이 시는 보여 주고 있다. 아이를 죽인 자신의 행위가 자학적 고통으로 내면화되면서 '찢어지는 몸'으로 형상화되고 있는 것이다. 「빈집」에서 보이는 "기어코 짓뭉개져 가는 꽃잎들"은 자학적인 내면 의식은 없으나 죽음에 휩쓸려 가는 몸이란 측면에서 같은 맥락을 형성하고 있다. 특히 "들어가야 할 곳과 빠져나와야 할 곳이/ 점점 같아지는 37세"에서 보이는 죽음에 대한 의식과 "저녁이 검은 자루처럼 우리를 덮는다"는 예감 어린 표현들은 상처 입은 몸이 죽음을 환기하거나 죽음으로 이행하는 입구임을 암시하고 있다.

　찢어진 몸은 그의 시에서 "금이 가고 있는 (것이)/ 바람이 들고 있는 몸"(「경첩에 관하여」), "짓뭉개져 가는 비누의 몸"(「비누」) 등의 이미지로 변주되어 나타나면서 삶의 고통과 함께 죽음으로 이끌려 가는 존재의 운명을 계시해 주고 있다. 가령 "검은 아스팔트가 찢겨지고 드러난/ 저 핏기 없는 흰색이/ 우리가 밟고 가야 할 시간이다"(「견인차에 시계가 매달려 있다」, 붉은 태양이 거미를 문다』)에 나타난 '찢겨진 시간'의 이미지도 죽음에 휩쓸려 가는 고통과 두려움을 드러내고 있고, "바위 속으로 누군가 떨어진 흔적/ 나는 울부짖는 맨발을 떠올린다/ 발자국은 점점 깊어지고 있다"(「새 발자국 화석」, 『붉은 태양이 거미를 문다』)에 보이는 '울부짖는 맨발'의 이미지도 새의 죽음을 환기하는 측면에서 고통스러운 이미지다. 더 나아가 맨발과 관련하여 두 번째 시집의 "울음의 엔진은 발끝에 있다/ 채송화 꽃 앞에 쭈그리고 앉은 여자도/ 해바라기를 올려다보는 여자도/ 발끝에 온 힘을 집중한 채 울고 있다/ 발가락들은 찢어진 꽃잎"(「맨발」, 『좋은 구름』)에서 보이는 이미지는 찢어진 몸의 고통이 맨발에 점착됨으로써 생의 밑바닥 고통이 죽음이라는 점을 상기시키고 있다. 이러한 죽음과 관련된 몸의 이미지는 그의 시에 '발, 발목, 손목, 귀' 등으로 다양하게 변주되어 나타나는데, 가령 "내 귀는 잘 사용하지 않아서 닫혀 가고 있었던 것/ 퇴화되고 있었던 것"(「피아노 주치의를 위한 시詩」, 『붉은 태양이 거미를 문다』)에서 보이는 '퇴화되는 귀'처럼 마모되고 부서지는 이미지를 통해 죽음으로 빨려 들어가는 감각을 구체화시키고 있다는 점은 동일하다.

이를 통해 알 수 있는 것은 시인 박서영은 일찍부터 자신의 몸속에 스며 있는 죽음의 냄새를 맡고 있었다고 할 수 있다. 이러한 해석이 지나치면 최소한 자신의 몸이 죽음으로 급격히 쏠려 가고 있음을 느끼면서 위기감을 갖고 있었다고 할 수 있다. 모든 존재는 자신의 죽음에 대한 예감과 그로 인한 두려움과 슬픔을 간직하기 마련이지만 어떤 특이한 존재는 이를 더욱 예민하게 받아들이고 현실 속에서 구체화해서 이를 미학적 형상으로 질서화한다. 박서영의 시가 바로 그런 경우가 아닐까? 그의 촉수는 죽음으로 길고 예민하게 드리워져 있기에 죽음의 냄새에 저렇게 경기를 일으키고 생의 실존과 안존을 위해 미적 성채를, 자신의 삶이 덧없지 아니하고 의미 있었음을 증명하는 시적 성채를 쌓기에 급급하지 않았을까 하는 생각이 드는 것이다.

이러한 시적 의식과 죽음 의식은 일상적 현실에 대해 초월적 태도를 취하게 한다. 이것은 시 속에서 역설적 태도를 취하게끔 하는 근원이다. 죽음을 실감으로 느끼는 사람은 존재의 절대 가치인 생명과 삶을 중요하게 여기고 세속적 가치인 부나 명예를 중요하게 여기지 않는다. 그래서 가령 다음과 같은 놀랍고도 신비한 언급들은 죽음을 제 삶의 일부로 살고 있는 자들의 시각이다.

> 길을 잃고 헤매야
> 길의 껍질을 벗겨 낼 수 있는 것이다
> —「무덤 밖의 지도—무덤 박물관에서」
> (『붉은 태양이 거미를 문다』) 부분

> 몸이라는 것은
> 뱀이 벗어 두고 간 저 하얀 허물처럼
> 때때로 심연 없는 아름다움으로 기억될 수 있는 것
> —「허물」(『붉은 태양이 거미를 문다』) 부분

　　두 편의 시 모두 잠언의 형태를 띠면서 현실적 삶의 가치를 초월하는 의미를 갖고 있다. 「무덤 밖의 지도—무덤 박물관에서」는 일상적 관점의 지향이나 가치를 벗어나야만 진정한 삶의 가치를 알 수 있을 것이라는 깨달음을 내포하고 있다. 「허물」도 일상적 관점에서 보자면 '허물'이라는 것이 탈피를 끝낸 것이기에 무가치한 것으로 보이기 쉬우나 '아름다움의 기억'으로 존재하는 것이기에 가치 있는 대상이라는 것을 말하고 있다. 특히 이 시는 '몸'을 대상으로 하여 몸이 죽음을 통해 허물처럼 벗겨져도 삶에서 죽음으로 이르는 과정의 그 모든 아름다움을 만드는 바탕, 즉 시인이 강조하는 '아름다운 시간의 복원'(『붉은 태양이 거미를 문다』 자서)의 토대가 된다는 점에서 매우 가치 있는 것임을 은연중 드러낸 작품이다. 어쩌면 이러한 역설은 세속적이거나 관념적인 가치를 부정하면서 실존적 현실의 진정한 가치를 추구하는 가운데 발생하는 인식으로 보인다. 쉽게 말해 박서영 시인이 남다른 가치와 목표를 가지고 살았다는 말이 되겠다.
　　몸의 이러한 역설적 소중함은 그의 두 번째 시집의 「돌의 주파수」에 잘 구현되어 나타난다. 이 시에서 그는 자신의 몸을 "점점 반죽 덩어리가 되어가는 몸/ 나는 어느 날 구球가 되어/ 가장 고독한 주파수 하나 몸 안에 가지게 될 것이다"(「돌의 주파수」, 『좋은 구름』)로 표현하고 있다. 이 내용은 자신의 몸이 '점점 반죽 덩어리가 되어' 죽어 가게 될지라도 '어느 날 구球가 되어' '가장 고독한 주파수 하나의 몸'이 됨으로써, 즉 가장 고독하고 단단한 '돌'과 같은 존재가 됨으로써 영원하고 신성한 존재가 될 것이란 원망을 담아내고 있는 것이다. 실제 이 시를 보면 돌의 몸으로 응결한다는 것이 원형적 형상의 원만성과 단단한 형상의 영원성을 자신의 존재성에 부여함으로써 초월적 존재로 승화되고 싶다는 뜻이라는 것을 알 수 있다. 때문에 그의 시에서 몸은 무가치의 대상이거나 단순한 과정의 대상이 아니다. 오히려 몸이 있음으로 인해 삶과 죽음의 전 과정에 대해 사유할 수 있게 된다. 따라서 "몸은 눈물의 배관이다/ 두 뺨은 배관의 끝이며 입구다/ 당신이 만지면 물에 젖은 꽃이 끌려 나오고/ 작은 새 몇 마리 입술 없이 끌려 나온다"(「울음 주파수」, 『좋은 구름』)에 표현된 몸의 감각과 사유는 시인 박서영이 몸을 통한 삶의 실재와 생명의 가치를 얼마나 깊이 받아들이고 있는지를 잘 보여 준다. 감각적이고 영적인 실체로서 몸의 절실함과 간절함이 그의 시적 주제가 된다고 할 수 있는 것이다.

그러나 앞에서 보았듯 몸은 부서지며 망가지고, 또 어떤 일들에 의해 '찢겨 가는 것'이 현실이다. 특히 현실적 삶에서 여성적 삶에 부과된 여러 결핍과 제약이 더 많은 몸의 붕괴를 촉진하고 있는지 모른다. 이 점은 그가 페미니즘적 인식에서 "도대체 나는 흩어진 길들을 수습하지 못하겠다 길마저 썩어 있다니"(「어디든 간다」, 『붉은 태양이 거미를 문다』)라고 탄식한 부분에서 쉽게 발견할 수 있다. 타락한 세계로 인해 삶 자체를 쉽게 수습할 수 없는 여성적 삶의 고통을 '어디든 간다'라는 단호한 말로 내뱉을 때, 그 말의 단호함보다 여성적 삶의 곤궁함이 더 강하게 느껴지는 것은 당연한 감상이다.

그리하여 어떤 상태로 부서지든 죽음은 찢긴 몸 끝에 달려 있다. 그 부서지는 몸을 따라가다 보면 죽음으로 굴러떨어질 것이다. 그럴 때 보통 사람은 죽음을 피하기 위해 죽음을 외면하거나 상상으로 죽음을 초월하는 일을 한다. 죽음을 피하는 일이 원천적으로 불가능하다는 점에서 대다수 사람들은 상상을 통해 죽음을 극복하거나 초월할 그 무엇을 찾는다. 그러나 일부 어떤 사람은 죽음을 직시하고 죽음을 향해 돌진한다. 죽음 속에서 삶의 활로를 찾으려 하는 것이다. 이 사람들이 죽음의 질료와 형식에 대해 깊이 있는 사색을 한다고 볼 수 있다. 시인 박서영이 그런 사람이다. 그는 일찍부터 죽음의 냄새와 형식에 대해 사유하고 있음을 다음과 같이 고백하고 있다.

오전 여덟 시 상가를 지나친다
동네 입구의 전봇대에는 하얀 종이에
반듯하게 씌어진 喪家→가 붙어 있다
이 길로 가면 상가로 갈 수 있다
나는 지금 문상 가는 중이 아니다
그러나 태어나자마자 이 표식을 따라왔다
울면서도 왔고 졸면서도 왔다
사랑하면서도 왔고 아프면서도 왔다
와 보니 또 가야 하고 하염없이 가야 하고
문상 가는 줄도 모르고 나는 문상 간다
죽어서도 계속되는 삶이 무덤 속에 누워
꺼억꺼억 운다
　　　　　—「죽음의 강습소」(『붉은 태양이 거미를 문다』) 부분

혼자서는 무덤도 두려운 내부다
살아서는 혼자 무덤의 내부에 이르지 못한다

나는 왜 무덤의 내부를 상상할 수 없는 것일까
상상조차 되지 않는 내부에 혼자 들어가는 건

언제나 두려운 일이다

　　　　「혼자서는 무덤도 두려운 내부다―무덤 박물관에서」

　　　　　　　　　　　　　　（『붉은 태양이 거미를 문다』） 부분

　　위 두 편의 시는 보는 것만으로도 두렵고 고통스럽다. 어찌 이 여리기만
하던 시인이 이렇게 죽음에 예민하게 반응하며 저와 같은 고통을 감내해 왔
단 말인가. 「죽음의 강습소」에서 시적 화자는 "태어나자마자 이 표식을 따
라왔다/ 울면서도 왔고 졸면서도 왔다/ 사랑하면서도 왔고 아프면서도 왔
다"고 말함으로써 인간 존재의 본질적 조건, 즉 죽음에 처단된 존재라는 것
을 깊이 인식하고 있음을 보여 준다. 시적 화자로 분장한 시인은 존재의 본
질에 대한 깊은 사색 끝에 "죽어서도 계속되는 삶이 무덤 속에 누워/ 꺼억
꺼억 운다"고 갈파하고 있다. 죽음이 끝이 아니라는 것, 죽음 속에 삶이 계
속된다는 것을 시인은 말하고 싶었는지 모른다. 때문에 늘 삶의 어떤 부분
에 가서는 "내 귀와 입술이 그만 부음訃音에 든다면!"(『중이염』, 『붉은 태양이 거
미를 문다』) 하고 생의 또 다른 차원으로의 전이를 꿈꾸게 된다. 현실적 관점
에서 보자면 기이하다 못해 섬뜩한 삶의 자세다. 마치 죽음을 숭배하는 것
으로도 볼 수 있기 때문이다.

　　이러한 해석은 「혼자서는 무덤도 두려운 내부다―무덤 박물관에서」에 대
한 해석으로 연결될 때 더욱 무서운 생각이 들게끔 한다. 시의 표현으로 볼
때 "혼자서는 무덤도 두려운 내부다"라는 말은 '여럿이면 무덤은 두려운 내
부가 아닐 수도 있다'는 것으로, "살아서는 혼자 무덤의 내부에 이르지 못
한다"는 말은 '죽어서는 혼자 무덤의 내부에 이를 수도 있다'는 내용으로 해
석될 여지를 주고 있다. 무덤의 내부를 죽음으로 본다면 죽음의 연대로 죽
음의 공포를 이겨 낼 수 있고, 죽음으로 오히려 죽음의 삶을 살 수 있다는
기이한 생각에 이르게 하는 것이다. 이러한 해석이 가능하게 하는 것은 이
미 앞에서 보았던 "아직 숨 쉬고 있는/ 육체의 죽음"(『문상―무덤 박물관에서』)
이란 표현에서, 그리고 "죽어서도 계속되는 삶이 무덤 속에 누워/ 꺼억꺼억

운다"는 표현에서 보았던 삶과 죽음의 역전 현상에 의거한다. 삶과 죽음을 같은 것으로 본다면 죽음의 내부로 들어가 삶을 살겠다는 상상 내지 의지는 보통 사람들의 관점으로는 이해될 수 없지만 존재의 본질에 대한 지극한 성찰을 한 사람이라면 가능도 하지 않을까 하는 생각이 드는 것이다. 마치 부처님이 생사여일生死如一로 삶과 죽음의 문제를 갈파한 것처럼 시인 박서영도 이와 같은 표현으로 이러한 경지를 표현하고 싶었는지 모른다. 그렇게 본다면 시인은 자신의 현존에 끝없이 죽음을 끌어들이고 죽음 속에서 삶을 살 수 있는 방안을 강구했다고 볼 수 있다.

물론 "상상조차 되지 않는 내부에 혼자 들어가는 건/ 언제나 두려운 일이다"에서 볼 수 있듯 시적 화자는 원천적으로 죽음에 대한 공포를 가지고 있고, 여럿이 죽으면 죽음이 두렵지 않다는 해석에서 보이는 '죽음의 연대' 또한 과도한 해석이라는 점에서 말이 안 되는 부분이 있음을 알고 있다. 그러나, 정말 그러나, 어떤 사람은 두려워도 그 실체를 알기 위해 눈을 부릅뜨고 두려운 대상을 향해 돌진하기도 한다. 죽음의 연대라는 말 역시, 자신에게 존재성을 부여했던 부모와 가족들과 함께 죽음의 내부에 존재하게 된다면, 그땐 죽음도 두려운 것이 아닐 수 있겠다는 정도로 해석해 볼 수 있지 않을까? 그 점에서 박서영의 시는 어찌 보면 죽음을 예찬하는 시로 읽힐 수도 있겠다는 생각이 든다. 죽음으로 파고들어 새로운 삶을 꿈꾸는 기이하고 끔찍한 행동! 그렇게 본다면 시인 박서영의 시는 죽음을 현실 속에서 실현해 내기를 바라는 악마적 형태의 것일까? 전혀 그렇지 않다는 것을 나도 알고 독자들도 알 것이다. 죽음을 통해 삶의 본질적 가치를 깨닫고, 죽어야만 하는 인간 존재로서 죽음을 초월하고자 하는 가없는 비원悲願을 표현했을 따름인 것이다. 그러나 시인 스스로 "이 책은 어둠을 켜 놓고 읽어야 한다"(「점자책」)고 말했듯이 어느 부분에서는 존재의 비의를 알기 위해서는 스스로 몸을 찢거나 상처 내는 일을 통해 죽음의 실체를 온몸과 영혼으로 맛볼 필요성이 있음을 주지시키고 있다는 점에서 두렵고 섬뜩한 징후를 드러냈던 것 또한 사실이다.

이 모든 것을 고려할 때 시인 박서영의 존재성과 시적 특이성은 다음과 같은 시로 집약된다. 앞에서 보았던 「업어 준다는 것」과 같은 차원의 깊이와 품격을 가지면서 존재의 비의를 은은하게 드러내고 있는 다음 작품은 죽음이라는 형벌에 처단된 존재가 사실은 가장 지고하고 아름다운 존재가 될 수 있음을 역설적으로 드러내는 깨우침이 아닐까? 이 작품은 이렇다.

너의 뿔은 여전히 아름답구나

지금은 겨울이니까 살과 피가 돋아나지 않는단다

차가운 계곡에서

긴 목을 늘어뜨린 채 죽어 있는 양羊이여

…(중략)…

어쩌면 너는 그렇게 돌들의 시간에 누워

아직도 어색하게 살아 있느냐

너는 아직도 세상을 향해 두 개의 뿔을 치켜들고

예절을 갖추고 있다

　　　　　—「죽은 양羊에게」(『붉은 태양이 거미를 문다』) 부분

죽은 양의 뿔에서 아름다움을 발견하고 있는 것은 생전의 삶에서 보였던 존재의 의지와 지향이 결코 죽음으로 끝나지 않음을 말해 주는 것이라 할 수 있다. 죽었어도 "아직도 세상을 향해 두 개의 뿔을 치켜들고/ 예절을 갖추고 있"는 것은 양의 뿔에 빗대어진 그의 삶이 결코 무의미하거나 무상한 것이 아니었음을 증명하는 것이다. 그렇게 본다면 그의 시가 바로 죽음을 이겨 내는 '뿔'과 같은 것이지 않을까? 죽음으로도 결코 다함이 없는 생의 신비와 아름다움이 그의 시에서 흘러나오고 있는 것이다.

한 시인의 죽음이 남은 자들에게 여러 회한을 남기는 것은 당연한 일이다. 박서영 시인을 생각하면 좀 더 그의 시를 많이 읽어 주고 많은 대화의 시간을 갖지 못한 것이 아쉬움으로 남는다. 그러나 그것보다 그의 삶과 시

가 요즈음의 나를, 나의 삶을 더 많이 격발시키고 있음이 더 중요하다는 생각이 든다. 그의 시가 나에게 남긴 것은 바로 죽음의 형식과 질료가 삶과 다르지 않다는 것. 그것을 온전하게 깨달았을 때 삶을 진정으로 살게 되어 죽고 나서도 세상에 대한 예절을 갖춘 모습으로 존재할 수 있다는 것. 그것이야말로 존재의 아름다운 시간의 복원이라는 깨우침이다. 그것을 제대로 알기까지 나에게 많은 시간이 필요할지 모른다. 그러나 물리적 시간은 중요한 것이 아니다. 언제 그 절실한 깨달음을 내면화하여 삶의 명제로 실천하는가가 문제일 뿐이다. 시인의 짧은 생애가 이를 보여 주었다고 생각한다. 그런 점에서 시인 박서영의 삶과 시는 신비롭고 아름답다고 말해도 되지 않을까. 고인의 명복을 빈다.

무료한 일상에 처단된 존재

—손순미 시의 의미

손순미의 시가 위태롭다. 아니, 손순미 시인이 위태로운가? 최근 발표한 시에서 시인은 "나팔수가 된 그가/ 최선을 다해 (자신을 나팔 분다)/ 자신을 타들어 간다"(「광안대교」, 『서정과 현실』, 2018 하반기)고 말하고 있다. 이 구절에서 우선적으로 '타들어 가는' 시적 영혼의 신음과 비명 소리, 또는 자신이 스스로에게 가하는 어떤 형벌 같은 불 지짐이 느껴진다. 자학과 자폭의 영상이 일렁이는 가운데 단언적 어투로 말하는 태도에 문득 섬뜩한 생각이 든다. 최선을 다해 자신을 타들어 간다니! 그것은 '최선을 다해' 자신을 태워 없애겠다는 말이 아닌가.

그것은 어떻든 결정적 파국을 암시하고 있다는 점에서 불안하고도 끔찍한 선언으로 다가온다. 불안을 더욱 부채질하는 것은 이 구절이 갖는 기이한 비틀림이다. 정상적 어법에 젖어 있는 사람이라면 이 구절에서 잘못된 언어 운용으로 인해 발생하는 생경함과 이질감에 닭살이 돋을지 모른다. 말도 안 된다는 감정에 싸여 온몸에 스멀스멀 돋는 소름을 볼지도 모른다. 도대체 왜 시인은 자신의 감정을 이렇게 비틀어 표현하고 있는 걸까? 낯섦으로 우리의 눈을 붙잡고자 하는 의도였다면 성공한 것이라 할 수 있겠으나 계속 들여다보면 거기에 그런 의도만 있는 것이 아님을 알 수 있다. 시인은 이렇게 비틀어 표현해야만 말하고자 하는 의미를 다 말할 수 있다고 생각한 것이 아닐까? 여러 번 읽을수록 이 비틀림이 현재적 삶에 대한 시인의 어떤 한 태도로 다가오면서 자신의 불안한 삶의 방식을 환기하는 주요한 시적 장치가 된다는 것을 알 수 있게 한다.

어법상으로 본다면 이 구절은 비문非文이다. '타들어 가다'는 안이나 속으로 들어가며 타거나, 일정한 한계를 넘어 넓게 또는 깊게 번져 가며 타는 것을 가리키는 단어로 자동사다. 때문에 '가뭄에 농작물이 타들어 가다'와 같은 형식의 표현은 가능하나 어떤 대상을 태우는 형태의 서술어로는 쓸 수 없다. 즉 앞에 '자신을'이라는 목적어를 둘 수 없다. 그런데 시인은 버젓이 목적어를 둔 상태에서 '타들어 가다'란 자동사를 쓰고 있다. 시인이 문법을 모르고 이러한 표현을 쓰고 있는 것일까? 그것은 아닐 것이다. 이 구절을 시적 허용으로 보고 시인의 의도와 시적 맥락의 효과를 생각해 본다면, 이 구절은 두 가지의 의미를 다 실현하기 위해 이와 같은 표현이 필요했을 것으로 추측된다. 우선 '자신을'이라는 목적어를 사용한 의도를 존중하는 차원에서 본다면 이것은 다른 무엇보다 문제가 되고 있는 내 자신을, 내 자신의 어떤 부정적 면을 불태워 없애 버리고 싶다는 의미를 표출하는 것으로 볼 수 있다. 자신의 삶에 대한 객관적 인식으로서 자의식이 매우 또렷하게 나타난 모습이다. 자기 성찰적 특성을 담은 이러한 형식은 '자신을 나팔 분다'는 표현에서 보이는 기이한 자조적 비틀림과 연민의 감성을 느끼게 될 때 더욱 설득력을 갖는다. 한마디로 '자신'이라는 대상에 대한 치열한 자기 응시 내지는 내적 탐구다.

그에 비해 '타들어 간다'는 자동사의 의미를 더 중시하는 차원에서 본다면 '타들어 가다'의 대상은 '그'가 되지만, 그가 바로 '자신'으로서 주체가 되기 때문에 주체로서 '내'가 탈 수밖에 없는 존재임을 암시하고 있다고 볼 수 있다. 즉 타들어 가는 실체가 메말라 있고 타기 좋게 바람에 떠 있는 것으로 본다면, 주체로서 '나-자신'은 현실에 안착되어 있지 못한 채 강말라 있는 비생명적 존재로서 불에 타 소멸되어질 필요성이 있음을 암시하는 것으로 볼 수 있는 것이다. 자신을 불기 없는 강마른 존재, 지상에 딱 붙어 있지 못하고 떠

무료한 일상에 쳐단된 존재

있는 존재로 인식하고 있는 점을 '타들어 간다'라는 표현으로 드러내고 있
는 것은 아닐까 하는 것이다. 때문에 이 표현은 부정적 대상으로서 자신을
불태워 없애 버리고 싶다는 내적 열망을 자학과 환멸의 심리로 드러낸 것
으로 볼 수 있다.

그 어느 것으로 해석하든 이 구절은 삶의 위기에 처한 실존적 현실을 반
영하고 있다고 볼 수 있다. 모두 자기 존재와 그 존재가 사는 세계에 대해
부정하고 싶은 마음을 드러내고 있는 것이다. 그렇기 때문에 비틀린 언어
운용은 부정의 심리적 존재에게 어쩌면 당연한 형식으로 쓰일지 모르겠다
(이러한 비틀린 언어 용법을 통해 자신의 부정적 감정을 대변하는 것은 「별
이 빛나는 낮에」의 "아무도 날 알아볼 수 있도록"의 표현에서도 그대로 나타
난다. 이로 미루어 볼 때 손순미 시의 주된 한 시적 방법론으로 볼 수 있다).
그렇다면 무엇이 시적 화자에게, 혹은 시인에게 이러한 생의 비틀림과 위기
감을 불러오게 하는가 하는 점을 우리는 궁금하게 생각하지 않을 수 없다.
최근 시의 정보로 이에 대한 뚜렷한 단서를 찾아보기는 어렵다. 그렇지만
현재적 삶에 대해 시인이 고통스럽게 생각하고 있구나 하는 점은 여러 곳에
서 발견할 수 있다. 가령 "죽은 척 엎드려야 하는 것이 삶이라면/ 광어가 여
자가 지그시 눈을 감고 있다"(「바닷가 여자」, 『서정과 현실』, 2018 하반기)에서 여
자의 삶을 수족관의 광어에 빗대 죽은 척 엎드려 있어야 하는 것으로 인식
하고 있는 데서 엿볼 수 있다. 이러한 삶이야말로 불태워 없애 버리고 싶은
삶, 특히 여성에게 주어진 부정적 삶의 한 장면이라고 말해도 되지 않을까?
그리고 첫 시집 『칸나의 저녁』(2010)에서 "우리 다시는 태어나지 말자, 태어
나지 말자"(「족두리꽃 아내」)라고 말한다든지, "여자가 모처럼 품에서 제 칼을
꺼낸다"(「칼치」)라고 말하고 있는 부분에서 어떤 돌이킬 수 없는 치명적 고통
과 사연이 여성으로서의 삶에 내재해 있음을 짐작할 수 있다.

이런 시구절에서 볼 수 있는 섬뜩함과 갑갑함이 여자이기 때문에 갖게 되
는 특성이라면, 그리고 그것이 손순미 시인이 오래 고통스럽게 주목하는 삶
의 본질이라면, 그것으로 시적 여운을 가지기에 구체적 정보를 알아낼 필

요가 없고, 굳이 알려고 해서도 안 된다는 생각이 든다. 시는 정보의 확인이 아니라 삶의 생생한 감각에 대한 공감 내지 동참에 더 중요한 의미가 있기 때문이다. 시적 이미지가 주는 고통의 감각에 우리 자신 또한 고통스러운 느낌을 갖게 된다면 그것으로 시적 위의威儀는 달성되었다고 할 수 있지 않을까? 독자인 우리에게 이와 같은 갑갑함과 섬뜩함을 생의 본질로 보다 더 생생하게 느낄 수 있게 한다면 그것으로 손순미 시의 특성이 잘 살아나고 있다고 말할 수 있는 것이다.

어쨌든 파국과 단절의 심리적 기제는 손순미 시에 깔린 저변의 특성 같아 보이는데, 이번 특집 시에도 이 점은 그대로 나타난다. 아니 좀 더 그 수위와 강도가 높아지고 세졌다고 말해야 할까. 예를 들어 다음 시가 그런 느낌을 들게 한다.

> 우리 헤어지고 다시 만날까
> 잇몸 사이 반찬이 낀 줄도 모르고 그는 심각했다
> 거기 나물 끼였어!
> 우리는 숟가락을 내동댕이치며 배꼽 잡았다
>
> 열어 놓은 방문으로 목련이 활짝 운다
> 목련이 피는 저곳과 이곳은 피안彼岸과 차안此岸의 경계
> 툭, 하고 목련의 낙하를 보는 일
> 툭, 하고 우리의 심장이 이쯤에서 멈출 일
>
> ―「목련사」 부분

이 시의 가장 섬뜩한 부분은 "우리 헤어지고 다시 만날까"란 심각한 말을 일상적 삶 속에 배치해 놓음으로써 그것마저 일상적인 것 같은 느낌을 주게 한다는 점이다. 파국을 선언하는 말은 무섭고 끔찍한 것으로 극도의 긴장과 고통 속에 발화되어야 할 것 같은데, 시 속의 인물들에게 그것은 "거기

나물 끼였어!/ 우리는 숟가락을 내동댕이치며 배꼽 잡았다"에서 보듯 하나의 웃음거리로 전락한 상태에서 이루어진다. 이 표현은 시적 화자들이 일상을 파괴하는 파국을 두려워하여 일부러 그것을 외면하기 위해 싱거움을 떠는 것으로 볼 수 있고, 아니면 파국 자체가 이들의 삶을 변화시킬 수 없는 시들한 것임을 암시하는 것으로도 볼 수 있다. 그 무엇으로 보든 두 사람이 영위하는 일상적 삶은 행복하지 않음에도 불구하고 이 점을 쉽게 바꿀 수 없으며 일상에 묻혀, 일상에 사로잡혀 살 수밖에 없구나 하는 점을 보여 준다는 것이다.

그 점은 조금의 시간이 경과한 후 시적 화자가 홀로 목련꽃이 지는 현상을 보면서 "툭, 하고 우리의 심장이 이쯤에서 멈출 일"이란 감상을 내보이는 부분에서 알 수 있다. 이 표현은 이 일상이 주는 갑갑함에서 벗어날 수 있는 방법이란 '이쯤에서 심장이 멈추'어지는 일 외엔 없음을 자인하는 것으로 볼 수 있는 것이다. 어쩌면 죽음만이 무의미한 일상적 삶을 구원하는 것으로 시적 화자는 여기고 있는 것이 아닌지 하고 생각해 볼 정도로 말이다.

그런 점에서 역설적이게도 파국을 갈망하는 것이 어쩌면 손순미 시의 현재적 지향이라고 볼 수 있다. 그것은 다른 시, 가령 "시락국이 되어 시락국에 얼굴을 처박고 있던 그가/ 여기서 다 그만둬 버릴까?"(「임랑」)라는 말에도 그대로 나타난다. '여기서 다 그만둬 버릴까?'라는 말 속에는 현재적 삶을 단절해 버리고 싶은 내적 열망이 가득하다. 그렇지만 문제는 그 갈망의 표현에 있지 않다. 이 시구절은 그만두고 싶은 마음을 간절히 드러내 보이고 있지만 실상은 여기서 그만둘 수 없다는 무력감이 더 아이러니하게 느껴지도록 표현되어 있다. 일상적 삶의 관성에 묶여 그대로 살 수밖에 없는 무기력함과 쓸쓸함이 더 역설적으로 도드라지는 것이다. 시락국에 처박은 얼굴로 무거운 갈망을 이야기하는 것은 분위기에 어울리지 않는 익살이다. 삶의 간절함을 가벼운 익살로 처리할 수밖에 없는 것은 그만큼 삶의 변화가 어렵다는 역설적 방증이다. 이것이 오늘의 현대인에게 주어진 일상적 삶의 무게다. 무의미한 일들을 무한 반복하는 이미지로서 일상은 "천지 사방 털처럼 돋아난 것들이 남자를 에워싸고 있다/ 남자는 들판 감옥에 갇혀 쑥의 감옥에 갇혀/ 딱정벌레가 되어 있다"(「딱정벌레 사나이」)와 같이 '갇힌 자'로서 마치 카프카의 「변신」을 떠올리게 하듯 왜소하게 고립된 '딱정벌레'와 같은 삶을 살아가게 할 뿐이다. 단절해 버리고 싶은 삶은 너무 강고하여 이미 앞에서 보았듯 엎드려 '죽은 척'하며 지내야만 하는 지루하고 무의미한 나날의 연속일 뿐이다. 손순미 시인은 이를 인식하고 이를 파열하는 것이 참된 삶의 시작임을 말하고 있는 것이다. 그렇지만 시적 무게중심은 이것이 개인적 원망으로는 이루어질 수 없음을 말하고 있는 데에 있다.

때문에 그러한 일상을 살아내는 존재에게 기본적으로 갖는 태도란 지루한 '기다림', 보다 정확히 표현하면 '견딤'이다. 의미가 사라진 시대와 사회에서 갇힌 자아나 소외된 존재들은 물화된 사물로 방치되어 있다. 자폐적 상태에서 도로徒勞의 일을 할 뿐이다. 이것이 손순미 시인이 발견한 당대의 문제적 삶의 방식과 태도가 아닐까?

> 식당 창으로 파도가 상영되고 있다
> 누군가를 견딘다는 일과
> 왔다가 갔다가 파도 치기의 반복을 견디는 바다의 일을 생각한다
> 기다리는 것도 직업이 될 수 있다면
>
> —「임랑」 부분

> 당신에게만 보여 주고 싶은 자귀꽃과
> 담장과 새장과 불쌍한 화분과
> 이가 빠진 접시와 깨진 유리컵과
> 노인들이 마시는 소주와 주전부리와
> 빈집과 빈집들 사이
> 어느 틈에 나는 이렇게나 많은 과와 따위들을 가지고 당신을 논다
>
> —「자귀꽃 랩소디」(『서정과 현실』, 2018 하반기) 부분

이 두 편의 시는 최근 손순미 시인의 시적 화자들이 취하는 삶의 방식이다. 지루하게 기다려, 기다리는 것도 직업이 될 수 있지 않을까 하고 생각할 정도로 삶의 무의미함을 '견딘다'. 마치 파도가 왔다 갔다 무의미하게 반복하는 것처럼 삶 자체를 무의미하게 반복한다. 그 가운데 아무런 감흥을 불러내지 못하는 사물들과 "과와 따위들을 가지고 당신을 논다". 철저히 방치된 자아의 스산하고 무기력한 모습이 제시된다. 일상 속에 매몰된 화자들의 삶은 남의 일 같지 않다.

그렇다면 이러한 표현들이 갖는 의미는 무엇일까? 그것은 일상 속의 무료함이 갖는 부정성의 문제를 제기하는 데에 있다. 소위 '권태'로도 불리어지는 삶의 정조는 산업자본주의적 삶의 방식, 즉 일상이라는 삶의 방식이 만드는 현상이다. 일상적 삶은 삶을 영위하게 하는 것이 아니라 연명하게 하는 것으로 만든다. 무의미한 날들의 연속은 우리가 스스로의 정체성을 찾지 못하게 한다. 이때 삶은, 다시 말해 살아간다는 것은 그 자체가 치욕이 된다. 특별히 어떤 잘못을 저질러 억압을 받거나 마음의 죄책감에 시달리는 것이 아님에도 삶 자체가 너무 고통스럽고 환멸스러워 욕되고 욕되다고 생각할 수 있다. 그러기에 이것을 일탈하는 것, 곧 탈주의 서사가 삶의 진정성으로 제기된다.

현대사회의 일상성에 대해 잘 설명하는 학자가 앙리 르페브르다. 앙리 르페브르는 『현대세계의 일상성』이란 책에서 현대 세계의 일상인들은 자신의 존재를 자신이 소유하지 못하고, 사회적인 여러 구속력에 자신의 존재를 빼앗겼다고 분석하고 있다. 그에 따르면 일상은 경쟁 자본주의가 생겨난 이후, 소위 '상품의 세계'가 전개된 이후 현대인들의 삶을 지배하는 원리다. 개인은 이 일상 속에서 자유로운 삶을 살고 있는 듯하지만 사실은 자본주의적 체제가 내포하고 있는 소비 이데올로기에 과잉 억압되어 의식의 강제를 받고 살고 있다. 즉 일상은 여러 복합적인 특질을 갖고 현대인들로 하여금 정체성의 혼란과 소외에 빠뜨려 진정한 자아를 찾지 못하게 한다는 것이다.

손순미 시의 시적 화자들은 크게 보아 이러한 맥락 속에 놓여 있다. 뚜렷한 인과적 계기 없이 고통스러워하고 자학하는 모습들은 그 상처의 원인이 내적 결함이 아닌 저항할 수 없는 사회적 제도나 문화에서 오는 것임을 암시하고 있다. 특히 여성적 개인으로서 왜소화된 모습은 이중적으로 억압받고 차별받는 현대 여성들의 심리적 전형을 보여 주는 것이라 할 수 있다. 이는 절대적 힘에 억눌리고 있는 무기력한 현대인의 일상적 풍경을 포착하고 있다는 점에서 대사회적 응전이나 고발의 시적 특성이라 볼 수 있는 것이다.

  그런 점에서 일정 부분 손순미의 시는 분노와 저항, 그리고 그것이 실패했을 때 보여 주는 체념의 감정을 담고 있는 것이 사실이다. 다음 시가 이를 잘 보여 준다.

왜 저렇게 밀어내기만 하지?
왜 저렇게 거절만 하는 거지?
그만 좀 하라고!
철썩 따귀를 올리는 바위
여자가 단호함을 꺾지 않네

해가 져도 달이 떠도
저 여자
계속해서 자신의 심장을 울어 내네
더 이상 밀어낼 게 없을 때까지
더 이상 울어 낼 게 없을 때까지

허연 혓바닥을 내밀며
고통이 사랑스러워질 때까지
전속력으로 자신을 울어 내네
한밤중
고통이 제 심장을 뚫고 다시 나오는 소리

철썩 철썩 쏴아 쏴아

차가움이 저리 길다

—「파도 여자」 전문

앞의 시에서 '파도'가 무의미한 일의 반복을 상징하는 것으로 볼 때, '파도 여자'는 바로 그러한 일을 하는 현대의 실존적 여성을 상징하는 것으로 볼 수 있다. 도로의 일을 무의미하게 반복하게 될 때 그 내면의 갈등은 말로 다 표현하지 못할 것이다. "그만 좀 하라고!"라고 내뱉는 절규는 이러한 존재들의 심리적 투사일 것은 분명하다. 그러나 그 절규와 반항은 너무 헛되이, 그리고 허무하게 이 거대한 일상 속에 묻히고 사라져 간다. 그때 상처받은 영혼은 "해가 져도 달이 떠도/ 저 여자/ 계속해서 자신의 심장을 울어 내네/ 더 이상 밀어낼 게 없을 때까지/ 더 이상 울어 낼 게 없을 때까지"처럼 그 슬픔을 하염없이, 그렇다, 하염없이 쏟아 낼 따름이다. 더 나아가 그것마저 더 할 힘이 없을 때 다시 기다리고, 기다리며, 삶이란 형벌이 다하기를 견딘다. 아님 "툭, 하고 우리의 심장이 이쯤에서 멈추"기를 바라거나 스스로 '멈추게' 하려고 시도할지도 모른다.

매우 암울한 비전이다. 여성이 '파도 여자'로 사는 한 이 삶의 비전은 변할 수 없고, 변할 리 없다. 그 점에서 손순미 시는 위태롭고, 거기에 물 대고 있는 시인의 의식도 위태롭다. 그러나 시는 날카롭게 곤두서 있다. 시에 영혼이 베인다면 이런 느낌일까? 자신을 내파內破하여 삶의 의미를 무화시켜 가는 오늘의 일상에 균열을 내려는 시인의 의도와 시적 긴장감은 시적 내용과 달리 푸르게 살아 있다. 그런 점에서 시는 고통을 자양 삼아 번성하는 역설인가. 무료한 일상에 처단된 현대인의 초상을 손순미 시인이 온몸으로 그려 보여 주고 있는 2018년 늦가을, 시대의 바짝 마른 풍경의 한복판을 우리가 지나고 있다.

고요로 물러나 존재의 심연을 보다

—신정민 시의 의미

언젠가
이 모든 것이

별다른 이유 없이 미쳐 버린 청춘을 끌고 갈 것이다

하나의 물결이
바다 깊숙한 곳으로 태양을 채 갈 것이다

…(중략)…

돌연
손쓸 수 없었던 한 물결이
내게로 밀려올 것이다

　　　　　　　　　　　　　　　　　　—「이안류」 부분

　참으로 쓸쓸한 시다. 살다가 별다른 이유 없이, 돌연, 우리들의 삶이 끝
장났다고 느낀다면 그것은 얼마나 섬뜩하고 안타까운 일인가! 살아남기 위
해 온갖 발버둥을 쳐 봤자 결국 무의미하다는 것을 느끼는 사람은 도대체

어떤 마음일까? 불가항력적不可抗力的이라는 말이 가슴에 와닿는다. 사람의 힘으로는 저항할 수 없는 것, 아무리 노력하고 애를 써도 안 되는 것. 죽음, 그 피할 수 없는 결말. 존재의 슬픈 운명, 그것은 죽음을 예측할 수 없게 하는 저 '이안류離岸流'와 같은 것.

삶을 이슥하게 산 사람은 저와 같은 예감이 들지 모른다. 신정민 시인 또한 이제 삶을 꽤 지긋하게 산 모양이다. 위 시를 보면 시적 화자는 "언젠가/ 이 모든 것이", 즉 시간이 "별다른 이유 없이 미쳐 버린 청춘을 끌고 가" 버렸음을 느끼고 있고, 예정된 시간이 된 것처럼 이제 죽음의 검은 물결이 "돌연/ 손쓸 수 없"게 "내게 밀려"오는 것만 같은 느낌을 받고 있다. 이 느낌의 실상이 시적 화자로 분한 시인의 마음이라면, 시인의 시를 사랑하고 지지하던 독자의 한 사람으로서 그 감정에 어찌 공감하지 않을 수 있겠는가! 애달프다, 우리들의 그 맑고 푸르던 날들과 그 아름다움은 다 어디로 갔는가? 여러 갈래로 뻗어 있던 밝은 문들은 이제 하나둘 닫혀 가고 한 줄기 어둑한 빛만 남아 외줄기 길을 밝히고 있다. 저리로, 저 길로만 갈 수밖에 없는 현실적 처지. 죽음을 실체적으로 의식하고 예비해야 할 때가 불현듯 우리에게도 찾아온 것인가!

무엇보다 신정민의 이 시에서 절통함을 느끼게 되는 것은 "별다른 이유 없이"와 "손쓸 수 없었던"에 나타나는 '불가不可'의 내용이다. 소위 '알 수 없음'과 '어찌할 수 없음'으로 말할 수 있는 이러한 내용은 총기와 자신감으로 충만해 있던 젊은 날에 대한 형벌같이 다가온다. 모든 것을 알 수 있고, 모든 일을 할 수 있다고 생각했던 때가 어제 같고, 그것이 삶의 대부분이지 않았던가! 그런데 알 수 없고 저항마저 할 수 없는 일이 생기게 됨을 느낀다는 것은 얼마나 기이하고 고통스러운 일인가! 한때 자신만만하게 살았던 사람일수록 이러한 감정에 휩싸이게 될 때 그 고통은 더욱 말할 수 없이 심각할 것이다.

그런데 이러한 감정을 갖게 되는 것이 바로 인간의 본질적 숙명이라는 점이 역설이다. 소위 '불가피不可避', '불가지不可知', '불가역不可逆'으로 설명되는 존재의 본질에 대한 이 용어들은 인간의 근원적 조건에 대해 생각하게 한다. 인간은 탄생과 죽음을 피할 수 없고, 살아가는 동안 자신의 미래나 이 세계 전체를 알 수 없고, 거기에 무엇보다 시간적 존재로 과거로 돌아갈 수 없다. 시간과 운명에 처단되어 있다는 것은 인간 자체가 '근본적인 그 무언가는 할 수 없는 존재'라는 의미일 것이다. 할 수 없음에 대한 감각과 그 의미를 깊이 체득해 갈수록 인간 존재의 본질에 가까워진다는 사실은 역설적 아이러니다. 할 수 없음의 의식에 고통스러워할수록 그는 인간 존재의 본질에 좀 더 다가가는 이가 될 테니 말이다. 지금 신정민 시인이 바로 이런 상태에 있는지 모르겠다.

의식이 깊어지면 예언이 흘러나온다. 위 시가 그런 경우다. 그런데 위 시는 예언에서 그치지 않고 잠언의 성격으로 나아가는 것 같다. 생의 깊은 고통에서 터득한 지혜의 색채가 느껴지기 때문이다. 비록 자신의 경우를 말하고 있지만, 위 시는 삶의 파란과 고통을 체득한 자의 중얼거림으로 보는 사람의 심중을 흔드는 그 무엇이 있다. 독자로 하여금 생의 무섬증에 대한 전율을 느끼게 하여 어떻게 살아야 할까 하는 고민을 부추기고 있는 것이다. 신정민 시인의 이러한 시적 방법론과 울림을 이해하기 위해서는 좀 더 그녀가 그리고 있는 시적 풍경 속으로 들어가 봐야 할 일이다.

'어찌할 수 없음'에 대한 인식과 생의 흔적

존재의 성숙을 말할 수 있는 표지들은 많을 것이다. 그러나 무엇보다 존재의 본질에 대한 감각을 예민하게 보여 주는 것이야말로 존재의 성숙을 상징하는 표지가 아닐까 한다. 시인은 존재의 본질에 대해 민감하고 그것의 궁극이 무엇인지를 궁리하는 존재다. 직관적 사유로 존재의 근원을 형상적으로 그려 나가는 것, 그것이 시인의 임무이자 권리다. 신정민 시인 역시 이 점에 대해 예민하게 반응하고 있다. 이번 시집에서도 자신의 존재성

에 대한 사유를 여러 이미지를 통해 궁구하고 있다. 다음 시가 바로 그러
한 예일 것이다.

고라니가 지나갔다

진흙은 발자국의 깊이를 가늠하고 있었고 나는
깨진 체온계의 수은이 구슬처럼 굴러다니던 아침을 따라다니고 있
었다 주워 담을 수 없게 된 날이었다

혹, 고라니의 발자국을 지워 버린 곳곳의 웅덩이가 사라진 숲의 홀
로그램이라면

그날 아침 숲에서 사라진 건 고라니인가 알 수 없는 슬픔인가 그날
그 숲의 흔적이 숲의 체온이라면 숲은 어떤 속도로 회복되는가

…(중략)…

그래서 고라니는 비가 내린 숲 여기저기 발자국을 남겼던 것

밟힌 풀들이 일어서는
그만큼의 발자국 아직도 고라니인가
생각에 잠긴 진흙 한 줌

…(중략)…

붙잡을 수 없는 아침 숲 어딘가에 본 적 없는 고라니가 있었다

―「확보」 부분

이 시는 여러 방면의 해석을 가능하게 한다. 그러나 필자가 보기엔 이 시는 존재의 본질을 탐색하는 것이 초점으로 보인다. 시적 화자는 "숲 어딘가에 본 적 없는 고라니"를 대상으로 고라니의 '흔적', 즉 존재의 존재성에 대해 사유하고 있다. 존재성에 대한 사유라는 것은 "고라니가 지나갔다"와 "그래서 고라니는 비가 내린 숲 여기저기 발자국을 남겼"다에 암시되어 있다. 한 존재가 있었고, 다만 그것이 지나감으로써 사라졌다. 남은 것은 '흔적'인데, 이 흔적이 과연 그 존재가 한때 존재했음을 증명해 줄 수 있는 것인가 하는 물음을 묻고 있는 것이다. 시적 정보를 따라가면 그 '흔적'은 "고라니의 발자국을 지워 버린 곳곳의 웅덩이"로 볼 때 곧 사라지고 만다. 그렇다면 '고라니'란 존재는 과연 이 세계에 존재했던 것인가?

이 시는 고라니가 있었다는 내용으로 시작되지만 그것이 과연 존재 그 자체였는가 하는 것은 의문이라고 말하는 듯하다. 그것은 "그날 아침 숲에서 사라진 건 고라니인가 알 수 없는 슬픔인가"에서 볼 수 있듯, 고라니 자체가 사라진 것인지 '고라니의 발자국'이 사라진 것인지 알 수 없기 때문이다. 이는 존재 자체가 고라니인지 고라니의 흔적인지 알 수 없다는 말로 들린다. 더 나아가 "그만큼의 발자국 아직도 고라니인가"에서 볼 수 있듯이 만약 고라니의 발자국 자체가 존재일지 모른다는 생각에 이르게 된다면 그것의 존재성은 오히려 흔적을 품은 "생각에 잠긴 진흙 한 줌"에 있게 된다는 복잡한 사유를 드러내는 것으로 나아간다. 때문에 존재와 그 존재를 드러내는 존재성은 의문과 미혹迷惑으로 남게 될 수밖에 없음을 이 시는 말하고자 하는 게 아닐까 싶다. 이런 흔적을 통한 존재의 사유는 이번 시집의 「아린흔」 「그럭저럭」 등에서도 나타나고 있다.

여기서 우리는 하나의 질문을 던져볼 수 있다. '흔적'도 존재인가? 생명의 관점을 고수하는 분이라면 아니라고 말하겠지만, 이 무정형의 세계에 하나의 유의미한 형태(/흔적)가 나타났다고 본다면 그것은 가치와 의미의 집약이라는 관점에서 하나의 생명체와 다름없는 존재라고 볼 수 있다. 그리고 실제 생명체의 토대가 되는 것이 무기물이라는 사실을 인정한다면 무기물에 새겨진 흔적이야말로 그 생명체의 근원적 존재성인지도 모른다. 생명과 비생명의 유기적 순환의 관점에서 어느 것이 참된 존재의 존재성인지를 일면적 사고로 판정할 일은 아닌 것이다. 이는 장자의 '나비의 꿈'과 같은 차원에서 바라볼 수 있는 것이다.

그런 점에서 제목의 '확보'라는 말도 의미심장하다. 말 그 자체로 보자면 무엇을 가지고 있다는 뜻일 터인데, 그렇게 해석하면 '무엇'이 초점이다. 여기서 말하는 '무엇'은 시적 정보로 볼 때, 고라니 그 자체이거나 흔적을 가리킬 터인데 내용의 진전으로 보아 후자에 무게 중심이 가 있는 것은 틀림없다. 존재성의 대상이 되는 것을 가지고 있다는 정도로 해석해 볼 수 있다. 그런데 그것보다 이 제목은 '가지고 있다는 것은 무슨 의미인가?' 하는 물음에 더 방향성이 놓여 있는 것 같다. 가지고 있는 것은 가지고 있지 않음에 의해 상대적으로 발생하는 개념이다. 시 전체의 흐름이 고라니와 고라니의 흔적의 차이점을 무화無化시키려는 듯한 느낌을 주는 것으로 볼 때, 이 두 번째 제목의 해석이 그럴듯하다. 그렇게 본다면 존재성을 가진다는 것은 존재성을 가질 수 없는 것이나 다름없다는 인식이 초점이 된다. 조금 어렵고 관념적인 부분이 있지만, 시적 해석은 우리로 하여금 존재의 존재성에 대해 일면적, 또는 일방향적 판단을 내리는 것에 대해 경계하라는 주문을 내리고 있다는 느낌을 받는다. 곧 존재의 본질은 '알 수 없음'이 그 핵심이라는 뜻 아닐까?

이러한 해석은 시적 화자의 정서적 태도에 의해 더욱 정당화되는 것 같다. 시의 정보로 살펴보면 시적 화자는 "깨진 체온계의 수은이 구슬처럼 굴러다니던 아침을 따라다니고 있"고, 무엇보다 "주워 담을 수 없게 된 날", 또는 "붙잡을 수 없는 아침"을 경험하고 있다. 이는 앞 절에서 살펴본 '어찌할 수 없음'의 감정과 그 경험이다. '깨지고', '사라지고(지워 버리고)', '주워 담을 수 없고', '붙잡을 수 없'는 것들은 불가피와 불가역의 감정을 형성하면서 소멸로 이어지는 형상성을 부여한다. 즉 존재의 본질적 요건을 체득하면서 죽음의 그림자에 노출된 존재의 정서를 보여 주고 있는 것이다. 때문에 '고라니'로 상징화된 존재를 통해 시적 화자는 제 존재성의 의미는 무엇인가 하는 점을 궁리하고 숙고해 보는 것이다. 이는 매우 명상적인 상태로 미로를 헤쳐 나가면서 어디로 가는가, 나는 살아 있는가 하는 것을 부단히 말하는 것과 같다.

때문에 순간순간 자신의 감각에 포착되는 것에 의미를 부여하며 살아 있음에 대한 확인, 아니 '확보'가 가장 중요한 사안이 된다. 거기에 신정민 시의 출발점이 놓여 있는 셈이다. 그런 점에서 다음과 같은 언어적 표현은 그녀의 삶의 인식이나 대응에 가장 본질적인 방법론이라 할 수 있을 것이다.

해변을 걷는다는 건
이 글을 읽을 누군가에게, 라고 시작되는 편지를 쓰는 것

뼈만 남은 새가 해변에 묻히고 있어
모래는 덮으려 하고 바람은 들추려 하고

하고 싶은 말과 참아야 할 말의 실랑이 같아서

담아 둘 수도 없고 삼킬 수도 없는 말
어린 상괭이 사체도 가까이에 있어

까마귀들의 만찬과 함께
내가 기다리는 편지의 단 하나 주소지는 이름 없는 바닷가

다만 불행이 필요했노라, 모래알은 반짝이고
결국 버리게 될 비단고둥 껍데기는 줍고 또 줍고

날개는 원하는 곳으로 날아갔을까

투명한 아침이 묻고 있다

　　　　　　　　　　　　—「유리병 편지」 전문

　　이 시에서 주목되는 것은 첫 연의 "해변을 걷는다는 건/ 이 글을 읽을 누
군가에게, 라고 시작되는 편지를 쓰는 것"에 나타난 발견과 의미 부여의 언
어적 형식이다(이런 표현은 「그라인더의 시간」의 "커피를 마신다는 건 지나
간 시간들을 추모하는 것"이란 구절에서도 볼 수 있듯 신정민 시에서 흔하게
나타나는 형식이다). 이 표현은 꽤 단정적 상태의 선언문 형식으로 자신의
체험 속에서 발견한 확고한 삶의 지혜를 피력하고 있는 것으로 보인다. 곧
해변을 걷는 삶의 행위는 편지를 쓰는 행위와 다름없고, 이것들은 모두 제
자신의 존재성을 보이는 '흔적'이 된다는 것이다. 이러한 표현의 형식이 담
고 있는 심중의 뜻은 주장이다. 지금 시적 화자는 제 삶의 모든 행위가 어
떤 흔적으로 남을 테니, 이 '흔적'을 통해 그 알 수 없는 '누군가'가 자신의
존재성을 발견하고 기억해 주길 바란다는 염원을 담아내고 있는 것이다.
　　시인의 '흔적'의 사유가 담긴 자연으로 등장하는 세계의 망각과 기억의 힘
겨룸, 그 길항의 드라마를 "뼈만 남은 새가 해변에 묻히고 있어/ 모래는 덮
으려 하고 바람은 들추려 하고"에서처럼 자연스럽게 시적 풍경 속에 펼쳐
놓게 된다. 여기서 '뼈만 남은 새'는 화자가 백사장에 새긴 발자국을 상징할
수도 있고, 실제 자연의 죽은 새일 수도 있다. 그 무엇이든 이제 존재는 사
라지고 존재의 존재성으로 남은 그것이 존재를 증명할 마지막 근거로 인정
투쟁을 벌이고 있는 셈이다. 흔적으로 주장하는 제 존재성은 "하고 싶은 말
과 참아야 할 말의 실랑이 같아서" "담아 둘 수도 없고 삼킬 수도 없는 말"이
되어 매우 가변적이고 모호하다. 역시 이러지도 저러지도 못하는 '어찌할
수 없음'의 현실 속에서 고통과 슬픔만 감내할 따름이다. 흔적으로 제 존재
를 증명하기에는 너무 먼 거리와 복잡한 관계가 뒤섞여 있다. 그렇지만 어
느 순간 '나'란 존재는 사라지고 나를 증명하는 것은 '흔적'으로, 오직 '흔적'
으로 남을 뿐이니, 매 순간 자신이 남기는 흔적에 대해 어찌 신경을 쓰지 않

을 수 있을까? 그래서 정성을 다하여 "편지를 쓰"게 된다. 곧 신정민의 경우 시인으로서 독자에게 주는 '시'를 성실히 쓰지 않을 수 없게 되는 것이다.

시 속에 "다만 불행이 필요했노라"라고 다소 격조 있는 감정을 드러내는 이 구절은 바로 흔적으로 대변되는 제 존재성을 제대로 남길 수 있을까 하는 조바심과 결국 그렇게 하지 못하리라는 짐작에서 오는 고통의 표현이다. 그렇지 않겠는가? 아무리 아름다운 흔적을 남길지언정 그것은 존재 그 자체가 아니라는 점에서 태어난 것 자체가 고통이다. 존재의 멸절에서 오는 공포와 슬픔을 흔적이 다 보여 줄 수도 없고, 존재의 그 심오한 내면성을 흔적이 담아내지도 못한다. 그럼에도 흔적으로 남을 수밖에 없는 무기력함. 불가피와 불가역의 심사! 그래서 제 흔적을 보듬고 쓰다듬을 수밖에 없는 처지. 이것이 인간 아닐까? 궁지에 처한 심정, 곧 "내가 기다리는 편지의 단 하나 주소지는 이름 없는 바닷가"라고 표현할 수밖에 없는 곤궁함이 인간 존재의 본질 아닐까 하는 것이다. 신정민 시인은 바로 이것을 이번 시집에서 보여 주고 묻고 있다. 그렇다, 흔적이 되기 전의 실체로서 "날개는 원하는 곳으로 날아갔을까" 궁금해하면서, 시간의 풍화 속에 처단된 존재는 무엇을 해야 하는지 제 자신에게 묻고 물어 "투명한 아침이 묻고 있다"라고 표현해 내고 있는 것이다.

단정문으로 자신의 체험 속의 깨달음을 제시하여 제 존재성을 탐색한 뒤, 이를 독자에게 묻는 방식의 언술 행위가 바로 신정민의 시적 방법론인 셈이다. 이것은 은근슬쩍 독자의 내면에 스며들어 전율의 파장을 일으키고 독자의 마음까지 심란하게 한다. 곧 나는 누구인가, 존재는 무엇인가 하는 질문을 하다가, 신정민 시의 역설에 따라 존재는 흔적이다, 흔적이 곧 존재란 묘한 진리에 이르러 제 삶을, 제가 엮어 가고 있는 지금 여기의 하루를 되돌아보게 하는 것이다. 그것이 맞는지 아닌지는 모르지만 보는 사람에게 어떤 울림을 주고 있다는 점에서 신정민 시가 하나의 시적 위의威儀를 보여 주는 것이 아닐까 한다. 흔적을 통한 망각과 기억의 변증법, 거기에 존재의 비밀이 있는지 모른다. 신정민 시의 깊이가 만만치 않게 다가오는 시간이다.

분별하지 않음, 그 피정避靜과 잠언의 세계

흔적에 대한 사유는 현상에 대한 일면적 사고를 부정한다. 따져 보면 존재는 흔적의 연속이자 변화 그 자체다. 때문에 불경에서도 하나의 현상에 집착하지 말라고 했다. 금강경에 나오는 '범소유상凡所有相 개시허망皆是虛妄 약견제상비상若見諸相非相 즉견여래即見如來'라는 사구게四句偈도 그 하나의 예다. 이는 '모든 현상이 다 허망한 것이니 그 현상이 실체가 아님을 깨달으면 곧 여래를 본다'는 뜻이다. 앞에서 언급한 장자의 나비 꿈도 '내가 나비를 꾸는 것인지, 나비가 나를 꾸는 것인지 그 사이를 알 수 없다'는 뜻을 담고 있다. 자신이 확신하고 결단을 내리는 분별과 대립이 하나의 편견이나 무지몽매일 수 있다는 말일 것이다.

더욱이 존재의 어찌할 수 없음을 느끼는 신정민 시인의 심사로 미루어 어느 것이 옳고 그른지에 대한 분별 자체가 무의미해졌는지도 모른다. 분별이 멈추고 대립이 해체되는 것이야말로 참된 진리를 터득하는 것인 줄을 삶이 이슥해진 요즈음의 체험 속에서 은연중 깨달았는지도 모른다. 다음 시가 그런 내용을 보여 주는 한 사례가 될 것이다.

> 기어 다니는 무엇은 전갈이었고
> 기어 다닐 수 없게 된 무엇도 전갈이었다
>
> 어떤 생각이 그치지 않을 때 이루어지는 일
>
> 모든 것이 내 안에 있어
> 가질 수 없는 보석이 저 홀로 빛나고 있다
>
> 피정에 든 수도자
> 복숭아뼈에 새겨 놓은 전갈 문신

발견되길 원치 않는 누군가를 대신하여

어디에도 없어
어디에나 있다던 영원

죽어 가는 나무 아래서의 몰입
독보다는 약이 되었음 좋겠어서

달,
단추 하나
하늘에 달아 주었다

—「호박琥珀」전문

이 시의 주된 의미소는 '알 수 없음'의 내용이다. 그것을 "기어 다니는 무엇은 전갈이었고/ 기어 다닐 수 없게 된 무엇도 전갈이었다"와 "어디에도 없어/ 어디에나 있다던 영원"의 표현으로 드러낸다. 이 표현들은 어떤 대상을 확정할 때 그 대상에 대한 분별과 대립이 무의미하다는 것을 보여 준다. 이런 생각에 이르기까지 "어떤 생각이 그치지 않을 때 이루어지는 일"로서 많은 묵상과 궁리를 거쳤을 것이다.

그렇다면 대상에 대한 분별이 그친다는 것이 무엇을 의미하는 것인지에 대해 독자 역시 숙고할 필요가 있다. 앞의 내용에 기반하면 어느 한 현상에 집착하지 않는 것을 의미할 것이다. 선입견이나 편견에 치우치지 않고 사물이나 현상의 참된 모습을 직시하는 것. 그것은 제 나름의 세계 인식이자 어떠한 고정관념이나 틀에 얽매이지 않은 자유로운 정신을 말함일 것이다. 자유로운 정신을 다른 한편으로 자유로운 영혼이라고 볼 수 있다면, 그것은 이 물질적 세계에 구속된 제 존재성의 틀을 깨뜨리고 보다 차원 높은 존재로의 비상이 없는지를 탐구하는 일일 것이다. 위 시에서 언급하고 있는 "피정에 든 수도자"가 바로 그런 경우가 아닐까? 피정避靜이 고요로 물러나 존재의 심연을 들여다보는 행위로 본다면, '피정에 든 수도자'는 세속적 관념의 분별과 대립을 넘어 보다 지고하고 영원한 영적 세계로의 비약을 갈망하고 있는 존재라고 말해야 할 것이다.

그렇기에 세속적 관념의 분별을 넘어선 존재에게 '달'은 '단추'와 다름없다. 그런 존재에게 하늘의 달은 이 우주의 옷자락을 여미는 단추와 다름없기 때문이다. 시적 화자가 "달,/ 단추 하나/ 하늘에 달아 주었다"라고 노래하고 있는 것은 어느 정도 세속적 분별과 대립의 경계를 넘어서고 있음을 보여 주는 표현이라 볼 수 있다. 그 점에서 신정민의 시적 사유는 꽤 깊은 경지에 이르렀다고 할 수 있지 않을까? 이와 관련된 다른 한 편의 시를 살펴보아도 이를 잘 느낄 수 있다. 그 시는 이렇다.

나무 도마를 고른다
옹이가 있는 것은 반값이다

죽은 나뭇가지를 기억하는 게
도마의 반값이다

여긴 살아 보자 결심했던 곳

호수에 이는 물푸레의 몸짓

물갈퀴를 미는 물결

나이테의 남쪽은 남쪽을 향해
조금 더 휘어진다

제4부 죽음의 내부로 파고드는 삶

흠 없는 것을 좋아하는 건

흠 있는 사람들이 하는 짓

칼날을 위해

무뎌서도 단단해서도 안 되었던

생의 결을 읽는다

—「흠집」 전문

이 시는 분별이 갖는 맹점을 짚어 내고 있는 작품이다. '흠집'을 대상으로 설정하여 사유하는 이 시에서 나무에게 흠집, 즉 옹이는 "죽은 나뭇가지를 기억하"게 하는 가치 있는 흔적이다. 그러나 인간에게 와서 이 흠집은 도마의 쓸모를 제한하여 반값으로 팔게 하는 무가치한 것이 된다. 어느 것이 옹이로 인한 흠집의 의미를 제대로 보는 것인가? 시인은 이 시를 쓰며 이것을 묻고 싶었던 것으로 볼 수 있다. 제3의 눈으로 볼 때 이것은 참으로 이상하게 생각할 만하다.

장자의 이야기 속에 이와 비슷한 일화가 있다. 비틀리고 거친 속성을 가진 나무는 천수天壽를 다 누리고, 반듯하고 단단한 결 고운 나무는 일찍 인간에게 베어져 죽는다. 어느 나무가 가치 있는가? 인간의 관점인 쓸모로 볼 때 후자의 나무가 보다 가치 있겠지만, 나무 자체의 관점으로 볼 때는 전자의 나무가 제 생명을 보존하고 생애를 다 살고 있다는 점에서 더 가치 있다. 인간의 관점을 벗어나 보다 폭넓은 관점에 서면 인간의 인식은 상당히 협소하거나 편향적일 수 있다. 장자의 일화는 이를 경계하는 내용이다. 즉 '쓸모 없음의 쓸모(無用之用)'에 대한 역설적 인식이 어쩌면 보다 자연적 진리에 가깝다는 것을 말해 주는 것이다. 그런 점에서 시인 역시 위 시에서 "흠 없는 것을 좋아하는 건/ 흠 있는 사람들이 하는 짓"이라고 역설적 인식의 일부를 드러내면서 인간의 어리석음에 대해 따끔한 풍자를 날리고 있다.

그러나 무엇보다 위 시에서 중요한 점은 "칼날을 위해/ 무뎌서도 단단해서도 안" 된다는 인식을 보여 주는 것이다. 이는 바로 분별과 대립을 벗어난 '중도中道', 장자의 개념으로 보자면 '도추道樞'의 단계를 시인이 어렴풋이 체득하고 있음을 보여 주고 있기 때문이다. 장자의 도추는 '도의 지도리'로 번역되는데, 경계에 서서 어느 쪽으로도 치우치지 않고 중심을 잡는 것, 이것과 저것이란 상대적인 개념이 없이 무궁한 변화에 대응하는 것을 가리킨다. 모든 것은 무궁한 변화 속의 한 현상이기 때문에 현상에 휩쓸리지 않고 그 본바탕에 내려앉아 터득하는 것, 이것이 도추의 단계인데 이것은 단순한 앎의 단계가 아니라 깨달음의 영역이다.

시인 신정민은 존재의 어찌할 수 없음으로 인해 발생하는 불가피와 불가지, 불가역의 상태에 대한 감각으로 남겨진 것 중 보다 근원적인 것이 무엇인지를 찾고 있다. 본인 스스로 '피정의 수도자'가 되어 존재의 심연을 들여다보고 있는 것이다. 이러한 분별의 해체에 대한 사유는 표제작이 되고 있는 「의자」의 "언제나 내릴 곳이 있었던 실수"를 비롯하여, 「타이밍 4」의 "꿈에서 깨는 실수를 하고 말았다"와 「동심원」의 "멈춰 있음으로써/ 영혼, 돌볼 수 있을 때까지/ 걸었던 곳을 다시 걷고 다시 걷는 환상 보행" 등의 표현에 잘 나타나고 있다. 사물과 존재에 대한 성찰에서 인간의 일면적 관점에 서 있기보다 자연적, 다면적, 총체적 관점과 인식으로 나아가고 있는 것이다.

이로 인해 신정민 시의 특징은 역설적 표현을 통한 경구警句, 더 나아가 잠언箴言의 형태로 발전해 간다. 이번 시집은 역설적 경구로 삶의 실존적 의미를 풍성하게 드러내고 있다. 다음 시가 이를 잘 보여 준다.

빈방들은
비어 있음을 지키고 있다

언젠가 오게 될 피정자들을 위하여
수도원의 긴 복도들을 쓸고 닦는다

계단들은 아무리 쓸고 닦아도 구겨져 있다

그때 보았다
작은 도마뱀붙이들
예약도 없이 찾아온 단체 손님들

외계에서 온 꽃과 나무들과 잘 아는 사이

기도하고 밥 먹고 자고 기도하고 밥 먹고 자고
그렇게 쉬었다 가고 싶었던 것인데

빈방이 없다

너무 많은 복도들
층계참으로 연결된 미로들

잘못된 선택은 뜻밖의 결과로 안내된다

누구든 두려워할 권리가 있으므로
투명한 영원들의 죽음을 환영한다

—「불시착」 전문

　이 시에 나타난 역설은 "빈방들은/ 비어 있음을 지키고 있다", "계단들은
아무리 쓸고 닦아도 구겨져 있다", "누구든 두려워할 권리가 있"다 등의 표
현에서 살펴볼 수 있다. 모두 언어적 용법에서 인간의 일반적 관념이나 상
식을 비틀어 버리고 있다. 그 결과 이 시는 현실적 삶 속에 안존해 살아가
고 있다는 생각이야말로 얼마나 허상임을, 안존이 바로 미로 속의 삶이라

는 것을 은연중 드러낸다. 제목이 되는 '불시착'이라는 말도 우리의 삶 자체가 뜻하지 않게 내려앉은 형태, 즉 불시착일 뿐이라는 것으로 역설적 사유의 표현이다.

그런데 신정민의 이 역설적 표현들은 시의 진전에 의해 점차 깨달음의 영역으로 나아가 삶의 지혜를, 또는 초월적 존재의 목소리를 구현한다. 이 시에서 그것은 "누구든 두려워할 권리가 있으므로/ 투명한 영원들의 죽음을 환영한다"에 나타난다. '두려워할 권리'는 일반적 어문 규정이나 세속적 관념을 위배하고 있으므로 역설적 표현이다. 두려움을 권리로 본다는 것 자체가 두려움을 가치 있는 것으로 본다는 의미다. 그것은 죽음에 대한 공포가 가장 인간적이고 가치 있는 태도이자 감각일 수 있다는 전제에서 "투명한 영원들의 죽음을 환영"하는 신비롭고 초월적인 지향이 가능하게 된다는 의미일 것이다. 이것은 인간적인 관점에 서지 않음으로 인해 죽음의 실체를 다르게 보는 것에 해당한다. 죽음을 환영하는 대상으로 보는 것은 분별과 대립의 경계를 벗어난 자가 아니고서는 생각할 수 없는 일이기 때문이다.

그런 관점에서 이런 구절들은 앎의 영역을 벗어나 깨달음의 상징으로 어리석은 인간에게 깨우침을 주는 잠언의 세계로 나아간다. 가령 "하룻밤 사이에 생긴 모래 언덕에 앉아/ 모래 술잔에 모래 맥주를 따라 마시는 모래들이 있다"(「모래 술잔에 모래 맥주를 따라 마시는 모래들」)는 표현은 자신의 실상을 깨우치지 못한 어리석은 인간 존재를 '모래'에 빗대어 풍자하는 우의적, 역설적 표현이다. 경계와 깨우침, 그리고 깨달음은 그런 점에서 같은 내용이다. 실상 신정민의 이번 시집만큼 이런 깨우침과 경계를 전하는 잠언의 인식과 역설적 표현의 성찬을 볼 수 있는 시집이 많이 있을까? 예를 들어 "모든 저녁이 흉터로 떠오르기 시작했다"(「깊은 2도」), "아름다운 것들은 관심을 바라지 않는다"(「내가 아버지의 구근식물이었을 때」), "커닝 없는 시험은 재미가 없었다"(「오픈 북」), "행복할까 봐 두려웠다// 행복해질까 봐 두려웠다// 행복하게 될까 봐 두려웠다"(「거룩한 밤」), "사람보다 많은 걸 실은 트럭은 없다"(「과적」), "이기려 해 본 적 없으니 진 적도 없다"(「검객」) 등의 구절들이 수시로 검출되는데, 이 표현들은 씹을수록 삶의 의미를 되돌아보게 하고, 사유의 폭을 넓혀 주는 역설적 기능을 하고 있다.

특히 "주검을 위하여 바람은 온다"(「꽃들의 빈소」), "죽음은 삶을 도우러 온다"(「뒤늦은 일─서영에게」)라는 표현에 이르면 그 체험과 사유의 깊이에 전율을 금할 수 없으며 무엇이 이 시인으로 하여금 이런 생각에 이르게 하였나 하는 궁금증이 일게 한다. 그것은 시적 정보로만은 알 수 없다. 그렇지만 시적 여정으로 볼 때 자신의 존재 자체와 운명을 마주하게 되었을 때, 운명이 부르는 소리에 시인의 영혼은 눈 떴고, 그에 따라 현실적 존재의 어찌할 수 없음의 무기력 속에서도 참된 자아와 영혼을 찾기 위한 몸부림의 결과가 그래도 저와 같은 체득의 경구들을 뽑아 낼 수 있지 않게 되었을까 하고 추측해 볼 수 있다. 거미가 제 몸의 본능으로 거미줄을 뽑아내듯이 시인 신정민은 자신의 존재와 삶의 흔적에 대한 사유를 분별과 대립의 해체라는 관점에서 재정립하고, 그것을 통해 보다 영원하고 고귀한 것은 중도의 세계, 장자의 도추의 세계에 머무는 것임을 자신의 시로 표현하고자 한 것이라 볼 수 있다. 그 점에서 신정민의 시는 존재의 증명과 구원을 바라는 잠언의 노래다.

신의 의지를 찾는 영혼의 빛
—김정희 시의 의미

빛을 향해 나아가는 간절함

삶이 스산하고 무의미해 보일 때, 하루를 마감하고 고단한 몸을 침대에 구겨 넣을 때, 특히 그 순간 세상은 적막하여 이대로 누워 내일 일어나지 못하는 것은 아닐까 하고 두려워할 때 광명진언光明眞言을 왼다. 옴 아모가 바이로차나 마하무드라 마니파드마 즈바라 프라바를 타야 훔! 천천히 숨을 들이쉬고 내뱉으며 나의 영혼이 빛 속으로 걸어가기를 염원한다. 이 무상한 세상 속에서 구원이 있다면 그것은 빛일 것이라 생각하면서 빛 속으로, 그래, 빛 속으로 걸어 들어가는 나를 떠올려 보는 것이다. 그러면 어느 정도 평안해지는 나의 마음.

빛을 향한 갈구의 마음은 모든 생명체의 유전자에 새겨진 정보일지 모른다. 흔히 향일성向日性, 또는 굴광성屈光性이라 불리는 말들은 생물의 본능적인 성향을 보여 주는 용어일 것이다. 부처님도 이런 생명체의 간절함, 즉 삶과 죽음의 문제를 빛의 상징으로 풀어 내어 말씀하셨고, 밀교에서는 더 나아가 보다 높은 존재성으로 서기 위한 뭇 중생들의 염원을 저와 같은 주문의 형식으로 제시하였을 것이다. 그렇기에 일상이 어둑해지는 시간 광명진언을 외는 것은 세상의 비루함과 무의미함을 떨쳐 버리고 생의 밝음을 얻으려는 생명체의 당연한 행동이다.

생의 간절함에 대해 모든 시인들이 노래하고 있겠지만, 이런 내용과 정도에 호응하는 듯한 시를 김정희 시인의 첫 시집에서 발견하게 되는 것은 놀라운 일이자 기꺼운 일이다. 늦은 나이에 시를 쓰게 된 것이 그와 같은 문제를 해결하기 위함이었을지도 모른다는 생각이 들기 때문이다. 그 시는 이렇다.

출입구로 들어오는 먼지바람이
책장을 넘겨 고비사막을 펼친다

모래는 천 개의 석불을 켜고
봉황의 날개로 막고굴로 간
신라 청년은
무엇을 보았을까

조우관을 쓰지 못한 나는
변방에서 머뭇거리고
두터운 그림 한 장 넘기자
황사가 사라진다

구름으로 떠도는 석불의 불빛
모래 늪으로 빠지는 발자국
낮아지는 하늘
바람의 다리를 놓자
기름종이로 살아나는 돈황

허물어진 성에 돋은 잎

유마경 법문을 들은 이의 발자국은 이어지고

모래알로 흩어진 글자를 모아

깃대가 경전을 짓고

그림 속을 빠져나온 조우관의

마른 깃털을 뽑아 머리에 꽂자

막고굴을 출발한 차가운 바람

귓속을 파고 든다

—「유마경변상도」 전문

이 시의 아름다움은 찾을 수 없는 세계가 환기하는 아련함에서 비롯된다. 가 닿을 수 없는 세계가 품어 내는 빛은 실제 얼마나 애틋한가! 모든 이야기의 출발은 결핍에서 시작된다. 현실적 결핍이 그것을 채우게끔 하기 위하여 존재자로 하여금 집을 떠나게 한다. 집을 나서서 무엇을 찾는 순간 존재는 고통스러운 상황에 직면하지만 삶의 의미는 풍요로워진다. 그래서 자신의 결핍이 무엇인지를 알고 그것을 채우기 위해 현재에서 떠나는 것이 중요하다.

이 시에서 그것은 두 대상의 행위로 나타난다. 우선 "봉황의 날개로 막고굴로 간/ 신라 청년"의 행위가 그 하나다. 다른 하나는 "변방에서 머뭇거리"기만 하고 "조우관을 쓰지 못한 나"가 "출입구"로 들어와 "책장을 넘겨 고비 사막을 펼"치는 것으로 나타난다. 신라 청년의 출발은 시의 제목과 내용을 염두에 둘 때 불법을 찾아나서는 행위로 보인다. 신라 청년은 "유마경 법문을 들은 이의 발자국은 이어지고/ 모래알로 흩어진 글자를 모아/ 깃대가 경전을 짓"는 것으로 볼 때, 어느 정도 자신이 찾는 바를 달성한 것처럼 그려진다. 그럼 신라 청년은 자신의 원하는 바를 이루었는가? 이 점은 이 시의 표현을 통해 볼 때 알 수 없다. 왜냐하면 시 속의 내용으로 볼 때 "구름으로 떠도는 석불의 불빛"은 결코 그 추구하는 진리의 정체가 현실 속에 실재하지 않으리라는 암시를 주고 있기 때문이다. 빛은 천상의 구름으로 존재해서 결코 지상의 육체로서 구체화될 수 없음을 말해 주고 있다.

그 점과 관련하여 시적 화자 역시 자신이 출입구를 밀고 들어간 어느 박물관(?)에서 〈유마경변상도〉를 보고 자신의 현실적 고뇌를 씻어 낸 것으로 보기 어렵다. 다만 "막고굴을 출발한 차가운 바람/ 귓속을 파고 든다"는 전언으로 볼 때 깨달음의 흔적이나 방향이 자신의 존재성에 감지되었다는 정도로 암시될 뿐이다. 모두 불법으로 상징되는 진리의 흔적이 아련하게 시속 두 존재에게 어른거리는 것을 보여 주고 있다. 존재의 주변에 아련히 있으되 그 실체를 온전하게 파악할 수 없는 애틋함! 그 애틋함이 시 전반을 둘러싸고 보는 이의 마음을 애달프게 만들고 있는 것이다.

내용적 측면에서 〈유마경변상도〉의 주인공, 유마거사가 재가보살이라는 점도 생각해 볼 점이다. 시인은 세속에 깃들어 있으면서 초월과 구원을 이루어내는 유마거사를 자신의 지향으로 오래 꿈꾸었는지 모른다. 세속에서 천상을 꿈꾼다는 것은 다른 그 무엇보다 심한 생의 압력을 밀어내고 비상을 꿈꾸는 것이기에 더욱 파란만장하고 드라마틱한 내용이 된다. 현실적 삶의 고뇌가 가중될수록 〈유마경변상도〉는 시적 화자와 시인에게 "모래 늪으로 빠지는 발자국"의 상태에서 "낮아지는 하늘/ 바람의 다리를 놓"는 매개로 작용한다. 삶이 힘들수록 가 닿고 싶은 세계를 꿈꾸게 하는 지표로 그 기능을 다하였을 것이다. 〈유마경변상도〉가 하나의 '빛'이 되었던 셈이다. 그런 점에서 다음과 같은 매우 애틋한 이미지도 유사한 심리적 가치를 지닌 표지가 된다.

　　　너에게 가는 길
　　　눈이 온다
　　　낮은 고도

흰 레이스를 깔아 놓은 길

망설임까지 너에게로 간다

고산의 비바람은

비명을 낳고

빗물이 가슴을 녹이면

모닥불을 켜는 명치끝

젖은 발을 실은 두려움이 숨을 죽인다

나뭇잎이 손 내미는 소리

다정한 눈빛으로 걸음을 옮긴다

다가오는 빈집

집들은 내장이 다 비었다

곧 도착할 것이다

혼자서 너에게 가는 길

미리 켜 둔 불빛

─「빈집의 불은 누가 켤까」 전문

이 시 속의 화자가 간절한 마음으로 찾아가고 있는 '너'는 누구일까? "눈이" 오고, "고산의 비바람은/ 비명을 낳"는 등의 온갖 어려움이 있음에도 불구하고 찾아갈 수밖에 없는 너는 시적 정보로 볼 때 "다가오는 빈집", 혹은 그 빈집에 존재하는 어떤 대상으로 보인다. 그런데 놀라운 것은 그 빈집은 "내장이 다 비"어 있다는 사실이다. 그렇지만 더 놀라운 것은 그 빈집 안에

"미리 켜 둔 불빛"이 있다는 점이다. 간절히 찾아 나선 집은 (미리 켜 둔) 어렴풋한 불빛을 간직한 채 빈집으로 존재하고 있는 것이다. 놀랍지 않은가? 집은 다 비어 있건만 미리 켜 둔 불빛이 그 빈집으로 찾아가게끔 하고 자신의 존재성을 드러내고 있다. 도대체 미리 켜 둔 불빛은 무엇일까?

'빈집의 불은 누가 켤까'란 제목으로 볼 때 미리 켜 둔 불빛은 빈집 안에 켜져 있는 불로 생각해 볼 수 있다. 집 안의 전등불이거나 난롯불로 그려 볼 수 있다. 그러나 "빗물이 가슴을 녹이"고 "젖은 발을 실은 두려움이 숨을 죽"이는 곤궁하기만 한 시적 화자의 심리를 고려해 본다면 간절히 가 닿고 싶은 '빈집' 그 자체가 하나의 '미리 켜 둔 불빛'일 수 있다. 그렇지 않겠는가! 세파에 지친 사람에게 유년의 따뜻했던 '우리 집'은 현재의 나에게 빛과 같은 존재가 되지 않을 수 없는 것이다. 유년의 행복했던 시간과 공간이 하나의 불빛이 되어 우리들의 가슴속에 하나의 영상으로 맺혀 피어오를 때, 그것은 과거의 불빛에 그치는 것이 아니라 미리 켜 둔 불빛으로 현재의 어둠을 헤쳐 나가게 하는 등불의 구실을 한다. 다시 말해 현재의 결핍을 채우는 풍요와 평안을 상징한다.

그런 점에서 시 제목이 묻고 있는 '빈집의 불은 누가 켤까'의 대상은 바로 자신의 가장 깊은 심층에서 생기는 소망, 현생의 결핍에서 오는 간절함인 것이다. 쓸쓸한 마음이 평화로운 공간을 찾기 위해 켜는 대서원大誓願의 형식이 이런 이미지로 나타나는 것이다. 이와 같은 이미지는 "고백할 수 있을까/ 갈 곳을 잃어버린 이정표// …(중략)…// 눈물 아래 시간은/ 천천히 걸어가고/ 도착할 곳은 어딘가/ 슬픔이 먼저 길을 떠난다"(「얼굴을 닦을 때 시간이 걸어간다」)에 나타나는 시적 화자의 방황의 정서에서도 같은 심리적 가치를 발견할 수 있게 한다. 생의 고단함과 무의미에 대해 참된 삶의 의미가 어디에 있는지를 숙고하면서, 진정한 삶의 가치를 가늠을 수 없는 신의 의지나 이데아 등과 같은 어떤 본질적인 것으로 설정해 두고 그것을 그리워하는 인간의 숙명을 그려 내고 있는 것이다. 김정희 시인은 이를 빛의 이미지로 형상화하면서 인간을 비롯한 생명체의 본능적 갈망과 서원을 빛을 향한 지향의 심상으로 구체화하고 있다.

단절된 현실과 물화되어 가는 삶

꿈은 꿈으로 끝나는 경우가 많다. 우리의 현실은 비루와 타락으로 점철
되어 누추하기 짝이 없다. 그런 세상 속에서 살면서 올바른 정신을 갖고 살
기는 힘들다. 물질과 자본의 논리에 포위된 현실은 벽을 마주한 느낌을 준
다. 이로 인해 단절과 고립의 정서가 현대인을 표상하는 심리가 된다. 김정
희 시인도 이를 잘 의식하고 있다. 그녀의 시 상당수가 바로 당대적 삶의 모
순과 부정성을 드러내는 데에 할애되어 있는 것이 그것을 말해 준다. 다음
두 편의 시가 대표적이다.

의자에 먹이가 도착한다
몇 방울 펼쳐지는 꽃잎

주름 따라 퍼지는 붉은 입술
따뜻하게 데워지면 주름을 펴지고
뼈와 살이 붙어 버린 벽
재생을 꿈꾼다

말랑한 벽의 귀
벽지의 눈길에 시들한 사내
빗금으로 잘라
기억의 미래를 먹어 치운다

입 무늬 벽이 꿈틀대자

천천히 사라지는 그림자
긴 숨으로 달라붙는 눈썹
찢어진 벽지 사이로 들어가

벽은 사내를 먹고
그림자를 토해 낸다
벽지, 꽃 몽우리로 불룩하다

—「벽이 먹어 버린 사내」 전문

입술만 적셔도 좋아요
햇빛이 눈을 감아요

비누가 거품으로 사라질 때까지
날 가두지 마세요
사방은 감옥이어도
어디든 닿으면 꽃으로 피어나
바람처럼 흩어져 버려요

몇 방울 위로 사양하겠어요
벽 사이 틈
하루는 단단한 벽에서 시작해요
하얀 얼굴 날카로운 것으로
이름 없이 잘라도 좋아요

창백한 얼굴
벨벳 꽃이 피었어요
분칠한 얼굴과

기생한 잔주름

둥글게 말라붙은 꽃

긴 숨을 불어넣어

틈에서 잎이 자라고

떨어지는 한 방울의 푸른 물을 타고

어디서든 무성하게 피는 꽃

　　　　　　　　　―「아무 곳에서도 피니 꽃이다」 전문

　이 두 편의 시를 관통하는 것은 인간적 관계가 단절된 현실에 대한 의식
이다. 소통되지 않는 인간적 존재는 하나의 사물과 다름없다. 가히 '벽의 상
상력'이라 이름 붙일 만한 당대적 삶과 현실에 대한 형상화는 시인 김정희의
동시대에 대한 역사의식과 현실 인식의 깊이를 보여 준다. 우선 「벽이 먹어
버린 사내」는 인간이 물화되어 가는 현실을 역설적으로 벽이 주체가 되어
인간을 삼키고 있는 것으로 그려 내고 있다. "뼈와 살이 붙어 버린 벽"이란
이미지는 주체로서 인간이 더 이상 무엇을 할 수 없는 절대적 압력 속에 존
재한다는 것을 드러낸다. 물질과 자본의 현실에 노출되어 하나의 사물화된
존재로서 '벽지의 꽃'으로만 있게 된다는 전언은 이 시대의 깊은 모순이 얼
마나 도저하고 무시무시한가를 보여 준다. 거대한 자본주의적 체제는 인간
의 생명성과 자주성을 휘발시키고 그저 기계나 도구로 전락하게 하여 하나
의 무늬로만 존재케 한다. 벽지 속의 "꽃 몽우리로 불룩하"게 하여 하나의
실체로서 자기의 존재성을 몸부림쳐 봤자 그것은 고유의 생명성과 독특성
을 상실한 획일성의 한 사례로 작동할 뿐이다. 자신의 의지와 꿈을 상실한
채 익명화된 존재로서의 소외된 삶의 문제성을 형상적으로 드러내고 있다.
　「아무 곳에서도 피니 꽃이다」는 이러한 점을 더욱 밀고 나가고 있다. 이
시에서도 "벽 사이 틈/ 하루는 단단한 벽에서 시작해요"라는 언명으로 두
고 볼 때 당대적 삶의 현장이 '벽'의 상징성이 물질화된 곳임을 말해 주고
있다. 즉 소통의 단절로 인한 "사방은 감옥"이란 인식이다. 이는 당대 후

기 자본주의 현실 속의 삶의 문제를 언급하는 것임을 드러내는 것이다. 이 시에서도 인간 존재의 고유성은 부정된다. "이름 없이 잘라도 좋아요"란 표현이 이를 보여 준다. 더 나아가 "떨어지는 한 방울의 푸른 물을 타고/ 어디서든 무성하게 피는 꽃"이란 표현을 통해 이 소외된 주체들이 자아를 인식하지 못한 채, 즉 고유의 생명성을 잃어버린 채 저마다 자신은 잘 살고 있다는, 그래서 자신의 존재성은 예쁜 꽃이 된다는 몰지각의 상태를 희화화하고 있다. 시인이 주목하는 '벨벳 꽃'은 벽지 무늬가 되는 것으로 자주성과 생명성을 상실한 존재성을 상징하는 것이다. 이 꽃이 가짜 꽃임에도 그 화려함에 도취하여 자신의 삶 자체를 반성하지 못하는 현대인의 어리석음을, 또는 현대인으로 하여금 그렇게 반성할 수 없게 만드는 자본주의적 삶의 행태를 시인은 비판하고 있는 것이다. 다시 말해 시인은 현대인의 무기력함과 체제의 부정성을 역설적인 표현인 "아무 곳에서도 피니 꽃이다", 또는 "어디서든 무성하게 피는 꽃"이라는 언사로 매우 신랄하게 풍자하고 있는 것이다.

때문에 "하루는 단단한 벽에서 시작해요"에서 언급하는 '단단한 벽'은 튼튼한 삶의 토대가 되지 않고 단절과 고립의 감옥으로 다가올 수밖에 없는 당대적 삶의 비인간적 체제를 상징한다. 벽의 상상력은 오늘의 현대적 삶의 심각성을 단절과 물화의 현상으로 제시하고 있다. 이러한 인식은 비판적 지성으로 당대적 현실을 바라보게 한다. 비판은 웃음을 통한 풍자로 시 속에서 실현된다. 다음 시가 이 경우를 대표한다.

> 장난감 세상으로 오세요
> 천국의 각도는 미지수
> 조금만 비틀거리면 돼요
>
> 토라졌다면
> 무슨 상관 있나요

둥근 각도는 무시하고

사라질 듯
바람이 조소를 보내고

햇빛이 모래로 부서진다면
각이 보여요
모두 세워 보세요 둥근 각

레고 랜드로 오세요
뱀 머리
각 없는 머리로 가슴까지
장난감 가득한 심장과 심장
마음껏 두드려 보아요

—「레고 랜드」 전문

이 시 역시 후기 자본주의적 삶이 갖는 부정성과 비진정성에 대한 신랄한
풍자를 감행하고 있다. 이 시 속에서 주목해야 할 점은 세 가지다. 첫째는
'레고 랜드'로 표상된 삶의 세계가 보기에는 아름답게 보일지라도 허위라는
인식이다. "장난감 세상으로 오세요"라고 시적 화자는 말하고 있지만 이 세
계는 말 그대로 '장난감'의 세계일 뿐 생명과 평화가 뛰노는 진정성의 세계
가 아니다. 자본주의적 세계가 취하는 화려한 외피는 상품 미학을 통해 자
본의 논리를 확산시키고자 하는 것이지 생명의 논리를 전파하고자 하는 것
은 아니다. 때문에 물상의 화려함에 취해 자아를 상실하고, 물신을 숭배하
며 살 수도 있는 현대인의 비참한 자기 소외 현상을 이 시는 비판하고 있다.
둘째는 첫째와 연관되는 특성으로서 시 전체가 반어적 어법으로 이루어
지고 있다는 점이다. 아이러니는 대상과 거리를 두고 웃음을 유발시킴으로

써 비판적 지성을 발동시키는 기법이다. 이 시 속의 화자는 자신의 진정한 의도를 안으로 숨긴 채 청자로 하여금 레고 랜드에 들러 마음껏 놀라고 권유한다. 이러한 이중의 태도는 생명의 참됨을 알지 못하는 어리석은 현대인을 조소하는 것이다. "장난감 가득한 심장과 심장/ 마음껏 두드려 보아요"라고 말하는 것은 그것이 아무리 좋아 보여도 진정한 심장, 참된 가치의 실체가 될 수 없음을 듣는 사람이 깨우쳐 주기를 바라는 마음에서 시작되는 것이다. 때문에 조소로서 반어는 애끓는 청원이고, 어리석은 현실과 그 어리석음에 휩쓸려 들어가는 현대인에 대한 참된 사랑인 것이다.

셋째는 '둥근 각'의 이미지다. 각은 모서리가 있는 것인데, 이것을 시인은 모서리가 없는 둥근 형태에 빗대고 있다. 세상의 이치로 볼 때 이것은 모순이지만 시적 표현으로 볼 때 어떤 진실을 드러내는 역설이다. 실제 시의 전체로 볼 때 이것은 이 시의 내용을 집약적으로 보여 주는 중심 이미지의 탄생으로 의미심장하다. 시적 언명은 "모두 세워 보세요 둥근 각"으로 처리되어 있다. 표면적 내용은 현대인들로 하여금 '둥근 각'의 어떤 조형물을 세워 보라는 것으로, 지시된 표현으로만 볼 때는 그런 조형물을 세워 볼 수도 있다는 뜻을 담고 있다. 그러나 이 구절도 반어적 표현으로 본다면 '둥근 각'을 가진 하나의 조형물을 만든다는 것은 불가능하다는 뜻을 내포하고 있다. 즉 현대인들이 가능하지 않은 현상이나 형상을 추구하여 헛된 힘만 쓰고 있다는 비판인 것이다. 이 구절은 성경에 나오는 인간의 어리석은 행위, 즉 바벨탑을 쌓는 것과 유사하다. 그렇게 본다면 '둥근 각'은 보기에 좋아 보이나 현실에서 실천될 수 없는 허상, 우리의 정신을 현혹시키는 환상으로서 바로 자본주의적 체제의 휘황한 반생명성을 집약하는 상징인 셈이다. 이러한 고도의 상징성을 발견해 내고 있는 김정희 시인의 시적 인식이 예사롭지 않아 보인다고 말하면 나만의 감상일까? 첫 시집 속에 구현된 시적 내공의 깊이가 만만치 않다는 느낌이다.

풍자적 자기 응시와 쓰기의 자의식

시인의 양심과 덕목은 세계의 타락을 인지하고 난 뒤 자신에게 취하는 태도에서 드러난다. 어떤 시인은 당대적 삶의 타락을 인식하지 못하거나 아예 외면해 버리고 자신의 몽롱한 내면으로 침잠하거나 세상의 아름다운 허상에 취해 버린다. 그것은 시심을 배반하고 시혼을 오염시키는 행위다. 김정희 시인은 이미 앞에서 보았듯 비판적 지성을 발휘하여 타락한 현실에 저항하거나 진정한 가치의 세계로 나아가기를 소망한다. 그런 가운데 보다 진정성 있는 태도로 타락한 현실에 직접적으로 부딪쳐 보지 못하는 소심한 자아의 모습을 반성하고자 한다. 세계 풍자에 이어 자기 풍자를 감행함으로써 세계의 타락에 휩쓸리지 않겠다는 의지의 피력은 자신은 결코 타락할 수 없다는 노심초사의 안쓰러움으로 비친다. 다음 시가 바로 그런 경우가 아닐까?

좁은 골목을 돌아다니는 개가
무섭다는 건 알지
연탄집과 쌀집 골목을
어슬렁거리는 개

누군가는 알고 있지
목줄을 당길 필요성에 대해
호흡을 가다듬어 발목으로 힘을 분산하지

위반할 수 없는 약자의 법칙
돌아서서 모퉁이를 빠져나가며

인사 한번 해 보지

컹

컹

컹

—「모퉁이를 도는 늙은 개」 전문

　참 안타까운 시적 상황이다. 현실 속에서 쉽게 비루해질 수 있는 자신을 '늙은 개'에 빗대어 풍자한다는 것은 여간 정직하지 않으면 할 수 없는 표현이다. 자신의 비참하고 누추한 모습을 "인사 한번 해 보지/ 컹/ 컹/ 컹"이라고 매우 긴장된 형식으로 드러내면서 보다 절제되고 강인한 현실적 대응이 필요함을 역설하고 있다. 이 시는 늙은 개로 비유된 자신을 비판하며 그렇게 살아서는 안 된다는 다짐과 반성을 가하는 내용이다. 자기 풍자는 타락한 현실에 결코 타협하지 않겠다는 의지의 표현이기도 한 것이다.

　이러한 점은 「먼지의 주소」에 표현된 "보이지 않으면 냄새로 알지/ 내리는 비가 네 분신/ 기침을 해 봐/ 주소가 튀어나올 수 있어// 비난과/ 음모와/ 격려는/ 몸부림칠수록 몸집은 제곱으로 늘어나지// 오로라 같은 환상// 너의 이름은 뭔지/ 나의 이름은 뭔지"의 시구절에도 나타난다. 김수영의 「어느 날 고궁을 나오면서」 중 "모래야 나는 얼마큼 적으냐/ 바람아 먼지야 풀아 나는 얼마큼 적으냐/ 정말 얼마큼 적으냐"를 떠올리게 하는 시편인데, 자꾸만 작아지는 자신의 실존적 모습을 풍자하고 있다. 먼지와 같은 상태로 작아진 자신의 모습을 "너의 이름은 뭔지/ 나의 이름은 뭔지"로 동일시하여 구차하고 미미하기만 한 자신을 반성하고 세계에 적극적으로 대응하지 못하는 자신을 반성하고 있다.

　김정희 시인에게 이러한 자신과 세계에 대한 풍자 의식은 더욱 치열해져 자신의 종교적 바탕이 되는 기독교적 현실에도 적용한다. 가령 "기대가 원망을 낳고 원망이 억울함을 낳고 억울함이 불편을 낳고 불편이 가시를 낳고 가시가 뿌리를 낳고 뿌리가 경계를 낳고 경계가 독설을 낳고 독설이 죽음을 낳아// …(중략)…// 거짓말이 진실이 되고 진실이 법이 되고 법이 신천지

가 되고 신천지가 불법이 되고 불법이 편지가 되고 편지가 권위가 되고 권
위가 잘 살아// 아담과 이브가 되었네"(「누드」)의 풍자는 기독교 사상 그 자
체를 비판하는 것은 아니지만, 당대 사회에서 기독교란 이름으로 자행되는
온갖 독선과 부패에 대해 맹렬한 증오와 비판의 칼날을 들이대는 것에 해당
한다. 사랑이 깊을수록 증오의 힘도 세지기 마련이니 말이다. 김정희 시의
상당수는 이렇게 날 서 있는 이미지를 보여 주고 있다.

그리하여 김정희의 시는 인식을 정서 표현의 지렛대로 활용하여 그 시적
세계를 구축한다. 타락한 세계의 본질을 인식하고 그것의 모순을 비판하는
가운데 그리운 것을 찾는 주문으로서 시의 형식을 발견하는 것이다. 이것
은 이성과 감성의 행복한 화학적 결합이다. 그 결합의 양상으로 김정희 시
의 독자성과 독특성이 보장되고 있는 것이다. 다음 시편이 그것을 잘 보여
주는 하나의 사례가 아닐까?

> 적는 것은
> 부르는 것이다
>
> 밤새 쓴 편지를 볼 수 있는 자
> 세상에 모든 편지에
> 죄가 쌓인다
> 낡은 종이에 밤새 적은 글들이
> 초라해진다
>
> 편지는 십자가로 이송되고
> 후에 부활할 것이다
>
> 적은 것
> 세상에 남아 떠돌고

적는 자
스스로를 처벌한다
기록한 죄
꽃잎으로 피어나고

하루가 저물고
편지는 주소 없는 번지로
세상의 유리병으로 들어가
영원한 비밀로 갇히고

편지를 쓰면
낙인처럼 붉게
봄이 온다

—「저장된 문자」 전문

이 시는 인식을 바탕으로 하여 그리움의 정서를 표현한 것이다. 이 시에서 인식의 특성은 '기록한다'는 상징 속에 들어 있다. 그 인식으로서 기록이 '죄'가 된다는 표현 속에 정서는 깃들어 있다. 즉 자신의 현실적 삶의 실태를 냉정한 상태에서 기록하는 것은 이성의 인식적 작용이다. 그런데 이 기록 속에는 불완전한 존재로서 인간이 저지르게 되는 '원죄적 내용'이 들어 있을 터이다. 이에 부끄러움과 아픔으로서 정서적 의식이 뒤따르게 됨을 이 시는 보여 준다. 그 점에서 이 시는 인식과 정서의 상호작용에 따른 시적 형상화라 할 수 있다.

문제는 "기록한 죄"에서 볼 수 있듯이 왜 기록한 것이 죄가 되는가 하는 점이다. 시적 정보로 볼 때 '적는다'는 행위 자체가 죄의 원천이라는 의미를 가진다. 적는 것은 인식적 행위이다. 그 말은 인식 자체가 죄라는 말이 된다. 현재의 우리들 의식으로는 이 말 자체가 이해되지 않을 수 있다. 그러나 아담과 이브가 선악과를 따 먹어 이성적 판단을 가지게 됨으로써 하나님의 율법을 어기게 되는 원죄가 바로 이 경우를 뜻한다면 이러한 표현을 이해할 수 있다. 이성을 가짐으로써 인간은 죄를 짓게 되고 이를 인식하게 된다. 감정을 지닌 동물의 단계에서는 죄를 지을 수도 없고 이를 인식할 수도 없다. 그 점에서 이성은 인간의 특성이고, 기록은 그 이성의 구체화다. 때문에 기록은 이성의 작용으로서 인간 스스로 죄를 짓고 이를 인식하게 되는 천형天刑의 행동이다.

따라서 죄를 짓는 인간은 이 죄를 씻어 줄 대상을 간절히 부르게 된다. '신'이라는 이름의 절대자를 통해 구원을 받고자 하는 것이다. 그와 관련하여 시인은 "적는 것은/ 부르는 것이다"란 경구를 통해 신성 추구의 인간적 특성을 묘파해 낸다. 글은 그 내용이 무엇이든 어떤 대상을 부르는 것으로, 특히 기독교적 사상을 가진 사람에겐 "편지는 십자가로 이송되고/ 후에 부활할 것이" 되기 때문에 자신의 삶의 흔적을 남기는 것이 된다. 곧 자신의 삶과 생각을 여실하게 인식함으로써 자신의 존재성을 최고도로 발현하는 것이 된다. 때문에 이성적 존재로서 죄업을 짓는 자신에게 합당한 벌이 내려지기를 바라는 것은 존재의 진정성을 추구하는 성스러운 존재에게 당연한 것이다.

그러면 혹여 어떤 사람은 이를 드러낼 글을 쓰지 않으면 될 것 아닌가 하고 생각할 수 있다. 그 생각은 스스로 인간이 아니면 될 것 아닌가 하는 말과 같다. 이 시의 신비는 여기에서 출발한다. '적는 것'은 인간으로서 자기의 존재성을 찾기 위해 '부르는 것'이기 때문에 안 할 수 없고, 멈출 수 없다. 글은, 다시 말해 '시'는 자신의 존재성을 인식하는 순간 그 순간의 존재성을 확정 짓고 그것이 갖는 의미를 알기 위해, 그 존재성을 알려 줄 만한 대상, 즉 신을 부르지 않을 수 없게 하는 것이다. 시는 신을 부르고, 혼을 단련하여, 그 신과 혼을 통해 구원받는 일이다. 그 가운데 글을 통한 자신의 삶 속에서 발생한 죄의 고백과 정화는 존재의 구원을 얻기 위해서 필연적으로 밟아야 할 단계인 것이다. 시 쓰기의 자의식이야말로 구원의 출발인 것이다.

그런 점에서 현실적 삶의 결핍은 시인으로 하여금 "구름으로 떠도는 석불의 불빛"을 찾게 하거나 "미리 켜 둔 불빛"을 지표 삼아 헤매게 하고, 더 나아가 정신적 상태에서는 자신의 현실적 삶의 불모성과 부정성을 인식시켜 보다 고차원적이고 영원한 대상인 신을 불러냄으로써 영성을 획득하고자 하는 것으로 나아가게 하는 것이다. 김정희 시인에게 시 쓰기는 자신의 영혼 안에 '저장된 문자', 곧 자신의 심령에 새겨진 신의 말씀과 의지를 받아 적는 것이다. 그것은 한 걸음씩 신에게 다가가는 인간의 가여운 몸짓이다. 때문에 그녀의 시에서 발상이나 표현이 비록 혼잡하고 부족한 것은 아직 신에게 닿지 못하는 제 존재의 불확실성과 불명료함의 문제로 해석할 수 있다. 그런 점에서 좀 더 깨어 있는 의식으로 보다 지고한 영적 불빛에 이르게 되길 기원하는 것은 그녀의 시를 사랑하는 사람들이 바라는 기본적인 소망일 것이다.

이상한 나라의 구경꾼
―정안나 시의 의미

> 제발, 내가 아니고 싶어
>
> 나를 디자인해서 나를 만든다
>
> ―「부터에서 뷰티까지」 부분

정안나 시인의 이 절규를 우리는 제대로 이해할 수 있을까? 왜 저렇게 말해야 하는지, 왜 저런 형식으로 말할 수밖에 없는지, 왜 저렇게 말하면서도 끝내 자기를 감추려고 하는지 등 시적 내용이 전하는 바를 이해하고 공감할 수 있을까? 정말 흘려듣지 않고 내 삶의 한때에 있었던 경우처럼, 평소 내가 품음 직한 의식의 한 자락같이 공감하여 동조할 수 있을까?

이 시구절이 만드는 문제적인 점은 여럿이다. 왜 시적 화자는 "내가 아니고 싶어"라고 말하고 있는가? 나의 어떤 점을 싫어해서 화자는 현재의 나를 부정하고 있는가? 그 부정의 강도가 저리 절규로 터져 나올 만큼 강렬하다는 것은 분명해 보인다. 그렇지만 이 시구절에서 더 문제적인 지점은 절규가 만드는 그 깊은 원망을 깡그리 감추게 해 버리는 "나를 디자인해 나를 만"드는 허위와 가식의 행동이다. 시적 전언으로 볼 때, 허위와 가식의 나를 부정하여 "제발, 내가 아니고 싶어"라고 부르짖었음에도 다시 이 절규의 나를 감추기 위해 예쁘게 디자인한 '나'를, 즉 나라는 '가면'을 만들어 뒤집어쓰고 있다. 실제 이 두 구절의 접속은 '그래서'와 '그런데도'로 해석된다. 그 어느 것으로 해석된다 하더라도 새롭게 만들고 있는 '나'는 '디자인'과 '만든다'라는 어휘로 볼 때 작위적인 나의 의미를 갖는다. 그렇다면 이 예쁘게 디자인된 나는 무엇인가? 이 만들어진 나는 누구인가? 가면에 가려진 얼굴 밑의 시적 화자는 '제발, 내가 아니고 싶어'라고 절규하지만 끝없이 현실의 자아는 가면으로 무장하여 생의 한가운데를 흘러간다. 그러면서 다른 시에서도 밝힌 것처럼 "화의 포자와 작당한 악수를 내밀고/ 그 이상으로 나를 꾸미기 시작합니다"(「화」)처럼 가식적인, 아니 어쩌면 본능적인 행위를 반복하고 있다.

이 뒤틀림과 분열의 한가운데에 서 있는 시인의 자의식을 우리는 어떻게 이해해야 하는가? 아니 이해할 수나 있을까? 시 제목이 암시하는 바대로 존재의 본바탕인 '부터'에서 '뷰티'로 대면되는 가공과 장식의 세계로, 곧 허상과 가식의 세계로 현재의 우리는 무작정 끌려 들어갈 수밖에 없는 존재인가? '제발, 제발'이라고 간절히, 그야말로 절박하게 외쳐 보아도 그 소리는 아무에게도 가닿지 못하고 한낱 바람처럼 그냥 스쳐 지나가는 독백일 뿐일까?

이것이 시로 발표된 이상 그렇게 되기를 바란다고는 볼 수 없다. 정안나에게 시는 자신의 마음에서 일어나는 울림을 다른 사람들에게 전하는 호소의 형식이다. 마음에서 마음으로 퍼지는 의식의 파장이다. 한 마음이 일어나 그 어떤 그리운 마음속으로 뚜벅뚜벅 걸어 들어가는 의식의 행로다. 이 행위의 성공 여부는 차치하고 정안나 시인이 꿈꾸는 시의 모습과 기능에 대해 우리는 그렇게 생각해 볼 수 있는 것이다.

그렇다면 정안나 시인이 그렇게 간절히 꿈꾸고 있는 시의 이러한 바람이 이루어지고 있는가? 이것은 앞에서 여러 번 제기했던 물음처럼 쉽지 않아 보인다. 전달의 측면에서 소통이 원활하려면 그 화제가 익숙하고 그 전달의 방식이 관례적이어야 하는데, 정 시인의 시는 이러한 경우에 해당되지 않기 때문이다. 그렇다고 소통이 어렵다 하여 시적 전언이 갖는 문제성의 의미가 덜해지는 것은 아니다. 소통의 어려움에도 불구하고 어떤 시는 그 의식이나 기법의 깊은 심층으로 들어가 시적 전언이 갖는 진실성을 맛볼 필요가 있다. 그것이 바로 우리 시대의 본질을, 또는 이 시대를 살아가는 우리 인간 존재의 본질을 전형적으로 묘파해 주고 있다면 그 가치를 어찌 다 말로 설명할 수 있겠는가! 그런 점에서 정안나 시인의 시적 중심에 이르기 위해 우리는 이 세 번째 시집에서도 그녀가 고통스럽게 그리고 있는 의식의 풍경 속을 두렵고 아픈 마음으로 질러가 볼 일이다.

실존의 상징적 거처로서 '겨울'과 '방'

한 시인의 시 세계를 이해할 수 있는 단초는 보통 그 시인이 구축하고 있는 실존적 장소 이미지에서 찾을 수 있다. 장소 인식은『장소와 장소상실』의 저자 에드워드 렐프의 말처럼 실존적 자기 정체성의 표현이기 때문이다. 장소는 문학작품 속에서 때로 어떤 시간대의 모습으로 나타나기도 하고, 형태를 띠기도 한다. 정안나 시인의 경우에는 그것이 매우 상징적이고 역설적인 모습을 취하고 있어 섬세하면서도 신중한 접근이 필요해 보인다. 다음 시가 바로 그런 경우의 출발점이지 않을까?

> 겨울은 한 칸씩 바람을 먹는다
>
> 어제는 바람의 날
> 그가 보낸 정장 차림의 만화를 끌어당겨 엎드린다
> 허구와 현실 사이
> 재미를 넘어서 넘어지는 아이를 이어 가는 것이어서
> 재미를 넘어서 위안으로 오는 것이어서
>
> 어제는 그가 맥락이 중요한 시집을 보냈어
> 쌓아 놓은 시집이 넘어지는 시점에
> 아이는 넘어지고 어른은 줄어드는

하나씩 격리하고 격려하는 것이어서
집중하고 싶을 때 얼룩져 가는 것이어서

내일은 소설 재발간된 희곡집 절판된 노벨상 작품집이 오려나
나는 무엇보다 대머리가 되려나

머리가 빠질 때마다 다른 곳에 있느라
쓸 수 있는 순백의 겨울을 그냥 보내고 있는
겨울잠은 겨울까지
자리를 넓게 잡고 버틴다

말없이 얼굴 없이 오는
격리와 격려의 사이
어둠을 두드리는 오리온자리를 찾았으므로
또 다른 별은 숨을 고르며 온다

바람은 겨울을 한 칸씩 잡아먹는다

　　　　　　　　　　　　　　　　　　—「숨 고르기」 전문

　언뜻 보면 참 아름다운 작품 같아 보이는데, 보면 볼수록 의미 파악이 힘
들고 내용의 일부분이 무료한 일상을 보여 주는 것 같아 참 삭막한 작품이
구나 하는 느낌을 갖게 된다. 내용의 깊이 있는 이해 여부를 떠나 직관적으
로 이 시를 본다면 시적 화자는 겨울이라는 시간 속에 '갇혀 있다'는 느낌을
주고 있다. 그것은 "겨울은 한 칸씩 바람을 먹는다"와 "바람은 겨울을 한 칸
씩 잡아먹는다"라는 표현이 앞뒤(/수미상관)로 시적 내용을 포위하고 있고,
그것이 겨울 속에 처해 있는 시적 화자의 심리적 상태를 암시하는 것으로
보이기 때문이다. 더 나아가 주체가 겨울이든 바람이든 상관없이, 그리고

그 대상이 역시 겨울이든 바람이든 상관없이 '한 칸씩 (잡아)먹는다'에 나타난 공포의 상승이 그런 느낌을 부여하고 있다. 잡아먹는 것이 주체일 수도 있고, 대상일 수도 있다는 무차별성과 조금씩 심리적으로 압박해 들어오는 주위 상황의 표현은 겨울이라는 배경 속에서 시적 화자의 상태가 편안하거나 자연스러운 모습이라는 느낌이 들게 하지 않는다. 무엇인가 비틀린 현실 속에 자아가 위치해 있다, 즉 '갇혀 있다'는 느낌을 갖게 한다고 볼 수 있는 것이다.

실제 자세히 들여다보면 이 시의 시간은 일정한 공간같이 가로막혀 있는 것 같아 어떤 제한된 장소처럼 느껴진다. 그것은 "겨울잠은 겨울까지/ 자리를 넓게 잡고 버틴다"라는 표현 속에 암시된 '겨울잠'을 통해서도 알 수 있다. 겨울잠은 시간적인 개념을 기본 요소로 갖는 것이지만 생물체가 일정한 장소에서, 특히 어느 정도 밀폐되고 보호된 장소에서 자신의 생존을 위해 자야만 하는 공간적 속성을 포함한 개념이다. 위 시 「숨 고르기」는 시간 개념보다 오히려 공간 개념이 더 강하게 나타나고 있다. 비록 '어제, 오늘, 내일'의 시간 부사어들이 사용되어 비슷한 일상이라는 중요한 시적 주제를 형성하고 있지만 대체의 풍경은 "그가 보낸 정장 차림의 만화를 끌어당겨 엎드린다", "어둠을 두드리는 오리온자리를 찾았으므로"에 나타나는 '골방'에서의 무료한 일상의 모습을 보여 주는 데에 집중되고 있다. 이 시의 전언은 '겨울'이라는 어떤 제한적 시공간에 갇혀 어떤 관점에서는 의미 있을 수도 있고, 또 어떤 관점에서는 의미 없을 수도 있는 '만화', '시집', '소설', '희곡집' 등의 책 읽기로 무료한 나날을 이어 가고 있다는 사실의 확인이다. 이런 상태를 시적 화자는, 즉 시인은 '숨 고르기'라고 여겨 시의 제목으로 삼았을 것이다. 숨 고르기는 그냥 무의식적인 상태에서 자연스럽게 내쉬는 숨이 아니라 어떤 위기나 변화 상태에서 의도적으로 가다듬는 숨쉬기 행위라는 점에서 자신의 상태가 정상적인 상황이 아님을 암시한다. 다시 말해 비정상적 삶의 상태에서 정상적 삶의 형태로 돌아가기 위해 제 나름의 대처를 하는 준비 행위쯤으로 볼 수 있는 것이다.

그런 점에서 겨울잠 같은 생활의 연속에 대해 시적 화자가 느끼는 감정은 분명 긍정적인 것은 아니다. 이미 앞에서 "바람은 겨울을 한 칸씩 잡아먹는다"에 나타난 이미지와 정서의 느낌으로 겨울의 생활이 어떤 공포나 고통을 가중해 나가는 것으로 보이는 만큼 비정상적인 상태의 삶의 행위로 상징화된다. 그것도 특히 '어제와 오늘, 내일'이라는 시간 부사어들이, 보는 책의 내용은 달라질지 모르지만 같은 상태의 반복으로 무의미한 일상의 반복이라는 의미를 드러내고 있다는 점에서 더욱 그렇게 볼 수 있다(정안나 시인은 「간장 종지만 한 인사」란 시에서도 "오늘이 내일인 간장 종지"라는 표현을 쓰고 있다). 무의미한 일상에 포박된 존재에게 하루하루는 '한 칸씩 잡아먹히는' 감정으로 인식될 수 있을 것이다. 새로운 봄날을 맞이하는 계기로 겨울이라는 시간의 변화가 인식되기보다 종말로 향하는 소멸의 두려움으로 다가왔다는 의미일 것이다.

여기서 왜 시적 화자가 그냥 집 안에만 있으며 저와 같은 책 읽기만 하고 있는가 하는 의문을 갖는 것은 정당한 호기심이 아니다. 시인의 현실적 정보를 통해 이러한 시적 화자의 감정과 이미지를 이해하고자 하는 것도 매우 단순한 시적 감상 태도다. 차라리 왜 자신의 삶을 다른 계절에 비해 겨울이라는 시간대에 위치시키고 있는가 하는 점에 대해 의문을 품는 것이 더 생산적이다. 그 의문이야말로 시적 주제를 파악하겠다는 의지의 발동이기 때문이다. 겨울의 등장은 시적 정보로 볼 때 자신의 삶을 '겨울잠'으로 보는 데에 해명의 실마리가 있어 보인다. 겨울잠은 동물에게는 필수적 삶의 형태겠지만 인간의 삶으로 보자면 폐쇄적 상황에서 매우 무기력하게 나날을 영위하는, 아니 어쩌면 '연명'하고 있는 것을 비유적으로 표현한 것이라 할 수 있다. 때문에 이 시에서 무엇보다 중요하게 감상해야 할 사안은 시적 화자의 무료하거나 권태로운 일상에서 오는 전망, 또는 그 전망 속에 내포된 고통 내지 무기력함이다. 의미가 있다고도 볼 수 있고 없다고도 볼 수 있는, 그래서 결국 의미가 없는 것으로 종결지어지는 그 무료한 날들에 '처단된' 존재의 심리 상태가 겨울이라는 계절적 상징으로 나타나고 있는 것이다. 시적 화자가 겪고 있는 이 심리 상태는 무엇에서 연유하는가. 이것은 정안나 시인의 여러 시집에서 찾은 정보와 현대인의 중요한 특질이라 할 수 있는 '무의미한 일상성의 영위'에서 찾을 수 있지 않을까 한다. 무미건조하고 무기력한 일상 속에 갇혀 지내야만 하는 현대인의 본질적이고 구체적인 자아의 양상을 시인은 문제 삼고 이를 자신의 삶의 한 경우로 보여 주고 있다고 말할 수 있는 것이다. 그런 점에서 일차적으로 정안나 시인의 시는 바로 소비 자본주의 시대의 무료한 일상적 존재들이 갖는 비틀린 정서와 고통을 화두로 삼고 있다고 말할 수 있다.

이번 시집에서 가장 문제적인 작품으로, 자신의 현대적 실존성을 상징화해 보여 주는 다음 시를 통해 살펴보면 이를 더욱 잘 알 수 있다.

희극과 비극의 양귀비 피는 방
하루 일과표가 향하는 찬송가는
달라진 시편의 토씨는 목사님의 방언에 있는 방

아침이면서 저녁이 공중 부양 하는 방
소곤소곤 기억과 착시의 영역으로
그를 붙이고 꽃이 스며드는 시간

어제는 손톱만 한 패치 진통제를 떼었지
손톱 발톱만 한 자리도 씻는다고
다리를 들었다 놓다 손톱을 잃어버려
양귀비는 돌아갈 수 없는 방

통증이 불신을 만들어 내는 언젠가는 내 방

광대를 보고 싶은 자화상이기 시작해

방언을 버리는 양귀비가 보이네

—「양귀비 피는 방」 전문

　이 시의 정보는 매우 난해하다. 이미지와 언어들로 시적 풍경이 구축되어 있지만 그것들은 현실적 논리로 연결되어 있다기보다는 무의식 속에서 분출된 이미지들로 병치되어 있어 모호하고 산만한, 그래서 매우 불친절한 시적 전개를 보여 준다. 그렇지만 거듭 읽어 보면 이 시의 시적 화자가 갖는 고통과 상징적 의미가 읽는 독자의 마음에 배어 들어오게 되는 것을 느끼게 된다. 이미지의 심층을 섬세하게 따라가면 시인이 추구하는 마음의 지향, 놀라운 그 시적 진실을 발견할 수 있게 되는 것이다.

　우선 이 시의 화자는 '방' 속에 유폐되어 있는 것처럼 보인다. "희극과 비극의 양귀비 피는 방"이라는 언사로 두고 볼 때 앞의 「숨 고르기」에서 본 것처럼 시적 화자는 문학작품을 읽으며 허구성이 짙은 몽롱한 방 속에서 지내는 것으로 보인다. 그런데 그 생활은 시간적 관점에서 볼 때 "아침이면서 저녁이 공중 부양 하는" 모습을 취하는 것으로 보아 별 변화가 없는, 곧 그날이 그날인 무미건조한 시간의 연속으로 나타난다. 곧 권태로운 일상의 삶을 의미하는 셈이다. 거기에 "소곤소곤 기억과 착시의 영역"으로 명명된 방의 이미지는 시적 화자가 방 안에 '갇혀'―유폐적 상황이 자의에 의해서인지 타의에 의해서인지는 이 시를 통해서는 알 수 없고, 그러한 구별과 확인이 이 시의 감상에 또한 그리 중요하지 않다―온갖 회상과 망상, 상상 등으로 의식의 착종을 실험하는 것으로 나타난다. 이는 특히 '양귀비 피는 방'에 암시되어 있는 마약성 환각의 작용을 암시하는 데서도 엿볼 수 있다. 그리하여 이 의식의 산란이 이루어지는 방은 "목사님의 방언에 있는 방"이 된다. 기독교에서 '방언'이야말로 신과 소통하는, 그래서 보통 사람들이 알아듣지 못하는 신비한 말을 뜻한다고 본다면 이 시적 화자의 의식 속에 피는 양귀비의 방은 현실과 환상의 경계가 무너진 공간, 다시 말해 현실이면서 동시에 일상적 현실 속에서 벗어난 장소가 된다. 이는 의식의 착란에 의해 발생하는 현상이다.

문제는 이 방이 시적 화자에게 "통증이 불신을 만들어 내는" 실존적 감각을 주고 있다는 점이다. 그리고 그 방이 "언젠가는 내 방"이 됨으로써 벗어날 수 없는 실존적 상황이 될 것이라는 예감 내지 확신을 갖는다는 점이다. 그것은 고통스러운 현실과 그에 맞닿아 있는 자아의 처지에 대한 이중적 확인의 의미를 갖는다. 무료한 일상 속에서 오늘이 내일 같은 삶을 무한히 반복하는 자아는 그 무미건조함을 벗어나기 위해, 곧 일상의 무의미성에 균열을 주고 내파內破를 감행하기 위해 의식의 착종과 산란을 일으켜 보지만 그것 또한 "광대를 보고 싶은 자화상"에 지나지 않는다는 깨달음을 얻는다. 그리하여 이 방 속의 자아는 "방언을 버리는 양귀비가 보이네"에서 볼 수 있듯 일상의 현실에서 탈출하고자 하는 자아로서 '양귀비'를 한때 꿈꾸지만 다시 그 일상의 탈출이야말로 몽상과 착시에 불과함을 인식하고 '방언을 버리는 양귀비', 즉 소심하고 무기력한 자아의 모습을 다시 발견하게 된다. 일상과 탈일상이라는 두 거울의 반사 공간에서 이리저리 방황하다 살짝 미쳐 가는 자아의 한 양상을 '양귀비 피는 방'이 상징적으로 보여 주고 있는 것이다. 이는 무엇을 말하는가? 그것은 무의미한 일상이 강대하게 현대인을 포박하고 있는 오늘의 현실에서 진정한 자아로 살기가 매우 힘들다는 직관적 인식의 표명이다.

때문에 방 속의 자아가 다음과 같이 묻는 것은 너무나 당연하고 자연스럽다. 자신의 현존에 대한 의문과 그에 대한 해답의 갈망은 보는 사람에게조차 너무나 애타는 사항이 된다. 그 시는 이렇다.

> 방뿐인 방에서 뒹굴뒹굴하는
> 태도와 표정으로
> 뒷걸음쳐도 걸리는 것이 없는
> 장작불이라는 자궁에 갇힌다
> 나는 누구인가 묻는다

천장에서 바닥까지 사방의 빛이 지켜보며

나는 누구인가 묻는 화장실은

빛이 장식하는 상자의 밖이다

…(중략)…

잘 알지 못하는 나와 그대로 있기

—「하늘터에서 나는」 부분

이 시의 시적 화자가 간절히 바라고 있는 것은 방 속에 갇혀 있는 '나'는 누구인가 하는 것에 대한 해답이다. 결론부터 먼저 말한다면 마지막 행의 "잘 알지 못하는 나와 그대로 있기"에서 볼 수 있는 것처럼 '나'란 존재에 대해 알 수는 없다. 특히 "방뿐인 방에서 뒹굴뒹굴하"고, "장작불이라는 자궁에 갇힌" 상태로 자신의 존재성을 파악하기란 불가능하기 때문이다(이 갇힘의 이미지는 정안나 시인의 상상력 속에서는 더 극단화되어 「화」라는 시에서 "사생활은 가방에 갇혀 있어야 하지요"와 같은 표현으로 나타나기도 한다. '가방'의 이미지는 갇힘의 장소가 점점 축소됨으로써 고통을 가중시키고 있다는 것으로 해석할 수 있다). 거기에 더해 갇힌 방이 물음에 대한 해답을 제공할 수 없다는 점에서 갇힌 방에서 풀려난다고 해도 그 물음에 대한 해답을 얻을 수 없으리라는 것은 안이 곧 밖이라는 인식, 즉 "나는 누구인가 묻는 화장실은/ 빛이 장식하는 상자의 밖"이라는 표현으로 차이와 구별이 무의미하다는 것을 노골적으로 드러낸다. 존재의 본질은 방 속에 있기 때문에 알 수 없는 것이 아니고, 방 밖에 있어도 알 수 없다는 메시지를 지니면서 이 본질적 한계와 구속에서 벗어날 수 없다는 지극한 무력감이 시의 전면을 지배하고 있다. 그런 관점에서 현실적 삶은 "잘 알지 못하는 나와 그대로 있기"로 나타나는 체념 내지 포기다. 무력한 일상 속의 자아를 부정하고 새로운 자아를 추구하려 하나 그 추구된 자아 역시 진정한 자아가 아니라면, 그 새로운 자아가 만들고 있는 현실도 무기력한 일상의 연속일 뿐이다. 고통의 절규가 새로운 '나'를 만들었지만 그 자아마저 현실적 상황의 혁신에 바탕을 두고 있지 못함에 따라 여전히 가식적 자아로 남는다면 이때 시는 환멸의 어조로 침잠하고 부정에 부정을 심화시키는 아이러니와 역설의 상태로 흘러가게 된다. 정안나 시의 대체의 모습이 사실 그렇다. 시적 상황과 그 상황에 처해 있는 시적 자아의 인식에서 정안나의 시는 소비 자본주의적 삶의 일상에 처절하게 고통받는 모습을 보여 준다.

실제 이러한 시들은 일상 속의 무료함이 갖는 부정성의 문제를 제기하는 데에 있다. 소위 '권태'로 불리어지는 삶의 정조는 산업자본주의적 삶의 방식, 즉 일상이라는 삶의 방식이 만드는 현상이다. 일상적 삶은 우리의 삶을 영위하는 것이 아니라 연명하는 것으로 만든다. 무의미한 날들의 연속은 사람에게 자신의 정체성을 찾지 못하게 함으로써 심리적으로 치욕감에 빠지게 한다. 특별히 어떤 잘못을 저질러 억압을 받거나 마음의 죄책감에 시달리는 것이 아니라 무의미한 삶 자체가 너무 고통스럽고 환멸스러워 욕되고 욕되다고 생각하게 하는 것이다. 이러한 일상성의 부정성에 대해 앙리 르페브르는『현대세계의 일상성』이란 책에서 현대 세계의 일상인들은 자신의 존재를 자신이 소유하지 못하고, 사회적인 여러 구속력에 빼앗긴 것으로 보고 있다. 그에 따르면 일상은 경쟁 자본주의가 생겨난 이후, 소위 '상품의 세계'가 전개된 이후 현대인들의 삶을 지배하는 원리인 소비 이데올로기에 과잉 억압되어 의식의 강제를 받으며 사는 현상이라는 것이다. 일상은 여러 복합적인 특질을 갖고 현대인들로 하여금 정체성의 혼란과 소외에 빠뜨려 진정한 자아를 찾지 못하게 한다는 것이다. 그런 점에서 정안나 시가 실존적 거처로서 보여 주는 '겨울'과 '방'의 장소 이미지와 그에 대응한 시적 자아들의 모습은 바로 이 소비 자본주의 시대의 일상이 갖는 부정성에 대한 시적 대응인 것이다.

타락한 현실과 유희적 어조

왜 소비 자본주의적 삶의 일상이 문제되는가? 그것은 체제와 제도가 인간의 삶을 허위와 가식으로 몰아가기 때문이다. 타락한 소비 자본주의적 삶은 사물의 사용가치를 소비하는 데에 본질이 있는 것이 아니라 허상과 욕망을 소비하는 데에 그 초점이 놓인다. 이를 장 보드리야르는 『소비의 사회』란 저서를 통해 "소비의 사회에서 현대인들이 소비하는 것은 사물 그 자체가 아니라 사회의 계급 질서와 상징적 체계일 뿐이다"라고 말한 바 있다. 이는 사람들이 물건 그 자체의 기능이나 가치에 집중하지 않고 그 물건이 상징하는 위세와 권위, 즉 '허위적 욕망의 기호'를 추구한다는 것을 의미한다. 그런 사회에서 진정성은 한낱 낙오자의 하소연이나 탄식으로 취급될 뿐이다. 이를 정안나 시인은 너무나 잘 인식하고 있다. 무기력한 일상성의 반복은 실은 이 타락한 소비 자본주의적 삶의 방식에서 연유한 결과였던 것이다. 다음 시가 이를 잘 보여 준다.

이번 성탄절에는 명품 보형물 두 개 선물하라네
여성을 밝힐 때 어떤 매력은
억압하고 밀어 주는 두 개의 명품 가면이 필요해

만 원으로 우주 최초의 신을 만나라는 곳이네
망원경 현미경으로 너머의 표정에 닿고 싶어
만 원과 작당한 적당한 일

부드럽고 싶은 이들의 꽃은 사랑이라는 전국 꽃 배달 서비스에
서로를 비추는 장미꽃은 휴지통에서도 잠들지 않아
잠 좀 자라, 소리치는 사랑은 생활에 먹히지 않아

…(중략)…

눈이 즐거운 도시
눈이 있는 대로 살고 가는
호모 파베르가 어림짐작으로 그리는 도시

　　　　　　　　　　　　　　—「도시 찬가」부분

　이 시는 정안나 시의 스타일로 볼 때 쉬운 시에 속한다. 시니컬한 어조로
타락한 도시 문명을 풍자·비판하고 있다는 것을 어느 정도 눈치챌 수 있기
때문이다. 실제 이 시의 내용을 보면 소비사회의 부정성에 대해 시인은 매
우 빈정대는 어조로 말하고 있다. 우선 이 소비사회가 인간을 어떻게 허위
욕망에 사로잡히는 존재로 만들고 있는지를 "명품 보형물 두 개 선물하라
네/ 여성을 밝힐 때 어떤 매력은/ 억압하고 밀어 주는 두 개의 명품 가면이
필요해"라는 표현을 통해 밝히고 있다. 이 표현에서 '명품', 또는 '명품 가면'
이 여성의 매력을 드러내는 수단이 됨을 밝힘으로써 인간의 내면적 가치나
특성에 의해 매력이 결정되는 것이 아니라 그 인간이 보여 주는 허상의 기
호, 즉 물신화物神化로 구성된 허위적 가치로 결정되고 있음을 비꼬고 있는
것이다. 이는 진정성이나 진정한 자아가 사라진 사회의 양상을 지적으로 그
리고 있는 것에 해당한다.
　문제는 이러한 사실을 표현할 때 드러나는 유희적 어조다. "서로를 비추
는 장미꽃은 휴지통에서도 잠들지 않아"라는 구절은 익살스럽지만 실은 소
비사회의 허위 욕망이 얼마나 끈질기고 지독한지를 보여 주는 것 같아 끔찍
한 느낌을 준다. 유희적 어조 속에 비판과 공포의 감정을 숨긴 셈이다. 그
점은 소비사회의 타락이 갖는 부정성과 어두움을 오히려 "눈이 즐거운 도
시/ 눈이 있는 대로 살고 가는/ 호모 파베르가 어림짐작으로 그리는 도시"
라는 반어적 표현으로 드러낸 데서도 확인할 수 있다. 이 표현은 표면적으
로 소비사회의 모습이 "눈이 즐거"우리만큼 밝고 환한 것으로 그려 내지만

그 밝음이야말로 진정한 가치를 숨겨 버리는 악마적인 빛임을, 결코 무너지지 않는 거대한 장벽의 빛임을 이면에 드러냄으로써 깊은 절망감과 체념의 감정을 환기해 준다. 그런 점에서 정안나 시에 나타난 아이러니와 역설의 유희적 어조는 동화될 수 없는 소비 자본주의적 삶에 대한 비판 내지 체념의 표현이다. 매우 날카롭게 곤두선 비판 정신과 도저히 어찌할 수 없는 세계에 대한 환멸감(/무력감)의 구체화인 것이다.

일반적으로 시의 자유로운 정신과 부정적인 현실이 부딪치면, 시는 진지하고 서정적인 것에서 벗어나 언어의 실험적이고도 도전적인 자세로서 유희적인 성격을 띠게 된다. 유희가 아름답게 느껴지는 것은 대상에 대한 고정관념을 거부하고 자유롭게 대상과의 관계를 정립하고자 하는 태도에 있다. 정안나 시의 대부분이 바로 이런 사정으로 인해 유희적 어조를 취하고 있다. 이 유희는 대상에 대해 거리를 두고 비판적 자세를 취하는 것에 해당한다. 대상과의 동화를 추구하는 전통적 서정시의 비전이기보다 서사나 극의 비전에 어울리는 태도다. 이런 태도가 시의 주종이 된다는 것은 오늘의 서정시가 전통적 방식으로 당대의 세계에 대응할 수 없다는 어떤 시대적 운명을 보여 주는 것이라 할 수 있다. 정안나의 시가 바로 그런 위치에 서서 당대 서정시의 진로와 위상에 대해 생각해 보게끔 하는 계기를 주고 있다.

이러한 타락한 소비사회의 풍경은 자기 주변의 실존적 현실 또한 허위와 가식으로 가득 차 있음을 풍자해 내고 있다. 다음 시가 이를 잘 보여 준다.

이상한 나라의 구경꾼

손에서 태어나 진열장에서부터
손으로 태어나길 기다리는
발보다 손이 더 손 같은
무엇을 도와드릴까요
손 내미는 의수족 가게 지나오면서
네 동네에 손발 만드는 가게 있니
네 동네에 화장터 있니

초량동이든 당감동이든 색다른 친구처럼 불러 보았어

청산가리는 좀 나누자 했지

서로 다른 동네에서 기다리던 그때

동네에서부터 싸우는 아이들은

살고 죽는 곳을 얼마나 지나쳤는지

우울한데 쓰게 되는 색은 의외로 밝은색이라 했어

…(중략)…

가만있어도 밝은데 웃기까지 하는

명랑을 오래 사귄 오늘은

—「동네의 표정」 부분

　이 시 역시 전반적인 관점에서 볼 때 「도시 찬가」 해석의 연장선상에 놓여 있다. 다만 보다 현실 체험의 공간이 구체적인 모습으로 제공된다는 점에서 '방'과 '도시'의 경계, 또는 방과 도시의 중첩이라는 특성이 주목된다. 제목이 되는 '동네'는 방의 확장 공간이자 도시의 축소 공간이다. 시의 앞부분은 도시적 삶의 형태다. "손에서 태어나 진열장에서부터/ 손으로 태어나길 기다리는/ 발보다 손이 더 손 같은"의 표현은 작위적 현실 속에서 '진열장'으로 대변되는 물신화의 삶이 만연한 상태를 풍자하고 있는 것에 해당한다. 이 시에서 '의수족'은 만들어진 가짜 기호, 즉 '명품'이나 '명품 가면'에 해당하는 허위적 기호를 상징한다(실제 의수족이 필요한 사람의 경우를 말하고 있는 것이 아님을 분명히 이해하자). 실질적으로는 필요가 없는 액세서리를 상징적 차원의 필요에 의해 달고 다니는 현대인의 허위 욕망을 '의수족'에 빗대어 풍자하고 있는 것이다. 이는 어리석은 존재가 되어 자랑처럼 "네 동네에 손발 만드는 가게 있니"라고 말하는 데서 알 수 있다. 물질주의에 매몰되어 무엇이 진정한 가치인지를 모르고 살아가는 현대인의 어리석음과 동시에 그 어리석음을 부추기는, 아니 어쩌면 현대인 자체의 의식을 어리석음으로 만드는 산업자본주의적 삶의 방식을 비판하고 있는 것이다.

시의 뒷부분은 타락한 현실이 취하는 가식의 모습에, 즉 타락한 일상을 경험하는 것에 의해 발생하는 나의 심리적 상태가 중심을 이룬다. 타락한 현실이 보여 주는 허위성은 "우울한데 쓰게 되는 색은 의외로 밝은색이라 했어"에 나타난다. 일반적인 관점에서 우울은 어둡고 칙칙한 색과 어울린다. 그런데 이를 '밝은색'으로 대신한다는 것은 그 우울의 본질을 감추어 버리는 것에 해당한다. 왜곡과 변형을 통해 본질을 은폐하고 상업적 목적에 따른 기능만을 강조하는 소비사회의 특성을 반어적으로 드러내어 이를 비판하고 있는 것이다. 그 결과 사회와 나 모두 가식과 허위로 삶을 영위하게 됨을 "가만있어도 밝은데 웃기까지 하는/ 명랑을 오래 사귄 오늘은"이라는 표현으로 드러내게 되는 것이다. 정안나의 시에서 '밝음'과 '웃음'은 진정한 가치가 아니다. 그것은 만들어진 가짜의 감정이거나 상태다. 무미건조한 일상 속에 비진정한 자아로 살아가는 자신의 의식과 현실을 반어적으로 풍자하고 있는 것이다. 비진정성의 세계에 매몰되어 살아가는 인간의 모습에 대해 매우 무겁고 암울한 전망을 보여 주고 있는 셈이다. 그런 점에서 정안나의 시는 이차적으로 소비사회의 진전에 따라 발생하는 묵시록적 비전을 제시하는 우리 시대의 음화陰畵다.

이상한 나라의 구경꾼으로서 시 쓰기

인간의 이성을 중시하는 근대사회는 과학기술의 발달에 의해 인간의 삶이 점차 행복해질 것이라 믿었다. 인류의 역사는 기술적 유토피아 사회로 진입하여 누구나 자유롭고 평등한, 그러면서 풍요로운 삶을 누리리라 여겼다. 그렇지만 실제 역사의 발전은 인간의 합리적 이성으로는 도저히 믿어지지 않는 전쟁과 파괴, 차별과 불평등, 정신적 가치의 상실과 황폐화, 종의 소멸과 지구적 차원의 환경 재앙 등의 끔찍한 경험으로 채워지고 있다. 인간의 이성이 인간 삶의 미래와 진정성을 배반하고 만 것이다. 인간의 삶 자체를 스스로 망치게 한 도구적 이성의 부정성과 그 사용에 대해 많은 학자들이 경계하며, 이를 극복할 합리적이며 변증법적인 이성의 사용을 그 대안으로 제시하였다. 생태학자 머레이 북친이 말하는 변증법적 이성은 자연의 유기적인 전체를 포착하여 기계적 인과의 표면 아래서 작용하는 자유로운 생명의 흐름을 파악하는 이성을 말하는 것인데, 이것을 내 나름으로 이해하면 이성의 지위에 대해 끊임없이 의심하고 의심하여 무엇이 가장 생명적 가치에 부합하는 이성의 사용인가를 물음으로써 감성의 가치까지 인정하는 이성이다. 그 점에서 변증법적 이성은 근대에 대한 비판과 탈근대의 의미를 지닌다.

정안나 시의 특징은 이 변증법적 이성의 활용으로 보이는 시적 상상력을 구축하는 데에 그 특이성이 있어 보인다. 다음 시편들이 바로 그와 같은 것이지 않을까?

제4부 죽음의 내부로 파고드는 삶

눈먼 오징어가 잡힌다네요
부족한 눈은 바다를 탈출했다네요

눈먼 오징어보다 눈먼 말을 하는 내가 이상하다네
이상한 오징어만큼 이상한 구경꾼이고
육지에서 바다와의 파트너는

인터스텔라에서 우주의
미래가 보이고 미래가 보이지 않는데
눈먼 오징어의 대기는
눈먼 오징어 되기는 거리가 멀까

…(중략)…

성장과 생태
어느 것이 악몽일까

―「눈먼 생각」부분

　이 시는 너무나 당연하고 자연스러워야 할 현상의 '비틀림', 즉 부정적 근대성의 현상에 대해 말하고 있다. 자연 세계의 오징어는 눈이 있어야 한다. 그런데 "눈먼 오징어가 잡힌다"는 이상한 현상을 발견하게 된다. 그 발견자는 더 끔찍하게 "부족한 눈은 바다를 탈출했다"는 동화적 망상마저 품는다. 비록 전언의 형식으로 표현되고 있지만 이것은 당대적 현실을 지시하는 것은 틀림없다. 이러한 표현의 의미는 무엇을 말함일까? 우선 생각해 볼 수 있는 것은 이 시의 주제적 측면에서 생태 파괴의 현실을 고발하는 생태주의적 시의 지향이라 해석해 볼 수 있다. 타락한 사회 현실 비판은 자연스럽게 자연 생태계를 파괴하는 문명 비판으로 이어져 생태계 위기를 극복하고자 하는 생태주의적 인식의 발로를 떠올려 볼 수 있는 것이다. 마지막 연의 "성장과 생태/ 어느 것이 악몽일까"라는 말에서 근대의 과학 문명이 가져온 '성장'이 지금의 타락한 소비 자본주의적 현실을 가져왔고 그것이 '생태계 파괴'를 거쳐 오늘의 지구 재앙의 '악몽'을 가져다주었다는 점에서 생태주의적 태도를 띤다고 볼 수 있기 때문이다.
　그러나 정안나 시인은 보통의 관점에서 말하는 생태주의자는 아니다. 이 시도 그런 관점에서 생태주의를 표방하는 생태시가 아니다. 이 시의 본질은 비틀린 근대 문명이 갖는 부정성의 희화화戱畫化다. 그 시적 지향이 당대에서 말하고 있는 생태주의 시들이 갖는 생명적 가치의 발견에 있지 않다는 것이다. 이 시는 묵시록적 차원에서 우스꽝스럽게 흩어져 있는 근대 문명의 잔해 내지 그 폐허에 대한 조문弔文이다. 아니 조감鳥瞰이다. 그런 점에서 시적 화자는 음화로 떠오른 당대 세계를 내려다보며 '구경'한다. "눈먼 오징어보다 눈먼 말을 하는 내가 이상하다네/ 이상한 오징어만큼 이상한 구경꾼"으로 시적 화자는 타락한 세계 속을 부유한다. 타락한 세계를 부정하지만 그 타락한 세계를 이해하고 비판하려면 그 타락성을 내면화하지 않으면 안 된다. 인사이더이자 아웃사이더인 경계인의 모습으로 살아가야 하기 때문에 자신의 모습 역시 '내가 이상하다'에서 볼 수 있는 것처럼 이상할 수밖에 없다. 이상한 모습으로 이상한 현실을, 그리고 그 속에서 살아가는 자신의 또 다른 모습을 내려다보는 것이 정안나 시의 심층적 모습이라 할 수 있는 것이다. 그 점이 "지나치게 열심히 일한 나의 구경꾼으로 만난 나는"(「나는 나의 구경꾼으로」)의 표현에 나타나고 있는지 모른다.

　결국 이것은 무엇을 말하는 것일까? 이것은 마치 『이상한 나라의 앨리스』풍의 느낌을 준다. 그때 이상한 나라는 무슨 의미일까? 현실 같지 않아서 이상한 나라일까, 앨리스가 이해할 수 없어서 이상한 나라일까? 아니 어쩌면 앨리스가 이상하여 모든 의식 지향의 현실이 이상한 것으로 비쳐 보였을지 모른다. 그렇게 본다면 이상한 것은 상호적이다. 정안나의 시는 바로 이 점을 타고 가는 것 같다. 다음 시가 그런 느낌을 주고 있다.

음식이 날아다니는 날
음식은 앉은 자리에서 벌레를 낳고 냄새를 낳는다
표준의 시간에서
벌레 뒤의 벌레에 가깝게
우유가 낳은 야쿠르트에
발바닥을 쓰다듬으며 낳는 습관에 대해
기어가고 날아다니는 체념의 습관으로부터

오늘의 얼굴은 기름을 낳고
화장할 차례인지
있는 기억을 찾아서 세수할 차례인지

차례를 만지며 내가 내게서 떠다닌다
나는 꽁무니 빼며 춤추는 습관이다
내가 낳은 습관으로 고양이 세수하는
반성보다 빠른 체념으로 가는
늦은 오후의 풍경으로 나는 가능한가

잠정적으로 낳고 당연하게 낳고
알고 모르고
살아서 죽은 걸, 죽어서 산 것을 키운다
인사도 없이 눈 딱 감고 습관이다

입에서 항문을 가진 풍경이 자란다

—「그냥 습관」 전문

이 시의 풍경을 정상의 측면에서 논할 수는 없다. 이상한 것으로 생각하면 된다. 그때 '이상'은 현실 속에 없는 것이 아니라 우리의 합리적 이성이나 변증법적 이성으로 있어서는 안 될 현상을 가리키는 것으로 보면 된다. 이 시 속에 등장하는 많은 이상한 현상들, 곧 "음식이 날아다니는", "오늘의 얼굴은 기름을 낳고", "나는 꽁무니 빼며 춤추는 습관이다", "살아서 죽은 걸, 죽어서 산 것을 키운다", "입에서 항문을 가진 풍경이 자란다" 등의 것들은 현실을 조금 비틀어 생각하면 이해할 수 있는 것들이다. 문제는 현실의 상황을 이렇게 인식하고 있는 시적 화자의 심리 상태다. 「그냥 습관」이란 제목이 갖는 상징성에 의거해 풀이해 들어가면, 시 속에 보이는 모든 현상들은 '그냥 습관' 속에 이루어지는 극히 일상적인 일이란 것이다. 즉 이상한 일이 아니라 일상적 현실의 모습이라는 것이다. 그렇기에 시적 화자는 이런 이상한 현실에 "반성보다 빠른 체념으로 가는", "눈 딱 감고 습관"으로 대하는 태도를 취한다. 이것은 앞에서 많이 보았던 무료한 일상에 포박된 자아의 존재 방식이다. 거대한 산업자본주의적 일상에 짓눌린, 혹은 체포된 자아는 자신의 실존적 처지를 납득할 수 없어 이상하게 여긴다. 그렇지만 그 이상함을 아무도 비정상적으로 여기지 않기 때문에 자신의 눈에 보이는 이상한 일상 현실이 정상적 삶의 형태라 주억거리고 '그냥 습관'이라고 수용하는 체념적이고 무기력한 모습을 보이고 마는 것이다.

여기에 정안나 시의 비밀이 들어 있다. 체념과 포기, 환멸과 혐오, 익살과 유희의 태도는 바로 이러한 세계 인식으로부터 발생하는 것들이다. 합리적 이성으로는 도저히 이해하기 어렵고 받아들이기 어려운 소비 자본주의적 사회의 행태와 삶의 행태에 대해 아무도 이상스럽게 생각하지 않고, 더 나아가 고통스러워하지 않는 것을 보고, 나만 이상한가, 나만 고통스럽나 하고 자문하는 의식이 바로 정안나의 시인 것이다. 그런 점에서 정안나 시는 앞의 규정에 더하여 끊임없는 의혹 제기이자 삶의 진실이 어디에 있는지를 찾는 미궁 탐사기의 의미를 갖는다. 그렇지만 미궁은 무한하여 정답이 없고 인간으로서는 그 끝을 알 수 없다. 삶은 그 미궁 안의 미로를 헤매고 있는 것이란 인식이 보다 진실에 가까울 것이다. 이는 세계와 주체 모두 이상하다는 상호성에 부합되는 내용이다.

그런 점에서 어쩌면 정안나 시인에게 시 쓰기란 "그런 날을 품고 있는/ 그런 날의 목록인 나를 잡다 놓아주는/ 내게서 빠져나오는 여행이야"(「그런 날을 품고 있는 것처럼」)의 '나에 대한 여행'으로 보인다. 그것은 무수한 '나'의 삶을 들여다보는 것, 혹은 무수한 '나'가 짓는 허상의 삶을 구축해 보는 것이란 의미를 갖는다. 시가 이 경지에 이르면 선문답과 같다. 어쩌면 정안나 시인의 심중에 있는 시적 지향과 의식은 나 자신부터 무수한 존재로 찢어지고 분열되는 대상인 만큼 시적 진실이 하나로 수렴되는 일은 있을 수 없다는 쪽으로 나아가고 있는지 모른다. 따라서 그 뜻이 무엇으로 해석되든 "입에서 항문을 가진 풍경이 자란다"로 시인이 비틀어 표현하는 저와 같은 시적 문법 또한 고정된 인식이나 표현 방법이 있을 수 없다는 좋은 하나의 사례가 된다. 그것은 시인의 영혼이 자유롭다는 방증이기 때문이다. 그런 차원에서 이때까지 시인의 영적 풍경을 답사한 한 사람으로서 시인의 자유로운 영혼이 더욱 비상하여 더 이상한 세계로 들어가 참된 자아가 어디에 있는지를 찾는 '시인-구경꾼'이 되기를 빌어 본다.

혼의 현상학

—김경애 시의 의미

날고 싶다. 날아오르고 싶다. 저 하늘 끝으로 날아오르고 싶다. 우리는 평소 땅을 박차고 날아올라 자유롭게 하늘을 날아다니는 꿈을 꾼다. 마음껏 하늘을 날아다니는 제 모습에서 말할 수 없는 해방감과 함께 삶의 충족을 느낀다. 오래전 새였던 유전적 본능이 이렇게 한밤중 꿈에 나타나 일상의 답답함을 잠시 풀어 주는 것인지도 모른다.

그러나 이 꿈을 다시 보면 간절한 바람, 무의식마저 넘어선 어떤 근원적 목마름 같은 것이 그 안에 들어 있는 것으로 느껴진다. 늘 본능적으로 갈망하던 그 무엇, 그 무엇이 이 꿈속에 깃들어 있는 것으로 보이는 까닭이다. 때문에 그것을 유전적 본능으로 설명해 버리고 지나가기에는 조금 미흡한 감이 든다. 그렇다면 우리는 그것을 달리 불러야 할 텐데, 달리 부른다면 그것을 무엇이라 할 수 있을까? '혼', 또는 '혼의 작용'이라고 부를 수 있지 않을까? 확신을 가질 수 없지만 강한 이끌림이 가지는 힘의 정도나 내용으로 볼 때, 육체적 물질성을 넘는 영혼만이 그렇게 할 수 있으리라는 짐작에서 우리는 그와 같이 말할 수 있을 듯도 하다.

그렇다면 혼은 무엇일까? 혼을 정의하는 방법은 사람마다 문화마다 다양할 것이다. 그리고 혼이 갖는 특성상 명쾌한 정의를 내리기가 쉽지 않다.

하지만 필자가 저 꿈과 관련하여 말해 본다면, 혼은 가장 밝고 지고한 것으로의 이끌림, 가장 아름답고 영원한 것으로의 강한 이끌림이 아닐까 한다. 가장 신비로우면서도 풍요로운 세계로 고양되고 싶은 갈망으로서 말이다. 날아오르고 싶다는 열망은 가장 자유로우면서도 아름다운 세계로 나아가고 싶다는 강렬한 갈망을 뜻한다는 점에서 이 혼의 특성과 작용에 부합한다. 우리들의 일상에서 벌어지는 날아오르는 꿈, 또는 날아오르고 싶은 꿈은 물질의 중력에 붙잡혀 답답해하는 현실에서 벗어나 영적 능력을 되찾아 자유로워지고 싶은 혼의 발현 내지 작용인 것이다.

김경애 시인의 두 번째 시집을 펼쳐 보면 바로 이것을 보게 된다. 시인의 심층 무의식에서 벌어지는 혼의 호르몬들이 시집 전체에 여러 무늬를 새기며 강렬한 냄새를 풍기고 있다. 혼의 무늬가 짓는 환영에 영적 능력이 예민한 독자들은 머리가 어지러울지도 모르고, 혼의 냄새가 끌어당기는 페로몬 향에 빨려 들어갈 것 같은 두려움으로 쩔쩔매게 될지도 모른다. 혼의 강렬한 발산, 그러나 또 어떻게 보면 현실 속에서는 그러지 못하고 부유하는 혼의 애틋한 모습에 우리의 영혼도 공명하여 떨고 있음을 발견하게 될지 모르는 것이다. 우리를 그토록 애타게 만드는 시는 이렇다.

> 밀물이 현을 켰지요
> 썰물도 현을 켰어요
>
> 당신은 꿈틀거렸나요
> 발톱을 불끈 쥐고 내밀었나요
>
> 바람 불 때마다
> 큰비 올 때마다
> 복숭아꽃 진 자리에 서서 날아오르기를
> 해안선을 박차고 당신이 하늘로 솟구쳐 오르기를 꿈꾸었지요

푸른 바다를 누르고
한없이 열린 허공의 길을 따라 유달산을 넘으면,
자유롭나요
달아오른 나의 눈길에 사나운 숨결을 훅 끼치는 당신,
꿈꾸는 열네 살

대박산 어둠에 가려 집으로 돌아가기까지
당신과 나의 눈 맞춤 놀이는 끝이 없었지요
늘 그만큼의 거리로 출렁였지요

가닿고 싶은 하늘
가닿고 싶은 시간
엎드린 당신은 언제 소용돌이치며 나한테로 날아올 건가요
                  —「도원桃原에서 복룡伏龍을 보다」 전문

　시인의 영적 갈망이 참으로 아름답게 펼쳐져 있는 작품이다. 꿈꾸는 듯
한 시적 화자의 목소리에 우리 또한 간지러움과 애틋함을 동시에 맛본다.
시적 내용은 "꿈꾸는 열네 살"의 소녀가 등장하여 자신의 고향에서 살았던
신비한 체험을 읊조리는 것으로 되어 있다. 문제는 소녀가 간절히 꿈꾸고
있는 것이 '당신'으로 호칭되고 있는 '용'과 함께 날아오르고 싶다는 점이다.
이 내용은 마지막 연에서 "가닿고 싶은 하늘/ 가닿고 싶은 시간/ 엎드린 당
신은 언제 소용돌이치며 나한테로 날아올 건가요"에서 충분히 유추할 수 있
다. 무한 창공을 날아오르며 "달아오른 나의 눈길에 사나운 숨결을 훅 끼
치"는 용을 보며 "자유롭나요"라고 묻는 시적 화자의 심리는 이 용에 대한
선망과 함께 용이 찾아와 같이 하늘을 날고 싶은 원망을 드러내는 것으로
볼 수 있는 것이다.
　이 시에서 재미있는 것은 자신이 동일시하고 싶은 대상으로서의 '당신'을
용으로 설정하고 있는 점이다. 당신이 용이라는 정보는 시 제목을 통해 알

제4부 죽음의 내부로 파고드는 삶

수 있다. 실제 시 제목에 등장하는 지명은 시인이 유년 시절을 보냈던 고향 마을 이름인데, 도원은 전남 무안에 있는 마을 이름이고, 복룡은 도원에서 바다 건너 바라다 보이는 압해도 해안가 마을 이름을 가리킨다고 한다. 여기서 "꿈틀거"리고 "발톱을 불끈 쥐"는, 그리고 "한없이 열린 허공의 길을 따라 유달산을 넘으면"이란 수식어를 두고 볼 때 이 당신은 복룡伏龍, 즉 '엎드려 있는 용'이란 말에서 유추된 용으로 보인다. 시인이 꿈꾸는 대상으로 설정한 용이 자신의 고향 이름에서 비롯되었음을 시적 정보를 통해 알 수 있지만, 사실은 지명이 아니어도 이 시의 시적 풍경 속에서 시적 화자는 용과 같은 그 무슨 대상과 합일하여 하늘로 날아오르고 싶은 꿈을 드러냈으리라고 우리는 추측할 수 있다.

그렇게 생각할 수 있는 까닭은 이 시에 표현된 시적 풍경으로서 장소성이 가지는 신비함 때문이다. 시적 화자는 자신의 영혼이 거주하고 있는 바닷가 마을을 우선 신화적 공간으로 파악한다. "밀물이 현을 켰지요/ 썰물도 현을 켰어요"라는 표현을 통해 파도의 율동을 신비한 자연의 음악으로 받아들이고 있다. 이는 파도 소리를 마치 심령에 영향을 미치는 천상의 소리와 같은 것으로 인식하고 있다는 뜻이다. 거기에 자신의 고향에, "복숭아꽃 진 자리", 혹은 "복숭아 꽃물에 젖어 잠든 내 머리맡"(「복룡伏龍에서 도원桃原을 보다」)으로 볼 때 '도원'의 의미를 부여하는데, 이는 너무 아름다워 애틋한 '무릉도원武陵桃源'의 이미지를 암시한다. 즉 아름답고 풍요로운 곳에서의 삶을 암시한다. 유년의 고향은 누구에게나 원초적 안식처로서 아름답기 때문이다. 그런 상황에서 건너편 바다 너머에 웅크린 모습으로 보이는 섬의 해안가는 자주 그늘져 있거나 안개에 끼여 있을 것이어서 늘 신비로운 모습으로 보였을 것이다. 닿을 수 없고, 여러 감각으로 확인할 수 없는 대상은 무섭기도 하지만 상상력을 무한 발동시켜 자신이 원하는 대상으로 확산한다. 복룡이란 말에서 연상된 것일 수도 있지만, 그것보다 형상적으로 구불구불한 채로 웅크린 해안가는 곧 무서운 파충류의 한 종류로서 용의 이미지로 어린 시인에게 다가왔을 가능성이 많다.

그리고 무엇보다 어린 시절부터 꿈꾸기를 좋아하는 시적 화자가 날아오르기를 꿈꾸었다면, 이를 힘차게 달성시켜 줄 수 있는 대상은 용밖에 없다는 생각과 함께 용이 갖는 근원적 남성성에 기대 이를 불러낼 수밖에 없었을 것이다. 그렇게 말할 수 있는 근거는 이 시를 쓰고 있는 시인 김경애가 성인이 된 눈으로, 곧 성인의 욕망으로 일정 부분 열네 살 소녀의 심리를 그리고 있다는 데에 있다. 그것은 시구절 속에 표현된 "달아오른 나의 눈길에 사나운 숨결을 훅 끼치는 당신"으로 두고 볼 때, 약간 성적 색감이 배어들어 있다고 볼 수 있기 때문이다. 그 점에서 열네 살 소녀가 꿈꾸던 용에 대한 이러한 열망은 어느 정도 여성의 성적 욕망이 표출된 상태로서의 이미지, 다시 말해 근원적이고도 본능적인 합일의 욕구를 실현할 수 있는 대상으로서의 남성성, 곧 용의 이미지를 소환했다고도 말할 수 있다. 이러한 시적 해석은 이와 같은 장소에 살았음으로 인해 시적 화자가 용을 불러내고 용과 더불어 유달산 위로 날아올라 자유롭게 되기를, 당시의 일상적 삶을 벗어나 보다 신비롭고 아름다운 세계로 진입하게 되기를 간절하게 꿈꾼 것으로 해명하는 것이 된다. 이는 어린 시절부터 혼의 일렁임과 혼의 싹틈에 시인 김경애가 민감했음을 말해 주는 대목이다.

이것은 또한 시인의 시가 자신이 살고 있는 거주지와 관련하여 혼의 발현이 생겨남을 말해 주는 것이기도 한데, 이것은 이번 시집의 백미를 이루고 있는 상당수 시들이 그녀가 살고 있는 남도의 장소성과 함께 실현되고 있다는 점에서 놀라운 하나의 시적 현상이라 할 만하다. 이를 좀 더 우리의 풍경으로 만들기 위해, 그리고 이것으로 우리의 영혼을 더 살찌우기 위해 그녀가 그리고 있는 시적 풍경 속으로 들어가 볼 필요가 있다.

남도의 장소애와 혼의 일렁임

바다를 끼고 있는 해안가의 풍경은 본질적으로 열림에 대한 무한한 동경을 가지게끔 한다고 볼 수 있다. 시인 김경애의 원체험은 아마 이와 같은 장소성에서부터 시작되었을 것이다. 그것은 자신의 영혼이 갇혀 있거나 무기력하다고 느낄 때 유년에 가졌던 영적 인식이 답답한 현실적 삶에 개입하여 개방과 신생의 삶, 보다 역동적이고 융융한 삶의 형태로 나아가게 되길 상상했다고 말할 수 있는 것이다. 다시 말해 시인 김경애의 유년적 삶의 모습이 앞의 「도원桃原에서 복룡伏龍을 보다」처럼 무한히 확장된 세계로의 고양에 놓여 있다면, 지금 여기의 답답한 현실적 삶의 의미에 대해서도 이와 관련된 상상력을 펼치게 될 것은 분명하다. 이를 잘 보여 주는 시편들이 현재 그녀가 거주하고 있는 목포와 관련된 남도의 장소성을 드러내는 것들이다.

> 어둠을 밀어내고 꽃이 핀다
> 남해 별량만에
> 새해의 햇빛이 붉은 윤슬을 주단으로 깔며 달려온다
>
> …(중략)…
>
> 살아 있다면 그 누군들 찾아오지 않으랴
> 여수에서 와온, 순천만을 거쳐
> 또는 고흥에서 벌교 해안을 짚어
> 남도의 한가운데
> 도보 순례자들이 한마음으로 만나는 화포
> 한 해의 지친 영혼을 쓸고 보듬어 일으키는 곳
>
> 꽃 중의 꽃, 화포 바다에선
> 겨울 숭어도 아낙의 손길을 거쳐 장미꽃 회로 변신한다
> 화포, 그 그리운 영혼의 바다
>
> ─「화포花浦」부분

우리가 어깨를 기댄 채 바다를 보던 언덕 위엔

시든 푸성귀 사이로 까치가 깡총거리고

내려다보이는 앞바다엔 핑크돌핀호가 정박해 있다

한 세월이 저물어 돌아오지 않는 시간

쿵쿵거리는 어스름이 내리는 길로 들어서면

우리의 추억이 곰삭아 있던 서산 할매집,

녹슨 철 대문이 막걸리 냄새를 풍긴다

문득 어디선가 푸드덕 날개 치는 소리

까치가 집으로 돌아가는 길인가

이제 이 거리가 돌아갈 곳이 아니란 생각에 고개를 들면

선창에서 피어오르는 비린 냄새

늘 우리를 불러내던 그 냄새가 코끝에서 글썽인다

—「온금동 냄새」부분

이 두 편의 시는 시인에게 남도의 장소가 얼마나 소중한 것인지를 잘 보여 주는 내용을 담고 있다. 우선 「화포花浦」는 순천 바닷가를 말하는 것으로 새해 일출을 보러 오는 장소로 널리 알려져 있는 곳이다. 이 장소가 그녀가 살고 있는 목포와 그리 다르지 않게 바다를 끼고 있다는 점에서 유사성을 느껴 시를 쓰고 있는지 모르지만, 바닷가를 낀 해양적 상상력이 유감없이 발휘되고 있다. 곧 "어둠을 밀어내고 꽃이 핀다/ 남해 별량만에/ 새해의 햇빛이 붉은 윤슬을 주단으로 깔며 달려온다"는 표현에서 바다가 주는 광활성과 개방성, 그리고 개방성과 연동되는 광명성이 첫 연에서 집약적으로 표현되고 있다. 이러한 속성은 일상적 현실 속에서 중력이란 이름으로 부여되는 답답함, 무거움, 암울함 등을 일거에 깨뜨리고 벗겨 내는 힘을 준다. 즉 바다가 불어넣어 준 혼의 비상을 맛보게 하는 것이다. 때문에 김경애 시인으

로서는 자연스럽게 '화포' 해변을 "도보 순례자들이 한마음으로 만나는 화포/ 한 해의 지친 영혼을 쓸고 보듬어 일으키는 곳", 또는 "화포, 그 그리운 영혼의 바다"로 이름 붙일 수 있는 것이다. 해안적 장소가 잠들어 있는 혼을 활성화하고, 그 다음에 자연스럽게 혼의 비상을 이끌어 내고 있음을 본능적으로 감지하여 이를 표상해 내고 있는 것이다.

이 점은 「온금동 냄새」에서도 마찬가지다. 시적 화자는 한때 '온금동'이란 동네에 살았음을 시적 정보로 내보이고 있다. 그러다 무슨 사정이 있어 이곳을 떠났는지는 말하고 있지 않지만, "한 세월이 저물어 돌아오지 않는 시간" 속에 문득 찾아와서 자신의 근원적 정체성을 확인하는 것을 보여 준다. 즉 "선창에서 피어오르는 비린 냄새/ 늘 우리를 불러내던 그 냄새가 코끝에서 글썽인다"라는 표현에서 갯가의 삶을 살던 사람에게 각인되어 있는 "비린 냄새"의 강렬함을, 결코 잊을 수 없음을 "코끝에서 글썽인다"는 감각적 표현으로 잡아낸다. 시의 내용으로 볼 때 이 온금동도 바다가 내려다보이는 언덕 마을로 표현되어 있다. 그렇다면 이 온금동의 장소성도 개방성과 광활성을 기반하여 무한한 하늘로 날아오르는 상상력을 발휘하게끔 했을 것으로 볼 수 있다. 이 시에서도 그것이 '까치'가 "문득 어디선가 푸드덕 날개 치는 소리"라는 표현에서 실현되고 있음을 엿볼 수 있다. 까치가 날개 치고 하늘을 나는 소리는 시적 화자의 현실적 갈망, 즉 답답한 일상적 현실을 벗어나고 싶은 원망의 감정이입이다. 그 점에서 해안을 끼고 있는 지대나 언덕은 김경애 시인의 원초적 상상력을 발동시키는 공간으로서 혼의 일렁임을 유감없이 보여 주는 문제적 장소다.

한편 이 시에서 또 하나 중요한 것은 원초적 감각으로 표현되는 '비린 냄새'다. 후각적 감각으로 표현된 이 시구절은 김경애 시인의 정체성이 어디에 있는가 하는 점을 알려 준다. 그 말은 후각적 감각으로 각인된 이미지가 한 사람의 생애에 깊이 각인되어 삶의 전방위에 작용한다는 뜻이다. 감각에 대해 연구한 알베르트 수스만은 『영혼을 깨우는 12감각』에서 후각은 존재의 가장 근원적인 감각으로 자신의 정체성을 인식하는 시작이자, 자신의 존재성을 둘러싸고 있는 경계와 종족에 대한 인식을 부여해 주는 감각이라고 한다. 한마디로 냄새가 자신의 근원적 정체성을 일깨워 주고, 제 자신이 속할 집단과 영역이 어디인지를 알려 주는 표지가 된다는 것이다. 김경애 시인이 그리고 있는 갯가의 이미지와 비린 냄새는 그녀의 근원적 정체성이 어디에 있음을 알려 주는 표지가 된다고 할 수 있다. 그것은 남도의 장소성이 그녀와 그녀를 둘러싼 사람들의 실존적 정체성을 형성하고 있음을 알려 주는 것이라고 말할 수 있다는 점이다.

실제 이번 시집에서 시인이 본능적으로 "북항은/ 예측할 수 없는/ 불멸의 사랑을 꿈꾸기에/ 가장 좋은 항구"(「북항」)라고 말하게 되는 것은 바다를 삶의 반경으로 가진 사람들의 무의식적 원망이자 제약으로 볼 수 있다. 이와 관련하여 나카무라 유지로가 『토포스: 장소의 철학』에서 인간의 기억이란 무엇보다도 장소의 기억으로 언어 또한 장소를 매개해서 기억되고, 집적되며, 생각나게 한다고 하는 말을 떠올려 볼 수 있다. 에드워드 렐프도 『장소와 장소상실』에서 정체성이란 장소 경험의 기본적 측면이라고 말한다. 원초적 장소들은 사람의 개별성을 표현해 주기 때문에, 즉 강렬하면서도 개인적으로 심오한 의미를 가진 만남이기 때문에 그 장소를 사랑하지 않을 수 없다. 이를 '장소애(Topophlilia)'라 부를 수 있는데, 김경애 시인에게 그것은 열린 바닷가에서 비상의 상상력을 발동시키는 해안가로 나타난다. 그곳에 서게 될 때 시인은 혼의 일렁임과 함께 비상의 욕망을 느끼고 이를 발산한다. 장소가 그 공간 속에 깃든 생명체들에게 일정한 감수성을 부여한다면 그것으로 '장소혼'의 특성을 띤다고 말할 수 있을 것이다. 때문에 꿈꾸게 함으로써 자유를 추구하게 하는 장소, 그러면서 그녀의 근원적 정체성으로 다시 실존을 유지하게끔 한 해안의 장소는 시인의 혼을 불러내고, 혼을 단련시키고, 혼을 융기시켜 왔다고 말해야 할 것이다.

이러한 남도의 장소애와 혼의 일렁임은 「목포역 블루스」를 비롯해 「외달도에서 내달도를 만나다」 「겨울, 와온 바다」 등 도처에 나타난다. 이 본질적 장소성에 대한 탐구가 이번 시집의 중심을 이루고 있다는 점에서 매우 놀라운 면모다. 거기에 더하여 장소를 통한 자신의 실존적 정체성에 대한 인식이 곧바로 그녀 자신의 실존적 삶에 대한 성찰로 이어져 간다는 점 또한 문제적이다.

사랑의 상실과 실존적 삶에 대한 성찰

우리는 한 시인의 시집을 읽을 때 역사적 현재에서 시인이 인식하는 자신의 모습은 어떠한가를 궁금해한다. 그것은 자신에 대한 시인의 객관적 인식뿐만 아니라 이 당대의 현실에서 이루어지는 자신의 삶을 시인이 어떻게 받아들이고 있는가 하는 점을 보기 위해서다. 그럴 때 김경애 시인의 이런 모습은 매우 쓸쓸하고 부정적이다. 가족과 가정에서의 따뜻함을 「봉순이 타령」「강 씨의 담배 사랑」「C」그리고 'ㅇㅂ' 등에서 해학적으로 그리는 것도 있지만, 대다수의 현실적 자아의 모습은 상실과 결핍으로 방황하는 모습을 그리고 있다. 실제 거주지인 목포의 삶과 관련된 다음 시가 이를 잘 보여 준다.

혼돈과 멀미,
불안한 시선과 고독한 눈빛
돌아올 수밖에 없다는 것은 얼마나 큰 위안이자 형벌인가
부둣가 저편에서 들려오는 눅눅한 목소리에 밀려
나의 발걸음은 제자리를 맴돈다

갈 곳이 없어 헛도는 것은 아니다
뜨겁던 사랑이나 지독한 이별도 물기처럼 사라져
강파르게 마른 채로 쓸쓸히 걸어가는 사람

아무도 기다리지 않는 역에서

끝내 생활 속으로 들어가지 못하고

나는 비 맞는 비파나무처럼

늦은 시각까지 역 대합실에 서 있다

—「목포역 블루스」 부분

이 시의 색조는 "혼돈과 멀미, / 불안한 시선과 고독한 눈빛"에 압축되어 나타나듯이 한마디로 쓸쓸함이다. "끝내 생활 속으로 들어가지 못하고/ 나는 비 맞는 비파나무처럼/ 늦은 시각까지 역 대합실에 서 있다"는 시적 화자의 모습은 쓸쓸하고 고독한 존재자로 그려진다. 왜 생활 속에 들어가지 못하는가 하는 이유는 이 시의 정보로 볼 때 "뜨겁던 사랑이나 지독한 이별도 물기처럼 사라져" 버린 데에 있다. 시적 화자는 생활로 "돌아올 수밖에 없다는 것은 얼마나 큰 위안이자 형벌인가" 하고 탄식하고 있는 것으로 보아 생활이 없는 것도 아니고, 그리고 그 생활 속에서 산다는 것에 얼마 정도 "큰 위안"을 받는 것도 사실이지만 역으로 그것은 다시 "형벌"이 됨을 자인하고 있다. 시의 내용들을 종합해 보면 일상적 생활은 있되, 자신이 진정으로 원하는 생활이 없어 방황하고 쓸쓸해한다는 것 같다.

그렇다면 자신이 진정으로 원하는 삶은 무엇이 될 것인가? 자코메티의 작품명으로 인용된 "강파르게 마른 채로 쓸쓸히 걸어가는 사람"은 자신의 모습일 테지만, 그리고 그 모습은 대다수 현대인들의 모습으로 여겨져 쓸쓸한 공감을 불러내지만, 시적 화자가 꿈꾸는 진정한 삶의 모습은 이 시에서는 보이지 않아 호기심이 인다. 그리고 시적 화자가 언급하는 "뜨겁던 사랑이나 지독한 이별도 물기처럼 사라져" 버린 내용도 궁금하다. 이것은 상실, 그것도 '뜨겁던' '지독한' 등의 수식어로 볼 때 강렬한 사랑의 체험들이 사라져 간 현실을 말하고 있는 듯한데, 실제 사랑의 상실로 본다면 조금 괴이쩍지 않는가? 「강 씨의 담배 사랑」 등을 보면 현실 속의 가정은 화목해 보이고 일상적 삶의 모습도 평화로워 보인다. 그런데도 상실과 상처를 노래하는 까닭은 어디에 있는가? 실제 남몰래 사랑하고 거기에서 어떤 상처를 입어 이런 시를 쓰게 되었나? 그런 내용이라면 이렇게 시로 나타낼 수 있을까? 아니면 아직도 잊지 못하고 있는 첫사랑을 그리워하는 차원에서 이렇게 표현하고 있는 것일까? 조금 뜬금없다는 생각이 들게 된다.

사정은 정확히 알 수 없지만 이번 시집의 상당수의 시들이 사랑의 상처를 노래하고 있는 것은 틀림없다. 가령 다음 시편들이 그것인데, 이 시들을 보면 시인 김경애의 현재적 심리 상태를 우리는 알 수 있다.

사랑이 끝난 자리는 폐허다

바람의 심장을 찌르며 방파제로 걷는다
우산살이 휘어지고 휘청거리는 다리
바다는 상처투성이 역사를 뻘밭에 새기고 있다
한때, 우리가 바라보던 바다가 아니다

쇠한 마음의 끝을 비바람이 흔든다
언약의 시간이 깨어져서야
검은 뻘밭으로 드러나는 당신과 나의 사랑
우리 사랑은 물의 지문이었던가

내 사랑은 이제 비구름 뒤의 일몰이다

—「겨울, 와온 바다」 부분

누구의 울음을 울어 주기에는
생이 다한 배처럼 삭기만 기다리는
내 아픔이 더 크고 붉다

같이 걸었던 소등섬의 해안 길을 지운다
함께 보았던 와온 바다 일몰을 지운다

누군가를 떠나보내는 게 쉬운 일은 아니다
먹먹한 날들 더 이상 품을 수 없어,
따뜻했던 손길을 지운다
귓가를 찰랑이던 말들도 지운다

기억을 지운다

—「기억을 지운다」 부분

이 두 편의 시는 사랑의 상실과 그 상실로 인한 슬픔을 표현하고 있다. 「겨울, 와온 바다」에서 시적 화자는 "사랑이 끝난 자리는 폐허다"라고 사랑의 상실을 분명하게 표현함으로써 현실적 삶의 쓸쓸함의 원인이 어디에 있는지를 말해 주고 있다. 「기억을 지운다」는 사랑을 잃고 난 뒤의 현실적 고통의 모습과 그것을 견디어 내기 위한 안간힘이 "지운다"란 말의 연속으로 잘 드러나고 있다. 두 편의 시를 읽고 나면 현실 속의 이성적 사랑이 깨어지고 난 뒤, 상처 입은 사람이 애조 어린 탄식과 술회를 하는 것처럼 느껴진다. "내 사랑은 이제 비구름 뒤의 일몰이다"란 말이나, "같이 걸었던 소등섬의 해안 길을 지운다/ 함께 보았던 와온 바다 일몰을 지운다"는 말, 그 말을 넘어 "기억을 지운다"는 표현이 사랑을 잃고 난 사람의 처절하고 안쓰러운 감정을 잘 표현한 것으로 보이는 것이다.

때문에 이러한 시들은 현실 속에서 사랑한 연인을 잃고 난 후의 감정으로 읽어도 무방할 것으로 보인다. 실제 다른 시에서 "한 사람을 잃어버린 후/ 층층이 무너져 내린 하늘"(「먹장구름 천지였다」)이라고 노래하고 있는 것을 두고 볼 때 그러한 해석은 타당해 보인다. 그리고 "첫사랑이었을까요"로 자문하며 "우리는 마른 햇빛 속에 타 버린 영혼/ 까마득한 시간도 거슬러 오르는 연어의 족속/ 꽁꽁 언 길을 당신 손에 기대 엉금엉금 내려왔지요/ 아직까지 다 내려오지 못해 당신에게 손을 뻗는/ 그 겨울, 내장산"(「그 겨울, 내장산」)이라고 애절하게 그리움을 표현하는 시를 두고 볼 때 첫사랑의 흔적에 대한 것으로도 보인다. 그렇게 해석해 들어간다면 시인 김경애는 남녀의 사랑에 예민하고, 그 사랑의 움직임으로 인한 현실적 생활의 쓸쓸함과 우수憂愁를 잘 표현해 내고 있다고 말할 수 있다.

그렇지만 이 시들이 단순히 남녀 관계의 이성적 사랑을 말하고 있다고 보기에는 그 그리움과 절망의 감정이 너무 깊고 지속적이란 점에서 이상한 느낌을 준다. 현실 속 이성 간의 사랑 모습으로 수식된 표현은 자신의 현실적 삶의 쓸쓸함이 너무나 깊고 본질적이라는 점을 감추려 하거나, 아니면 이를 더 실감나게 드러내기 위해 의도한 것으로 읽히는 것이다. 밝은 일상적 삶 뒤에 어둡고 쓸쓸한 삶이 있음을, 그 무엇으로도 충족되지 않은 상실과 체념의 삶이 있음을 말하고자 하는 것으로 보이는 것이다. 그것은 무엇 때문일까? 이 지점이 김경애 시의 미스터리, 시적 매혹인지 모르겠다.

그것을 알기 위해서는 몇 편의 시를 더 둘러 가야 하리라. 그녀의 심중을 알 수 있게 하는 다음 시는 참으로 스산하면서 쓸쓸한 자신의 현재적 삶의 모습을 보여 주어 독자로 하여금 아픈 반향을 일으킨다.

문득, 이 세상에 없는
언니가 생각나는 날들이 있었다

몇 달 조용하다 싶으면
어느 날 짐 싸 들고 훌쩍, 떠났다가
겨우 무심히 지낼 만하면
무슨 일 있었어? 하곤
귀신처럼 다시 나타나던 언니

분명 내 피에도 언니가 숨어 있는데
난 소심한 악마라 그럴 수는 없었다

고장난 괘종시계처럼 멈춰 있거나
아님, 날개가 퇴화한 집닭처럼
닭장 같은 우리를 뱅뱅 돌며 연명했다

목포 앞바다 갓바위 출렁다리를
파도와 혼자 걷는 시간,
언니처럼 어디론가 쉽게 떠났다가
쉽게 돌아오지 못할 것 같아
오래 내 그림자와 놀았다

—「오래 내 그림자와 놀았다」 전문

이 시는 여러 측면에서 해석을 내리게 한다. 우선 현실적으로 삶의 쓸쓸함과 스산함에 대해서 이 시는 "파도와 혼자 걷는 시간, / 언니처럼 어디론가 쉽게 떠났다가/ 쉽게 돌아오지 못할 것 같아/ 오래 내 그림자와 놀았다"라고 표현해 냄으로써 홀로 내적 쓸쓸함을 간직한 채 지낼 수밖에 없음을 보여 주고 있다. 자신의 그림자와 오래 노는 모습은 외롭다 못해 어떤 섬뜩함마저 풍긴다. 마치 귀신과 어울려 노는 형국이지 않은가! 이런 외로운 인고 내지 은둔적 삶의 모습은 "자꾸 침잠하는 소리, / 그래도 마음에 등불을 켠다/ 밝은 그늘 속으로 얼비치는 나의 핼쑥한 얼굴/ 나는 더 오래 나와 친구가 되기로 마음먹었다"(「내 안의 반란」)에서도 보인다. 또 다른 '나'로 호명된 대상과 오래 친구가 되기로 마음먹은 것은 내 그림자와 노는 것처럼 외롭고 처연하다 못해 아픈 감정을 발생시킨다.

그런데 무엇보다 이 시는 자신이 이렇게 외롭고 쓸쓸하게 지내게 된 사연을 암시해 보여 준다는 측면에서 주목된다. 곧 "분명 내 피에도 언니가 숨어 있는데/ 난 소심한 악마라 그럴 수는 없었다"는 고백이다. 이 시적 정보를 제대로 이해하기 위해서는 첫 시집 『가족사진』에 실려 있는 「가족사진」을 살펴볼 필요가 있다. 거기서 언니는 어떤 정신적 질병으로 가출을 자주 하다 20살이 넘어 자살한 것으로 나온다. 언니로 표상된 존재에게 시적 화자는 '귀신', 또는 '악마'라는 의미를 부여하고 있다. 그리고 자신의 피에도 이러한 언니의 속성이 깃들어 있는데 다만 '소심'하여 언니처럼 하지 못하고 살고 있다는 내용이다.

이 표현들 속에는 언니에 대한 화자의 이중적 태도가 들어 있다. 일단 '내 피에도 언니가 숨어 있다'는 말을 두고 볼 때, 시적 화자는 언니처럼 될 수 있다, 또는 언니처럼 살고 싶다는 내면적 욕망을 가지고 있는 것으로 볼 수 있다. 그러나 자신은 또 '소심'하여 "언니처럼 어디론가 쉽게 떠났다가/ 쉽게 돌아오지 못할 것 같"다고 말함으로써 "오래 내 그림자와 놀" 수밖에 없는 자신의 한계, 자신의 운명을 말하고 있다. 이 표현들은 끌림과 자중, 파괴와 인내, 뛰쳐나감과 순응 등의 대립적 감정 속에 시적 화자가 놓여 있음을 보여 주고 있는 것이다. 전자의 감정은 언니의 속성으로서 자기 마음대로 하는 것, 즉 자유다. 후자는 집과 가족을 비롯한 현실적 삶의 무게를 견디어 내는 일로서 책임이나 구속이다. 시인 김경애는 늘 이러한 이중적 감정 속에 싸여 살아왔음이 틀림없다.

그렇게 볼 때 불쑥 현실적 삶의 답답함에 서울이나 기타 다른 곳으로 여행이든 방문이든 자유롭게 떠나는 것은 언니적 태도로서 자신이 원하는 삶의 한 방식이다. 그렇지만 생활이 있는 현실 속으로 다시 돌아와야만 할 때, 이는 「목포역 블루스」에서 "돌아올 수밖에 없다는 것은 얼마나 큰 위안이자 형벌인가" 하며 탄식하는 것처럼 원하지 않는 삶 속으로의 귀환이기 때문에 고통을 호소하게 된다. 따라서 비록 죽음이라는 극단을 선택했지만 언니는 이 답답한 일상을 벗어나 있는 존재, 혹은 벗어날 수 있는 길을 제시해 주는 존재의 의미를 갖는다. 그것은 가만히 살펴보면 「도원桃原에서 복룡伏龍을 보다」에서 자신을 저 하늘로 실어 날라 주는 '용'의 의미와 같지 않은가! 그렇다면 이때 '당신'은 '소심'에서 벗어난 나를 언니처럼 어떤 완전한 세계로 안내하는 존재, 비록 언니는 귀신으로 언급되고 있지만 이를 영적 존재로 바꾸어 본다면, 아예 언니처럼 혼의 자유를 간직한 채 어떤 지고한 세계로 같이 합일되어 갈 수 있는 존재로 볼 수 있는 것이다.

때문에 김경애 시 속의 당신은 사랑하는 연인일 수도, 어릴 적 혼의 일렁임으로서 용일 수도, 그리고 심령상의 상처를 안긴 언니일 수도 있다. 그 간절한 합일의 대상을 상실했다는 자각과 회한에 현실적 삶은 갈수록 쓸쓸해지고 스산해짐을 시인은 저와 같이 노래하고 있다고 말해야 되리라. 때문에 "몸이 아프다 집이 뜨겁다// 당신이 보내 주지 않는다면/ 어쩔 수 없이 가출을 할 수밖에 없다"(「관리받는 여자 2」)는 신음 소리가 결코 엄살이거나 수사가 아님을 우리는 알 수 있다. 자신의 현실적 실존이 혼의 상실로 인해 얼마나 부자유와 무의미로 고통받고 있는지를 매번 모든 시에 새기고 있는 것이다.

운명적 구원으로서 춤, 혹은 시

인간은 누구나 자신의 의미 있는 삶을 확인하기 위한 인정투쟁을 늘 시행한다. 시인 김경애의 시는 혼의 상실로 인한 고통스러운 현실을 오래 노래하고 있었다는 점에서 의미를 되찾기 위한 인정투쟁을 일찍부터 할 수밖에 없었음을, 늘 하고 있었음을 이미 그 안에 내포하고 있었다고 할 수 있다. 실제 그녀의 시를 살펴보면 상당수의 작품은 아픔의 스산한 풍경이지만 어떤 작품은 데일 것 같은 열정을 확확 뿜어낸다. 이것은 혼의 일렁임을 자신의 내부로 받아들여 발산하는 풍경이다. 특히 혼이 열정으로 승화될 때 놀라운 시적 화자의 행동을 보게 된다. 다음 시들이 그런 경우가 아닐까?

타오르지 않고는 설 수 없다
충혈되지 않고는 볼 수 없다

제 몸의 신열로 뒤트는 배롱나무꽃

발꿈치를 세우고 하늘로 오르는 붉은 춤

생의 진액이 흐른다

온몸을 떨어 대며 머리를 뒤집는다

모든 것은 잔광 속으로 녹아든다

가 닿을 수 없는 몸짓으로

제 안의 죽음마저 태워 버리려는,

서해 일몰에 붙잡혀 일렁이는 배롱나무 춤

—「배롱나무 춤」 부분

오늘 밤 안으로 집으로 돌아가야 하는 나는

벗어 둔 외투를 입을까 말까 망설인다

그사이 난로의 장작불은 활활 타오르고

어느새 시를 삼킨 클래식의 소리가

얼어붙은 마음의 빗장을 열고 뛰어다닌다

발뒤꿈치를 무는 음표를 따라

아무 경계 없이 해방을 꿈꾸는 찰나,

덧창문을 거칠게 때리는 바람 소리

상상의 뼈와 살이 흠칫 놀라 시혼으로 부유한다

시선은 자꾸 적설의 시간대를 재며 멈칫대지만

마음은 눈송이처럼 하늘로 솟구치는 밤

쇼스타코비치 왈츠 선율에 실려

끝없이 춤추며 날아오르고 싶은 밤

시마詩魔에 붙잡혀 꼼짝할 수 없는 산사의 밤

—「김종삼 시詩 음악회」 부분

두 편의 시를 일관하는 정서는 무의미한 일상을 불살라 버리려는 강렬한 열정이다. 특히 그것들은 춤의 형식으로 제시되고 있는 점이 특징이다. 먼저 「배롱나무 춤」에서는 "타오르지 않고는 설 수 없다/ 충혈되지 않고는 볼 수 없다"는 단호한 선언적 말을 통해 자신의 무기력함과 무의미성을 뜨겁게 질타하고, "제 안의 죽음마저 태워 버리려는,/ 서해 일몰에 붙잡혀 일렁이는 배롱나무 춤"을 내면화한다. 이는 죽음마저 뛰어넘으려는 혼의 용기, 혼의 비상일 수밖에 없는데 묘하게도 이를 '춤'이라는 형식으로 달성하고 있는 것을 보여 준다. 그렇다, 춤이야말로 지상에서 발을 뗄 허공으로 솟구치려는 모습, 그것 아닌가! 춤은 제 안의 뜨거움을 불살라 하늘로 비상하려는 몸짓이다. 그 점에서 춤추는 사람의 모습은 혼의 일렁임에 붙잡혀 있는 모습이고, 춤을 통해 저 망망한 하늘로 솟구치고자 하는 혼의 형식이자 혼의 발산이다.

이 점은 「김종삼 시詩 음악회」에서도 마찬가지다. 시적 화자는 "오늘 밤 안으로 집으로 돌아가야 하는 나는/ 벗어 둔 외투를 입을까 말까 망설"이는 가운데 혼의 일렁임에 접신돼 "끝없이 춤추며 날아오르고 싶은 밤/ 시마詩魔에 붙잡혀 꼼짝할 수 없는 산사의 밤"을 맞게 된다. 시마에 붙잡히는 순간 춤과 비상의 상상력이 발동되고 있는 것이다. 여기서 '시마'는 시혼詩魂, 이미 앞에서 지속적으로 보았던 용의 실체로서 혼의 다른 말일 것이다. 그리고 이 시마는 언니에게 깃든 귀신이고, 언니와 같은 피를 지닌 김경애 시인 속에도 들어 있는 악마일 것이다.

그런 점에서 시인 김경애에게 혼을 되살리고 삶의 의미를 풍성하게 하는 일은 바로 시를 쓰는 일이다. 시가 바로 혼의 용기, 혼의 발산을 가져다준다. 실제 시인은 「시詩가 오지 않는 날들」에서 자신의 모습을 "저절로 붉어진 제 얼굴 어쩌지 못해 벌레처럼 작아져 있는 나"로 형상화하면서 이를 벗어나기 위해, 즉 혼을 불러들이기 위해 "시詩가 오지 않으면 벼락이라도 맞을 기세로/ 모든 걸 다 데려갈 듯 빗발치는 폭우를/ 온몸으로 맞으며 미친 듯이 춤을 추고 있다"며 극한적 삶의 자세를 보여 주고 있다. 또 다른 시에서는 혼이 깃든 시가 오지 않은 상황을 "머리카락이 입 안으로 들어와 목을 조른다"고 표현하면서, 이를 벗어나기 위해 "울부짖는 바람의 말들을 모아/ 그 무언가를 밤바다에 전하려는" 행동을 보여 주고 있다. 여기서 울부짖는 바람의 말은 현실의 물질성에 억눌려 있는 혼의 말, 혼의 일렁임일 것이다. 시적 화자는 그것을 '모아' 전하려는 것, 즉 "쓴 소주가 달달해지는 밤의 물 결 위에/ 나는 다시 무언가를 쓰고 또 쓰고 있다"(「쓰고 또 쓴다」)고 말함으로 써 시를 통한 삶의 구원을 노래하고 있는 것이다.

그런 점에서 혼의 부활을 알리는 듯한 사랑의 노래는 아름답다 못해 처연 하다. 처연하다 못해 귀기鬼氣를 풍기는 듯하다. 무시무시한 시취屍臭─그 래, 생각해 보면 그것은 시취(詩臭屍), 시의 냄새이기도 하다─를 풍기는 그 아름다운 시는 이렇다.

홍의 현상학

팔백 년의 시간을 건너왔다고요
새들이 날고 강물이 반짝이네요
꽃잎은 또 몇 번을 피어났을까요
하늘에 박힌 압정 같은 새들이
한꺼번에 강물로 뛰어드네요
얼었던 강물도 빗장을 풀고
신비로운 소리 장단에 끼룩끼룩 날개 치네요
노을 진 서편 하늘로 새들이
하트 모양으로 춤사위를 그리는 것은
당신에게 약속했던 사랑의 증표,
이제야 당신에게로 돌아왔다는 안부 인사예요
오랜 시간을 넘고 건너
끝내 당신에게로 와야만 했던 운명의 무늬예요

─「주남돌다리 사랑」 전문

끝내 이룰 수밖에 없는 사랑을 노래한다면 그 누가 그 사랑의 깊음과 끈질김을 부정할 수 있으랴! 그 안에 밴 혼의 일렁임과 그 열망을 느끼지 못하랴! "팔백 년의 시간을 건너"와 자신의 사랑을 "하트 모양"(의) "춤사위"로 증명하는 존재는 평범한 존재는 아닐 것이다. 있다면 죽지 않는, 영원불멸의 존재, 곧 혼 아니겠는가? 사랑을 잊지 못해 그것을 "끝내 당신에게로 와" "운명의 무늬"로 실현하는 혼이라면 이것이야말로 사랑스러운 혼이 아니겠는가! 시인 김경애는 본능적으로 모든 사물의 현상 깊이 이러한 혼의 일렁임과 신비함, 곧 영혼 불멸의 사상을 발견해 내고 있다.

이러한 사상에 싸여 있는 동안 현실적 삶의 중력에 답답해하다가도 어디로 나아가야 할지를 본능으로 알게 될 것이다. 그것은 비상, 사라진 용을 불러 같이 비상하는 일이다. 수많은 시간이 지났더라도 그 원초적 장소의 체험이 주었던 완전한 전체성의 세계, 이 대지와 우주로 확산되어 가는 혼의 융기와 확산의 상태로 돌아가는 일이다. 이것이야말로 구원, 시를 통해 혼을 발견하고, 혼을 불러내 배양하여, 끝내 혼과 더불어 살아가게 됨으로써 얻게 되는 영적 구원 아니겠는가!

그 점에서 김경애의 시는 결절점에 서 있다. 일상생활이 주는 무의미와 도로徒勞의 고통, 가족과 가정에 대한 미안함과 고마움, 어린 시절의 추억과 함께 자신의 실존적 정체성을 부여했던 남도에 대한 사랑, 그리고 무엇보다 자신의 현재 삶을 더 지고한 것으로 밀어 올리고 있는 시혼의 출렁임 등이 집약되고 녹아들어 하나의 빛 덩어리로 갈무리되고 있다. 그 내부적 힘들의 밀고 당김에 의한 긴장도 볼 만하지만, 그것들이 뒤섞여 하나의 새로운 존재로 탄생되어 가는 것은 그윽하다 못해 신비롭다. 이 지점에서 어떤 향기와 색채를 가진 다음 시들이 싹터 나올지 궁금하지 않을 수 없다. 꽃의 낙화가 아름다운 열매를 맺기 위한 것으로 승화되듯 시인 김경애의 애달픔과 동동거림이 더 나은 삶과 시로 승화되기를 기원한다.

상처 입은 영혼의 구원 의식

―이민아 시의 의미

이민아 시인의 첫 시집 『아왜나무 앞에서 울었다』를 읽어 보다가 놀랍고도 의미심장한 구절 앞에서 턱, 기가 막힘을 경험한다. 어떤 상태에 이르러야 이런 말을 할 수가 있게 되지? 생각이 어수선해지면서 아득해지는 느낌을 받게 된다. 놀라운 그 시의 내용은 이렇다.

> 나를 찾기가, 어쩌면 퍽 어렵겠어요 도회의
> 이름 긴 간판이 이곳엔 없지요 낡은 혁대처럼
> 끊기고 구겨진 도로 아홉 시면 버스가 길을 버리는
> 마을 방기芳氣, 어둠에 익은 눈도 많이 밝아졌네요
> 이곳에선 쓸쓸한 것들의 뒷태를, 볼 수 있죠,
> 더딘 회복 끝에 만약 내가 혹은 그대가 편지를
> 보낸다면, 휘황한 단청은 없지만 보광사普光寺 대문에
> 제비표 페인트 락카로 그려 둔 비천의 옆모습
> 신묘한 구름의 데칼코마니를 꼭 한번 보고 가세요
> …(중략)…
> 해 노을이 남루한 이부자리의 전부인 누렁소처럼

나는, 방기放棄를 살고 있습니다

—「늦게 도착한 편지」(『아왜나무 앞에서 울었다』) 부분

"나는, 방기를 살고 있"다니 무슨 뜻일까? '방기放棄', 사전적 의미로는 내버리고 아예 돌아보지 아니함이란 뜻을 갖고 있다. 도대체 어떤 마음일 때, 스스로를 방치하여 폐기된 존재로 살고 있다고 말할 수 있을까? 너무 충격적이면서도 역설적인 언사 앞에 할 말을 잃는다. 보통 사람들은 이런 상태를 자인하거나 선언 형식으로 말하지 않는다. 그런데 무엇인가 감출 것 하나 없다는 태도로 자신의 부정적인, 혹은 불우한 처지를 담백하게 말하고 있다. 무엇이 시적 화자로 하여금 이런 언사와 태도를 지니게 했을까?

시를 차분히 읽어 가 보면 어떤 그리운 대상, '그대'에게 자신의 현실적 처지가 담긴 심정을 고백하는 편지의 내용을 확인할 수 있다. 화자가 머무는 곳은 어느 시골 마을 정도로 보이는데, 도시의 관점으로 보면 "도회의/ 이름 긴 간판이 이곳엔 없"어 자신을 쉬이 찾지는 못할 것이라고 하면서 "더딘 회복", "눈물 많은 것들은 천천히 말리는 법"이라는 시적 정보를 통해 볼 때 어떤 상처나 질병을 치료하기 위해 요양차 이곳에서 지내고 있는 듯 보인다. 그런데 시를 읽어 볼수록 인용한 시의 첫 구절과 마지막 구절이 자꾸 마음을 뒤흔듦을 발견하게 된다. 시적 화자는 전체적으로 나른하면서 담담한 어조로 말하고 있지만 시구절의 배면에서는 짙은 원통함과 체념이 느껴지기 때문이다. 시의 분위기로 볼 때 시적 화자는 그리 나이 든 사람이 아니라 젊은 사람으로 느껴지는데, 무슨 사연이 있어 이와 같은 아픔과 한을 지닌 채 자신을, 자신의 삶을 '방기'하다시피 하며 살고 있는 것일까 하는 생각이 드는 것이다.

시는 담담하게 자신의 현실과 감정을 말하는 데서 더욱 보는 사람의 상상과 공감을 증폭시킨다. 사연을 알 수 없지만 담담한 어조 뒤에 숨어 있는 시적 화자의 고통과 파란이 보는 독자로 하여금 자신의 삶에서 있었을 법한 고통과 좌절을 떠올리게 하여 소름 돋는 전율을 일으키게 하고 있는 것이다.

아, 이렇게 한세상 깊은 고통에 자신을 내던지며 살아가는 사람도 있구나! 이렇게 어쩔 수 없이 궁지에 내몰려 아무것도 못 하고 하릴없이 자신의 운명을 짓씹으며 시간만 죽일 수도 있구나! 담담하여 어쩌면 익살스럽기까지 한 어조가 보는 사람의 마음을 울리게 한다. 독자에게 이러한 느낌을 줄 수 있는 이 어조는 많은 아픔의 시간을 곱씹은 뒤에 나오는 것으로 보인다. 우리의 전통시에 자주 보이는 정한처럼 한이 깊고 깊어 통한痛恨이 되었을 때 어조는 오히려 익살과 해학을 통해 그 슬픔을 덜어 내려 한다. 이 시에 보이는 어조는 그런 느낌을 주고 있다. 많은 슬픔을 감춤으로써 어조는 생기발랄해 보이지만 사실은 더 많은 슬픔과 정한을 우려내고 있다.

그러면서 표현의 차원에서 여러 의미를 생각하게 된다. 왜 시적 화자는 시골에서 요양하고 있는 자신을 두고 "나를 찾기가, 어쩌면 퍽 어렵겠어요"라고 말하고 있을까? 실제 현실에서는 주소만 확실하다면 찾기로 마음먹어 쉬이 찾지 못할 리가 없다. 그런데도 찾기 어렵다, 찾을 수 없다는 듯한 느낌이 들게끔 말하고 있다. 이 말 속엔 그리운 그대가 빨리 나를 찾아오기를 간절히 바라는 감정을 품고 있지만, 그 감정의 이면엔 그러한 기대와 염원이 쉬이 이루어질 수 없음을 미리 알고 있는, 어쩌면 그러한 경우를 이미 수십, 수백 번 경험해 보아 반쯤은 체념해 버린 목소리가 깃들여 있는 듯하다. 즉, "어쩌면 퍽"이라는 부사어의 사용을 두고 볼 때, '웬만해서는 나를, 나의 마음을 그대는 찾을 수 없을 것이다'라는 문장으로 느껴지게 하는 것이다. 찾을 수 없음이 내 위치의 모호함에 있는 것이 아니라 내 마음의 봉인에 있는 듯한 느낌을 주고 있는 것이다. 이것은 단순한 거리의 문제가 아니라 깊은 원망에 의해 발생하는 것임을 느끼게 한다.

이 점과 관련하여 제목의 '늦게 도착한 편지'도 의미심장해 보인다. 실제 시적 화자는 "더딘 회복 끝에 만약 내가 혹은 그대가 편지를/ 보낸다면"이라고 하여 그 누가 써도 상관없는 듯 말하고 있지만, 시적 내용을 두고 볼 때 시적 화자가 그리운 그대에게 보내는 편지로 볼 수 있다. 그렇다면 시적 화자인 내가 그대에게 현실의 슬프거나 외로운 심정을 담아 보낸 것이기에 제목은 '늦게 부친 편지'가 이치상 맞다. 그러나 '늦게 도착한 편지'로 쓰게 됨으로써 시적 화자의 내면 심리는 그대로부터 자신을 이렇게 찾아와 주지 않는, 다시 말해 방치한 사연과 관련된 편지를 받고 싶은, 받아야만 하는 것을 드러낸 감정으로 볼 수 있다. 심리적 기제 중 반동형성으로서 내가 말하고 있는 것은 사실 그대에게 듣고 싶은 말이라는 것을 제목이 암시해 주고 있는 것이다. 그것은 결국 깊은 원망, 또는 간절함의 다른 말이다.

그런데 이 제목 속엔 또 하나의 의미가 깃들어 있다. '늦게'라는 부사어의 의미가 그것이다. 늦다는 것은 어떤 일의 시효가 지났거나 거의 끝나가고 있음을 드러내는 말이다. 웬만해선 다시 원래의 상태로 돌아갈 수 없거나 돌아가기 어려움을 나타내는 단어라 할 수 있다. 이 표현은 그러므로 시적 화자와 그대와의 관계에 대한 시간적 거리를 상징한다. 이렇게 늦게 편지를 보내게 된 까닭은 시 속의 정보로 볼 때엔 "더딘 회복"으로 유추해 볼 수 있다. 어떤 병인지 모르지만 너무 오랜 세월 그 병을 이겨 내기 위해 힘쓰다 이제야 편지를 쓸 수 있게 되었다는 정도로 해석해 볼 수 있는 것이다. 그것이 아직까지 남은 그리움이든 깊은 세월의 아픔에 대한 정리이든 너무 지나 버린 세월에 대한 탄식과 더불어 끝나지 않은 아픔을 표현하는 차원에서 시적 화자는 '늦게' 편지를 쓰지 않을 수 없는 것이다. 화자의 입장에서든 그대의 입장에서든 이미 많이 늦어 버림에 대한 통한의 감각을 이 시는 주고 있다.

한 시를 두고 너무 많은 추론을 하고 있는지 모르겠다. 그러나 위 시가 주는 첫 구절과 마지막 구절은 너무 첩첩하고 아련한 사연을 지닌 것 같아 보는 사람으로 하여금 쉬이 빠져나올 수 없게 한다. 너무 압축된 내용이기에 그것을 알지 않으면 안 될 것 같은 생각이 들게 하는 것이다. 한 시인을 이해하기 위해서는 그가 그리는 내면의 깊은 심층을 들여다 볼 필요가 있을 것이다. 그랬을 때, 이민아 시인이 쓰고 있는 시의 많은 부분이 한 상처와 관련된 시적 진술로 읽혀져 애틋하다 못해 가슴 아프다. 그 사연은 이렇다.

한배에 낳은 자식 셋 버리고 떠난 생모는

어느 큰 절 공양간 공양주 보살로 있다는데

절에선 이승 모든 스치는 행인이 생모인 것 같아

이 절에 올 때마다 차마 공양 한 번 못 하고 돌아섰네
　　―「남해 금산 보리암을 오르며」(『아왜나무 앞에서 울었다』) 부분

일기는 솔직히 적는 거라던 담임 선생님 말씀

돈도 안 쓰고 밥도 안 먹을 수 있는데, 왜 우리 버리고 갔어?

새엄마라고, 둘째 엄마라고 안 부를게, 엄마. 다시 우리 같이 살아.

뭐든 다 내가 잘못했어, 엄마. 밥도 내가 하고, 다 고칠게.”
　　　　　　　　　　　　　　　　―「일기장 검사」 부분

　　시적 화자와 시인은 별개의 존재지만 이민아 시인의 경우 동일시해 보아
도 무방해 보인다. 상처의 내용이 가장 중심적이면서 지속적인 주제로 자
리 잡고 있기 때문이다. 그렇게 전제하고 읽어 보면 앞의 시에서 보였던 상
처의 근원이 어디에 있는지 알 수 있다. 첫 시집의 「남해 금산 보리암을 오
르며」와 이번 특집 시의 「일기장 검사」에 모두 나타난 사실은 ‘엄마의 부재’
에 대한 내용이다. 시적 정보대로 보자면 “한배에 낳은 자식 셋 버리고 떠난
생모”가 있고, 그 다음에 “왜 우리 버리고 갔어?/ 새엄마라고, 둘째 엄마라
고 안 부를게”의 새엄마가 있다. 거기에 “바람 난 셋째 엄마가 집 나간 6학
년 설밑의 울고 있는 내게”(「그림책 수업」)의 내용을 볼 때 세 번째 상처를 준
엄마도 있다. 세 엄마는 모두 어린 시적 화자를 ‘버리고’ 가 버린 존재들이
다. 즉 시적 화자는 어렸을 때 버림받은 아이로 존재했다. 엄마의 부재, 혹
은 엄마의 결핍이 바로 가장 큰 상처의 원인이지만 실제 시적 화자에게 마
음의 병이 되는 것은 바로 버림받았다는 느낌이다.
　　이 버림받음의 감각과 느낌은 시인의 성장에서 감정과 생각, 그 모든 것
을 좌우했으리라. 모든 순간들, 모든 장소들에서 어린아이는 고통에 몸부
림쳤을 터이고, 자신의 현실적 처지를 그나마 인식하고 인정한 상태에 이

르렀어도 "그만해도 상처는 깊을 대로 깊을 것이어서/ 제 상처가 상처를 향기롭게 하는 것이/ 얼마나 큰 고통인지, 이미 알고 있었지요"(「차를 마실 때」, 『아왜나무 앞에서 울었다』)라고 자책하거나 참아 내면서 어머니와 관련된 일에 대해서 "가을의 본색이 남긴 한 그루 음화陰畵였다, 어머니는"(「바벨탑을 찾아서」, 『아왜나무 앞에서 울었다』)라고 하여 평생의 화두로 삼고 살았음을 드러낸다. 상처를 얼마나 곱씹었으면 상처가 상처를 향기롭게 할 수 있다고 표현할 수 있게 될까. 참으로 쓸쓸함의 극치인 인식이다. 그리하여 엄마가 나를 찾아 주기를 기다리는 마음과 성장한 내가 스스로 찾아가 볼까 하는 마음의 갈등 속에서 "당신은 알까, 내 마음이 내 손에 빚졌을 때/ 내 손이 내 마음을 이미 잊었을 때, 이 지겹도록/ 더딘 희망에 종지부를 찍어 줘야만 할/ 어떤 날들이 달의 뒤편에서 맞닿곤 할 때를/ 초월도 포월도 사실은 떠나보낸 순간에 대한/ 허기의 다른 이름이었음을 알까, 당신은"(「달의 제사」, 『아왜나무 앞에서 울었다』) 하면서 생의 허기, 존재의 허기를 숱하게 느끼면서 살아왔음을 고백하고 있는 것이다.

이러한 생의 허기는 결코 달래지지 않는 것이기에 세월이 흘러도 변함없이 나타난다. 세월이 흐른 지금의 상태에서도 시인은 다음과 같이 중얼거리고 있다.

> 잠든 밤에만 와서 이마 한번 짚어 보고 갔다는 어미여
> 아이는 그 손 닿은 이마가 전별에 남긴 유일한 징표 같아서
> 몇 날 세수도 못한 채 밤마다 문턱을 베고 잠들고
> 돈 벌어 돌아온다는 [엄마] 한 번을 소리 내어 부르려 해도
> [으어 으음 마아] 큰 새 우는 소릴 따라한 거였노라
> 새 울음을 수집했다는 딸애 얘길 전해 듣기는 하였을까
>
> …(중략)…

'지금 나는 설운 서른, 생모처럼 제 새끼 안 버릴 자신도

떠난 새엄마들처럼 더 늦기 전 내 인생 찾아 나설 자신도

지금 내 어머니처럼… 남의 자식 잘 키울 자신도 없다.'

10년 만에 펼친 시간의 명부, 나의 문제에 대한 나의 부재

마흔의 기록은 좀 더 비워 두기로 하였다

　　　　　　　　　—「공중전화가 있는 부두 앞 사거리」 부분

　　이 시를 읽는 독자의 마음은 결코 편할 수 없다. "잠든 밤에만 와서 이마 한번 짚어 보고 갔다는 어미"에 대한 간절한 그리움으로 인해 시적 화자는 생애 내내 허기를 느끼면서 신음처럼 "[으어 으음 마아]" 하고 불러 보지만 남의 눈이 의식돼 "큰 새 우는 소릴 따라한 거였노라" 변명하면서 살아갈 수밖에 없는 처지를 되새기고 있다. 그렇다, 되새기고 곱씹고 변명하며 살아온 세월로 인해 서른, 마흔 살이 되었어도 시적 화자는 "생모처럼 제 새끼 안 버릴 자신도/ 떠난 새엄마들처럼 더 늦기 전 내 인생 찾아 나설 자신도/ 지금 내 어머니처럼… 남의 자식 잘 키울 자신도 없다"는 무기력함을 자신의 생에 찍힌 낙인으로 떨쳐 내 버리지 못한다. 운명, 그야말로 자신의 비참한 운명을 직시하며 그것이 갖는 의미를 내내 생각하고 있다고 볼 수 있는 것이다. 이런 시적 화자에게 "그대와 수많은 그대들을 향한 이뤄지지 않은 바람을/ 비루하게 외탁한 방관의 습성을 원망도 못한 채 살아가고부터/ 부재하는 누군가를, 무언가를 향하여 숨죽여 우는 난치병"(「4월, 아픈 계절이 있었네」)이 있는 것은 당연할 것이며, 그 아픈 세월로 인해 발생하는 방관, 방치, 방기의 삶은 세계에 의해 주어지는 실의와 좌절의 구체화로서 천형이자, 어쩌면 버림받은 원인이 제 자신에게 있었을지도 모르겠다는 자조 어린 판단으로서 제 자신에게 가하는 형벌인 셈이다. 세계에 의해 발생하는 형벌이 내 스스로 가하는 형벌과 분리되지 않음으로써 시적 화자는 더욱 고통스러운 운명에 휩싸여 있다고 볼 수 있는 것이다.

그럴 때 이 상처 입은 영혼이 취할 수 있는 길은 무엇일까? 인간은 어쨌든 고통으로부터 벗어나 자기를 구원하기를 갈망한다. 그 방법으로 시인 이민아는 다음과 같은 것들을 생각한다. 아니, 실천한다. 그렇다, 이것들은 상상이 아니라 현실 속의 실천의 문제다.

> 계절이 지구 밖으로 떨쳐질, 그쯤 나도 가끔
> 가마 앞에 앉아 내게서 잊히지 않은 그대
> 벽화의 채색처럼 무척, 더디게, 풍화되는 보름달이 뜨면
> 수천 번 무릎을 꿇고 나무無를 던지지, 나를 던지지
> 손바닥만 한 가마 불창 속으로 창살 나무를, 창살을 꽂아 넣지
> ─「이 환대의 기억이 잊힐 즈음」 부분

> 한참 뒤, 보수동 헌책방 골목 끝에 열어 놓은 나의 서점에서
> 몇 권 책을 골라 '두려움을 담는 봉투'에 편지를 적었다
> '너는 용감하니까, 잘 해낼 걸 믿고, 기다리고 있었다.'
> 바람 난 셋째 엄마가 집 나간 6학년 설밑의 울고 있는 내게도
> 1년 동안 참았던 욕을 부끄러운 듯 속삭이던 녀석에게도
> 답장이 너무 늦은 건 아닌지, 다 못 한 숙제 검사 평계를 대었다
> ─「그림책 수업」 부분

보수동 헌책방 골목 중부교회 지나 중구노인복지관 앞 박종철 학교 가는 길로 향하는 중구 1번 마을버스 정류장 가는 골목에는 걸핏하면 문 닫는 서점 하나가 있는데요 말하자면 헌책방 촘촘 들어선 마을에서 정가대로 책값 받는 새책이 팔릴 리도 없겠는데 책 판다고 가게 열곤 당최 주인장 얼굴 보기가 삼대가 덕을 쌓아야 한 번 볼까 하다는 풍문에, 주인장 대신 영업부장 고양이 '서점이'가 대신 가게를 본다는 그 시詩집 소문 한번 들여다볼작시면

어릴 적 친척 횟집에 몇 년 더부살이하던 때 비 맞아 떨고 있는 새끼 고양이를 집으로 데려간 날인데, 아 글쎄 잔반통에서 건져 씻은 생선 살점 한 입 받아먹은 고 어린것이 이불 밑에서 미야옹, 살았다는 듯 기척을 내고 만 것인데요, 저 하나 먹을 입도 모자라 도둑고양이까지 데려왔냐 뭣 허냐 당장 내다 버리고 안 오면 네 밥도 없다 큰엄마 호통에 그만, 새끼 고양이 눈을 휴지로 둘둘 말아 어린것이 어린것을 안고 민락동 골목길을 뱅뱅 돌아 공중변소 담벼락에 묶어 두고 와서부터 부끄러이 살았다는 내력인데요

세월호 참사 보며 내 손으로 지은 잘못 하나부터 속죄하는 심정으로 길고양이 입양을 시작한 것인데요, 주인장 모친의 묘한 인생에 더한 묘한 논평은 말로는 다 할 수 없는 응원의 변주, 첫째 미르 때는 이제 너도 남이 버린 목숨 거두는 보호자가 되어 보는구나, 이 엄마 심정도 조금 더 알아 가겠구나, 둘째 하늘이 입양 때는 혼자 있는 시간이 외롭다는 걸 안 보고도 알면서부터 어른이 되지 이제 너도 어른이 되어 가는구나, 셋째 낭독이부터는 안 버릴 자신이 있는지 생각하고 목숨을 거뒀으면 끝까지 의리 지켜라, 깨알같이 주문했다는데요
　　　—「낭독 서점 시詩집 공유 저녁, 동네책방 부채증명서」 부분

이민아 시인의 경우, 상처 입은 영혼이 자기를 구원하기 위해 첫 번째 행하는 일은 자기 정화다. 「이 환대의 기억이 잊힐 즈음」에 보이는 "손바닥만 한 가마 불창 속으로" "수천 번 무릎을 꿇고 나무無를 던지지, 나를 던지"는 행위가 그것이다. 이 시구절에 보이는 상징을 통해 해석하면 우선 '불'은 정화와 재생을 의미한다는 점에서 자신의 고통스러운 운명을 정화하고 새로운 운명으로 다시 태어나고자 하는 갈망을 드러낸 것으로 볼 수 있다. 특히 이 점은 "나무無를 던지지, 나를 던지지"에 암시되어 있다(불에 넣는 나무를 '나무無'로 표현한 언어유희는 이 경우 해석을 생략하자). '나'를 불 속에 던진다는

것 자체가 깨끗한 소멸로서 업장의 정화다. 즉 이 생의 '나'를 '무無'로 돌려 새로운 존재가 되고 싶은 원망을 드러낸 것으로 볼 수 있는 것이다. 거기에 '수천 번 무릎을 꿇'고 이러한 행위를 한다는 표현은 이러한 바람이 얼마나 절실하고 간곡한 것임을 드러내는 것이다. 이러한 것과 관련하여 더 생각해 볼 것은 불을 통한 자기 정화와 운명의 갱신은 의식적이고도 미학적 행위란 사실이다. 즉 이것은 시인이 시를 쓰는 행위와 등가의 관계로 볼 수 있게 한다. 그 점에서 "'신은' 힘이 세요, // …(중략)… // [시는] 힘이 세요"(「뇌병변복지관 시창작 수업」)라는 시인의 말도 이해할 수 있게 된다. 시인에게 시는 신의 힘에 비길 만큼 힘이 세므로 자신의 운명을 구원할 수 있는 길이 되기도 한다는 것이다. 그렇게 본다면 이민아 시인에게 자기 구원의 첫 번째 길은 종교적 정화, 또는 미학적 자기 갱신이다.

두 번째 이민아 시인이 실천하는 자기 구원의 길은 버림받은 타자에 대한 포용이다. 이것은 「그림책 수업」과 「낭독 서점 시詩집 공유 저녁, 동네책방 부채증명서」에 잘 나타나 있다. 두 시 다 버림받은 존재들의 싸안음의 형태를 띤다. 「그림책 수업」은 이번 특집 시의 「첫 황금 규칙」에 이어지는 시편으로 부모들로부터 버림받은, 다시 말해 "한부모 조손 조모 가정, 시설 입소 복지 대상"에 있는 아이들을 대상으로 한 교육 과정 속의 어떤 한 아이와의 약속에 대한 이야기다. 이 시는 자기와 같은 처지의 아이들에 대한 연민과 포용을 통해 자신의 경험에 입각한 삶의 지혜를 베풀고 그들이 잘되기를 바라는 마음을 담고 있다. 그것은 타자에 대한 구원 의식이다. 이 구원 의식은 "답장이 너무 늦은 건 아닌지"에 나타난 초조함을 통해 자신의 감정이 투사된 것을 보여 줌으로써 상당히 절실하고 애틋할 것임을 알게 한다. 이와 마찬가지로 「낭독 서점 시詩집 공유 저녁, 동네책방 부채증명서」 역시 버림받은 길고양이들을 자신의 자식처럼 거두어들여 키우고 있음을 보여 주고 있다. 버려진 다섯 마리의 고양이들한테 '낭독'을 비롯한 여러 이름을 붙이면서 자신의 서점에서 키워 가는 내용을 익살스럽게 밝히고 있다. 이 시의 내용도 따져 보면 처연한 것일 터인데, 시적 화자는 무거운 내용을 가벼운 어조로 희화화하여 삶의 애환을 덜어 내고 있다. 유머를 띤 어조가 진한 삶의 무게를 가볍게 하지만 그 이상으로 존재와 운명의 무게를 독자들로 하여금 실감케 하고 있는 셈이다. 그 무엇이든 시적 화자는 자신과 처지가 비슷한 존재들을 자신의 역량이 가능한 선에서 끌어안고 쓰다듬어 줌으로써 구원하고자 한다.

이 점과 관련하여 다음 시편의 내용도 이러한 선상에서 이해된다.

> 이제 시는 안 쓰니, 어머니 제 시는 잊으세요, 시는 거리에 빚졌죠
> 생탁 노동자 연대 시 낭송을 하고 왔어요
> 백범 기념관에서 소성리에서 사드 반대 집회 사회를 보고요
> '일본군 위안부 피해자' 이옥선 할머니 증언 위성 대담도 했죠
> 세월호 참사 피해자 가족 협의회 준영 어머니는 우리들 기억제에 와서
> 기억해 줘 고맙다 가슴에 기대 울었죠, 5월은 다시 오겠죠
> 만덕 5지구 재개발 지구 기습 철거 반대 연대 농성 폭풍 전야
> 망루 곁에 밤을 샜는데 제 옆에 김진숙 지도위원이 같이 걸었어요
> 겨울밤 시청 광고탑 연대 시를 들려줬던 생탁 노동자도 함께였죠
> 참, 우린 왜 추운 겨울에도 춥고 따뜻한 봄날에도 추울까요
> 우리는 떠나지 않으려는 아이와 아이의 봄날을 붙잡고
> 손수 지은 집 위에 다시 누더기 망루를 짓고 올라
> 무너져도 함께 죽겠노라 외치는 아비와 혈족이 된 듯 따뜻했어요
> —「지상의, 또 다른 만덕 5지구」 부분

이 시는 이민아 시인의 인생관과 가치관을 잘 보여 준다. 시적 화자는 끊임없이 사회적 약자, 소수자의 삶에 연대하여 그들의 삶이 향상되는 일에 동참하고 있다. 좀 더 정확하게 말하면 함께 싸우고 있다. 이것은 사회적 연대를 통한 구원 의식이다. 시인의 입장에서 시 쓰기를 통한 사회적 참여는 막연한 공상이 아니다. 시적 내용으로 볼 때 낭송을 하거나 사회를 보는 것

으로 참여하였고, 더 나아가서는 "같이" 걷기도 하고 "함께" 있음으로 힘을
보태는 활동을 한다. 매우 적극적이고도 도전적인 삶을 살고 있음을 보여
준다. 이것은 앞에서 보여 주었던 '방기의 삶'과는 너무나 먼 거리의 삶의 형
태다. 마치 아감벤의 호모 사케르를 연상케 하는 벌거벗은 생명에 대한 연
민과 연대 의식을 시인은 자연스레 실천하고 있다는 것이다. 인간의 법 안
에 위치해 있으면서 법의 보호를 받지 못하는 오늘날의 사회적 약자와 소수
자들에 대한 싸안음의 형식이 이민아 시인의 인생관이자 시관이 되고 있다.

그런 점에서 버림받은 존재에 대한 연민과 연대 의식은 이민아 시인의 포
용적 구원 의식으로 구체화되어 나타난다고 할 수 있다. 방기의 삶에서 포
용의 삶으로의 의식의 확산과 이행은 수많은 자기 번민의 시간 끝에 내린
결단에 의한 것이라 볼 수 있다. 그만큼 오늘의 현실에서 수행하는 사회적
실천은 더욱 애틋하고 값지다 하지 않을 수 없다. 현실적 방기의 삶보다는
투쟁의 위험성과 불안함이 있더라도 타자를 향한 구원의 삶이 더욱 아름답
고 값진 것이 사실 아닌가! 이제 상처를 사랑으로 감싸 방치의 삶에서 나오
게 된 만큼 타자와 더불어 보다 나은 삶과 세계를 만드는 운명 속에 자신을
둘 수 있기를 기원한다.